REBEKKA KNOLL, 1988 in Kassel geboren, studierte in Erlangen, Bern und Berlin. Sie hat schon mehrere Romane und ein Jugendbuch veröffentlicht und wurde mit dem Kurd-Laßwitz-Stipendium der Stadt Gotha ausgezeichnet. Nach *Blaue Nächte* ist dies ihr neuer Roman im Penguin Verlag. Sie lebt auf dem Land und liebt den Geruch, der kurz vor einem Regenschauer in der Luft liegt.

Außerdem von Rebekka Knoll lieferbar:

Blaue Nächte

Rebekka Knoll

Herbstregenküsse

Roman

PENGUIN VERLAG

Sollte diese Publikation Links auf Webseiten Dritter enthalten,
so übernehmen wir für deren Inhalte keine Haftung,
da wir uns diese nicht zu eigen machen, sondern lediglich
auf deren Stand zum Zeitpunkt der Erstveröffentlichung verweisen.

FSC www.fsc.org MIX Papier aus verantwortungsvollen Quellen FSC® C014496

Klimaneutral* Druckprodukt ClimatePartner.com/14044-1912-1001

Penguin Random House Verlagsgruppe FSC® N001967

1. Auflage 2021

Redaktion: Annika Krummacher
Umschlaggestaltung: bürosüd
Umschlagabbildung: www.buerosued.de
Satz: Buch-Werkstatt GmbH, Bad Aibling
Druck und Bindung: GGP Media GmbH, Pößneck
Printed in Germany
ISBN 978-3-328-10565-7
www.penguin-verlag.de

Prolog

Wer die Chance bekommt, einen Sturm zu sehen, sollte genau hingucken. Er sollte die Luft anhalten, um den Wind besser hören zu können. Das wusste der kleine Junge. Um nichts in der Welt hätte er dieses Schauspiel verpasst.

»Schatz?«

»Was ist?«

»Komm weg vom Fenster.«

»Ich will aber nicht.«

Seine wütende Atemwolke blieb am Glas kleben. Er drückte seine Nase mitten rein, um besser rausschauen zu können.

»Nicht gleich, *sofort*!«, sagte die Mutter, doch sie sah nicht hin. Später würde sie sich immer wieder fragen, warum sie nicht von ihrer Zeitschrift aufgesehen hatte, warum sie nicht aufgestanden war, ihren Sohn auf den Arm genommen und weggetragen hatte. Ins sichere, warme Bett. Wieso hatte sie nicht geahnt, was geschehen würde?

Draußen donnerte und stürmte es, der Regen prasselte ans Fenster. Die Mutter fand es gemütlich und wickelte sich die Wolldecke fester um die Beine.

»Ich habe *sofort* gesagt!«, rief sie und blätterte eine Seite um. Hat das Wetter Einfluss auf Ihre Gesundheit?, las sie. Fünf schnelle Tipps gegen Wetterfühligkeit.

»Nein«, widersprach der Junge, und wieder beschlug die Fensterscheibe. Es war spät am Abend, der Garten vor dem Haus lag im Halbdunkel, nur der schwere, wolkenverhangene Himmel leuchtete hin und wieder im zuckenden Licht der Blitze. Es donnerte so laut, dass der Junge die Erschütterung in der Scheibe spüren konnte. Der Walnussbaum schwankte und knarzte, der Wind riss an seinen Ästen. Regentropfen wehten in sein Gesicht und trafen ihn doch nicht.

Der kleine Junge fand es schön, direkt hinter dem Fensterglas zu stehen. Das Wetter war genauso aufgewühlt und wütend wie er. Er wollte noch nicht ins Bett. Schließlich konnte man am Fenster so viel sehen. Es blitzte. Eins, zwei, drei, vier … Es donnerte. Der Junge hatte gar nicht gewusst, wie laut ein Donner sein konnte. Er war lauter als das Geschimpfe der Kindergärtnerin, das Knallen der Spielzeugpistolen oder die Tür, die sein Bruder ihm so gern vor der Nase zuschlug, wenn er mal wieder Gameboy spielen wollte. Bestimmt tat er das auch heute Abend wieder – ohne ihn. Viel zu selten ließ er ihn zusehen, geschweige denn selbst einmal spielen.

Der Donner in diesem Moment war nichts für den großen Bruder, er würde vor Schreck zusammenzucken, so sehr schepperte es in den Ohren. Der kleine Junge war mutiger und unerschrockener, furchtloser als alle anderen in seiner Familie. Er zuckte nicht zusammen, er bewegte sich nicht, er blieb mit großen Augen stehen und schaute lächelnd ins Gewitter hinaus. Als würde etwas nach ihm rufen.

»Ich sage es nicht noch mal«, sagte die Mutter. Und damit hatte sie recht.

»Ich will aber nicht«, entgegnete der Junge und legte seine Hände flach auf das Fensterglas. Es war eiskalt. Da draußen war die Welt, der Lärm, das Chaos, die Gefahr. Was wäre, wenn es das Glas nicht gäbe? Wäre das schön?

Der Junge stellte sich vor, er könnte den Regen auf seinem Gesicht spüren, die Kälte auf seinen nackten Armen, den Wind, der unter seinen Schlafanzug kroch. Er könnte auf der anderen Seite des Fensters stehen, dem Gewitter ganz nah kommen und so laut brüllen wie die Wolken. Wie nah wäre nah genug? Gab es eine Stelle, an der er Teil des Unwetters wäre? An der er selbst der Sturm sein könnte? Etwas schien ihn hinauszuziehen. Es blitzte. Eins, zwei, drei … Es donnerte.

Erst jetzt bemerkte der Junge, dass rechts von ihm, ganz am Rand des Fenstersimses, ein großer schwarzer Vogel saß. Den Kopf hat er eingezogen, die Flügel fest an den Körper gepresst. Erst sah er in das Unwetter hinaus, seine dichten, schweren Federn glänzten im Lichtschein eines Blitzes. Doch dann schien er den Blick des Jungen zu bemerken. Langsam drehte er den Kopf und sah das Kind an.

Der Junge lächelte. So ein schöner Vogel. Ob ihm wohl kalt war? »Na, Vogel?«, flüsterte er. »Wie ist es dort draußen?«

»Hast du was gesagt, Liebling?«, fragte seine Mutter.

»Nein, nein!«

Der Junge sah den Vogel an, und der Vogel sah den Jungen an. Beide legten den Kopf schief. Das Tier öffnete den Schnabel und krächzte.

»Soll ich zu dir kommen?«, flüsterte der Junge. Da

breitete der Vogel seine Flügel aus und hob ab. Schnell zog der Junge am Fenstergriff.

»Was machst du da, Schatz?« Die Mutter richtete sich auf und legte die Zeitschrift zur Seite. »Mach das Fenster sofort wieder zu!«

Der Junge sah nicht über die Schulter zu seiner Mutter, er schaute in das Unwetter hinaus. Es war jetzt ganz nah, er konnte es riechen – Regen und nasse Erde. Er konnte es fühlen – kalter Wind und Feuchtigkeit. Er öffnete das Fenster, so weit er konnte, und ließ den Sturm herein. In seine Haare, in seinen Schlafanzug. Alles wehte, beinahe verschlug es ihm den Atem, so stark war der Wind. Aber das machte nichts. Das Unwetter atmete für ihn, es sprühte und brüllte für ihn. Für einen kurzen Moment glaubte er sogar, er würde dazugehören, er wäre Teil des Gewitters. Mächtig, schlau und wütend.

Und dann blitzte und donnerte es fast gleichzeitig. Es war so gleißend hell und so krachend laut, dass draußen sogar der Walnussbaum zusammenzuckte. Sein Stamm ächzte und knackste vor Schreck, und dann brach er. Der Vogel stieg kreischend auf, der Junge blieb stumm am Fenster stehen. Er starrte auf den Baum, der immer näher kam. Der seine Äste ausbreitete, als wollte er den Jungen umarmen. Seine Zweige rauschten.

»Benjamin!« Die Mutter heulte, doch der Sturm heulte lauter. Und dann wurde der kleine Junge zum Regentropfen, zum Windzug, zum fernen Donnergrollen. Er wurde aufgewirbelt und davongetragen in höhere Luftschichten, weit über den Garten und die Straße und die Stadt hinaus.

Niemand würde ihn je wiedersehen. Nur hin und wieder, wenn der Regen prasselte und der Donner rollte, konnte man ihn zwischen den Blitzschlägen flüstern hören.

»Na, Vogel?«, sagte er dann, ganz leise. »Soll ich zu dir kommen?«

Erzähl mir unsere Geschichte.
Was meinst du?
Erzähl sie mir von Anfang an.
Ich habe keine Ahnung …
Erzähl mir, wie wir uns getroffen haben. Was dann passiert ist. Warum wir heute hier stehen und nicht weiterwissen.
Fang am 1. September an. Erinnerst du dich?
Wie sollte ich das vergessen?
Beginne an diesem einen stürmischen Nachmittag.
Der Donner ist so leise herangerollt.
Fang mit dem Moment an, der alles veränderte.
0,0004 Sekunden lang hat er gedauert.
Erinnerst du dich?
Natürlich. Sobald ich die Augen schließe, ist alles wieder da.
Dann schließ die Augen.
Ja.
Sind sie zu?
Sie sind zu.
Und jetzt erzähl mir, was du siehst.

1. Teil

Es riecht nach Regen

Ranya

An meinem Junggesellinnenabschied, kurz nachdem ich zehn Unterhosen-Etiketten gesammelt, ein Schokokuss-Wettessen gewonnen und drei Männerbeine rasiert hatte, genau um 20.20 Uhr, traf mich der Blitz.

Meine Trauzeugin Merle hatte Minuten zuvor noch mit dem guten Gin hantiert. Den ganzen Tag hatte sie schon von Gin Basil Smash gesprochen – das Basilikum in diesem Cocktail bringe den Gin besonders gut zur Geltung, hatte sie gesagt und auf den Abend hingefiebert.

»Jetzt ist es endlich so weit: Zeit für Gin! Basil! Smash!«, rief sie gegen zwanzig Uhr und betonte jedes einzelne Wort, als würde sie einen großen Fernsehstar ankündigen. Wir anderen saßen erschöpft um den runden Tisch der kleinen Holzhütte: meine Freundinnen Lina und Biene (die eigentlich mehr mit meinem Verlobten als mit mir befreundet waren), meine Kollegin Elske (die häufiger mit Claus zusammenarbeitete als mit mir), meine beste Freundin Merle (die Einzige, die mich eindeutig lieber mochte als meinen Zukünftigen) und ich. Den ganzen Nachmittag hatten sie mich mit verschiedenen Aufgaben durch die Stadt gejagt: Sammle fünf Kondome, verkaufe zehn Shots, trinke einem Fremden sein Bier weg, halte eine spontane Rede über die Vorteile von Feinripp-Unterwäsche. Jetzt war ich beschwipst, müde und peinlich berührt. Unter meinen Händen schien sich der runde Tisch zu drehen. Rund und rund und rund. Wie das Steuerrad eines großen Schiffes, das durchdrehte und nicht unter Kontrolle zu bringen war. Das Haus schwankte auf den Cocktailwellen.

»Keine Angst, ihr Lieben, ich mach euch wieder wach«, rief Merle, die an der Küchenzeile stand und unsere Getränke mixte, und ihr Pferdeschwanz wippte fröhlich. »Gleich macht das Leben wieder Gin.« Sie kicherte, während draußen leise der erste Donner heranrollte.

Auf die Spiele war eine Schnitzeljagd quer durch die Stadt vom Eisladen über die Bäckerei bis zur Turnhalle gefolgt. Am Ende musste ich in ein Taxi steigen, das uns bis zu dieser Hütte mitten im Wald gebracht hatte. Hier sollte der gemütliche Teil beginnen.

»Ab jetzt geht es nur noch um uns. Wir werden viel trinken, wild tanzen, Wahrheit oder Pflicht spielen und erst morgen Vormittag wieder abreisen. Jetzt sind Deep Talk und Quality Time angesagt – die ganze Nacht«, hatte Merle in ihrem dunkelroten knappen Kleid verkündet, und ich war ihr unendlich dankbar gewesen, nach diesem Tag nicht auch noch in einen Club gehen zu müssen.

Draußen wurde es dunkel, und ich überlegte, ob das an der Tageszeit oder am Sturm lag, der gerade aufzog. Dass es heute gewittern würde, wusste ich längst – allerdings hatte ich nicht geahnt, dass ich währenddessen hier draußen im Wald sein würde. Die Hütte stand inmitten von Bäumen an einer steil aufsteigenden Lichtung. Ich brauchte nur den Hang hinaufzusteigen, und schon hätte ich einen guten Ausblick über den Wald, die Stadt dahinter und vor allem auf den schwarzen Himmel. Der

Sturm zog von Westen her auf, die Richtung müsste also stimmen.

Jetzt heulte der Wind lauter. Lina und Biene sahen ängstlich zum Fenster. Ihr Luschen, dachte ich, doch laut sagte ich: »Ihr braucht keine Angst zu haben. Die Hütte hat schon viele Unwetter heil überstanden.«

Aus irgendeinem Grund schien sie das noch mehr zu beunruhigen. Sie rückten näher zusammen.

»Claus hat doch mal diese Reportage geschrieben«, überlegte Biene und wickelte sich den blonden Zopf um den Zeigefinger.

»Stimmt«, antwortete Lina. »Über das Holzhaus im Grenzforst.«

»In einer Gewitternacht ist es komplett abgebrannt. Alles ist zu Asche geworden, außer ... Irgendwas ist doch übrig geblieben, oder? Was war das noch gleich?«

»Ein Familienfoto«, warf Elske ein und lächelte. Sie sah unglaublich gut aus im Dämmerlicht mit ihrer intellektuellen Kurzhaarfrisur und der großen, runden Brille. »Das Glas war gesplittert, der Rahmen voller Ruß, aber das Foto sah aus wie neu.«

»Stimmt ja. O Gott, die Reportage war so gut«, schwärmte Biene und ließ die aufgewickelten Haare von ihrem Zeigefinger springen.

»Der Waaahnsinn«, stimmte Lina zu.

»Hier brennt heute aber gar nichts.« Merle griff zur Ginflasche und kicherte. »Außer vielleicht der Alkohol im Abgang.«

»Wisst ihr noch – das Interview mit den Nachbarn?«, fuhr Elske fort, als hätte sie Merle nicht gehört. »Claus ist doch kurz nach dem Brand zum Nachbarhaus gefahren.

Die Hütte stand über einen Kilometer entfernt, doch noch am nächsten Tag hat man dort das Feuer riechen können. Er hat mit dem alten Mann gesprochen, der dort lebte. Darüber, wie gut er seine Nachbarn kannte und wie er das Unwetter erlebt hat. Erinnert ihr euch daran?«

Elske schob ihre runde Brille höher auf die Nase.

»Das Verrückte war, der Nachbar wusste gar nicht, dass dort mal ein Haus gestanden hatte«, fuhr sie fort. »Die Familie hat er nie gesehen, dabei muss sie jahrelang in seiner Nachbarschaft ein und aus gegangen sein. Aber das Feuer, das hat er gesehen. Der Qualm ist bis in sein Wohnzimmer gezogen. Er war davon tagelang wie benebelt.«

»Claus schreibt einfach so gut!« Biene ließ ihre Zopfsträhne springen.

»Da hast du echt einen guten Fang gemacht.« Elske sah mich an, lächelte breit und schüttelte den Kopf über das ganze Glück, das ich mit Claus hatte.

Der Donner draußen wurde lauter, und ich sah aus dem Fenster. Der Himmel war längst zugezogen, der Wind heulte, und hin und wieder blitzte es. Nur der Regen blieb aus. Wie weit das Gewitter wohl entfernt war? Ich starrte hinaus, um den nächsten Blitz nicht zu verpassen.

»Und außerdem ist er so verdammt attraktiv!«, meinte Lina. »Stört es dich, wenn ich das sage, Ranya? Nein, oder? Es ist ja auch ein Kompliment für dich. Also, ich finde, Claus ist wirklich ein Hingucker. Ich bin schon echt gespannt, wie er in seinem Hochzeitsanzug aussehen wird.«

Es blitzte. Eins, zwei, drei, vier …

»Ich denke ja, Ranya wird in ihrem Hochzeitskleid unglaublich attraktiv aussehen«, versuchte Merle das Thema zu wechseln. »Habt ihr es euch eigentlich schon angeschaut?«

»Nein, aber es ist sicher wunderschön«, sagte Biene.

»Bestimmt!«, fiel Lina ein.

»Die meisten Frauen sehen ja großartig aus bei ihrer Hochzeit«, meldete sich Elske wieder zu Wort. »Bei Männern ist das schwieriger, finde ich. So viele haben einen schlechten Geschmack und wissen nicht, welche Anzugschnitte ihnen stehen. Claus ist da anders. Er ist schon ein ganz besonderer Mann.«

Fünf, sechs, sieben, acht …

»Erinnert ihr euch noch an seinen Bericht über die Hochzeitsmesse?«, fragte Elske in die Runde.

»Oh, ja! Ich hab so gelacht!«

»Ich auch! Es war wirklich lustig.«

»Total!«

Neun, zehn, elf – es donnerte. Ich überschlug die Entfernung kurz im Kopf: Wenn zwischen Blitz und Donner elf Sekunden vergehen, müsste das Gewitter … wie war das noch … elf durch drei? Also musste es ungefähr dreieinhalb Kilometer entfernt sein. Fast schon über unserer Stadt. Der Wind riss an den Ästen der Bäume vor dem Fenster. Etwas heulte zwischen den Blättern. Oder jemand. Manchmal klingt ein Gewitter, als hätte es eine Stimme, als könnte es sprechen. Ich blendete das Gespräch der anderen aus und versuchte, dem Sturm zuzuhören. Sprach er vielleicht mit *mir*? Was sagte er da? Es war ein hohes Murmeln, ein Wispern, ein Flüstern.

»Was macht eigentlich Claus heute?«, erkundigte sich Lina.

»Wir sollen das ja offiziell nicht wissen, aber sein Bruder hat es mir verraten. Sie sind nach Berlin gefahren«, erzählte Elske.

»Nach Berlin?«

»Heute Morgen um fünf haben sie ihn abgeholt und sind in den Zug gestiegen. Er wusste bei der Abreise nicht, wo es hinging, aber sie haben Tickets für Farbspiel.«

»Was ist das denn?«

»Dieser Sänger aus der Schweiz, den er so gut findet.«

»Genau. Und danach geht's ins Casino.«

»Die lassen es bestimmt richtig krachen.«

»Na klar.«

»Auf Casino hätte ich ja auch mal Bock.«

Während die anderen redeten, sah ich weiterhin schweigend in den Sturm hinaus. Da war es immer noch, das Flüstern, es klang verlockend, einladend. Wie ein: »Hallo«, und ein: »Du bist herzlich willkommen.« Es klang wie: »Komm doch her!«

Hast du es an diesem Tag vielleicht auch gehört? Bist du diesem Ruf ebenfalls gefolgt?

Ich stand auf und griff nach meiner Spiegelreflexkamera. Heute hatte sie nur Fotos von mir zwischen Männerpos, beim Verteilen von Küsschen und beim Ausschneiden von Unterhosen-Etiketten aufgenommen. Es wurde höchste Zeit, dass sich das änderte.

»Ich geh kurz ein paar Bilder machen«, verkündete ich.

»Aber Ranya!« Merle ließ die Ginflasche sinken und starrte mich an. »Jetzt willst du noch arbeiten? Es ist dein Junggesellinnenabschied! Du bist betrunken! Es ist spät!«

»Diese Gelegenheit darf ich nicht verpassen, wir sind hier auf so einem guten Aussichtspunkt, und der Sturm müsste fast schon über der Stadt sein. Ich bin gleich zurück, versprochen.«

Das Versprechen fühlte sich komisch an – als ahnte ich, dass ich es nicht würde halten können. Doch vielleicht denke ich das auch nur jetzt, im Nachhinein.

Ich zog meine Jacke über und trat ins Gewitter hinaus. Es war noch trocken, doch der Wind war kühl.

Hast du ihn zur selben Zeit gespürt?

Laut knarzten die Fensterläden unserer Holzhütte im Wind. Dahinter bogen sich die Bäume, ein paar Blätter lösten sich und flatterten an mir vorbei. Ich schaute zum Hang hinüber. Genau wie ich gehofft hatte: Die Anhöhe war komplett baumfrei. Von dort oben könnte ich bestimmt fotografieren, wie das Gewitter über die Stadt zog. Die *Neue Presse* würde sich über Material von heute Nacht freuen – und mein vom Brautkleid schwer belastetes Konto auch.

Also klemmte ich mir das Stativ unter den Arm, hängte mir die Kamera um den Hals und schraubte schon mal das Weitwinkelobjektiv auf. Langsam begann ich, den Hang hinaufzusteigen. Noch immer raschelte und flüsterte es an jeder Ecke. »Guten Abend«, schien das Gewitter zu sagen. »Schön, dass du da bist. Komm doch näher.«

Ich hätte misstrauisch werden sollen. Ich hätte darüber nachdenken sollen, wie gefährlich freie, erhobene Flächen bei Gewitter sind. So viel habe ich über Stürme gelesen, so oft hatte ich schon für meine Natur- und Pressefotos

Unwetter gejagt und abgelichtet. Wie konnte es sein, dass ich all meine Erfahrungen an diesem Tag ignorierte?

»Der Alkohol«, würde Merle später sagen. »Du hast von morgens bis abends gesoffen!«

Doch ich weiß nicht, ob sie damit recht hat. Den Hang stapfte ich zumindest in einer geraden Linie hinauf. Ich schwankte nicht, und nichts drehte sich. Ich dachte nur an das Unwetter und daran, wie ich es von einem perfekten Standpunkt aus fotografieren könnte.

Woran hast du in diesem Moment gedacht? Ging es dir vielleicht ganz ähnlich?

»Komm her. Komm doch rein«, flüsterte es, und ich drehte mich um und sah über den graugrünen Hang und den braunschwarzen Wald auf die tausend Lichter der Stadt hinab. Sie lagen im Dämmerlicht, und genau über dem Zentrum türmten sich in diesem Moment schwere Wolken auf. Wie ein Hut schwebten sie über den Häusern: schmale Krempe, schwarze Krone. Darunter regnete es in Strömen, man konnte es bis hier oben riechen. Dann hielt ich die Linse vors Auge, variierte Blende und Belichtungszeitraum. Ich probierte verschiedene Kombinationen. Etwas mehr Belichtungszeit, dann könnte es gehen. Ich drückte ab – und war begeistert. Die Wolken sahen wunderbar bedrohlich, der Regen so schön unheilvoll aus. Dazu die Stadtlichter und die Bäume – es war perfekt. Wenn es jetzt noch blitzen würde! Ich müsste nur im richtigen Moment abdrücken, dachte ich. Dann hätte ich das bisher schönste Foto des Jahres auf der Speicherkarte.

»Bleib ruhig«, flüsterte das Gewitter. »Bleib ruhig hier.«

Hinter mir raschelte es, und ich drehte mich um. Eine Krähe flog krächzend aus dem Gebüsch auf. Wenn ich Glück hatte, flog sie mir genau vor die Linse. Was für ein stimmungsvolles Bild das werden könnte!

Doch das wurde es nicht. Ich wusste, dass Blitze weit streuen können. Bis zu zwanzig Kilometer. Ich wusste, dass Vögel sie spüren können. Dass man ebenfalls verschwinden sollte, wenn Tiere davonfliegen. Doch an all das dachte ich nicht, stattdessen blieb ich auf der Anhöhe stehen. Die Krähe schrie und stieg auf. Und ich dachte nur an mein Foto. Und dann traf mich der Blitz.

Und ich explodierte.

Und ich verbrannte.

Und ich löste mich auf.

Meine Kleider verglühten, meine Haut verkohlte, mein Fleisch wurde schwarz, meine Gedanken zu Asche. Schwarz und trocken und staubig. Eine Windböe wirbelte mich auf und zerstreute mich. Von mir blieb nichts übrig. So zumindest fühlte es sich an – eine Machtlosigkeit, eine Hitze, eine Angst, die über Schmerz weit hinausging. So zumindest sah es für die anderen aus, die gerade an einem der kleinen Fenster in der Holzhütte gestanden haben mussten, um mich beim Fotografieren zu beobachten: So hell, dass der Lichtpunkt noch stundenlang in ihren Blicken zurückblieb, so heiß, dass sie taumelten. So zumindest klang der Donner, ein zerstörerisches Krachen, ein Knall, nach dem die Ohren erst fiepten und dann benommen summten. So zumindest roch es, schwarz und tot und rußig.

Und auch, wenn mein Körper in Wirklichkeit gar nicht

verschwand an meinem Junggesellinnenabschied: Etwas explodierte. In mir. In meiner Welt. Die Grenzen zwischen oben und unten lösten sich auf, das Gewitter war plötzlich in meinem Körper, ich war der Himmel, ich schwebte weit über den Dingen, in mir krachte es, und etwas in mir zerbrach.

Bis zu diesem Blitz hatte es dich vielleicht noch gar nicht gegeben. Manchmal stelle ich mir vor, dass du erst mit dem Gewitter in die Welt gekommen bist, wie ein verwirrter Engel. Vielleicht stimmt das mit den Luftschichten und der Elektrizität ja gar nicht. Vielleicht gewittert es immer nur dann, wenn sich zwei Realitäten zu nah kommen. Und an diesem 1. September um 20.20 Uhr ist deine Realität auf meine zugerast. Beide sind frontal zusammengestoßen, und es donnerte. Plötzlich sind unsere Welten zu einer geworden, du warst in meiner, und ich war in deiner. Schade nur, dass es noch etwas dauern sollte, bis wir voneinander erfuhren.

Der Blitz schlug in einen Baum ein und sprang von dort auf meine Schulter über. Mediziner sprechen von »Überschlag«, »side splash« oder »side flash«. Er zuckte über meinen rechten Arm und meine Hand, die gerade an meiner Hüfte lag. Meine Uhr blieb stehen, genau um 20.20 Uhr. Er fuhr mir durch das Bein und den Fuß, dann floss er in den Boden ab.

Gott sei Dank, würde die Ärztin später sagen, ist der Blitz über die Schulter in meinen Körper eingedrungen und nicht über meinen Brustkorb. Gott sei Dank traf mich nur der Überschlag eines Seitenarms. Den Hauptarm des Blitzes hätte ich vielleicht nicht überlebt.

Immer wieder habe ich mich gefragt, wie viele Verästelungen mein Blitz wohl hatte. Ob zu jedem Blitzarm auch eine eigene Geschichte gehörte. Ob sie alle zusammenhingen und ob ich all das verstehen würde, wenn ich nur die vielen gleißend hellen Lichtwege zurückverfolgen würde. Ob ich dann wohl begreifen könnte, warum dieser eine Blitz gerade mich ausgewählt hatte, warum er mir in die Schulter gefahren war, warum er über meinen Arm zuckte und mich von den Füßen riss.

Niemand hätte gedacht, dass einem von uns je so etwas widerfahren würde. Merle nicht, Elske nicht, nicht einmal die ängstliche Lina oder die besorgte Biene. Sie starrten durch die quadratische Fensterscheibe, ohne sich von der Stelle zu rühren.

Mein Blitz habe etwa 25 000 Ampere gehabt, sagte mir die Ärztin später. 25 000 Ampere können etwa 3571 Bügeleisen gleichzeitig heiß werden lassen. Sie kühlen 31 250 Kühlschränke, sie bringen 62 500 Fernseher zum Flimmern. Im Krankenhaus hatte ich viel Zeit für diese Rechenspiele. Manchmal stellte ich mir vor, der Blitz wäre nicht in meine rechte Schulter eingeschlagen, sondern in die stillgelegte Stromleitung eines Geisterdorfs. Schlagartig wären die Fernseher angegangen, die Kühlschränke hätten gesummt, die Bügeleisen geglüht. Mein Blitz könnte eine ganze Stadt mit Strom versorgen, er würde überall Straßenlaternen und Küchenlampen zum Leuchten bringen, und in meinem neuen Licht würde der Staub fliegen, und unter meiner neuen Hitze würden zerknitterte Hemden brennen.

Doch ich war Ranya, damals schon, wenn auch anders

als heute. Ich war aus Fleisch und Blut. An diesem Tag hatte ich hellrote Locken, und ich trug ein grünes Kleid unter meiner Allwetterjacke. Ich wurde zur Seite geschleudert, ins Wanken gebracht, aus der Bahn geworfen. Ich lag da, und noch konnte man mein Blitzmal nicht sehen. Noch hatte ich keine Schmerzen und keine Ahnung, dass sich von einem auf den anderen Moment alles geändert hatte. Ich atmete ein und aus, und mein Herz schlug, aber denken konnte ich nicht.

Manchmal braucht es nur 0,0004 Sekunden, damit sich alles ändert. So lange dauert die Hauptentladung eines Blitzes. Um einmal zu schlagen, braucht mein Herz etwa 1,17 Sekunden. Der Blitz war also 2916 Mal schneller als mein Herz. In schwierigen Momenten rechne ich mir das immer wieder vor. Ich hätte nicht fliehen können. Nicht zur Seite gehen oder mich wegdrehen, es hätte alles nichts gebracht, der Blitz war schneller als ich. Er konnte 145 000 Kilometer in der Sekunde zurücklegen, während der Kilometerzähler meines alten Twingo nach fast sechs Jahren bei 14 000 angelangt war.

Das Gewitter hatte mich gerufen, es musste alles so kommen. Der Blitz schlug ein, ein Ast brach, ich fiel, und dann war ich weg.

Die anderen standen da, erzählten sie mir später, und starrten mich an. Es vergingen etwa zehn Sekunden, bis es wieder donnerte, diesmal weiter weg. Zehn Sekunden, in denen sie innehielten, gestoppt wie ein Film. Sie konnten sich nicht rühren, erzählten sie mir später. Bis ein weiterer Donnerschlag ertönte und es im selben Moment anfing zu regnen. Da erst stürzten sie alle gleichzeitig zur Tür und den Abhang hinauf, auf mich zu.

»Wir waren wie vom Donner gerührt«, erklärte Merle und schüttelte den Kopf. »Jetzt weiß ich endlich, was dieses Sprichwort bedeutet. Wir alle waren wie vom Donner gerührt.«

Eine Zeit lang war ich fixiert auf diesen einen Moment, auf diese 0,0004 Sekunden. Ich wollte sie verstehen. Ich wollte wissen, was da passiert war. Ich konnte nicht aufhören, danach zu fragen. Jeden. Zuerst die Ärztin.

»Der Blitz war etwa 30000 Grad heiß«, erklärte sie. »Den Pfad, den er genommen hat, sieht man noch auf Ihrem Arm, als rote Verästelungen von der Schulter bis zum Handgelenk. Wie ein umgedrehter Baum mit tausend Zweigen. Aber keine Angst, die Zeichnung verschwindet mit der Zeit. Trotzdem hat der Blitz die elektrischen Ladungen in Ihrem Körper durcheinandergebracht, Sie sind sofort ohnmächtig geworden. Anfangs litten Sie unter leichten Herzrhythmusstörungen, Ohrensausen und Schwäche im rechten Arm, erinnern Sie sich? Glücklicherweise waren diese Symptome nur vorübergehend. Blitzschläge sind selten in Deutschland, daher können wir nicht mit genauen Prognosen dienen – je nach Unfallhergang können unterschiedliche Folgen auftreten. Vielleicht fühlen Sie sich in den nächsten Tagen noch etwas kraftlos und abgeschlagen. Kopfschmerzen sind möglich, in seltenen Fällen werden auch organische Psychosyndrome diagnostiziert. Wir werden Sie beobachten, zunächst kümmern wir uns aber um Ihren Arm.«

Ich schüttelte den Kopf. »Nein, das meinte ich nicht. Was ist passiert, während es geblitzt hat? Was haben Sie gemacht?«

»Ich?« Die Ärztin runzelte die Stirn. »Ich persönlich?«

Ich nickte. Und dann erzählte sie mir, langsam und zögerlich, am 1. September um 20.20 Uhr sei sie wohl hier gewesen, genau auf diesem Stuhl habe sie gesessen und Papierkram erledigt. Was genau es war, wisse sie nicht mehr genau. Eigentlich wisse sie von diesem Tag gar nichts mehr genau. Nur, dass es gewittert habe.

»Warten Sie«, sagte die Ärztin. Und dann erinnerte sie sich doch: Sie habe es in der Ferne donnern hören, dann habe sie aus dem Fenster gesehen, und auf der Straße habe ein Vogel gesessen. »Vielleicht war es ein Rabe«, überlegte sie. »Ich bin mir nicht sicher, ob ich ihn genau um 20.20 Uhr gesehen habe, aber irgendwann an diesem Nachmittag, während es in der Ferne gewitterte, hat der Vogel dort gesessen und den Kopf nach rechts und links gedreht, und er hat geschrien, einmal, zweimal, dreimal. Als wollte er mir etwas sagen.« Doch seine Worte habe die Ärztin nicht verstanden. Und dann sei ihr die Porzellantasse aus der Hand gerutscht. Einfach so. Sie habe dagesessen und Tee aus einer alten Tasse ihrer Mutter getrunken. Es sei eine wertvolle, eine hübsche Tasse gewesen mit kleinen roten Blumen darauf. Und plötzlich habe die Tasse in tausend Scherben vor ihr auf dem Boden gelegen, und die Ärztin konnte nicht sagen, wieso ihr das passiert sei.

Man könnte meinen, die Menschen wüssten nicht, was ihnen um 20.20 Uhr am 1. September passiert sei. Und wenn sie es wüssten, wäre es etwas absolut Belangloses. Doch das stimmt nicht. Vielleicht lag es am Gewitter, am Donner, an der Schwüle. Irgendetwas muss in der Luft gelegen haben an diesem 1. September. Etwas, das die Krähen schreien und die Tassen zu Boden fallen ließ.

Das spürte auch mein kleiner Bruder Janosch, der gerade durch die Sporthalle auf der anderen Seite unserer Stadt rannte. Kurze Hosen, wehendes rotblondes Haar. Seine grünen Augen huschten von Spieler zu Spieler – er hatte den Ball. Während der Himmel draußen zuzog, wurde drinnen die Abwehr dichter. Schulter an Schulter stellten sie sich ihm entgegen, doch Janosch war flink. Er schlug Haken, täuschte rechts an, entwischte links, sah das Tor und warf. Vielleicht war es genau 20.20 Uhr, als der Ball durch die Luft flog, als Janoschs Blick den Torwart traf und Janosch nicht wusste, wie ihm geschah. Der Torhüter trug grüne Hosen, wie alle Spieler der gegnerischen Mannschaft, er hatte gelocktes Haar, riesige Hände und feste Waden. Er fixierte den Ball mit seinen hellblauen Augen, sprang und fing Janoschs Ball aus der Luft. Sein Team jubelte, er grinste Janosch an, und dabei bekamen seine Wangen tiefe Grübchen.

Während mich, etwa drei Kilometer entfernt, der Blitz traf, gestand sich mein kleiner Bruder zum ersten Mal ein, dass er einen Mann ausgesprochen schön fand. Der Jubel der gegnerischen Mannschaft klang verheißungsvoll, nach warmen Küssen im Regen, es klang wie Händchenhalten an einem schnellen Fluss. Aber auch beängstigend, gefährlich. Wie das Donnern eines bösen Lachens oder einer schallenden Ohrfeige.

Es regnete in Strömen, es donnerte und stürmte, und Helga, die freundlichste Bäckerin unserer Stadt, stand im Türrahmen ihres Ladens und sah in den Himmel. Ihre Hände vergrub sie in ihren Kitteltaschen, ganz tief. Die rechte klammerte sich an ihren Flachmann, befingerte das kühle Metall, die runde Verschlussklappe. Es war ein stressiger Tag gewesen. Die Kollegin von der Spätschicht war krank geworden, und Helga hatte alle Brötchen, Plunder, Nussecken, Mohnschnecken und Dinkelbrote allein backen müssen, obwohl ihr der Vormittag schon in den Knochen gesteckt hatte. Seit einigen Wochen hatte sie ganztags geöffnet – ein Versuch, mit den Ketten in der Innenstadt mitzuhalten. Sie wusste noch nicht, ob ihr kleiner Bäckerladen das auf Dauer würde stemmen können.

Endlich war zumindest für heute Feierabend, das Mehl juckte auf ihrer Kopfhaut, der Teig klebte unter ihren Fingernägeln. Sie hatte sich ihren Rum verdient. Wie jeden Abend. Ein paar Schlucke noch im Türrahmen, dann würde sie durch den Regen nach Hause schweben, sich in ihren Ohrensessel setzen und ihre Abendserien einschalten. Sie würde die dicken Füße hochlegen, und das Eis in ihrem Kristallglas würde klirren. Doch noch stand sie auf der Straße, sah in den Himmel. Es war schwül, Helga vergrub das Kinn im Jackenkragen und holte ihren Flachmann hervor. Sie wollte ihren wohlverdienten ersten Schluck für heute nehmen – und hielt inne. Der Himmel war genauso dunkelgrau wie damals. War heute nicht auch noch der 1. September? War es heute nicht genau zehn Jahre her, dass Heiner gestorben war? Hatte sie sich diesen Flachmann nicht genau heute vor zehn Jahren zugelegt? Hatte sich seitdem in ihrem Leben überhaupt irgendetwas verändert? Langsam ließ sie die Flasche wieder sinken.

Während mich, drei Kilometer entfernt, der Blitz traf, beschloss Helga, mit dem Trinken aufzuhören. Über ihrem Kopf donnerte es, und hinter den Wänden der

Sporthalle mit den winzigen Fenstern unterm flachen Dach jubelte leise eine Mannschaft. Als applaudierte sie Helga. Als spräche sie ihr Mut zu.

Auf dem Absatz drehte sich die Bäckerin um, lief zurück in ihren Laden, geradewegs auf das Schränkchen neben dem Kühlschrank zu. Zwei Flaschen Rum standen noch darin. Beide nahm sie heraus. Kurz dachte sie nach, dann machte sie sich auf den Weg zu Jacopo.

Jacopo ist der Besitzer der einzigen Eisdiele unserer Stadt. Sie liegt direkt am Marktplatz, neben dem roten Rathaus. Um ein kleines Bäumchen herum stehen runde Tische und Plastikstühle, die Jacopo fein säuberlich wienert, jeden Morgen und jeden Abend. Nur die Eiskarten sind verknickt und angelaufen – aber das ist nicht weiter schlimm, die ganze Stadt kann das Angebot sowieso auswendig aufsagen.

Seit Jahren spielt Jacopo mit dem Gedanken, eine neue Sorte zu erfinden. Tagein, tagaus fragen ihn seine Stammkunden, ob es denn schon so weit sei.

»Nein, nein, noch nicht. Aber ich bin kurz vorm Durchbruch. Ich sage euch, das wird eine Geschmacksexplosion.«

»Dann zwei Kugeln Schokolade, bitte.«

An diesem 1. September sah er in den schwarzen Himmel, in den Regen hinaus und beeilte sich, die letzten Polster und Tischdecken nach drinnen zu bringen. Zwischendurch fiel sein Blick auf Marianna. Die Aushilfe im Nahkauf nebenan brachte gerade das Obst und Gemüse hinein, um die Ladentür für heute schließen zu können. Beim Herauskommen stieß sie gegen die geöffnete Tür, sie stolperte über eine Kiste Äpfel und ließ eine offene Tüte fallen, die sie gerade in der Hand gehalten hatte. Mandeln rieselten auf den Boden und kullerten ein Stück über die regennasse Straße. Jacopo hielt inne. Mandeln, dachte er. Das war es. Mandeln im Gewitter. Er würde Mandel-Rum-Eis machen! Dass er nicht früher darauf gekommen war!

Während mich, etwa zweieinhalb Kilometer entfernt, der Blitz traf, erfand Jacopo eine neue Eissorte. Er klatschte in die Hände, und direkt über seinem Kopf hörte er es donnern. Er wusste noch nicht, dass gleich Helga auf ihren kurzen, dicken Beinen um die Ecke kommen würde – triefend nasses Haar, rote Wangen. Dass sie ihm ausgerechnet jetzt ihre letzten Flaschen Rum in die Hände drücken und sagen würde: »Mach damit, was du willst.«

Er lachte auch jetzt schon vor Freude. »Mandelgewitter!«, rief er dem Postboten zu, der auf der anderen Seite des Marktplatzes stand, die Kapuze tief im Gesicht, und zum Gruß die Hand hob. »So heißt meine neue Eissorte!« Der Postbote nickte, und von seiner Kapuze rann das Wasser. »Klingt gut!«, rief er durch den Regen.

Der Postbote war mein Vater. Eigentlich war er längst durch mit seiner Tour für heute. Er war schon zu Hause gewesen und wollte sich gerade die Hühnersuppe aufwärmen, die er am Wochenende gekocht hatte. Sein Postrad vor der Tür war leer. Nur seine Hosentasche war es nicht. Seit Jahren trug er darin einen Brief, der noch viel zerknickter war als die Eiskarten von Jacopo. Die Schrift auf dem Umschlag konnte man kaum noch erkennen, trotzdem überlegte er jeden Tag, ihn einzuwerfen. Bisher hatte er sich immer dagegen entschieden. Ein Tag noch, hatte er gedacht, eine Woche, nur noch diesen einen Monat. Mein Bruder Janosch wohnte schließlich weiterhin daheim und brauchte finanzielle Unterstützung. Also machte der große Mann mit dem weißen Haar weiter und dachte, während er von Tür zu Tür lief und die Gartentore hasste, die Haustüren verachtete und einen Ekel vor den Briefkästen empfand, an den einen Brief in seiner Hosentasche, biss sich auf die schmalen Lippen, atmete tief durch.

An diesem 1. September fiel ihm das Durchatmen allerdings schwer. Es war schwül. Und irgendetwas drückte seine breite Hand immer wieder in seine Hosentasche, zu seinem Brief. Sollte er es heute tun? Draußen begann es zu donnern, und mein Vater traf eine Entscheidung. Er ging hinaus in den Regen. Am Marktplatz angekommen hob er die Hand, um Jacopo zu grüßen, dann hielt er inne: Auf der Straße saß eine Krähe. Sie drehte den Kopf nach rechts, nach links, dann sah sie ihn an. »Flieg«, schien sie zu sagen. »Es wird Zeit.«

Und während ich, etwas mehr als einen Kilometer entfernt, von einem Blitz getroffen wurde, warf mein Vater seinen eigenen Brief in den Briefkasten: seine Kündigung. Und er lachte. Und genau über seinem Kopf hörte er es donnern.

Die Stadt zuckte zusammen. Die Menschen, die Hunde, Katzen und Vögel, sogar die Bäume. Mich traf der Blitz, und ich ahnte nicht, wofür das gut sein sollte, was es lostreten und mit mir machen würde. Seine Energie muss durch meine Schulter, den Arm und die Beine in den Boden gefahren sein, er muss sich auf der Erde ausgebreitet und seine Kraft durch die ganze Stadt gejagt haben.

Er ließ sie erzittern, erleuchten. Wären wir ein Zug, hätte der Blitz die Weichen verstellt. An diesem Tag nahmen wir alle eine neue Abzweigung, die wir uns nie zugetraut hätten. Ihren Verlauf kannten wir nicht, und ihr Ziel lag irgendwo im Dunkeln.

Adam

»Wo bin ich?«, fragte ich, und meine Stimme klang viel rauer als sonst. Meine Ohren summten.

»Sie sind im Krankenhaus.«

Vor mir stand eine Frau in einem weißen Kittel. Sie hatte eine kleine Lampe in der Hand und leuchtete mir in die Augen. Ich stöhnte auf.

»Können Sie mir sagen, wie Sie heißen?«

Ich sah sie an. Gute Frage. Mein Name. Wie war noch gleich …

»Was ist passiert?«, fragte ich.

»Sie hatten einen Unfall – vor drei Tagen. Seitdem liegen Sie in der Städtischen Klinik. Erinnern Sie sich an Ihren Namen?«

Ich runzelte die Stirn.

»Warten Sie einen Moment. Ich komme gleich drauf.«

Er lag mir auf der Zunge, ich hatte ihn schon oft ausgesprochen und noch öfter gehört. Es war ein guter Name. Ein starkes Wort. Etwas mit A.

Ich sah an mir hinunter. Auf meinen Unterarmen wuchsen dunkle Härchen, meine Brust war trainiert, mein Bauch flach. Alles für den Job. Ich war ein Karrieretyp, daran erinnerte ich mich als Erstes. Erfolgreich und zielstrebig. Drei Tage im Bett bedeuteten drei Tage ohne Sport. Und drei Tage ohne Kamera! Gott, was würde mein Sender sagen? Hatte man schon Ersatz für mich gefunden? War ich schon abgeschrieben? Könnte ich wieder …

»Ich muss an die Arbeit«, sagte ich. »Die Dokumentation. Ich muss …«

Schnell versuchte ich mich aufzurichten, doch die Ärztin hielt mich zurück.

»In diesem Zustand lasse ich Sie nirgends hin. Zuerst müssen Sie sich an Ihren Namen erinnern.«

»Und dann lassen Sie mich gehen?«

»Dann schauen wir mal.«

Sie begann, mich abzuhören.

»Tief einatmen. Und wieder ausatmen. Und noch mal ein.«

Ich atmete und dachte nach. Irgendwas mit A. Anton? Armin? Alex? Nein, das war es nicht. Ich arbeitete fürs Fernsehen. Wir wollten eine Dokumentation über diese Kleinstadt in Österreich drehen, die durch ein Unwetter fast vernichtet worden wäre. Es war meine Idee gewesen, und die Kollegen liebten sie. Damit könnte ich den Durchbruch schaffen, hatte ich gehofft. Vielleicht war es noch nicht zu spät. Zunächst brauchte ich aber meinen Namen. Wie stellte ich mich normalerweise vor? Was würde ich sagen, sobald die Kamera lief? Ich probierte es aus und sagte leise: »Guten Tag, mein Name ist Adam Münchberg, und ich berichte live für Sie aus der Städtischen Klinik.«

»Bitte was?« Die Ärztin runzelte die Stirn.

»Adam Münchberg heiße ich. Natürlich! Kann ich jetzt gehen?«

»Nein, Sie müssen bedauerlicherweise noch etwas bleiben. Erinnern Sie sich daran, was passiert ist?«

Ich stöhnte auf und ließ mich zurück ins Kissen fallen. Erst jetzt merkte ich, dass meine Beine kribbelten, als hätte sich ein riesiger Haufen Waldameisen in meinen Adern eingenistet. Sie krabbelten in rasendem Tempo meine Schienbeine hinauf, durch meine Knie hindurch bis zu den Oberschenkeln – und wieder zurück. Vielleicht sollte ich mich tatsächlich erst mal ausruhen.

»Ich weiß nur, dass ich mit Susi, der Kamerafrau, unterwegs war, am Rande einer kleinen Stadt. Mehr nicht. Dann ist alles weg. Was ist mit meinen Beinen?«

Die Ärztin nickte. »Die Erinnerung wird zurückkommen. Aber jetzt sollten Sie noch etwas schlafen.«

Sie drehte sich um und verließ das Zimmer. Ich tastete nach meinen Oberschenkeln – sie fühlten sich ganz normal an –, sah an die Decke und dachte nach. Ich war draußen gewesen, voller Freude und Aufregung. Wieso noch gleich?

Ich heiße Adam, überlegte ich, Adam Münchberg. Ich arbeite fürs Fernsehen, mein Spezialgebiet ist das Wetter. Ich wohne in Köln in einer Singlewohnung im vierten Stock mit Dachterrasse und tollem Ausblick. Ich mag es, in den Himmel zu schauen. Ich liebe den Regen.

An diesem Tag regnete es nicht. Ich sah aus dem Fenster des Krankenhauses. Der Himmel war blau. Die Dächer spiegelten die Sonne. Moment. Was waren das denn überhaupt für Dächer? Im Hintergrund konnte ich einen weiten, dunklen Wald erkennen. Kannte ich diesen Wald? In der Nähe von Köln stand er sicher nicht.

Ich klingelte nach einer Schwester.

»Wo bin ich hier?«

»In der Städtischen Klinik«, antwortete ein junges Mädchen mit schwarzen Locken.

»Ja, aber in welcher Klinik?«

»In Gudenshain natürlich.«

»Gudens … wo?«

Ich starrte sie an. Dieser Name kam mir zwar bekannt vor, doch ich hatte nicht vorgehabt, jemals in so einem Ort im Krankenhaus zu liegen.

»Wie weit ist Köln von hier entfernt?«

»Köln? Ich weiß nicht genau. Drei oder vier Stunden vielleicht?«

»Was?«

Meine Beine kribbelten, mein Kopf dröhnte. Das konnte doch nicht wahr sein! Ich sah mich um und entdeckte mein Handy auf dem Nachttischchen. Schnell schaltete ich es ein. Fünfundsechzig Nachrichten hatte ich darauf, sechzehn Anrufe und sogar vier SMS.

»Wir haben Ihre Familie benachrichtigt«, erzählte die Schwester. »Ihre Mutter ist in der Stadt. Sie war häufig hier an Ihrem Bett, ist aber gerade zum Einkaufen weggefahren. Sie ist sicher gleich zurück.«

»Sie haben meine Mutter benachrichtigt?« Wieder stöhnte ich.

»Sie ist Ihr Notfallkontakt«, erklärte die Schwester.

»Das muss ich dringend ändern lassen.«

Ich sah auf mein Handy und begann, die Nachrichten zu lesen.

»Es ist so furchtbar, was dir passiert ist. Das ganze Team wünscht gute Besserung, wir denken an dich!«

»Deine Mutter hat uns angerufen – wir machen uns hier alle riesige Sorgen. Sag Bescheid, wie es dir geht, wenn du das liest.«

»Hey Mann, wie geht es dir? Susi hat uns alles erzählt – unfassbar. Bitte melde dich, sobald du kannst.«

»Mensch, Adam, was ist denn mit dir passiert? Sollen wir rumkommen? Brauchst du irgendwas?«

»Hallo Adam! Ich hoffe so sehr, dass es dir bald besser geht. Gestern habe ich den ganzen Tag an deinem Bett gesessen, aber der Sender braucht mich, und deine Mutter meinte, ich soll ruhig nach Köln zurückfahren. Aber ich bereue es voll, ich hätte bleiben sollen. Sorry! Liebe Grüße, Susi.«

»Oh. Mein. Gott. Das Video ist SO krass. Ich kann das nicht fassen. Ruf bitte an, sobald du wach bist.«

»Ach, du Scheiße! Du solltest dir einen Anwalt nehmen. Es kann nicht sein, dass dieses Video im Internet steht.«

»Alter, was ist das für ein Video? Willst du, dass das öffentlich bleibt?«

»Adam, ohne Scheiß, ich schwöre dir, dass ich das Video nicht online gestellt habe. Ich habe keine Ahnung, wie es ins Netz kommen konnte! Nicht die geringste! Glaubst du mir? Liebe Grüße, Susi.«

Ich rieb mir die Stirn. Wovon sprachen die alle? Mit einem Tippen öffnete ich YouTube und schrieb meinen Namen in die Suchleiste. Gleich das oberste Video kam mir unbekannt vor, dabei hatte es schon über eine Millionen Klicks – so viel wie noch keine meiner Sendungen zuvor. Ich startete es und sah mich selbst. Schwarze Locken, große, dunkle Augen und ein verschmitztes Lächeln mit geschlossenen Lippen. In der Hand hielt ich ein Mikrofon, ich sah in den Himmel. »Das ist mal ein Gewitter«, rief ich. Über meinem Kopf türmten sich Wolken auf. Hinter mir konnte man Häuserdächer erkennen. Ich musste auf einer Anhöhe stehen, auf einem Hügel oder, noch eher, auf einer Aussichtsplattform. Rechts von mir konnte ich ein Metallgeländer erkennen, gegen das ich mich mit den Beinen lehnte, dahinter ging es wohl steil bergab. Über dem Zentrum der Stadt begann es gerade zu regnen und zu stürmen. Ein Blitz erhellte die Wolken. Ich selbst stand im Trockenen, auf der Aussichtsplattform war das Gewitter noch nicht angekommen.

»Was Sie hier hinter mir sehen können, sind energiereiche Luftmassen. Sie sind warm und labil und stehen unter extremem Tiefdruckeinfluss.«

Ein Donnern unterbrach mich.

»Das Gewitter konzentriert sich ausschließlich auf eine Kleinstadt namens Gudenshain. Die umgebenden Hügel halten es über den Dächern fest, hier kommt punktuell gerade viel Regen runter.«

Meine Locken wehten leicht im Wind, meine rote Wetterjacke ebenso. Eine Krähe setzte sich auf das Geländer schräg hinter mir, doch ich beachtete sie nicht. Über mir donnerte es. Ich lächelte. Pause. Dann fragte ich in Susis Richtung, leiser als vorhin: »Hast du das?« Die Krähe schrie und flog davon. Gerade wollte ich das Mikrofon sinken lassen, mich vom Geländer lösen und auf die Kamerafrau zugehen, da wurde der Bildausschnitt plötzlich von gleißendem Licht erhellt. Es krachte, eine Frau schrie, die Kamera wackelte, zitterte, doch sie hielt weiter drauf, sie filmte, wie ich zuckte und in mich zusammenfiel.

Schnitt. Kurz war das Bild schwarz, dann sah man die

gleiche Aufnahme noch einmal. Erst stand ich aufrecht und lächelte. Die Krähe flog auf. »Hast du das?« Der Rest wurde in Zeitlupe gezeigt. Ein weißgelber Lichtstrahl fuhr vom Himmel und traf das Geländer, das ich mit meinen Beinen berührte. Ich riss die Augen auf und fiel. Mich hatte der Blitz getroffen.

Ich spulte das Video zurück. Den Schrei der Kamerafrau, ihr Zittern, mein Leuchten. Das konnte doch nicht wahr sein. So etwas passierte doch nicht in Wirklichkeit. Schon gar nicht mir. Einem Fachmann. Täglich hatte ich in meinen PC geschaut und geglaubt, aus den Luftmassen, den Temperaturen, den Strömungen und der Elektrizität schlau zu werden, die mir da als Zahlen und Graphen angezeigt wurden. Dass ich sie einschätzen könnte und in der Lage wäre, zumindest ein klein wenig in die Zukunft zu schauen. Aber ich hatte mich geirrt. Ich hatte nicht begriffen, dass ich nichts voraussehen konnte, dass ich genauso naiv durch meinen Alltag stolperte wie jeder andere.

In diesem Moment, in meinem Krankenhausbett, spürte ich, dass sich meine Welt grundlegend verändert hatte. Dass sie zerfallen war und sich nun vollkommen neu zusammensetzte.

Ich öffnete Google und gab meinen Namen in die Suchleiste ein. Sofort erschienen Schlagzeilen von *Focus*, *Merkur* und der *Bild*: »Wettermann vor laufender Kamera vom Blitz getroffen«, »Blitz trifft TV-Meteorologen – er überlebt«, »Vom Blitz getroffen: Wetterfrosch in Lebensgefahr«, »Video zeigt Blitzschlag live«, »So sieht es aus, wenn ein Mensch vom Blitz getroffen wird«.

Langsam ließ ich mich ins Kissen sinken und wartete darauf, dass die Erinnerungen zurückkehrten. Wieso war ich nach Gudenshain gefahren? Warum hatte ich auf einer Aussichtsplattform über ein herannahendes Gewitter berichten wollen? Für welche Reportage hatte ich die Szene vorgesehen?

Die Tür meines Zimmers öffnete sich langsam, und der Kopf meiner Mutter schaute herein. Ihre dunklen schulterlangen Locken mit den weißen Strähnen wirkten stumpf, ihre olivfarbene Haut war blass, ihre Wangen eingefallen.

Sie sah mich an und lächelte vorsichtig.

»Hallo, mein Schatz«, sagte sie leise.

Jetzt müsste der Moment kommen, in dem ich mich freute. Schließlich freut man sich, wenn man seine Mutter sieht. Vor allem in einem Krankenhaus. Müde, geplagt von Schmerzen liegt man da und fühlt sich wie ein kleines Kind, wenn die Mama ans Bett kommt, um einem die Hand zu drücken. So zumindest sollte es sein. Doch bei mir war es anders. Stumm sah ich sie an.

»Wie fühlst du dich?« Meine Mutter blieb in der Tür stehen und hielt sich am Griff fest. Sie war so dünn, dass sie andernfalls wohl einfach umgekippt wäre. Oder davongeflogen. Sie wusste, dass ich nicht antworten würde.

»Ich … Ich hatte geglaubt … Mir tut das …«

Schweigend lag ich da. Mir war, als würde ich in einen dunklen Tunnel sehen, und wenn ich weiterliefe, käme ich vielleicht nicht mehr hinaus.

Flehend schaute sie mich an. »Sag doch was.«

Ich schluckte. »Lass mich bitte allein«, sagte ich.

Wie sehr ihre großen dunklen Augen meinen glichen. Kurz erwiderte ich ihren Blick, dann sah ich weg, aus dem Fenster. Ich hörte, wie meine Mutter durch den Raum ging in Richtung Tisch, wie sie etwas anhob oder abstellte, doch ich sah nicht hin. Ich schaute in einen leicht bewölkten Himmel, die Sonne stand tief. Es musste später Nachmittag sein. Die letzten Strahlen schienen auf die dunklen Bäume des Waldes, der diese Stadt abschloss wie eine Tür aus Eichenholz. Und dann fiel meine ins Schloss. Meine Mutter war gegangen.

Ich sah zum Tisch. Sie hatte Pralinen abgestellt und eine Karte. »Für Adam« stand darauf. Sobald ich aufstehen konnte, würde ich beides wegwerfen.

Die Wut saß mir im Rachen. Ich wollte spucken oder schreien, beides ging nicht, also hustete ich, und der Husten jagte einen Schmerz durch meinen Kopf, meine Haut brannte. Ich verzog das Gesicht, stumm. Was tat ich hier? Warum hatte ich diese Wut, diesen Hass in mir? Was hatte meine Mutter noch gleich getan? Da war doch was, da musste doch was gewesen sein, nur was? Zwar wusste ich meinen Namen wieder, ich erinnerte mich daran, wer die Person gewesen war, die vom Blitz getroffen worden war. Und doch spürte ich, dass da etwas fehlte. Ich konnte die Abwesenheit meiner Erinnerungen fühlen, so wie man manchmal hört, dass das Telefon stumm bleibt, obwohl man auf einen wichtigen Anruf wartet. Ich wartete, doch nichts klingelte. In meinem Kopf blieb es still.

Erzählen konnte ich all das niemandem. Gab es einen Menschen, den ich jetzt an meinem Bett haben wollte? Meine Mutter definitiv nicht. Mein Vater konnte mir ebenfalls gestohlen bleiben. Susi vielleicht? Nein, wir waren Kollegen, und das hier wäre mir dann doch zu intim. Paul, mein unerschrockener und kaum empathiefähiger Kumpel, wäre vermutlich der Richtige, doch er arbeitete seit ein paar Wochen als Unternehmensberater in München und hatte sicherlich andere Sorgen.

Mit einem Mal kam ich mir unendlich einsam vor. Um nicht weiter darüber nachzudenken, hob ich das Handy noch einmal vor meine Augen und startete das Video erneut. Ich sah mein Lächeln. Den Vogel. »Hast du das?« Und dann: den Blitz.

Ranya

»Oh. Mein. Gott.« Ich starrte auf Merles Handy, das sie mir mit ausgestrecktem Arm unter die Nase hielt.

»Und jetzt kommt es noch mal, schau!«

»Ich weiß gar nicht, ob ich das sehen will«, sagte ich langsam und laut, um mich selbst hinter meinem Ohrensausen verstehen zu können. Doch ich drehte den Kopf nicht weg. Ich sah, wie dieser Wettermann in die Kamera schaute und mit geschlossenem Mund lächelte. Wie er wartete. Wie der Vogel aufflog. Wie er sagte: »Hast du das?« Und dann sah ich, wie er vom Blitz getroffen wurde.

»Ach. Du. Scheiße.«

Für einen kurzen Moment ließ dieses Licht alles andere verschwinden. Die Stadt, den Vogel, den Mann. Sie waren verschluckt, erloschen, versengt. War ich für 0,0004 Sekunden ebenso körperlos gewesen? Licht statt Fleisch, Helligkeit statt Knochen?

Es war ein verschwindend kurzer Augenblick, doch er hatte den Mann verändert. Etwas in seinen Augen, etwas an der Art, wie er den Mund aufriss, erschien mir nach dem Blitz anders als zuvor. Seltsam irgendwie. Wo war er gewesen? Wo waren wir beide gewesen?

»Spul es noch mal zurück«, sagte ich.

»Der Typ ist hübsch, oder?« Merle grinste mich an.

»Quatsch! Darauf hab ich überhaupt nicht geachtet.« Mein Kopf schepperte, hinter meinen Augen fühlte ich ein Stechen. Ich sollte weder so viel sprechen noch so schnelle Bewegungen machen. Schließlich lag ich im Krankenhaus, und der Blitzschlag war erst wenige Tage her.

»Ist klar.« Merle tippte auf den Zeitstrahl des Videos und startete es noch mal.

Genauso ahnungslos wie dieser Mann hatte auch ich dagestanden. Ich war ebenso naiv gewesen. Ich hatte gleich große Schmerzen gespürt.

»Hast du die Uhr am Kirchturm gesehen?«, sagte Merle, sobald das Video zu Ende war.

Ich schüttelte den Kopf.

»Dann schau noch mal.«

Erneut startete sie das Video. Diesmal versuchte ich, nicht auf die Stimme des Mannes zu hören oder auf sein Gesicht zu schauen, sondern an ihm vorbei auf unsere Stadt. Man konnte das Neubaugebiet mit seinen kleinen Häuschen, den niedrigen Dächern und den genau bemessenen Grünflächen gut erkennen. Dahinter wurden die Straßen enger, die Häuser standen dichter. Über allem thronte unsere kleine Kirche mit dem schmalen, spitz zulaufenden Glockenturm.

»20.20 Uhr«, flüsterte ich. Dann riss ich die Augen auf. »Es ist genau die gleiche Uhrzeit!«

Merle nickte. »Er ist im gleichen Moment vom Blitz getroffen worden wie du.«

»Aber … Wie kann das sein?«

»Ich denke, es war derselbe Blitz.«

»Das ist doch nicht möglich.«

»Anscheinend doch. Ich hab ein bisschen recherchiert.

Es kommt wohl sehr oft vor, dass Blitze nicht nur an einer, sondern zur gleichen Zeit an zwei Stellen einschlagen. Forscher haben in den Neunzigerjahren vierhundert Blitzeinschläge gefilmt und herausgefunden, dass jeder Blitz den Boden im Schnitt 1,45 Mal getroffen hat. Ich denke also, dein Blitz war einer mit zwei Armen. Und diesen Wettermann hat der zweite Arm getroffen.«

»Aber er stand doch ganz woanders als ich.«

»So weit weg war das gar nicht. Siehst du dieses Geländer? Ich denke, das ist die Aussichtsplattform am Tretbecken, weißt du, welche ich meine? Unten am Wanderweg.«

Ich nickte.

»Sie liegt nicht mal einen Kilometer Luftlinie von unserer Hütte entfernt.«

»Verrückt.« Ich legte den Kopf wieder ins Kissen. »Weißt du, wie es ihm geht?«

»Die *Bild* schreibt, er hätte überlebt. Und denen glaube ich das, die gegenteilige Meldung hätten sie bestimmt noch lieber gebracht.«

Ich seufzte. »Das stimmt allerdings.«

»Vielleicht liegt er in diesem Moment sogar im selben Krankenhaus.«

»Ich könnte ihm im Flur begegnen?«

»Wer weiß.« Merle zuckte mit den Schultern.

»Wo ist eigentlich Claus?«, fragte sie dann.

Ich wich ihrem Blick aus. »Arbeiten, schätze ich.«

Dieser 5. September hätte mein Hochzeitstag werden sollen, an dem ich mit laut klopfendem Herzen erwachte. Ich hätte mich auf mein Hochzeitskleid freuen sollen, das bodenlang war und an Bauch und Schultern mit Spitze besetzt. Seit Wochen hatte ich gehofft, dass ich am 5. September die Frau sein würde, die dieses Kleid verdient hatte. Aufrecht, stolz und schön. Irgendetwas in mir hatte geahnt, dass es anders kommen würde. Und nun hatten wir die Hochzeit tatsächlich verschoben. Heute hätte ich mich vor lauter Schwindel auf meinen hohen weißen Schuhen kaum halten können.

»Es hat keinen Sinn«, hatte Claus schon am Tag nach dem Blitzschlag gesagt, als mein Ohrensausen noch viel lauter war und ich alle Kraft aufbringen musste, um ihn durch den Sturm hindurch zu verstehen. Er saß am Rand meines Bettes und musterte mich mitleidig. »Sieh dich nur an.«

Sagte er das wirklich?

»Ja«, antwortete ich eine Spur zu laut. Und meinte Nein. Seit dem Blitzschlag vermied ich jeden Blick in den Spiegel. Ich war totenblass, hatte schwarz unterlaufene Augen, meine Haut brannte, mir war schwindelig, alles tat mir weh. Wer mich sah, fragte sich, ob ich tatsächlich am Leben war.

»Du bist völlig durch den Wind«, fuhr er fort. »Und das kurz vor unserer …« Es dröhnte so laut in den Ohren, dass ich nur noch die Hälfte von Claus' Worten verstehen konnte. Er fuhr sich durch die weißblonden Haare. Sehen konnte ich ihn gut.

»Wieso bist du bloß … ins Gewitter …? So kurz … Ich hatte mich so auf alles gefreut.«

Ich kniff die Lippen zusammen, versuchte mich zu konzentrieren. Worum ging es hier gerade?

»Das … so tragisch.« Er redete weiter, doch seine Worte drangen nicht mehr zu mir durch. Ich sah nur in seine blauen Augen. Auf seine blonden Brauen und die unzufriedene Nase. Niemand auf der Welt konnte eine so unzufriedene Nase haben wie Claus. Meist erkannte ich schon an seiner Nasenspitze, was er dachte. An diesem Tag zeigte sie weit nach unten. Sie war schmaler und zugleich eckiger als sonst. Sie sagte: Wie konntest du mir das antun? Das zumindest verstand ich deutlich.

Claus hatte nicht nur die gesamte Redaktion des Hauses zu unserer Hochzeit eingeladen, sondern auch seine wichtigsten Kontakte aus der lokalen Wirtschaft. Als Chefredakteur der regionalen Tageszeitung wollte er diese Gelegenheit nutzen, um sich innerhalb unserer Stadt stärker zu vernetzen und sich als gastfreundlicher und strategisch wichtiger Ansprechpartner zu positionieren. Ich hatte so gehofft, ihn dabei unterstützen zu können. Und nun war das Gegenteil eingetreten. Ich hatte die Hochzeit kurz vor dem entscheidenden Tag doch noch platzen lassen.

»Ich sage alles ab«, hörte ich ihn sagen. »Heute noch. Je eher wir uns entscheiden, desto besser.«

Ich nickte und versuchte, meinen Schwindel einzufangen. Dieser Frau, die ich so gern für ihn gewesen wäre, war nicht schwindelig. Sie weinte nicht.

»Ich weiß, wie du dich fühlst. Ich bin auch traurig.« Er stand auf. Seltsam, dass seine Haare in meinem Sturm nicht wehten. Er trug sein helles Jeanshemd, unter dem sich seine starken Schultern und der große Bizeps abzeichneten, dazu die schwarze Hose und die eleganten Turnschuhe. Ein Hingucker, ja. Da hatte Elske recht gehabt. »Du weißt, dass ich … keine Wahl …«

Obwohl mein Ohrensausen wieder lauter wurde, nickte ich langsam.

»Aber … Glück. Ich habe eine Rücktritts… für die Hochzeit …«

»Was hast du?« Ich setzte mich ein Stück auf und versuchte, mich besser zu konzentrieren.

»Weißt du das nicht? Man kann Rücktrittsversicherungen abschließen. Sie treten in Kraft, falls eine Hochzeit platzt. Zum Glück habe ich rechtzeitig daran gedacht. Der Eigenanteil liegt bei gerade mal zweihundertfünfzig Euro. Die übernehme ich.«

»Wieso hast du das gemacht?«

Er zuckte mit den Schultern. »Weil ich dich kenne.«

Jetzt weinte ich doch. Ich schluchzte laut auf und hasste mich dafür. Er trat einen Schritt vor und strich mir über den Kopf. »Scht. Ich hab doch gesagt, dass ich das übernehme.«

»Es ist so toll, dass du dich um alles kümmerst. Wie immer.« Und ich meinte es so. Ich war unendlich froh, dass er da war und wusste, was zu tun war. Dass er alles in die Wege leitete.

»Es tut mir leid«, fuhr ich fort. Er blieb mitten im Raum stehen, sah mich an. »Ich wollte nicht, dass alles so kommt.«

Und endlich lächelte er mich an. Ich atmete auf. Wenn Claus lächelte, hatte ich immer das Gefühl, alles – wirklich alles – würde wieder gut. Es war ein großes, weißes, warmes Lächeln, das jeden umstimmen könnte, zur Not auch die ganze Welt.

»Wir kriegen das schon hin«, sagte er, jetzt ganz sanft. »Du hast doch mich. Ich muss … Die Mittagslage.«

»Klar«, schluchzte ich.

Kurz kam er noch mal zu mir und gab mir einen Kuss auf die Stirn. Dann ging er.

Claus war immer schon der Macher von uns beiden gewesen, der Starke. Derjenige, der wusste, was zu tun war. Das war schon so, als ich noch seine Praktikantin war und er Chef der Stadtredaktion. Schon am ersten Tag hatte er mich zu einem schweren Unfall auf der Bundesstraße mitgenommen.

»Hast du so was schon mal gemacht?«, fragte er mich und trat aufs Gas. Die Tachonadel kletterte auf 120, 140, 160 Stundenkilometer.

Ich schüttelte den Kopf.

»Schön ist das nicht«, fuhr er fort. »Aber versuch, nicht zu viel nachzudenken. Mach einfach deinen Job.«

Ich nickte. Im Stillen fragte ich mich, was bei einem Unfall mein Job sein könnte, doch ich schwieg.

»Vorsicht!«, entfuhr es mir dann doch. Claus raste auf das Stauende zu.

»Keine Angst, Kleines.« Er lächelte, und mein Herz klopfte schneller. Hatte er mich gerade »Kleines« genannt? Viel wichtiger aber war die Frage: Wie konnte es sein, dass mir das gefiel? Ich war einundzwanzig Jahre alt – eine erwachsene Frau. Ich studierte und arbeitete nebenher für diesen Mann. Er sollte mich nicht »Kleines« nennen. Und doch hoffte ich, es bald noch einmal zu hören. Er ging vom Gas, trat leicht auf die Bremse und setzte den Blinker. Kurz hinter dem letzten stehenden Auto bog er scharf nach rechts in einen Feldweg ein.

»Es gibt einen Schleichweg.«

Wir tasteten uns von der Seite her an den Unfall heran. Schon von Weitem sahen wir das Blaulicht. Zwei Krankenwagen, ein Polizeiauto und ein Notarztfahrzeug sperrten die Straße in beide Richtungen ab. Dazwischen lag ein Auto auf dem Dach. Ein zweites, dessen Motorhaube und Windschutzscheibe bis zum Rücksitz eingedrückt waren, stand daneben, außerdem ein drittes mit zerstörter Beifahrertür. Neben dem Krankenwagen hantierte ein Notarzt an einer Liege, und mitten auf der Straße saßen zwei Menschen mit blassen Gesichtern, umringt von Sanitätern.

»O mein Gott«, flüsterte ich.

»Nicht nachdenken«, riet mir Claus. »Mach einfach dein Ding.«

Ich sah ihn fragend an.

»Fotos!«, sagte er. »Das kannst du doch so gut.«

»Das hier soll ich fotografieren?«

»Natürlich. Was meinst du, was das für Klickzahlen gibt! Aber ohne Menschen und ohne Blut, bitte.«

Also hielt ich drauf. Während Claus sich Notizen machte, mit den Einsatzkräften und der Polizei sprach, fotografierte ich die Scherben, die Metallteile und die Autowracks. Es roch nach heißem Gummi, das Blaulicht blinkte, und inmitten der Zerstörung glaubte ich, etwas Neues entstehen zu sehen. Ich ging in die Knie, lief um die Unfallstelle herum, sah immer wieder Claus an und vergaß, was hier passiert war. Ich dachte nur an ihn. Wie schön er aussah. Er war nicht übermäßig groß, hatte aber Ausstrahlung. Sein sicheres Auftreten, seine breiten Schultern und sein Zwinkern zogen mich immer stärker an. Er bemerkte meinen Blick und lächelte. »Das machst du sehr gut, Ranya.«

»Äh«, machte ich und schaute schnell wieder auf die Kamera.

Als wir die Fotos dann später am Abend ansahen, waren wir die Letzten in der Redaktion. Claus hatte die anderen heimgeschickt. »Den Rest schaffen wir allein«, hatte er gesagt, sogar zum Spätdienst. Das einzige Licht, das noch im Großraumbüro leuchtete, war das über seinem Platz. Ich saß auf seinem Stuhl und ging die Bilder durch. Er stützte sich rechts von mir auf den Schreibtisch und sah mir über die Schulter. Sein Parfüm roch ich so intensiv, seinen Arm spürte ich so nah an meinem, dass ich mich kaum konzentrieren konnte.

»Die sind richtig gut geworden, Ranya«, sagte er leise und sah mich von der Seite an. Er hatte diese markanten Wangenknochen, die ich am liebsten berührt hätte.

»Lade das Zweite und das Dritte hoch und zieh sie in den Artikel. Die Online-Redaktion wird sich freuen«, wies er mich an, und ich versuchte, alles richtig zu machen. Trotzdem musste er mich hin und wieder korrigieren. Er legte seine Hand auf meine und lenkte die Maus auf die richtigen Stellen, dann klickte er.

»Gute Arbeit, Ranya. Es reicht, wenn du morgen etwas später kommst.«

Ich nickte und stand auf, um meine Jacke anzuziehen. Dabei betrachtete er mich lange. Verunsichert schlug ich die Augen nieder.

»Bist du müde?«, fragte er.

»Es geht«, antwortete ich.

»Die Hausführung steht nämlich noch aus.«

»Stimmt, Elske wollte mir morgen alles zeigen, heute war es so stressig.«

»Hast du Lust, dir jetzt noch alles anzuschauen? Ich würde dich sogar ins geheime Stockwerk mitnehmen.« Er zog die eine Augenbraue hoch und lächelte. Es war das erste Mal, dass ich dieses Lächeln sah. Offen und frei und einladend. Wie ein Geschenk.

Ich lächelte zurück. »Klar.« Dabei versuchte ich, möglichst lässig auszusehen. Meine Hände waren schweißnass vor Aufregung. Gemeinsam gingen wir durch dunkle Großraumbüros, Konferenzräume mit leeren Stühlen, Glasräume der obersten Chefs, Teeküchen und Kopierräume. Nur die Online-Redaktion ließen wir aus.

»Da arbeiten sie noch. Und ich will nicht, dass sie sich fragen, was wir beide so spät noch hier machen«, erklärte Claus, während er mir fest und lange in die Augen sah.

Was geschah hier? Gefiel ich diesem Mann etwa? Das war doch nicht möglich. Und dann dachte ich mir, dass ich vorsichtig sein sollte. Vielleicht wäre es sogar das Beste, jetzt zu gehen. Was konnte ein Chef schon von einer kleinen Praktikantin wollen? Aus diesen Geschichten war noch nie etwas Gutes entstanden.

Ich blieb. Gemeinsam stiegen Claus und ich in den Fahrstuhl. Keiner von uns sprach ein Wort, wir blickten uns nur an, und sein Lächeln sah aus, als würde er meine Gedanken erraten.

Bling – der Fahrstuhl öffnete sich, und ich stolperte hinaus.

»Das hier unten war früher ein Schwimmbad.«

»Bitte was?«

»Richtig gehört. Vor ein paar Jahrzehnten ging es der Zeitungsbranche noch so gut, dass die Sekretärinnen nachmittags Zigarren und Rotwein reichten und sich die Redakteure abends gemeinsam im Schwimmbad vergnügten.«

»O Gott.«

Claus öffnete eine Tür und schaltete das Licht ein. Und tatsächlich, der Fußboden war ein leeres Becken. Die Fliesen glänzten noch immer, als würden sie darauf warten, dass die Menschen das Internet wieder abschafften, die Fernseher ausschalteten und wie früher massenhaft Zeitungsabos abschlossen. Als hofften sie, dass Lokalredakteure eines Tages wieder überbezahlte Mitarbeiter wären, die während der Arbeit kreative Pausen einlegten und ein paar Bahnen im hauseigenen Bad schwammen.

»Wir sind definitiv zur falschen Zeit zum Journalismus gekommen«, sagte Claus. Ich konnte ihn mir gut in diesen dekadenten Jahren vorstellen. Die Füße auf dem Schreibtisch, in der einen Hand eine Zigarre, in der anderen ein Glas Rotwein.

»Schade drum«, sagte ich und folgte Claus durch den Flur zur nächsten Tür.

»Und hier sind die Duschen.«

Wieder schaltete er das Licht ein. Drei Kabinen reihten sich aneinander, und an der Wand gegenüber hingen Spiegel und Waschbecken. Im Gegensatz zum leeren Schwimmbad wirkte dieser Raum so, als wäre er gerade noch benutzt worden. An den Waschbecken standen Seifen, in einem Regal Shampoos, Duschgel, Deos und Haarsprays neben sauber gefalteten Handtüchern.

»Das sieht ja alles total neu aus«, meinte ich.

»Ist es auch. Ich habe erst vor wenigen Monaten angeregt, die Duschen zu sanieren, damit mehr Mitarbeiter mit dem Fahrrad zur Arbeit kommen. Ich benutze sie jeden Morgen.«

»Echt?«

»Klar. Ich jogge zur Arbeit.«

Neugierig öffnete ich eine der Türen und sah in die enge Kabine. Alles glänzte, der Duschkopf war groß und modern, die Fliesen sauber und ebenso dunkelblau wie das stillgelegte Schwimmbad.

»Du solltest es auch mal probieren«, sagte Claus.

»Joggen?«

Er schüttelte den Kopf und trat hinter mir in die Duschkabine.

»Nein«, antwortete er leise und schloss die Tür. »Duschen.«

Wir standen jetzt so nah voreinander, dass sein Oberkörper meinen berührte. Er griff nach meinen Händen und sah mir in die Augen.

»Hast du Lust?«

Ich schluckte. »Es war ein langer Tag. Wir waren viel unterwegs.«

Er nickte und grinste. »Dabei wird man schon ein wenig schmutzig.«

Er hob die Hand und strich mir eine Strähne aus dem Gesicht. An diesem Tag war ich rothaarig. Die Farbe gefiel mir ausgesprochen gut, sie war tief und strahlend zugleich, sie ließ meine Haut heller und meine Augen grüner erscheinen.

Er sah auf meine Lippen, und dann küsste er mich. Ich rang nach Luft und versuchte gleichzeitig, seinen Kuss zu erwidern. Geschah das gerade wirklich? Bald glaubte ich, in diesem Kuss zu verschwinden. Er verschlang und verschluckte mich. Kaum merkte ich, dass Claus mir das Kleid über den Kopf zog, dass er sagte: »Zieh den BH aus. Und jetzt den Slip.« Gleichzeitig zog auch er sich aus.

»Dreh dich um«, sagte er dann und drehte das Wasser auf. Es war eiskalt, ich schrie auf, doch er hielt mich fest. »Scht«, machte er und strich mir über den Rücken. »Ganz ruhig.« Und ganz langsam wurde das Wasser wärmer.

Es ist bis heute eine meiner liebsten Erinnerungen an unsere Anfangszeit, an das große Kribbeln, die ungewohnte Erregung und an das Gefühl, etwas völlig Verbotenes zu tun. Bald drehte ich mich um und hielt ihn ganz fest. Er hob mich hoch und presste mich gegen die Duschwand, und ich wollte für immer dort bleiben, die kalte Wand im Rücken, Claus' warmen Oberkörper am Bauch. Ich wollte nicht, dass er das warme Wasser jemals wieder abdrehte.

Hinterher lehnten wir erschöpft und mit nassen Haaren an der Wand der Duschkabine.

»Wow«, sagte Claus. »Das war … Du bist umwerfend.«

Ich lächelte verlegen. Wir sahen uns an und lachten leise.

»Morgen dusche ich gegen neun Uhr.«

»Das heißt?«, fragte ich zurück.

»Ich wünsche mir von ganzem Herzen, dass du dann wieder hier bist. In dieser Kabine.«

»Schauen wir mal, ob dein Wunsch in Erfüllung geht«, sagte ich und hoffte, dabei geheimnisvoll zu lächeln. Dabei wusste ich sofort, dass sein Wunsch in Erfüllung gehen würde. Tag für Tag. Von diesem Moment an bemühte ich mich, ihm jeden seiner Wünsche zu erfüllen. Im Prinzip tat ich das bis heute.

Ich wartete in der Duschkabine auf ihn. Anfangs noch angezogen, doch dann wünschte er sich, dass ich in Unterwäsche, und später, dass ich komplett ohne Kleidung auf ihn wartete.

Ich verbrachte die Mittagspausen mit ihm. In der ersten Woche versuchte ich noch, mich mithilfe von Ausreden aus den Kollegengruppen davonzustehlen. Bis er mich darum bat, ihn vor aller Augen an seinem Schreibtisch abzuholen.

Ich begann, öfter Kleider zu tragen. Schwarze Kleider mit langen Ärmeln mochte er am liebsten, also schob ich die grünen und roten, die ich noch besaß, immer weiter nach hinten in meinen Schrank.

»Ich mag dich mit roten Haaren«, sagte er, nachdem ich meine Haare gerade von blond zu hellbraun gefärbt hatte. Also ging ich am nächsten Tag noch einmal zum Friseur.

Noch nie in meinem Leben hatte ich so viele Komplimente bekommen wie von Claus. Er gab mir das Gefühl, die schönste, die interessanteste und wertvollste Person auf der Welt zu sein. Wenn er mich ansah, fühlte ich mich unglaublich wohl in meinem Körper. Für dieses Gefühl hätte ich mir täglich die Haare neu gefärbt. Ich fand mich schön, sah ihn an und fand ihn noch schöner. Um seiner Begeisterung für mich gerecht zu werden, wollte ich eine bessere Ranya werden: eleganter laufen, weniger Gläser fallen lassen, seltener »Ähm« sagen, aufrechter stehen und öfter lächeln.

Trotzdem ließen die Komplimente mit den Jahren ein wenig nach. Ich versuchte, das wunderschöne Gefühl vom Anfang wiederherzustellen, und es gab einzelne Tage, im Urlaub, bei spontanen Kurztrips oder auf rauschenden Festen, an denen es mir auch gelang. Da war alles perfekt, da liebte er mich, und ich liebte ihn. Fast neun Jahre später – meine Haare waren gerade brünett gefärbt, und ich trug ein schwarzes Kleid mit langen Ärmeln, ich stand aufrecht, hielt mein Glas fest in der Hand und lächelte – fragte er mich endlich: »Willst du meine Frau werden?«

Wir standen gerade auf der Terrasse eines Cafés mit Blick auf das London Eye. Deswegen also hatte er diesen spontanen Städtetrip unbedingt mit mir machen wollen, überlegte ich. Und dann überlegte ich gar nichts mehr, ich war nur noch glücklich. Endlich, Claus Wetzel wollte mich heiraten. Mich, Ranya, im Herzen eine unerfahrene Praktikantin, die ständig etwas fallen ließ oder vor Schränke lief, die eigentlich viel zu fehlerbehaftet für einen Perfektionisten wie ihn war. Vielleicht würde ich als Frau Wetzel endlich weniger Fehler machen, vielleicht könnte ich beinahe so perfekt sein wie er, wie Herr Wetzel.

»Ähm«, machte ich.

»Du wolltest doch nicht mehr so oft Ähm sagen.« Er lächelte, und ich wusste, dass alles – wirklich alles – gut werden würde.

»Ja, sorry.«

Er lachte. »War das ein Ja?«

»Ähm, ja!«, rief ich und fiel ihm um den Hals. »Ja, ja, ja und nochmals ja!«

Er lachte noch lauter und hob mich hoch und wirbelte mich herum.

»Du bist die perfekte Frau für mich. Ich bin dir so unendlich dankbar, weißt du das?«, rief er, und ich bekam eine Gänsehaut.

»Ich liebe dich«, sagte ich.

»Ich liebe dich«, sagte er.

Wie lange hatten wir uns das jetzt nicht mehr gesagt? Ich lag in meinem Krankenhausbett, meine Tränen waren noch nicht getrocknet, und dachte nach. In den letzten Wochen hatten wir unser Leben auf die Arbeit und auf Hochzeitsplanungen beschränkt. Schließlich sollte es das perfekte Fest werden. Es sollte zeigen, wie vollkommen das gemeinsame Leben von Herrn und Frau Wetzel bald sein würde. Dafür hatten wir extra ein Einladungsfotoshooting machen lassen. Unsere zweihundert Gäste erhielten zuerst eine Save-the-Date-Karte, auf der wir uns verliebt in die Augen sahen. Wenige Monate später kam dann die offizielle Einladung per Post. Ich liebte dieses Foto: Ich saß auf Claus' Schultern, streichelte seine Wange, und er strahlte in die Kamera. Wir mieteten das alte Kloster am Rande der Stadt. Hier konnte man nicht nur standesamtlich und kirchlich heiraten, sondern auch ein rauschendes Fest in der großen benachbarten Scheune ausrichten. Die regional erfolgreiche Band Black Birds würde ein Konzert geben, im Anschluss würde ein DJ auflegen, wir hatten weiße Tauben und eine Popcornmaschine bestellt, eine professionelle Fotobox geordert, den Sitzplan auf eine Leinwand gedruckt, Taschentuch-Verpackungen für Freudentränen entwickeln lassen, ein Fünf-Gänge-Menü zusammengestellt, Windlichter und Tischkarten aus Holz entworfen, einen Fotografen engagiert, Schokolinsen mit unseren Initialen bedruckt und als Gastgeschenke eingepackt. Kein Tag war vergangen, ohne dass wir über die Hochzeit, unsere Outfits oder die Junggesellenabschiede geredet oder Pläne vorangetrieben hatten.

Seit über vierhundert Tagen hatte es nur noch dieses

eine Thema für uns gegeben – und dann wurde es innerhalb von 0,0004 Sekunden beendet. Einfach so. Als würde uns der Himmel, in den wir weiße Tauben aufsteigen und Reis werfen lassen wollten, auslachen. Er donnerte und blitzte und flüsterte: »Glaubt ihr wirklich, dass ihr eure Entscheidungen selbst treffen könnt?«

»Ranya?«

»Mmh?« Ich drehte den Kopf und sah Merle wieder an, die noch immer am Rand meines Krankenhausbettes saß.

»Hast du gehört, was ich gesagt habe?«

Ich schüttelte den Kopf. Vielleicht könnte ich versuchen, meine Unaufmerksamkeit auf den Blitzschlag zu schieben. Zwar war mein Ohrensausen mittlerweile so leise geworden, dass es mich kaum noch einschränkte, aber auch Konzentrationsprobleme könnten eine Folge des Blitzschlags sein, hatte die Ärztin gesagt. Merle kannte mich allerdings viel zu gut. Auf einem Fototermin mit Matthias Schweighöfer war ich einmal so fasziniert von einem jungen Fan mit sechs Fingern an einer Hand gewesen, dass ich vergaß, nicht nur den Fan, sondern auch den Schauspieler zu fotografieren. Und als ich einmal als Erste auf Merles Geburtstagsparty angekommen war, vergaß ich, ihr zu gratulieren. Ich war immer schon zerstreut gewesen, dafür brauchte ich keine 25 000 Ampere.

»Sorry, Merle. Was hast du gesagt?«

»Ich hab gefragt, wann Claus das letzte Mal hier war.«

»Mmh«, machte ich und tippte mir mit dem Zeigefinger auf die Nase. »Vorgestern, glaube ich.«

Sie zog die Augenbrauen hoch.

»Seine Braut wird vom Blitz getroffen, und er lässt sie zwei Tage lang allein im Krankenhaus?«

»Sicher kommt er heute vorbei.«

»Das will ich doch hoffen. Heute wäre euer Hochzeitstag!«

Ich ließ den Kopf sinken. »Na ja, versetz dich mal in seine Lage. Er hat alles für uns und diese Hochzeit getan. Und dann das.«

Merle runzelte die Stirn. »Meinst du das ernst?«

»Ich weiß, dass du Claus nicht sonderlich magst, aber …«

»Das hat nichts mit mögen oder nicht mögen zu tun. Ich finde es nur traurig, dass dir Claus mehr leidtut als du dir selbst. Du wärst fast gestorben! Er muss nur eine Hochzeit absagen. *Du* solltest *ihm* leidtun, nicht andersherum. Du fühlst dich doch nicht etwa schuldig, oder?«

Ich schluckte. Und schwieg.

»Meine Güte, Ranya! Versucht Claus wenigstens, dir diese Schuldgefühle auszureden? Freut er sich, dass du das Schlimmste überstanden hast?«

Ich wich ihrem Blick aus. Dass sie kein Fan von Claus war, wusste ich längst. Sie ärgerte sich immer darüber, wenn er meinen Geburtstag vergaß oder einen dummen Spruch auf meine Kosten machte. Spätestens seitdem er mich in ihrer Anwesenheit gefragt hatte, ob ich nicht vielleicht einen Fitnesskurs besuchen wolle, bevor ich mir ein so enges Hochzeitskleid kaufte, war sie nicht mehr gut auf ihn zu sprechen. Immer wieder hatte ich ihr erklärt, dass das ein Scherz war und er mich gern mit Witzen über meinen Hintern aufzog, doch sie glaubte mir nicht.

»Manchmal habe ich das Gefühl, dass er dich verunsichert«, hatte sie eingewendet. »Und du bist sowieso schon ein eher unsicherer Mensch.«

»Na toll«, hatte ich grinsend geantwortet. »Damit verunsicherst du mich jetzt total.«

Sie hatte gelacht, doch es war kein versöhnliches Lachen gewesen. Ihre Sorgen waren geblieben, das hatte ich gespürt. Da konnte ich ihr noch so oft erklären, dass mir kein Mann zuvor so sehr das Gefühl gegeben hatte, wertvoll zu sein.

»Hat er versucht, dich zu beruhigen?«, hakte sie jetzt nach. »Wenn nicht, würde mir das zu denken geben.«

Jetzt ging sie eindeutig zu weit.

»Was willst du damit sagen?«, fragte ich. In meinen Ohren rauschte es jetzt wieder lauter.

»Dass dieser Blitzschlag vielleicht auch einen Vorteil hat«, antwortete Merle.

»Bitte?«

»Er gibt dir etwas Zeit, um über Claus nachzudenken. Und darüber, was dich wirklich glücklich macht.«

Mir wurde heiß im Gesicht, mein Herz schlug schneller vor Wut. Wie konnte sie es wagen?

»Vielleicht sollte ich die Zeit aber auch dafür nutzen, um über meine beste Freundin nachzudenken«, presste ich hervor. »Möglicherweise tut mir eine Person nicht gut, die mir ständig überall reinredet und mir mein Glück nicht gönnt.«

Merle zog überrascht die Augenbrauen hoch. Sie war es nicht gewohnt, dass ich so mit ihr sprach.

»Bitte was tue ich?«, fragte sie leise.

Für meine Antwort richtete ich mich auf. Und mit jedem Wort wurde der Sturm in meinen Ohren lauter, *ich* wurde lauter, ich steigerte mich immer weiter hinein: »Du hast mich schon verstanden. Du glaubst doch, du machst alles richtig. Was du denkst, sollen alle denken. Nur weil du dich von deinem schrecklichen Michael getrennt hast, heißt es nicht, dass Claus ein genauso schlechter Mensch ist. Claus würde niemals tun, was dein Ex getan hat. Aber das passt dir nicht. Du willst, dass wir beide immer in der gleichen Situation sind. Als du noch mit Michael zusammen warst, hast du dich fast darüber gefreut, wenn Claus auch mal gemein zu mir war. Und jetzt, wo du endlich den Absprung geschafft hast, willst du unbedingt, dass ich auch abspringe. Aber vor mir liegt kein Abgrund, ich habe kein Problem! Ich werde meine Hochzeit nicht absagen, nur weil du deine abgesagt hast. Und ich lasse mir auch nicht einreden, ich wäre unglücklich. Du sagst das doch nur, weil du dich allein fühlst. Es geht immer nur um dich. Dabei liege ich hier im Krankenhaus! Ich wurde vom Blitz getroffen! Und was machst du?«

Langsam stand Merle auf. »Ich werde jetzt gehen«, sagte sie leise. »Möglicherweise solltest du dich ausruhen.«

Langsam verließ sie den Raum.

Ich lehnte mich in meine Kissen und atmete tief durch. Meine Haut brannte, mein Kopf schepperte. Was war da gerade mit mir passiert? So hatte ich noch nie mit Merle gesprochen. So hatte ich überhaupt noch nie mit irgendwem gesprochen. Wo kam diese Wut plötzlich her? Und woher mein Mut, meine bösen Gedanken einfach herauszuschreien?

Normalerweise wurde ich nicht wütend. Nicht einmal gegenüber meinem kleinen Bruder, der schon mit neun Jahren wirklich alles versucht hatte, um mich aus der Fassung zu bringen. Einmal hatte er meine Mathehausaufgaben, für die ich Stunden gebraucht hatte, mit seinen Hanuta-Fußballbildern überklebt. Ein anderes Mal platzte er in mein Zimmer, als ich gerade die coolsten Mädchen der Klasse zu Besuch hatte, und erzählte ihnen, wie laut ich pupsen konnte. Doch ich hatte ihn nicht angeschrien. Ich war nur rot geworden und hatte ihn rausgeworfen. Sogar als meine damalige Freundin Henriette meinen heimlichen Liebesbrief an den schönen Tobi in dessen Briefkasten warf, ohne mich zu fragen, sagte ich nichts. Zu Hause weinte ich heimlich, und in der Schule nahm ich ihre kichernd hervorgebrachte Entschuldigung vor allen anderen an. Ich hasste es, so sanft und vorsichtig zu sein. Manchmal wünschte ich mir, ich könnte richtig laut brüllen und stampfen – doch ich tat es nicht.

Die meisten Leute bemerkten mich kaum, weil ich so still war. Und wenn sie mich doch wahrnahmen, schien ich sie zu langweilen. Nur Merle nicht. Mit ihr war es von Anfang an anders. Wir lernten uns als Kinder in der Bienen-AG kennen, als ich gerade neu auf die Schule in Gudenshain gewechselt war. Beide trugen wir riesige weiße Imkeranzüge mit Hüten und Netzen vor dem Gesicht und versuchten, ruhig zu bleiben. Ich schaffte es, Merle nicht. Sie stand inmitten eines Bienenschwarms und weinte.

»Hast du auch so große Angst vor Bienen?«, wollte sie wissen.

Ich schüttelte den Kopf in Zeitlupe, um die Bienen nicht zu verwirren.

»Wieso bist du eigentlich hier?«, fragte sie schniefend.

»Na ja, ich mag Honig«, antwortete ich. »Außerdem war die Töpfer-AG schon voll.«

»Du würdest lieber töpfern?«

»Meine Mama liebt Tassen. Und ich finde sie auch schön. Vor allem Porzellantassen. Am liebsten würde ich mir eine eigene machen.«

»Aber man töpfert doch gar nicht mit Porzellan.« Merle schluchzte, während die Bienen um ihren Kopf herumflogen. Manche setzten sich auf ihren Hut, andere auf ihre Schultern. Sie stand ganz starr da, jeder Muskel in ihrem Körper war angespannt.

»Stimmt«, sagte ich. »Und wieso bist *du* hier?«

»Papa glaubt, die AG macht meine Angst vor Bienen kleiner«, presste sie hervor.

»Und, klappt es?«

Sie schniefte auf. »Vielleicht ein ganz kleines bisschen.«

»Ich bin übrigens Ranya.«

»Okay. Kannst du mir das nachher noch mal sagen?«

»Klar. Du kannst jetzt wahrscheinlich nicht so gut aufpassen.«

»Doch. Aber ich kann dich unter diesem Hut nicht erkennen.«

Ich musste lachen, und Merle lachte mit – obwohl sie gleichzeitig weiterweinte.

Später, als sie in Sicherheit war und wir beide die Hüte abnahmen, war ihr Gesicht zwar vom Weinen geschwollen, trotzdem wirkte sie stark. Merle hatte schon als Mädchen diese dunkelroten Lippen und den klaren Blick gehabt. Sie sah so mutig aus, wie ich gern gewesen wäre.

»Ich bin übrigens Ranya«, sagte ich noch mal.

»Hallo, Ranya. Ich bin Merle«, antwortete sie und reichte mir die Hand wie eine Erwachsene – obwohl sie noch von Kindertränen triefte.

Merle war beliebt und bunt, und doch war sie das erste Mädchen, neben dem ich mich nicht farblos fühlte. Sie schaffte es, dass ich neben ihr Konturen bekam.

Wenn ich einen kindischen Witz machte, verdrehte sie nicht die Augen, sondern setzte noch eins obendrauf. Wenn ich ausrutschte, ließ sie sich neben mir fallen. Und wenn ich nicht wütend wurde, obwohl mir jemand unrecht getan hatte, schrie sie die Leute für mich an.

Seit der Bienen-AG waren wir die besten Freundinnen. Gemeinsam besuchten wir ein Jahr später auch die Töpfer-AG. Allerdings stellten wir schnell fest, dass wir beide völlig untalentiert waren. Um mich zu trösten, schenkte mir Merle von nun an zu jeder Gelegenheit eine Porzellantasse. »Du musst sie gar nicht selbst machen. Es gibt sie überall!«

Manchmal fand sie welche in Zu-verschenken-Boxen der Nachbarn, manchmal im Keller ihrer Oma und ein andermal auf dem Flohmarkt in der Schule. Wann immer sie eine sah, brachte sie sie mir mit. Bald hatte ich eine ganze Sammlung großer, kleiner, gemusterter, geblümter, glänzender, matter, abgeschlagener, alter und nagelneuer Tassen in meinem Regal stehen. Und am liebsten bewunderte ich sie mit Merle gemeinsam. Bald nannte uns die ganze Klasse nur noch in einem Atemzug: Merle und Ranya. Fast wie ein Wort: Merleranya. Wenn sie in Eile waren, klang es sogar wie Merlya.

Nach der Schule zogen wir in eine Zweier-WG und drapierten meine Tassen auf drei Küchenregalen. Die Lampen richteten wir so aus, dass das Porzellan im Licht funkelte. Gemeinsam studierten wir Germanistik. Wir lasen die gleichen Bücher, schauten die gleichen Filme und standen auf den gleichen Typ Mann. Glücklicherweise nie auf denselben. In der Hand hielten wir dabei je eine Porzellantasse mit schwarzem Kaffee, manchmal stießen wir grinsend an. Während ich ein Praktikum bei der *Neuen Presse* machte und meine Affäre mit Claus begann, stieg sie in einer Werbeagentur ein und lernte dort den Texter Michael kennen. Wir stürzten uns in diese Beziehungen wie auf ein All-you-can-eat-Büfett und akzeptierten gleichzeitig, dass wir beide nun zwangsläufig etwas weniger Zeit füreinander hatten. Regelmäßig trafen Merle und ich uns zu zweit in Cafés oder mit den Männern zu viert auf Wein und Quiche. Bei diesen Abenden schien alles in bester Ordnung zu sein. Michael und Claus machten Witze und klopften sich dafür auf die Schultern, wir verdrehten die Augen, grinsten. Jahrelang trafen wir die gleichen Entscheidungen. Wir glaubten beide, glücklich zu sein. Doch dann bemerkte ich, dass Merles Haut fahler wurde. Sie war gereizt, ihr Magen unruhig. Immer wieder fragte ich sie, was los sei mit ihr, ob es ihr gut gehe. Sie machte Andeutungen, wich aus. Erst nachts, wenn sie allein und angetrunken war, erzählte sie mir die Wahrheit. Textnachricht für Textnachricht ließ sie durchsickern, was seit Wochen zwischen Michael und Merle passierte.

Manchmal bekommt er Wutanfälle. Heute hat er den Pizzaboten angebrüllt.
In letzter Zeit wird er immer lauter, wenn er wütend ist.
Manchmal schreit er mich an.
Manchmal erkenne ich ihn nicht wieder.
Manchmal weiß ich nicht, was ich tun soll.

Er hat mich geschubst. Ich hab geheult, dabei ist doch gar nichts passiert.

Ich schrieb auf sie ein, sie solle zu mir kommen, sie solle sich das nicht gefallen lassen, sie solle gehen. Doch auf meine Nachrichten reagierte sie ausweichend. Wochenlang ging das so, ich glaubte schon, nicht mehr zu ihr durchzudringen. Bis sie plötzlich verkündete, sie habe Michael verlassen und werde nun auf Weltreise gehen.

»Komm mit mir«, sagte sie zu mir. »Ich helfe dir auch beim Packen.«

»Aber Merle … Ich will doch gar nicht hier weg.«

Ich verzieh ihr, dass sie ging, und sie verzieh mir, dass ich blieb. Anfangs skypten wir noch jede Woche, dann seltener. Trotzdem bemerkte ich, wie ihre Haut wieder rosig, ihre Wangen runder und ihre Stimmung fröhlich wurde.

»Wo bist du gerade?«, fragte ich sie, als sie gerade sechs Wochen unterwegs war.

»Auf Lombok. Du glaubst gar nicht, wie blau das Wasser hier ist.«

»Und wo wirst du in achteinhalb Monaten sein?«

»In achteinhalb Monaten? Vermutlich in Südamerika, möglicherweise aber auch in Kanada. Wieso fragst du?«

»Ich habe ein Jobangebot für dich.«

»Nein, lass mal. Ich jobbe lieber unterwegs.«

Ich lachte. »Für diesen Job bekommst du kein Geld.«

»Klingt ja verlockend.«

»Du würdest ein paar Wochen lang arbeiten, und die Einzige, die es dir danken würde, wäre ich.«

»Was redest du da?« Sie starrte mich an und rückte etwas näher an den Bildschirm.

»Gestern waren Claus und ich in London. Wir waren in diesem Café, haben auf der Terrasse gestanden, mit Blick auf das London Eye. Und dann hat er mich gefragt.«

»Er hat *was* getan?«

»Wir werden heiraten. Und ich würde mich riesig freuen, wenn du meine Trauzeugin wirst.«

Obwohl ihre Beziehung gerade erst in die Brüche gegangen war, obwohl Claus nicht unbedingt Merles bester Freund war und obwohl meine Frage für sie bedeutete, ihre Weltreise unterbrechen zu müssen, kreischte sie auf, riss die Hände in die Luft und jubelte. *Das* war meine beste Freundin Merle.

»Ich freu mich riesig für dich, herzlichen Glückwunsch! Liebend gern nehme ich diesen Job an.«

Einen Monat vor der Hochzeit war sie nach Hause gekommen, um mich zu unterstützen und mir bei den Vorbereitungen zu helfen. Seitdem war sie ständig an meiner Seite.

Hast du schon mal von so einer tollen Freundin gehört? Hast du einen Freund, der das Gleiche für dich tun würde?

Während ich im Krankenhausbett lag und tief durchatmete, bereute ich immer mehr, was ich gerade zu Merle gesagt hatte. Ich hätte nicht so laut und gemein werden dürfen. Vorsichtig setzte ich mich hin, wartete, bis der Schwindel weniger wurde, und stand auf, um langsam zur Tür zu wanken. Ich hielt mich am Türgriff fest und schaute in den Flur.

»Merle?«, sagte ich leise. Und tatsächlich war sie noch da. Sie stand nur wenige Meter von mir entfernt, mit dem

Rücken in meine Richtung, mit den Händen in den Hosentaschen. Sie war nicht davongestürmt, sie hatte darauf gewartet, dass ich zu ihr kam.

»Es tut mir leid. Ich weiß auch nicht, was da gerade aus mir herausgebrochen ist.«

Sie drehte sich um und sah mich an. »Es ist wohl alles etwas viel für dich. Der Hochzeitsstress. Und jetzt noch der Unfall.«

»Ich wollte nicht so unfair zu dir sein.«

Mit großen Schritten kam sie auf mich zu und nahm mich in den Arm.

»Alles gut, meine liebe Ranya. Ich weiß doch, dass du es nicht so gemeint hast. Und ich wollte dir auch nicht in deine Beziehung mit Claus reinreden. Tut mir leid.«

Langsam lösten wir uns voneinander, und Merle brachte mich zurück ins Bett.

»So fühlt sich das also an«, bemerkte ich.

»Was meinst du?«

»Wut. Die ist ganz schön anstrengend.«

»Du hattest dein erstes Mal Wut also mit mir? Wie schön.«

»War es für dich auch so aufregend wie für mich?«

Wir lachten.

»Meinst du, das könnte durch den Blitz kommen?«, fuhr ich fort.

Merle zuckte mit den Schultern. »Ich denke, dass du durch den ganzen Stress gerade sehr dünnhäutig bist.«

Nachdenklich rieb ich mir über den Arm. Seit ein paar Stunden brannte er noch stärker als zuvor. Ich folgte den roten Verästelungen mit den Augen: Die Wurzeln des großen, umgedrehten Baumes prangten dick auf meiner

Schulter, die Äste und Zweige zierten sanft meinen Unterarm. Diese »Lichtenberg-Figur«, wie die Ärztin die Striemen nannte, würde irgendwann verblassen. Wer konnte von sich schon behaupten, Leinwand eines Blitzes zu sein? Vielleicht wäre es schön, das Bild würde bleiben. Irgendwann würde es mir möglicherweise Antworten liefern. Ich starrte darauf und suchte nach Hinweisen. Stumm fragte ich meinen Lichtenberg: Warum meine Hochzeit? Warum mein Arm? Warum gerade ich?

Adam

Sehr geehrter Adam Münchberg,
mein Name ist Otto Belz, und zunächst einmal möchte ich Ihnen mitteilen, dass ich Mitleid mit Ihnen empfinde. Der Blitz hat Sie ja ordentlich erwischt. Er ist in das Geländer hinter ihnen gefahren, habe ich recht? Einer ihrer Füße muss daran gelehnt haben. Diese Art Blitzschlag nennt man »Kontakteffekt«, hat man Ihnen das bereits erklärt? Sie ist weit weniger gefährlich als ein direkter Einschlag. Was nicht bedeutet, dass ich Sie dafür beglückwünschen möchte. Mitnichten! Viel eher möchte ich Sie warnen: Wenn Sie glauben, in diesem Moment gehe es Ihnen schlecht, muss ich Sie enttäuschen. Es wird Ihnen in den kommenden Wochen und Monaten noch viel schlechter gehen. Die Ärzte werden das möglicherweise abstreiten – wissenschaftlich belegt sind nur sehr wenige Spätfolgen von Blitzschlägen. Aber glauben Sie mir: Sie werden Schwierigkeiten mit der Konzentration bekommen, vielleicht sogar mit Ihrem Gedächtnis. Sie werden mit Schwindel und Kopfschmerzen zu kämpfen haben, Ihre Füße werden wehtun, und möglicherweise verändert sich dann auch Ihre Persönlichkeit. Sehen Sie beispielsweise mich an: Vor meinem ersten Blitzschlag war ich ein vorsichti-

ger, rücksichtsvoller Mensch, der niemandem zu nahe trat. Merken Sie etwas? Mit dieser Person hat der Otto Belz, der Ihnen gerade diese E-Mail schreibt, rein gar nichts mehr zu tun.

Mich haben in meinem Leben bereits drei Blitze getroffen. Sie werden sich jetzt fragen: Wie ist das möglich? Und vielleicht auch: Wie kann man so unvorsichtig sein? Und ja, ich verstehe diese Fragen. Sicherlich haben Sie sich längst vorgenommen, auf keiner Aussichtsplattform mehr zu stehen, während wenige Meter hinter Ihnen ein Gewitter tobt. Sie werden tausendfach bereut haben, während dieses Blitzes überhaupt draußen gewesen zu sein. Wie kann man so etwas gleich mehrfach riskieren?

Nun, ich frage Sie jetzt etwas anderes: Warum denken wir, dass wir Menschen uns in Acht nehmen könnten? Wieso glauben wir, dass wir einander beschützen könnten? Oder gar Dinge verhindern? Das können wir nicht. Wenn ein Blitz Sie auserwählt hat, gibt es nichts, was Sie dagegen tun können. Dann wird er vom Himmel fahren und den Weg wählen, der ihm gefällt, um Sie zu treffen.

Bei meinem ersten Blitz wanderte ich gerade durch die Alpen. Schon beim Frühstück in der Pension hatten sie uns vor einem aufziehenden Gewitter gewarnt, doch ich war jung und naiv. An diesem Tag wollte ich unbedingt den Rettenstein besteigen. Es hatte noch nicht mal zu regnen begonnen, da schlug der Blitz schon in mein Handy ein, das ich in der rechten Hand hielt. Ich war sofort bewusstlos.

Wenige Wochen später begann mein Arm unkontrol-

liert zu zucken, sobald ich Stress hatte. Das Wandern gab ich dennoch nicht auf. Meine Angst vor Gewittern beruhigte ich, indem ich auf jede Warnung achtete. Bei den kleinsten Anzeichen für einen Sturm blieb ich in der Pension. Der zweite Blitz erwischte mich, als ich nur kurz zum Auto rennen und meinen Krimi aus dem Kofferraum holen wollte. Er schlug in den Autoschlüssel ein, den ich gerade in der linken Hand hielt. Danach zuckte auch dieser Arm. Manchmal konnte man in dieser Zeit meinen, in meinem Kopf liefe eine Musik, die sonst niemand hören konnte, ich sei aber leider ein verdammt schlechter Tänzer. Was schade ist, denn eigentlich tanze ich recht gut.
Von diesem Tag an beschloss ich, im Haus zu bleiben. Meine Krimis ließ ich mir nach Hause liefern. Sämtliche Wanderungen ersetzte ich durch Dokumentarfilme. Doch ich muss irgendetwas an oder in mir haben. Knochen aus Metall oder Haut aus Wasser. Einmal Gewitterkind, immer Gewitterkind. Beim dritten Mal sah es gar nicht nach Regen aus. Also traute ich mich, auf dem Balkon zu sitzen. Nicht mal ein Donnern konnte ich hören.
Diesmal traf der Blitz die Balkonbalustrade. Daran lehnte mein Fußschemel, und darauf lag mein Fuß. Danach zuckte auch mein Bein, wenn ich mich zu sehr aufregte. Um mich zu beruhigen, habe ich mir ein Haustier zugelegt – das kann ich nur empfehlen. Meine Maus Manfred trage ich immer bei mir, am liebsten in den kleinen Brusttaschen meiner Hemden. Dann spüre ich, wenn sie sich aufregt. Sie müssen wissen: Tiere werden nervös, wenn ein Gewitter aufzieht.

Seit Manfred dort wohnt, hat mich kein Blitz getroffen. Noch nicht.
Ich erzähle Ihnen das alles nicht, um Ihnen Angst zu machen. Dass jemand so oft von Blitzen getroffen wird wie ich, ist extrem selten. Sicher wird das bei Ihnen nicht der Fall sein. Ich trete aus einem anderen Grund an Sie heran. Sie sollen wissen, dass es Menschen gibt, mit denen Sie sich austauschen können. Mehr noch. Ich plane ein Wochenendseminar für Blitzschlagopfer. Damit möchte ich eine Gelegenheit für Betroffene schaffen, sich zu treffen und umfassend zu informieren. In Deutschland gibt es nur sehr wenige Menschen, die erlebt haben, was Sie und ich durchmachen mussten, aber diese Leute möchte ich zusammenbringen und ihnen helfen.
Wie Sie sicherlich schon mitbekommen haben, sind nicht nur die Betroffenen selten, sondern auch die Ärzte, die sich auf Blitzschläge spezialisiert haben. Die gute Nachricht: Zwei von ihnen haben für die Veranstaltung bereits zugesagt. Prof. Dr. Borghaar wird über Spätfolgen von Blitzschlägen referieren, und Dr. Fremont plant einen Vortrag über neurologische Erkrankungen nach Blitzschlägen.
Mir ist durchaus bekannt, dass Sie erst vor anderthalb Wochen vom Blitz getroffen worden sind, sicher sind Sie noch etwas schwach auf den Beinen. Dennoch, und das wird Sie am Ende dieser Nachricht wenig überraschen, besitze ich die Dreistigkeit, Ihnen folgende Frage zu stellen: Können Sie sich vorstellen, uns als Fernsehmoderator, Meteorologe und zugleich als wohl prominentestes Blitzschlagopfer Deutschlands mit einem Vor-

trag zu beehren? Das Thema können Sie frei wählen. Spannend wäre es natürlich, wenn Sie zum einen berichten könnten, wie Sie den Blitzschlag erlebt haben, und dabei zum anderen auf Ihr Wissen aus Ihrem Beruf zurückgreifen würden. Was könnte Menschen interessieren, die Ähnliches wie Sie durchgemacht haben, aber keinen blassen Schimmer von Wetterumschwüngen, Gewitterbildung und Luftzusammensetzungen haben?
Als Gage kann ich Ihnen 200 Euro anbieten. Ich weiß, das ist nicht viel. Da wir Blitzschlagopfer aber so selten sind und daher nur auf wenige Fördertöpfe hoffen können, ist mein Budget leider begrenzt.
Ich würde mich freuen, Sie trotzdem für unsere Sache gewinnen zu können. Das Seminar findet vom 2. bis 4. Oktober im Hotel Lichtblick in Lichterdorf statt.
Ich bin gespannt und wünsche einen wolkenfreien Tag!
Sonnige Grüße
Otto Belz

Seit dem 1. September erreichten mich täglich etwa vierzig E-Mails. Die meisten stammten von Zeitungen, Zeitschriften, Fernsehsendern und YouTubern, die mich interviewen wollten, sogar eine Filmproduktionsfirma hatte mich kontaktiert und mir von ihrem Interesse an meinem Stoff berichtet. Als Schauspieler für die Hauptrolle könne sie sich Moritz Bleibtreu oder Til Schweiger vorstellen. Da diese Firma aber noch keinen einzigen Film mit den besagten Schauspielern gedreht hatte, stattdessen aber einen Horrorfilm über einen Werwolf in Regenbogenfarben, der sich bevorzugt von tätowierten Menschen ernährte, lehnte ich dankend ab.

Auch Interviews hatte ich bisher keine gegeben. Mein Chef dachte darüber nach, meine Geschichte in einer Dokumentation zu erzählen. Bis darüber eine Entscheidung gefallen war, wollte ich die Füße zunächst einmal stillhalten.

Diese E-Mail von Otto Belz war die erste, die ich mir tatsächlich von Anfang bis Ende möglichst konzentriert und sogar mit einem Schmunzeln im Gesicht durchlas. Der direkte und leicht selbstironische Ton dieses Mannes gefiel mir. Und es faszinierte mich, was ihm passiert war. So sehr, dass mein erster Impuls war, es anzuzweifeln. Erlaubte sich da jemand einen Scherz mit mir? Ist es überhaupt möglich, dass ein Mensch gleich mehrmals vom Blitz getroffen wird und überlebt? Ich recherchierte im Internet und stieß auf Roy C. Sullivan, einen Ranger aus den USA, der es mit seiner Pechsträhne ins Fernsehen und ins Guinnessbuch der Rekorde geschafft hatte. Man nannte ihn auch den »Blitzableiter von Virginia«, denn Roy hatten nicht nur drei Blitze getroffen, sondern gleich acht. Mal hatte er dabei in einem Auto zwischen zwei offenen Fenstern gesessen, mal einen Zeltplatz überprüft, ein andermal war er vergeblich vor einer Regenwolke geflohen. Die Blitze verfolgten ihn, obwohl er seinen Wohnwagen mit Kupferdraht umringte und große Bäume in der Nähe mit Blitzableitern ausstattete. Sie trafen sein Bein, seine Schulter und seinen Kopf. Dennoch überlebte er – immer wieder. Um ihn zu töten, reichte kein Blitz, dafür brauchte es schon eine Kugel. In den Achtzigerjahren soll er sich in seinem Bett erschossen haben. Der Fall ist bis heute nicht ganz klar, denn seine dreißig Jahre jüngere Frau hatte direkt neben ihm gelegen und später angegeben, von dem Schuss rein gar nichts mitbekommen zu haben.

Hatte mir nun also der Roy C. Sullivan Deutschlands eine E-Mail geschrieben? Standen ihm möglicherweise noch einige Blitzschläge bevor? Ich fühlte mich geehrt, von ihm ausgewählt worden zu sein. Und gleichzeitig gruselte mich der Gedanke, dass auch mein Blitzschlag nicht unbedingt der letzte gewesen sein musste. Otto Belz hatte schließlich auch nach seinem ersten Blitz geglaubt, dass er nie wieder so ein Pech haben würde. Die Wahrscheinlichkeit, von einem Blitz getroffen zu werden, liegt bei gerade mal einer zu sechs Millionen. Wie hoch war wohl die Wahrscheinlichkeit, gleich drei Mal getroffen zu werden? Oder sogar acht Mal?

Kurz nachdem ich seine E-Mail gelesen hatte, wurde ich aus dieser winzig kleinen Klinik in Gudenshain entlassen. Die Kleidung, die meine Mutter mir gekauft und auf einem Stuhl für mich liegen gelassen hatte, ignorierte ich. Stattdessen zog ich meinen verkohlten Anzug aus der Tüte, von der die Ärzte wohl angenommen hatten, dass ich sie einfach in den Mülleimer werfen würde. Durch den Mund atmend stieg ich in die zerknitterte Hose und zog das löchrige, braun-schwarz gefleckte Hemd an. Ich fühlte mich wie ein Kriegsveteran, als ich mich auf den Weg in Richtung Bahnhof machte und dann in den Zug nach Köln stieg. Die Menschen mieden mich. Klar, ich musste nach Feuer, Ruß, Angst und Krankenhaus stinken. In einem anderen Zustand hätte ich vielleicht versucht, mit der jungen Frau zu flirten, neben die ich mich setzte, doch jetzt verzog sie angewidert das Gesicht und bat mich, sie rauszulassen. Ich tat ihr den Gefallen und rückte anschließend auf den Fensterplatz vor. Dann steckte ich mir die Kopfhörer in die Ohren und drückte auf meinem Handy die Play-Taste.

»I'm on the run, no time to sleep. I've got to ride, ride like the wind. To be free again«, hörte ich Christopher Cross singen. Ich sah aus dem Fenster, und mein Blick blieb an einem Kind hängen. Es war vielleicht vier oder fünf Jahre alt. Mit der einen Hand klammerte es sich an seine Mutter, mit der anderen hielt es ein Waffeleis fest. Der Eisberg war hoch für so ein kleines Wesen, bestimmt balancierte es drei Kugeln. Dennoch sah das Kind nicht hin, stattdessen betrachtete es den Zug. Jetzt bemerkte es mich und erwiderte neugierig meinen Blick. Ich zwang mich zu einem Lächeln – und in diesem Moment stürzte eine Eiskugel ab. Schwer und nass fiel sie zu Boden und verteilte sich erdbeerfarben auf dem Bahnsteig. Das Kind begann zu weinen.

Rumpelnd fuhr der Zug an, und schnell verschwand das Kind mit seinem kleiner gewordenen Eisberg aus meinem Blickfeld. Wir fuhren durch einen Tunnel, und nun konnte ich mein eigenes Gesicht in der dunklen Fensterscheibe erkennen. Die schwarzen Locken, die dunklen Augen, den verkniffenen, schmalen Mund. »Gonna ride like the wind. And I've got such a long way to go, such a long way to go …«

Heute würde mich keine Fernsehkamera filmen wollen. Außer vielleicht eine von RTL2, die den gescheiterten Existenzen da draußen zeigen wollte, dass es noch schlimmere Schicksale als ihr eigenes gab. In einer Bauchbinde würde stehen: »Adam Münchberg hat nur einen einzigen ordentlichen Anzug«, oder: »Adam Münchberg hasst Zugfahren«, oder auch: »Adam (32) war noch nie verliebt«.

Aus dem Off würde ein Mann mit tiefer Stimme sprechen: »Er ist der wohl einsamste Mann Deutschlands. Adam Münchberg wurde vor wenigen Tagen vor laufender Kamera vom Blitz getroffen. Millionen von Menschen sahen sein Video im Internet, und dennoch besuchte ihn fast niemand im Krankenhaus. Die Einzige, die sich erbarmte, war seine Mutter, doch die schickte Adam gleich wieder weg. Besonders tragisch dabei: Er kann sich nicht einmal erklären, warum er die arme Frau so sehr hasst. Vieles in seinem Leben hat er seit dem Blitzschlag schlichtweg vergessen.«

Schnitt. Für die nächste Sequenz stand ich am Kölner Bahngleis, und meine Haare wehten im Wind. Mit meinen verquollenen Augen und der fahlen Haut schaute ich frontal in die Kamera und sagte: »Wenn ich meine Mutter ansehe, möchte ich nur noch schreien und sie davonjagen. Das ist furchtbar gemein, ich weiß. Vielleicht ist der Blitz an allem schuld.«

Dann setzte ich mich in Bewegung. Mit den Händen in den Hosentaschen und mit hängendem Kopf stapfte ich in Richtung der Trams davon, wurde immer kleiner, und die Fetzen meines Anzugs flatterten mir hinterher wie die gebrochenen Flügel einer Krähe.

Schnitt. Ich schloss meine Wohnungstür auf und hörte die RTL2-Stimme aus dem Off sagen: »Adam Münchberg lebt ganz allein in einer achtzig Quadratmeter großen Wohnung mitten in Köln. Er hat drei lichtdurchflutete Zimmer, kaum Möbel und keine Freunde.«

»Na ja«, wandte ich in Richtung Kamera ein, während ich in den Flur ging und meine Anzugjacke auszog, um sie in den Müll zu stecken. »Manchmal lade ich schon Kollegen ein. Aber selten, das stimmt. Fast nie. Okay, ich bin hier meistens allein. Ich hab ja auch keine Zeit für ein Sozialleben.«

Ich zog mein Hemd und meine Anzughose aus und warf beides weg. Während ich immer nackter wurde, bedeckte eine neue Bauchbinde das Nötigste: »Adam (32) hatte seit zwei Jahren keinen Sex.« Ich öffnete meine Badezimmertür, und die große, runde Badewanne war zu erkennen, eine ebenerdige Dusche mit Regenkopf und ein tiefes, elegantes Waschbecken – alles in strahlendem Weiß. Meine Putzhilfe hatte mal wieder ganze Arbeit geleistet. Ich duschte hinter Milchglas, und die Stimme erläuterte: »Adam Münchberg geht voll in seinem Job auf. Früher hatte er hin und wieder eine kleine Affäre mit Studentinnen aus seinem Lieblingsclub oder Kolleginnen anderer Fernsehsender. Dann zeigte er ihnen, wie gut er Salsa tanzen konnte, gab ihnen zwei Mojitos aus und nahm sie anschließend mit in seine leere Wohnung. Morgens, während sie noch schliefen, fuhr er zur Arbeit und hoffte, dass sie am Abend von allein verschwunden waren. Mit den Jahren bekam er immer mehr Projekte zugewiesen, übernahm mehr Verantwortung und träumte davon, eines Tages eine eigene Wettersendung zu bekommen. Das Erste, was er dafür opferte, waren seine Frauenbekanntschaften.«

Schnitt. Nahaufnahme meines Gesichts. Gerade trocknete ich mir die Haare ab. »Der Sex fehlt mir schon, klar. Aber man muss nun mal Prioritäten setzen im Leben. Und Affären kosten so viel Zeit! Das fängt schon damit an, dass man das richtige Outfit für den Club aussuchen muss. Dann das stundenlange Tanzen und Flirten und Wachbleiben. War die Nacht gut, folgten anschließend WhatsApp-Nachrichten und weitere Verabredungen. Natürlich finde ich es schön, jemanden regelmäßig zu treffen. Aber die Zeit fehlt mir dann bei der Arbeit. Außerdem kann ich es mir nicht leisten, ständig müde zu sein.«

Während ich mich langsam anzog, fragte die RTL2-Stimme: »Der Blitzschlag hat Adam gezeigt, dass es in einem Krankenhausbett sehr einsam sein kann. Wird er sein Leben nun komplett ändern?«

Ich setzte mich an meinen Esszimmertisch, schaute auf die blank polierte weiße Tischplatte, den glänzenden Fußboden, die Wände, an die ich längst ein paar Bilder hatte hängen wollen. Ich war verrückt geworden. Ich sah mich als Opfer einer Fernsehsendung, die gar nicht existierte.

»Herr Münchberg«, begann eine blonde Moderatorin mich zu interviewen. »Sie sprechen immer nur von Affären. Aber was ist mit der Liebe?«

»Nun«, begann ich und glättete mein Spongebob-T-Shirt, das mir Paul vor Jahren geschenkt hatte und das ich nur trug, wenn ich allein war – oder wie jetzt in meinem Wohnzimmer imaginäre Interviews gab. »Ich denke, man kann Menschen grob in zwei Gruppen aufteilen. Zum einen gibt es die Menschen, die ganz verrückt sind nach der Liebe. Sie tun alles dafür, um mit ihrem langjährigen Partner zusammenzubleiben, obwohl die Anziehung zwischen ihnen längst verschwunden ist, er sie fünf Mal betrogen hat oder sie ihn gern vor anderen auslacht. Und wenn kein langjähriger Partner da ist, kämpfen sie darum, sich zum dreiundachtzigsten Mal neu zu verlieben. Sie gehen auf Singlepartys, laden sich Single-Apps herunter, lassen sich verkuppeln, daten fremde Menschen und hoffen, dass es diesmal endlich der oder die Richtige ist. In jedem Fall wissen solche Menschen genau, was mit dem Wort Liebe gemeint ist. Sie seufzen und fangen an zu lächeln. Ich gehöre zur zweiten Gruppe. Wir seufzen und lächeln nicht, denn wir verstehen das ganze Konzept von Liebe nicht. Klar, manchmal tindern wir trotzdem. Auch ich date fremde Menschen, ich hatte sogar mal eine richtig lange Beziehung: Fast zwei Jahre war ich mit Lisa zusammen. Ich war schon öfter verknallt. Es gab durchaus Frauen, an die ich häufig denken musste – und zwar nicht nur in, sagen wir mal, sexueller Hinsicht. Da waren auch viele romantische Gefühle dabei, das schon. Aber sie hielten nie länger an als ein paar Wochen. Sie waren nie so groß, dass ich dafür irgendetwas anderes in meinem Leben aufgegeben hätte.«

Ich schüttelte entschieden den Kopf und lächelte dabei. Unter keinen Umständen wollte ich vor meiner inneren Kamera irgendwie traurig oder bemitleidenswert aussehen.

»Mein bester Freund Paul sagt, ich sei einfach noch nie richtig verliebt gewesen«, fuhr ich fort. »Und wenn es mich eines Tages doch erwischen sollte, werde es mich völlig umhauen und mich komplett verändern, und das sei gut so, ich sei nämlich bei ausgeschalteter Kamera ein verbissener, verbohrter, negativ dreinblickender Miesepeter. Es werde höchste Zeit, dass die Liebe mal über mich hereinbreche wie ein Orkan oder ein Tsunami, damit ich anfange, mal richtig zu lachen und richtig zu leiden. Meine Melancholie sei ja nicht zum Aushalten, da müsse mal ein echter Schmerz her. Das ist Paul, er meint es nicht so. Oder doch, eigentlich meint er es schon so, aber auf eine liebevolle Art und Weise. Ich hätte es zwar nicht verdient, sagt er, doch er glaubt, wenn mir die Liebe einmal passiere, sei diese Frau auch die Richtige. Das ist natürlich ziemlicher Schwachsinn. Das alles sagt er nur, weil er zur ersten Gruppe gehört. Seit zehn Jahren liegt er mir damit in den Ohren, und bisher ist in dieser Hinsicht rein gar nichts passiert.«

»Sie waren also noch nie verliebt?«

»Nein.«

»Glauben Sie, dass sich daran noch einmal etwas ändern wird?«

»Ich denke nicht, nein.«

»Wollen Sie nun, nachdem sie vom Blitz getroffen wurden, Ihr Leben verändern?«

»Gott bewahre!«

»Finden Sie es bedenklich, dass Sie mir gerade in Ihrem Wohnzimmer ein Interview geben, obwohl Sie erstens RTL2 als Medienpartner von Anfang an ausgeschlossen haben und zweitens genau wissen, dass ich weder hier vor Ihnen sitze noch überhaupt existiere?«

»Gute Frage.«

»Sie führen Selbstgespräche. Macht Ihnen das Angst?«

»Schluss jetzt«, sagte ich laut in mein leeres Wohnzimmer hinein, an dessen kahlen Wänden meine Stimme widerhallte. Die Moderatorin verschwand, und auch den RTL2-Sprecher konnte ich jetzt endlich nicht mehr im Off atmen hören. Ich sah an mir hinunter. Keine Bauchbinde. So schlimm war es um mich also noch nicht bestellt – ich konnte den Unsinn, den ich da dachte, jederzeit beenden. Schlimm genug, dass das überhaupt nötig war. Kurz entschlossen griff ich nach meinem Laptop, ignorierte die 35 neuen E-Mails und verfasste eine Antwort an Otto Belz.

Sehr geehrter Otto Belz,
tolle Nachricht, vielen Dank. Ich bin dabei. Nennen Sie mir einfach Ort und Uhrzeit, und ich werde da sein. Ich kann mir vorstellen, über die Unterschiede von Erd- und Wolken- sowie von positiven und negativen Blitzen zu sprechen.
Vom 2. bis 4. Oktober wird das Wetter ersten Prognosen zufolge sonnig und mild. Da wir allerdings nicht vorsichtig genug sein können, wenn sich gleich mehrere von uns in einem Haus treffen: Haben Sie auch für genügend Blitzableiter gesorgt?
Herzliche Grüße
Adam Münchberg

Ranya

»Ich liebe dich!«, rief ich Claus zu.

»Ich dich auch, Liebling«, antwortete er aus der Küche. Ich konnte ihn wieder gut verstehen, mein Ohrensausen hatte sich gelegt.

Eigentlich wollte er mir gerade einen Tee machen, doch ich hörte das Wasser schon seit mindestens zwanzig Sekunden im Kocher blubbern. Wahrscheinlich schrieb er gerade wild auf seinem Handy und vergaß dabei alles um sich herum.

»Ich komme gleich!«, rief er. »Nur noch eine Mail.«

»Klar!«, antwortete ich vom Sofa aus.

Seine Nachricht dauerte insgesamt etwa fünfzehn Minuten. Der Tee war lauwarm, als Claus ihn vor mir abstellte.

»Wie geht es dir?«, fragte er sanft und musterte mich.

»Schon viel besser. Die Ärztin meinte, ab Montag kann ich wieder arbeiten.«

»Das sieht man. Du hast richtig Farbe im Gesicht.«

»Und auf dem Arm«, sagte ich und streckte Claus meinen Arm entgegen. Die Lichtenbergfigur war zwar blasser geworden, dennoch konnte man das Blitzmal noch immer deutlich erkennen. Mit jedem Tag, der verging, wuchs meine Angst, dass der umgekehrte Baum bleiben würde.

»Ich finde dieses Mal schön«, sagte Claus, und ganz vorsichtig küsste er es. Mit seinen Fingerspitzen fuhr er langsam meinen Arm hinauf. Am Ellenbogen angekommen begann er, meinen Ärmel hochzuschieben. Hoch und immer höher, bis er meinen Arm komplett freigelegt hatte. Dann zog er mir das Shirt aus und legte sich auf mich.

»Ich hab dich vermisst, Kleines«, sagte er, während er mir auch den Slip auszog.

Später lehnten wir mit nackten Rücken am Sofa, er streichelte meinen Blitzarm, lächelte und strich mir eine Strähne aus dem Gesicht. Plötzlich hielt er inne, runzelte die Stirn und sah genauer hin.

»Was ist denn mit deinen Haaren passiert?«

»Mit meinen Haaren?« Ich fasste mir an den Kopf.

»Ist das ... sind die ... Kommt das vom Blitz?«

Meine Haare! Sofort schoss mir noch mehr Farbe ins Gesicht. Daran hatte ich gar nicht mehr gedacht! Wie konnte ich das vergessen haben?

»Ich ... ähm ... also ...«, stammelte ich. Sofort sprang ich auf und lief schnell ins Badezimmer, um in den Spiegel zu schauen. Tatsächlich, meine rotbraune Haarfarbe wuchs heraus. Eigentlich hatte ich mir kurz vor meiner Hochzeit die Haare nachfärben lassen wollen, damit sie am Hochzeitstag kräftig strahlten, doch durch die Aufregung wegen des Blitzschlags hatte ich das ganz vergessen. Wenn man genau hinsah, konnte man jetzt meinen dunkelblonden Haaransatz erkennen. Und an dieser einen Stelle, schräg über meiner rechten Schläfe, wuchsen keine blonden, sondern weiße Haare nach. Ich hatte sie seit vielen Jahren nicht mehr gesehen, meine geheime Strähne.

Ich hatte sie so oft überfärbt und geleugnet – fast hätte ich vergessen, dass sie da war, unter all der Farbe. Doch jetzt, da ich sie sah, erinnerte ich mich wieder an sie. Ich sah in meinem Gesicht wieder das Gesicht, das ich als Kind gehabt hatte: kleiner, runder, stupsnasiger – und trauriger. Wie damals starrte ich meine Haare an und fand sie seltsam und abstoßend. Sie fielen mir störrisch ins Gesicht, wie früher.

»Oma Ranya!«, hörte ich diesen Jungen wieder auf dem Schulhof rufen. »Wie alt bist du? Sechzig, oder was?«

Ich dachte wieder an den Traum, den ich damals so oft gehabt hatte. Manchmal lag ich stundenlang wach, weil ich schon ahnte, was ich träumen würde. Und dann schlief ich ein und sah mich im Traum von oben. Ich schaute mir auf den Scheitel, auf die weiße Strähne. Ich schaute der Ranya unter mir zu, wie sie den Wecker ausmachte, aufstand und sich im Bad die Zähne putzte. Sie wusch sich von Kopf bis Fuß, nur ihre Kopfhaut vergaß sie. Langsam wurde die Haut unter den Haaren ganz blass und pelzig. Ranya schimmelte, und sie merkte es nicht. Über ihr schwebend wollte ich sie warnen und schrie: »Pass auf! Du verfaulst! Spürst du das denn nicht?«

Doch sie konnte mich nicht hören. Sie zog sich eine Jeans, einen Pulli und eine Strickjacke über, warf noch einen Blick in den Spiegel und übersah, dass sich die Fäulnis ausbreitete. Mit jedem Schritt in Richtung Schule wurden ihre Haare heller. Den Pausenhof erreichte sie mit einer komplett farblosen Frisur und hatte keine Ahnung, dass sich nun auch ihr Gesicht zu verfärben begann. Ihre Stirn wurde weiß, ihre Wangen verfaulten, und ihre Nase schimmelte. Bald war ihr ganzes Gesicht welk, und die Fäulnis breitete sich weiter aus: auf ihren Hals, ihre Schultern und ihren ganzen Oberkörper. Sie griff über auf ihre Oberschenkel, ihre Waden und Füße.

»Oma Ranya!«, rief der Junge, und Ranya versuchte ihn im Menschengewirr zu erkennen, doch ihr Augenlicht war bereits zu schwach geworden. Sie versuchte zu antworten, aber ihre Zunge war taub. Ranya verblasste, sie sah jetzt fast so aus wie ein großes weißes Haarbüschel.

»Ranya, pass auf!«, rief ich, doch da kam schon ein Windstoß, wirbelte sie empor und zerstreute sie für immer.

Am nächsten Morgen wachte ich schweißgebadet in meinem Bett auf und betastete meine Arme und mein Gesicht. Noch war alles da – doch wie lange würde es bleiben? Morgens und abends duschte ich, damit meine Kopfhaut möglichst frisch blieb. Tagsüber trug ich Mützen, Basecaps und Tücher, um die weiße Farbe zu verdecken und die Fäulnis in Schach zu halten.

»Du bist in der Schule, junge Dame. Runter mit der Mütze!«, murrte mein Biologielehrer.

»Im Unterricht sind Caps tabu!«, polterte meine Deutschlehrerin.

»Nimm sofort das Kopftuch ab«, schimpfte meine Mathelehrerin.

Doch egal, wie oft sie mich vor die Tür schickten, mir Strafarbeiten aufbrummten oder mich zum Nachsitzen verdonnerten – irgendetwas trug ich immer auf dem Kopf. Als ich schließlich breite, bunte Haarbänder entdeckte, die meine Strähne perfekt kaschierten, gaben meine Lehrer den Kampf auf und taten, als wären sie als Sieger daraus hervorgegangen. Dennoch lag ich meinem

Vater täglich damit in den Ohren, mir endlich die Haare färben zu dürfen.

»Ich kann so nicht weiterleben!«, zeterte ich.

»Du bist ziemlich dramatisch, seitdem du pubertierst.«

»Bitte? Sieh mich doch an! Ich bin ein Freak!«

»Du bist ein hübsches junges Mädchen.«

»Ich hab Haare wie eine uralte Frau!«

»Du hast ein Merkmal, du bist etwas Besonderes. Genauso wie deine Oma – sie hatte auch eine solche Strähne wie du, schon als Kind. Und sie war immer stolz darauf.«

»Was hätte sie auch tun sollen? Als sie jung war, gab es bestimmt noch keine Friseure.«

»Wenn du wüsstest.«

»Erlaub es mir einfach!«

»Unter gar keinen Umständen! Bis du sechzehn bist, wirst du dir nicht die Haare färben!«

»Und warum nicht?«

»Weil du zu jung bist.«

»Wer sagt das? Ich bin schon zwölf!«

»Ich sage das, und damit Schluss.«

Ich wartete Jahr für Jahr, bis endlich mein sechzehnter Geburtstag bevorstand. In der letzten Nacht meines Lebens mit Naturhaarfarbe setzte ich mich auf den Rand der Badewanne, und Merle hockte sich hinter mich auf den Klodeckel. Wir starrten auf die Uhr. »Drei, zwei, eins«, zählte Merle runter, und um Punkt zwölf Uhr massierte sie mir Farbe in die Haare. Der Geruch trieb mir die Tränen in die Augen.

»Weinst du jetzt?«, fragte Merle.

»Nein«, antwortete ich und grinste. »Das ist nur der Wind.«

Merle kicherte. »Ach so.« Und dann sang sie leise »Wind of change«, und ich lachte und glaubte, dass ich diesen Moment niemals vergessen würde, dass er ein besseres, lustigeres, farbenfroheres Leben einleitete.

In dieser Nacht färbten wir meine Haare tiefschwarz. Keine andere Farbe schien mir meine geheime Strähne besser ins Gegenteil zu verkehren. Zwar machte sie meine Haut blass und meine Augen milchig, doch ich fühlte mich stärker und schöner als je zuvor in meinem Leben. Meine Haarbänder, Hüte und Mützen warf ich weg, nie wieder wollte ich irgendetwas in den Haaren tragen. Stolz flocht ich mir nun aufwendige Zöpfe oder wickelte mir Locken ins Haar.

Auf Tiefschwarz folgte Lichtmattblond, Mocca, Schwarzrot, Kupfergold, Hellkastanienbraun, Hellrosenholz, Purpurbraun, Malaga, Toffeeblond, Blauschwarz, Granatrot und schließlich dunkle Chili-Schokolade. Bei dem letzten Farbton war ich mit einundzwanzig Jahren angelangt, es war die Farbe, in die sich Claus verliebte.

In all den Jahren hatte niemand mehr meine Strähne gesehen. Ich war von Oma Ranya und »der mit den Haarbändern« zu »der mit den krassen Haarfarben« geworden. Alle bewunderten meine Frisuren und Farben, immer wieder wurde ich auf die neueste Kreation angesprochen. Ich liebte es, meine Freunde zu überraschen, zumindest, bis ich Claus kennenlernte. Niemand außer Merle ahnte, was der wahre Grund für meine Leidenschaft war. Ich wollte Claus unter gar keinen Umständen von meinem Makel erzählen. Solange ich meine Strähne versteckte – so hoffte ich –, würde er vielleicht nicht merken, dass ich in Wahrheit ein Freak war. Dass ich Risse, Sprünge und weiße Flecken hatte. Mich durchzogen weiße Strähnen wie Blitze, doch davon hatte nie jemand erfahren sollen. Und nun stand ich im gemeinsamen Bad von Claus und mir, ich hatte keine Haarfarbe im Schrank und keine Mützen oder Hüte an der Garderobe. Ich hatte nichts, um mich zu verstecken. Es wäre eh zu spät gewesen, Claus hatte es schon gesehen. Und je länger ich hier wie gelähmt im Bad stand, desto sicherer würde er begreifen, dass er sich in mir getäuscht hatte. Er würde verstehen, dass ich seiner nie würdig gewesen war.

Ich rückte etwas näher an den Spiegel heran. Fast einen halben Zentimeter war die weiße Farbe schon herausgewachsen. Sie bäumte sich über meinem rechten Auge auf – ein wenig wie eine winzige, eingefrorene Wasserfontäne. Oder wie das verschneite Miniatur-Schrägdach einer Alpenhütte. Vierzehn Jahre lang hatte ich sie nicht gesehen. In all der Zeit war meine Strähne unsichtbar gewesen, und trotzdem war sie da. Sie war genauso breit wie früher, etwa zwei Finger dick, und genauso weiß. Sie hatte mir nicht geschadet. Ich hatte mich verändert, doch sie war gleich geblieben. Konserviert wie die Packung Wildbeeren, die ich gern in der hinteren Ecke meines Kühlfaches vergaß. Geduldig hatte sie auf diesen Moment gewartet, darauf, irgendwann wieder herausschauen zu dürfen. Vielleicht war sie gar nicht böse, nicht gefährlich, überlegte ich. Ob ich mich all die Jahre in ihr getäuscht hatte?

Zum allerersten Mal fragte ich mich: Betont dieses Weiß vielleicht meine grünen Augen? Ja, tatsächlich. Es machte sie tiefer, smaragdfarbener, geheimnisvoller. Ich wuschelte mir durch die Haare und legte den Kopf schief. So schlimm sah ich gar nicht aus. Vielleicht war es doch nicht so peinlich, mit dieser Strähne gesehen zu werden. Claus liebte mich doch, und seine Liebe wurde sicher nicht von einem halben Zentimeter weißer Haarfarbe ins Wanken gebracht. Ich war mittlerweile erwachsen geworden. Ich sollte darüberstehen, mit den Schultern zucken und mir in Ruhe eine neue Haarfarbe kaufen.

»Schatz?«, fragte Claus dumpf hinter der Badezimmertür. »Was ist los?«

Ich atmete tief ein und aus, griff mir in die Haare und versuchte, sie ein wenig zu ordnen.

»Ich muss gleich los zur Arbeit«, fuhr er fort.

Ich räusperte mich und nickte meinem Spiegelbild zu. Ich würde jetzt erhobenen Hauptes das Badezimmer verlassen, Claus anlächeln und sagen: »Da ist etwas, das du noch nicht über mich wusstest: Ich habe eine weiße Strähne. Wie findest du sie?«

Ich legte mir die Worte sorgfältig zurecht, damit ich sie im richtigen Augenblick griffbereit hätte, dann drehte ich mich um.

»Schatz!«, hörte ich Claus rufen. »Ich mach mir Sorgen.«

Ich öffnete die Tür und lächelte Claus an. Gerade wollte ich Luft holen und meine Sätze sagen, da kam er mir zuvor. »O nein. Dass ich das nicht früher bemerkt habe! Du hast tatsächlich weiße Haare bekommen.« Er fasste mir an den Kopf und berührte meinen Haaransatz. »An einer kleinen Stelle. Ich wusste gar nicht, dass ein Blitz so etwas anrichten kann. Aber mach dir keinen Kopf. Geh vielleicht einfach noch mal zum Arzt und frag ihn, was das ist. Vielleicht gibt es dagegen ja Medikamente. Das kriegen wir schon wieder hin. Ich besorge dir nachher erst mal neue Haarfarbe. Wie heißt dein Lieblingston noch mal?«

Claus lächelte, und zum ersten Mal fehlte was. Ich konnte sie nicht mehr wie sonst greifen – diese Zuversicht, dass alles gut werden würde. Er gab mir einen Kuss auf die Stirn und ging zur Garderobe, um seine Jacke anzuziehen. Ich starrte ihn an.

Leise antwortete ich: »Chili-Schokolade. Aber in Wahrheit ist es gar nicht mein Lieblingston. Es ist deiner.«

»Was hast du gesagt?«, fragte Claus zerstreut, während er sich seine Männerhandtasche über die Schulter warf.

»Ich habe mir die Haare nur deinetwegen in diesem Ton gefärbt. Bevor ich dich kennengelernt habe, hatte ich tausend Farben. Du hast mich einfarbig gemacht.«

»Was redest du da?«

»Die Strähne hat nichts mit dem Blitz zu tun. Ich hatte sie immer schon. Meine gesamte Kindheit und Jugend habe ich mich dafür geschämt. Ich habe sie immer versteckt – aber ich habe noch nie darüber nachgedacht, dass ich mich auch vor dir versteckt habe.«

»Also, ich weiß jetzt wirklich nicht …«

Er schaute mich mit gerunzelter Stirn an. Offenbar verstand er nichts von dem, was ich ihm gerade zu erklären versuchte.

»Weißt du was?«, rief ich, plötzlich laut und wütend. Mit einem Mal war das Ohrensausen wieder da. »Vergiss es einfach und verpiss dich zu deiner beschissene Arbeit.«

Und mit diesen Worten stürmte ich an ihm vorbei, zerrte meine Jeansjacke und meine Handtasche von der Garderobe und hastete aus dem Haus.

Ich lief das schnellste Tempo, das ich laufen konnte, ohne dabei zu joggen. In meinen Ohren stürmte es, daran konnten auch meine Kopfhörer nichts ändern. Dennoch startete ich auf dem Handy meine Lieblingsplaylist und drehte die Musik ganz laut. »It is the night, My body's weak. I'm on the run, no time to sleep«, sang Christopher Cross, und ich lief schneller.

Vorbei an der Sporthalle und an Helgas Bäckerei, aus der ein herrlicher Duft nach frischem Apfelkuchen drang. »I've got to ride, Ride like the wind. To be free again.« Vorbei an Elfis kleinem Geschäft für orthopädische Schuhe, an Ingos Imbiss, der Döner, Pizza und Bratwurst verkaufte, und dem Tante-Emma-Laden, den wir Onkel-Erich-Laden nannten, weil der Besitzer nun mal Erich hieß und Onkel von elf Jungen war, selbst aber keine Kinder hatte. »So I'll ride like the wind, Ride like the wind.«

Onkel Erich war seit Jahren unsterblich in Helga verliebt. Die halbe Stadt wusste es, weil er es früher oder später im Vertrauen jedem erzählte. »Kann ich dir etwas im Vertrauen erzählen?«, fragte er dann, mal zwischen Gute-Nacht-Tee und Teewurst, mal zwischen Kaffeebohnen und Bohnensalat. »Ich bin in Helga verliebt. Hast du eine Idee, wie ich es ihr sagen könnte?«

Wir hatten ihm dazu geraten, es einfach mal beim Brötchenkaufen zu erwähnen. Er könnte ihr auch auf dem schönen Briefpapier, das er verkaufte, einen Liebesbrief schreiben oder sein Geständnis in die Schale der Äpfel einritzen, die er ihr jede Woche für ihren gedeckten Apfelkuchen anlieferte. Oder aber er könnte sie auf ein Eis bei Jacopo einladen. Das Problem war: Erich hörte vor allem auf Jacopo. Zum einen lag das daran, dass Jacopo sein Freund war. Zum anderen glaubte er, niemand könne so gut mit Frauen umgehen wie der Eisdielenbesitzer. Das hörte er schon an der Art, wie der kleine Mann mit dem schmalen Schnäuzer »Bella!« rief. Und Jacopo riet ihm dringend davon ab, irgendetwas zu unternehmen. Das würde sie nur verschrecken, behauptete er. Es reiche, wenn Erich Helga hin und wieder länger ansehe als nötig. Das würde sie bald dazu bringen, sich ebenfalls in Erich zu verlieben.

Erich hatte keine Ahnung, dass Jacopo ihm nur aus einem Grund zur Zurückhaltung riet: Er war ebenfalls unsterblich in Helga verliebt und unternahm nichts, weil er gegenüber Erich ein so schlechtes Gewissen hatte. Die halbe Stadt wusste es, weil er es im Vertrauen irgendwann jedem erzählte. Zwischen Spaghettieis und Eiskaffee oder zwischen Eisschokolade und Schokoladeneis sagte er: »Darf ich dir etwas im Vertrauen erzählen? Ich bin auch unsterblich in Helga verliebt. Hast du eine Idee, wie ich es Erich sagen soll?«

Wir rieten ihm, es einfach mal beim Obsteinkauf zu erwähnen oder es ihm in Ruhe bei einer Kugel Apfelkucheneis zu erzählen, das Erich so liebte. Das Problem war: Jacopo hörte am meisten auf Imbiss-Ingo, weil er sein Freund war und Jacopo ihn für einen echten Männerversteher hielt. Und der riet ihm dazu, es auf keinen Fall Erich zu sagen – das würde die Freundschaft beenden. Also schwieg Jacopo. Also schwieg Erich. Und der Einzige, der mit Helga flirtete, war Ingo, der ebenfalls unsterblich in die Bäckerin verliebt war. Er brachte ihr mal einen Döner, mal eine Pizza, mal ein Bratwürstchen, sie dankte ihm und fragte sich, warum Erich und Jacopo sie immer so lange anschauten, während sie hinter der Theke hin und wieder in ihren Döner biss.

Ich schüttelte die Gedanken ab und lief weiter, vorbei an der Eisdiele, vor der Jacopo gerade die Plastiktische wienerte. »Bella Ranya! Wie geht es dir?«, rief er, doch ich winkte ab. »Später!«, entgegnete ich. »Das erzähle ich dir später.« Ich lief vorbei an einem alten Mann, der ein riesiges Eis in den Händen hielt. Ich fragte mich noch, ob er drei oder vier Kugeln in seiner Waffel hatte, als er mich bemerkte, mich beim Laufen beobachtete und dabei übersah, dass sich die oberste Kugel gerade aus der Waffel löste. Rot und klebrig fiel sie auf den staubigen Boden. Erschrocken schaute er auf sein Eis, ich lief weiter. Ich war viel zu schnell, um jetzt noch anzuhalten. Mein Ziel war der Drogeriemarkt: Ich würde mir die Haare aschblond färben, ganz egal, was Claus dazu sagte. Oder rabenschwarz oder in diesem neuen Hipster-Rosa. Irgendetwas, das sich völlig von meiner langweiligen Chili-Schokolade unterschied.

Ich hielt schon den Türgriff des Geschäfts in der Hand, als ich innehielt. Mir war schwindelig – anscheinend war ich viel zu schnell gelaufen. Im Glas spiegelten sich mein Gesicht und meine Haare, ich sah beides doppelt und dreifach. Ich konnte die weiße Strähne sehen, undeutlich und viel öfter, als es sie tatsächlich gab, verästelt wie ein Blitz. Ich hatte Risse, dachte ich. Und vielleicht sollte ich das endlich akzeptieren. Ich taumelte zurück – und wäre fast gefallen, hätte Janosch mich nicht festgehalten.

»Schwesterlein!«, rief er und umarmte mich von hinten. »Was rennst du denn in deinem Zustand durch die Stadt? Solltest du nicht im Bett liegen?«

»Ja«, sagte ich langsam. »Das sollte ich wohl.«

»Geht es dir gut?«

»Mir ist schwindelig.«

»Komm, wir gehen besser mal nach Hause«, sagte er. Dann lief er mit mir den ganzen Weg bis zum Haus unseres Vaters.

Das alte Fachwerkhäuschen mit dem verwunschenen Garten und den blauen Fensterrahmen hatte mein Vater von seinem Onkel geerbt, als ich neun Jahre alt war – hier sind Janosch und ich aufgewachsen. Wann immer ich es sehe, wie es sich in seiner Straßenkurve leicht zurücklehnt und die alten Ziegel verschlafen in den Himmel reckt, muss ich traurig lächeln. Als wir dort einzogen, waren wir zu viert. Mama studierte damals Medizin. Sie war eine junge Mutter, aber eine alte Studentin, sie wollte keine Gelegenheit verstreichen lassen und alles richtig machen.

Ich erinnere mich noch gut an ihren großen Schreibtisch in der hinteren Ecke des Wohnzimmers. Er bog sich unter ihren Ordnern, Büchern und Porzellantassen, in denen der Kaffee immer wieder kalt wurde. Sie beugte sich tief darüber, die dunklen Haare fielen ihr über die Schultern. Manchmal, wenn Schulferien waren, durfte ich sie in die Bibliothek begleiten oder sogar in den Vorlesungssaal. Ich malte, während sie mitschrieb. Ich zeichnete die lange Strickjacke der Professorin, die Hinterköpfe der Studenten in den ersten Reihen, die Gebärmutter und Eierstöcke, die gerade an die Leinwand projiziert wurden. Im Nachhinein betrachtet, war das die schönste Zeit. Natürlich schloss Mama irgendwann das Studium ab, sie wurde Ärztin, und zwischen ihr und Papa veränderte sich etwas. Zwischen ihr und uns veränderte sich etwas. Aus Mama wurde meine Mutter, sie trug jetzt Weiß und wurde immer blasser. Wenn ich sie sah, war sie müde und fahl.

»Warum bist du immer so blass?«, fragte ich sie mit elf Jahren. »Ich bin nur müde«, sagte sie dann.

»Warum bist du ständig weg?«, fragte ich sie mit dreizehn.

»Ich hab viel zu tun, mein Schatz«, antwortete sie.

»Warum bist du so traurig?«, fragte ich sie mit fünfzehn.

»Weil dein Vater und ich uns nicht mehr lieben«, erklärte sie mir. »Wir haben uns noch lieb, aber es reicht nicht mehr, um zusammenzuleben. Ich werde gehen, aber euch werde ich immer lieben.«

Ich war sechzehn, Janosch elf und mein Vater erleichtert, als sie uns endgültig verließ. Wie es seitdem um ihre Liebe bestellt war, wusste ich nicht. Sie war jetzt in Afrika und half beim Aufbau von Krankenhäusern. Selten rief sie noch an und wusste nicht, was sie sagen sollte. Dann weinte sie, und ich hörte ihren Schluchzern an, dass sie getrunken hatte. Ich hatte lange darüber nachgedacht, ob ich sie zur Hochzeit einladen sollte. Die Vorstellung, sie nach so vielen Jahren ausgerechnet an meinem großen Tag wiederzusehen, überforderte mich. Letztlich hatte ich ihr doch eine Einladung geschickt und ihr dann kurzfristig absagen müssen. Meine Mutter hatte das gleichmütig hingenommen und mir alles Gute gewünscht. Vermutlich hatte sie den Flug stornieren können – oder sie hatte gar nicht vorgehabt, wirklich zu kommen.

»Ist Papa etwa zu Hause?«, fragte ich Janosch hastig, während er mich zur Tür führte.

»Er wollte gerade etwas backen. Ich sollte bei Onkel Erich nur noch Puderzucker besorgen.«

»Er wollte *was* tun?« Mit gerunzelter Stirn sah ich meinen Bruder an. Es war mitten in der Woche – normalerweise musste Papa jetzt arbeiten. Dass er stattdessen backte, hatte ich noch nie erlebt.

»Er freut sich bestimmt, noch einen Testesser zu bekommen«, sagte Janosch nur und schob mich durch den Flur, vorbei an der Garderobe und der alten Kommode, auf der sich Kuchenformen stapelten, hin zur Küche, aus der ein süßwarmer Geruch strömte.

»Ich hab's, Janosch, ich hab's!«, rief Papa aus der Küche und klapperte mit Tellern und Besteck. »Ich lasse das mit den Kuchen und Torten, ich backe stattdessen Waffeln!«

»Schau mal, wen ich mitgebracht habe«, antwortete Janosch, und ich breitete die Arme aus, als ich Papa sah.

»Liebes!«, rief er und umarmte mich. »Ich dachte, du wolltest heute mit Claus daheimbleiben?«

»Ach«, ich winkte ab. »Er ist dann doch noch mal zur Arbeit gefahren.« Ich löste mich von meinem Vater, sah, wie sein Blick kurz an meinem ungefärbten Haaransatz hängen blieb, und sprach schnell weiter. »Einen ganzen Tag für mich freizumachen, wäre ja auch echt zu viel verlangt gewesen«, erklärte ich in sarkastischem Ton.

»Oh«, sagte Papa. Er war es nicht gewohnt, dass ich so über Claus sprach. Und noch weniger, dass ich das Haarefärben vergaß. »Ist denn alles in Ordnung zwischen euch? Wie geht es dir?«

»Das möchte ich viel eher dich fragen!«, rief ich und grinste, während ich Papa von oben bis unten musterte. Mein hochgewachsener Vater mit den markanten Wangenknochen, den breiten Schultern und den großen Händen trug heute eine rosa geblümte Schürze und Mehl auf den Wangen. »Müsstest du nicht arbeiten?«

»Das erzähle ich dir gleich. Nimm dir eine Tasse Kaffee und setz dich erst mal. Ich mache euch Waffeln. Welche Variante hättet ihr denn gern? Mit Erdbeeren, Minze und Vollmilchschokolade? Oder mit Mango, Kokos und weißer Schoki?«

»Wie bitte?«

»Was frage ich überhaupt. Natürlich will Ranya die mit den Erdbeeren und Janosch die mit Mango, oder?«

Ich sah Janosch irritiert an, und wir nickten beide.

»Wusste ich's doch. Deswegen werde ich diese Kreationen auch Waffel Ranya und Waffel Janosch nennen. Schöne Namen, oder? Wer hat sich die nur ausgedacht?«

Er lachte und hantierte mit Pinseln, Soßen und kleinen Schüsselchen voller Obst. Kurz darauf hatten wir jeder eine hübsch garnierte Waffel vor uns stehen.

»Lasst es euch schmecken.«

Andächtig kosteten wir von den Kunstwerken.

»Papa, die sind köstlich!«

»Ich weiß gar nicht, wann ich schon mal so leckere Waffeln gegessen habe!«

Unser Vater strahlte übers ganze Gesicht. »Ich bin selbst ganz begeistert«, gab er zu.

»Jetzt musst du mir aber mal erklären, was hier los ist«, forderte ich mit noch vollem Mund.

»Also gut. Ich habe als Postbote gekündigt. Und jetzt möchte ich mich selbstständig machen.«

Ich ließ mein Besteck sinken. »Wie war das?«

»Seit Tagen experimentiere ich mit Kuchen- und Tortenrezepten, aber heute hatte ich endlich die Idee. Jeder liebt Omas Waffelrezept – einfach jeder. Und wenn ich sie noch mit Obst, Soßen und Schokolade garniere, sind sie etwas ganz Besonderes. Also werde ich ein Waffelcafé eröffnen. Zwei Variationen habe ich heute schon mal an euch getestet.«

»Stopp«, rief ich. »Noch mal zurück. Du hast gekündigt?«

Papa streckte den Rücken und lächelte. »Ja. Ich habe es getan.«

Ich sprang auf. »Ich bin so stolz auf dich! Du hast es endlich getan!« Ich fiel ihm um den Hals und drückte ihn, so fest ich konnte. »Nach so vielen Jahren! Wir haben dir damit so oft in den Ohren gelegen.«

»Und nun hat es gewirkt.« Er lachte, und ich drückte ihm einen Kuss auf die Wange.

»Die Idee mit den Waffeln ist super«, sagte ich und setzte mich, um weiteressen zu können. »Ich sorge rechtzeitig dafür, dass die *Neue Presse* einen Artikel dazu bringt.«

»Ihr könnt dann auch gern ein Testessen machen!«

»Das schlage ich auf jeden Fall vor.«

»Danke, mein Schatz.«

»Weißt du schon, wo du den Laden aufmachen willst?«

Papa schüttelte den Kopf. »Noch nicht. Neben der Bäckerei steht ein Geschäft leer. Und am Drogeriemarkt wäre noch ein zweites. Ich müsste mir beide mal anschauen und die Mieten vergleichen.«

»Ist das aufregend!« Ich stopfte mir noch mehr von meiner Waffel in den Mund. »Ich kann dir auch bei der Einrichtung und der Deko helfen.«

»Und ich würde die ganze Handballmannschaft antanzen lassen, damit sie beim Einrichten des Cafés mit anpackt«, ergänzte Janosch.

Papa lächelte uns beide an. »Ihr seid die tollsten Kinder, die man sich vorstellen kann.«

»Die tollsten Kinder für den tollsten Vater«, sagte ich.

»So, jetzt aber mal zurück zu dir, Ranya. Was war denn bei dir heute los?«

Ich verdrehte die Augen.

»Ich habe mich mit Claus gestritten.«

Dann nahm ich meine Tasse, trank einen großen Schluck Kaffee und hielt inne. Es war eine ausgesprochen hübsche Porzellantasse. Sie war rundherum eierschalenfarben, Rand und Griff waren leicht geschwungen und golden. Wo hatte mein Vater sie her? Und wie würde sie sich wohl in meiner Tassensammlung machen? Ich schluckte. Was dachte ich da? Wie alt diese Gedanken waren … Ich erinnerte mich plötzlich, mit welcher Leidenschaft ich früher jede einzelne Tasse beäugt hatte. Immer wieder verliebte ich mich in die Form, die Farbe oder das Muster einer Tasse, überall bewunderte und kaufte ich mir kleine und große, bunte und einfarbige Porzellantassen. Oder ich ließ sie mir schenken – Merle brachte mir aus jedem Urlaub und von jedem Kurztrip eine mit. Meine Sammlung wuchs stetig. Bald hatte ich vierzig, dann fünfzig Tassen in allen Formen und Farben. Manche von ihnen waren vielleicht sogar wertvoll! Stolz stellte ich sie zunächst in meinem Kinderzimmer und später in meinem WG-Zimmer aus. Doch als Claus mich das erste Mal besuchte, starrte er sie irritiert an.

»Was ist das denn?«, fragte er mich.

»Ich hab da so ein Hobby«, sagte ich.

»Tassen?«

»Porzellantassen.«

»Und warum gerade die?«

Ich zuckte mit den Schultern. »Ich mochte sie schon als kleines Kind. Man kann die leckersten Getränke daraus trinken. Und sie sehen schön aus.«

Er antwortete nicht, sondern machte nur riesige Augen – und mir wurde schlagartig klar, dass ich aus dem Tassenalter so langsam raus war. Es war ein Kinderhobby gewesen. Kein Mensch brauchte so viele Tassen! Also hatte ich meinen Vater gebeten, sie in der hintersten Kellerecke seines Hauses zu verstauen. Wenn ich mal Lust und Zeit hätte, würde ich sie bei Ebay verkaufen, versprach ich ihm.

Seitdem hatte ich kaum noch auf Tassen geachtet. Wann immer ich welche sah, versuchte ich, sie so zu sehen, wie andere erwachsene Menschen es taten: als Gefäße, von denen man ein paar einer Farbe im Schrank stehen hat, die man hin und wieder zum Mund führt und später in die Spülmaschine stellt.

Aber diese hier war wirklich ausgesprochen hübsch. Und sie fühlte sich so glatt und edel an. Dieses Ding?, hörte ich Claus in meinem Kopf fragen. Findest du das nicht total altbacken und bieder?

Schnell schob ich den Gedanken beiseite.

»Lass mich raten«, sagte Janosch gerade. »Claus ist mal wieder sauer wegen irgendeiner Kleinigkeit. Du hast dich bereits entschuldigt, aber er ist trotzdem noch wütend, und dann ist er einfach so, ohne ein Wort, zur Arbeit gefahren.«

Ich sah Janosch irritiert an. Was redete er denn da?

»Du tust ja so, als wäre das ständig der Fall.«

Janosch hob die Augenbrauen. »Liege ich denn so falsch?«

»*Ich* bin wütend auf *ihn*. Ich habe ihn angeschrien und dann das Haus verlassen.«

»Du hast *was* getan?« Janosch beugte sich nach vorn und legte die Unterarme auf den Tisch. »Was hat dich denn so wütend gemacht?«

Ich runzelte die Stirn. Überlegte kurz. Und fragte dann zurück: »Habt ihr das Gefühl, Claus ist ständig wütend auf mich?«

Mein Vater und Janosch sahen sich an, dann starrten sie betreten auf ihre Waffeln. »Ach, das können wir doch gar nicht so gut beurteilen, Schatz«, murmelte mein Vater. »Du weißt das am besten. Du bist glücklich mit ihm, und das ist die Hauptsache.«

Ich nickte langsam und fuhr mir durch die Haare. Kurz überlegte ich, ob ich es ihnen erzählen könnte. Die Sache mit der Haarsträhne und meine Enttäuschung darüber, dass Claus vorgeschlagen hatte, sie zu färben. Doch wie sollte ich erklären, was ich mir von ihm erhofft hatte? Ich wusste es ja selbst nicht so recht. Schließlich hatte sogar *ich* meine Strähne bisher furchtbar gefunden. Dass ich mit einem Mal bestärkende Dinge über sie hören wollte, würde bestimmt jeden irritieren.

»Und du hast ihn tatsächlich angeschrien?«, hakte mein Bruder noch mal nach.

»Ist das so überraschend?« Ich tunkte das letzte Stück Waffel in die Schokosoße auf meinem Teller.

»Schon. Du schreist nie. Ich wüsste gar nicht, wann du es das letzte Mal getan hast.«

»Im Krankenhaus habe ich Merle angeschrien.«

Janosch schaute meinen Vater an. Auch der sah jetzt nachdenklich aus.

»Und was war bei Merle der Grund?«

»Ach, nicht so wichtig. Wir haben uns schon wieder vertragen.«

Verstohlen sah mein Vater auf meinen Arm mit den vielen roten Verästelungen und Wurzeln.

»Was ist?« Ich versuchte das Mal mit meinem halblangen Ärmel zu verdecken. Wieder spürte ich Wut in mir aufsteigen. Warum betrachtete er ausgerechnet meinen neuesten Makel, meine aktuelle Schwachstelle? Würde er das genauso auffällig machen, wenn der Blitz meinen Arm abgerissen hätte und nur ein Stumpf übrig geblieben wäre?

»Tut mir leid, Liebes«, sagte mein Vater sanft und sah schnell in seine Milchkaffeetasse.

Ich atmete tief durch.

Es stimmte ja, was meine Familie sagte. Dass ich so schnell wütend wurde, war neu. Und dass ich meiner Wut auch noch Raum gab, war noch ungewöhnlicher für mich.

»Schon gut«, sagte ich. »Momentan bin ich einfach etwas gereizt. Es war ja auch alles ziemlich viel in den letzten Wochen.«

Papa nickte. »Ich hab ein wenig recherchiert. Wusstest du, dass in Deutschland jedes Jahr etwa 130 Menschen vom Blitz verletzt werden? Demnächst findet für diese Leute ein Wochenendseminar statt.«

»Du meinst, so etwas wie eine Selbsthilfegruppe?«

»So würde ich es nicht nennen.«

»Klingt aber so«, murrte ich und versuchte, die letzten Soßenreste vom Teller mit meinem Löffel abzukratzen.

»Die Veranstaltung dauert zwei Tage. Man kann sich austauschen und informieren, Ärzte halten Vorträge, und sogar dieser Wettermann aus dem Fernsehen, der vom Blitz getroffen wurde, ist dabei.«

Ich sah auf. »Dieser Münchberg?«

»Genau. Er ist gerade erst aus dem Krankenhaus entlassen worden und hat schon zugesagt.«

»Krasser Typ.«

»Und weißt du, wo das Ganze stattfindet?«

Erwartungsvoll sah ich ihn an.

»In Lichterdorf!«

»Echt jetzt?« Obwohl ich in diesem kleinen, unscheinbaren Ort die ersten Jahre meines Lebens verbracht habe, hatte ich ewig nicht daran gedacht. Wir wohnten damals am Stadtrand in einer winzigen Wohnung mit großem Balkon, und wenn ich mich draußen auf die Zehenspitzen stellte, konnte ich über das Geländer hinweg bis zum Wald sehen. Ich weiß noch, dass es viele Regentage gab und dass ich in der Schule nur eine Freundin hatte: Sie war zwei Jahre älter als ich und ärgerte jeden, den sie traf, außer mich. Janosch wurde erst geboren, als ich fünf war. Vorher waren meine Eltern und ich nur zu dritt, und ich weiß noch, dass wir manchmal in ein kleines Kino gingen. Mama saß dann rechts, Papa links, und auf meinem Schoß stand eine riesige Tüte Popcorn. Als ich in der vierten Klasse war, entschied sich meine Mutter, ihr Medizinstudium wieder aufzunehmen, und wir zogen in die Nähe ihrer neuen Uni, nach Gudenshain.

»Lustig. Warum treffen sich diese Leute denn ausgerechnet dort?«

Papa zuckte mit den Schultern. »Hab ich mich auch gefragt. Und dann noch in dieser Bruchbude, im Lichtblick. Erinnerst du dich daran?«

Ich schüttelte den Kopf.

»Ein altes Gasthaus, das damals schon völlig heruntergekommen war. Manchmal haben wir dort Schnitzel gegessen. Du weißt gar nichts mehr?«

Ich zuckte mit den Schultern.

»Du warst ja auch noch klein. Ich finde, du solltest da einfach mal hingehen und dich mit den anderen Leuten austauschen. Vielleicht haben sie ähnliche Probleme wie du.«

»Probleme?«

Ich legte meinen Löffel hin, lehnte mich zurück. Gut, mein Arm tat hin und wieder weh. Manchmal rauschte es noch in meinen Ohren. Mir war häufig schwindelig seit dem Blitzschlag, ich hatte oft Kopfschmerzen. Es gab Tage, an denen ich mich kraftlos fühlte, dann konnte ich nur langsam laufen und musste viel schlafen. Dann waren da noch dieses Blitzmal und meine Wutausbrüche. Doch die Besorgnis meines Vaters kam mir doch reichlich übertrieben vor.

»Vielleicht hilft es dir ja«, sagte er.

Ich biss mir auf die Lippen. Sah Janosch an. Er zuckte mit den Schultern und kaute.

»Schaden kann es nicht«, sagte er mit vollem Mund. »Vielleicht wird es ganz interessant.«

Ich zog eine Grimasse. »Ganz interessant?«

»Na ja, im schlechtesten Fall hast du hinterher etwas zu erzählen.«

»Wem soll ich von so etwas schon erzählen?«

»Ehrlich gesagt, jedem. Das finden garantiert alle spannend. Du könntest darüber sogar eine Reportage schreiben.

Stell dir das doch mal vor: ein Haufen Blitzgeschädigter in einem Raum. Das könnte eine Superstory werden.«

»Janosch, ich bin Fotografin. Ich kann nicht schreiben. Claus sollte hinfahren, dann würde auch was Gutes dabei rauskommen.«

»In der Schule hast du doch total gern Geschichten geschrieben.«

»Woher willst du das denn wissen?«

»Ich kann mich noch sehr gut daran erinnern! Und Papa hat mir auch davon erzählt. Stimmt's, Papa? Sie hat super geschrieben!«

Er nickte. »Du hast es geliebt, Geschichten zu erzählen.«

Ich schüttelte den Kopf. »Merle war immer besser. Heute noch! Sie schreibt wahnsinnig gut. Genauso wie Claus. Er ist der Schreiber von uns beiden. Ich bin nur die Fotografin.«

Mein Bruder legte den Kopf schief. »Denkst du das wirklich?«, fragte er mich langsam. »Oder ist es das, was Claus immer sagt?«

Ich schluckte. »So was hat er noch nie gesagt«, behauptete ich. Dabei war ich mir gerade gar nicht so sicher.

»Ich meine ja nur.« Er lächelte mich liebevoll an und nahm meine Hände. »Schwesterherz, glaub an dich! Probier es doch einfach mal aus und schreib was über dieses Seminar! Wenn dir das Ergebnis nicht gefällt, musst du es ja niemandem zeigen. Und auch wenn die Veranstaltung langweilig wird, hast du zumindest spannende Menschen kennengelernt.«

Aus irgendeinem Grund gefiel mir die Vorstellung, mal wieder etwas zu schreiben. Warum eigentlich nicht?

»Okay.« Ich nahm mir eine frische Waffel und riss ein

Herz heraus. »Was soll's. Vielleicht habt ihr recht. Ich schau mir das mal an.«

Weißt du noch, wie wir uns das erste Mal gesehen haben?

Es war auf dem Parkplatz im Regen, noch bevor alles angefangen hatte. Wir waren beide fremd, wir kannten das Hotel Lichtblick noch nicht – oder konnten uns zumindest nicht daran erinnern –, wir waren noch nicht süchtig nach den alten Marmeladenplätzchen und dem starken Filterkaffee. Wir hatten uns noch nie missverstanden und noch nicht gewusst, wie sehr wir einander verletzen konnten. Wir wussten gar nichts.

Es begann zu regnen, als ich gerade den Blinker setzte, um auf den Parkplatz einzubiegen. Mein Navi hatte mich durch zwei verschlafene Vororte geführt, bis hierher, an den Stadtrand, und bisher war mir überhaupt nichts in dieser Gegend bekannt vorgekommen. Ich sah durch den Rückspiegel. Hinter mir fuhr ein schwarz glänzender BMW. Seine Scheibenwischer wischten immer schneller hin und her, und auch ich musste meine höher schalten. Ich parkte ein, der BMW hielt neben mir, und der Regen wurde stärker. Ich beschloss, noch nicht auszusteigen. Einzelne Tropfen gab es schon nicht mehr, sie waren zum Sturzbach geworden, zum Wasserfall, zur Wand. Es war ein Regen, der die Straße überschwemmen, Fußgänger wegspülen und Autos schaukeln lassen konnte, wenn er nur lang genug herabprasselte.

»Mein Gott«, murmelte ich. Meine Finger wurden feucht, und in meinen Ohren begann es zu rauschen. Ob es auch noch donnern würde in der Ferne? Früher hätte mir Regen nichts ausgemacht, aber seit dem Blitzschlag war das anders. Nun erinnerte er mich an die eine Nacht – und das, obwohl es auf meinem Junggesellinnenabschied gar nicht geregnet hatte.

Ich sah durch das Seitenfenster zum BMW. Auch der Fahrer neben mir stieg nicht aus. Er starrte durch die Windschutzscheibe, im Gegensatz zu mir trug er ein leichtes Lächeln auf den Lippen. Auf einmal drehte er den Kopf. Und sah mich an.

Und dann sahst du mich an.

Ich werde nie vergessen, wie du mich zum ersten Mal angesehen hast. Deine dunklen Haare waren so wirr wie Gewitterwolken, deine Augen regentonnentief. Ich werde nie vergessen, wie du gelächelt hast. Leicht und entrückt und vorsichtig und aufmunternd zugleich. Deine Augen waren auch durch den dichten Regenschleier dunkel, und irgendwo in deinem Blick blitzte es. Ich sah dich an und bekam wieder besser Luft. Schlagartig wirkten der Regen und die Möglichkeit, dass es irgendwo blitzen könnte, weniger bedrohlich auf mich. Schließlich saß ich in einem sicheren Auto, und noch dazu war ich nicht allein. Da saß ein Mann im Wagen neben mir. Noch jemand hörte diesen Regen und hoffte auf besseres Wetter.

Noch warst du mir fremd. Da drehtest du den Kopf wieder zurück. Verdammt, ich war rot geworden. Die Farbe breitete sich in meinem Gesicht aus, sie wanderte über meinen Hals bis zum Dekolleté. Hoffentlich konnte man das durch zwei Fenster und den Regen des Jahrhunderts hindurch nicht sehen, dachte ich.

Was dachtest du?

Wie laut es war. Der Regen prasselte und dröhnte und hämmerte auf mich nieder. Es klang wie: »O mein Gott, was hat *der* denn bitte für schöne Augen?« Wie: »Schau noch einmal hin!« Der Regen schien zu klatschen. »Go, Ranya, go!«

Ich nahm all meinen Mut zusammen und drehte den Kopf. In diesem Moment schaute mich auch der Fremde an. Schnell sah er wieder weg, auf sein Lenkrad, seine Hände, zur Windschutzscheibe. Ich lächelte, schaute ebenfalls nach vorn, sah wieder hin. Und wieder trafen sich unsere Blicke. Ich werde nie vergessen, wie du in diesem Moment gelächelt hast. Wenn du lächelst, habe ich eine Ahnung, wie du auch hättest sein können. Was für ein Mensch du geworden wärst, wenn deine Geschichte eine andere gewesen wäre, wenn du etwas anderes erlebt hättest. Tausend Lachfalten an den Wangen, ein verschmitzter Eckzahn. Ich liebte dein Lächeln schon am ersten Tag auf diesem Parkplatz im Regen.

Wir sahen uns an, und du zwinkertest, und wir lächelten, und um uns herum versank die Welt im Regen. Vielleicht war der Parkplatz schon ein See geworden, vielleicht schwammen um uns herum schon Baumstämme im Wasser. Vielleicht hatten sich die Blitzschlagopfer, die ich hier treffen wollte, bereits auf ausgerissene Haustüren gesetzt. Möglicherweise versuchten sie nun schon, rudernd einen Sitzkreis zu bilden, um ein Wollknäuel hin und her zu werfen. Keine Ahnung, wir sahen nicht hin. Wir lachten uns nur an. Und dann donnerte es tatsächlich. Wir drehten die Köpfe, gleichzeitig. Wir schauten durch unsere Schiebefenster in den Himmel, in die dunklen Gewitterwolken hinein, und beide warteten wir – ob wir es wollten oder nicht – auf den nächsten Blitz.

2. Teil

Überall Gewittertierchen

Adam

Vor mir setzte ein ungewaschener weißer Twingo den Blinker und fuhr in Zeitlupentempo auf den Parkplatz. Ich verdrehte die Augen und folgte ihm. »Da fängt es an zu regnen, und sofort vergessen die Menschen, wie das Gaspedal funktioniert«, schimpfte ich leise vor mich hin. Leicht prasselte es auf das Autodach, und ich öffnete das Seitenfenster einen Spaltbreit, um den Geruch des Regens einzuatmen. Ich musste an das Schild am Ortseingang denken.

Ist es dir auch aufgefallen? Hast du gelesen, was darauf stand?

»Lichterdorf – willkommen in der Regenstadt.« Als ich daran vorbeigefahren war, hatte ich es noch belächelt. Überall behaupteten die Leute, hier oder dort würde es viel regnen. Dies wäre ein Regenloch und das ein Sonnenort. Meistens ist das Quatsch. Hamburg zum Beispiel gilt als absolut verregnet und München als total sonnig, dabei folgt München in den Regenstatistiken oft direkt auf Hamburg, weil es dort wegen der Berge häufig gewittert. Dennoch halten sich Wetterlegenden hartnäckig. Und die Orte, in denen es tatsächlich richtig viel regnet, würde man nie erraten. Im Jahr 2017 zum Beispiel war die mit Abstand regenreichste deutsche Ortschaft Oberstdorf. Hier regnete es doppelt so viel wie in Saarbrücken, dem Ort auf Platz zwei der Statistik.

Ich fragte mich, auf welchem Platz dieses Lichterdorf wohl auf der Statistik lag und ob es sich hier wirklich um ein kleines, unbekanntes Regenloch oder einfach um die Selbstwahrnehmung bedröppelter, depressiver Einwohner handelte.

Ich lehnte mich zurück, und ohne es zu wollen, lächelte ich. Ich konnte nicht anders, schließlich liebte ich diesen Duft. Für mich roch der Schauer wie für manch andere warmer Schokokuchen oder Vanillepudding: nach Geborgenheit und Heimat. Als könnte ich, wenn ich diesen Geruch nur lang genug einatmete, wieder ein Kind werden und in Pfützen springen. Ohne es zu wollen, stellte ich mir vor, wie auf der Höhe meiner Brust eine Bauchbinde auftauchte: »Adam Münchberg (32) möchte gern wieder an den Weihnachtsmann glauben.«

Nicht schon wieder, dachte ich und schüttelte den Kopf, um die RTL2-Stimme auszusperren.

Der Regen wurde stärker, ich parkte ein und lehnte den Kopf zurück. Ich konnte noch nicht aussteigen, um ins Hotel zu gehen. Dort wäre es nicht möglich, diesen Geruch einzuatmen und dieses Prasseln zu hören. In meinen Füßen kribbelte es, und vor meinem inneren Auge sah ich blaue Gummistiefel. Gelbes Laub. Eine tote Fliege. Warmes Bananenbrot. Ich sah das Gesicht meiner Mutter, als sie noch keine Brille trug und als Journalistin arbeitete. Ich sah sie lächeln.

»Was hast du nur getan?«, flüsterte ich.

Sie schüttelte traurig den Kopf und antwortete: »Ich hab dich lieb, Adam. Ich hab dich lieb.«

Hatten wir dieses Gespräch jemals geführt? Worüber sprachen wir da? Ich wusste es nicht, ich sah nur, dass sie mich in den Arm nahm, und ich sah den geblümten Ärmel ihrer Bluse. Dahinter stand ein Kastanientier auf einer Fensterbank. Und noch weiter hinten flog ein rot-gelber Drachen aus Krepppapier.

»Herr Münchberg«, hörte ich die blonde RTL2-Moderatorin in meinem Kopf. »Warum haben Sie einen solchen Hass auf Ihre Mutter?«

Ich überlegte und überlegte, doch ich wusste keine Antwort.

»Das ist doch seltsam: Welcher Sohn hat denn solche Gefühle, ohne den Grund zu kennen?«

Ich zuckte mit den Schultern.

»Glauben Sie nicht, dass es Ihrer Mutter damit ganz fürchterlich schlecht geht?«

Ich schwieg. In meiner Bauchbinde stand jetzt: »Adam Münchberg (32) kennt kein Mitleid.«

Hilflos lachte ich über mich selbst.

Dabei drehte ich den Kopf, und zufällig sah ich durch mein Seitenfenster und das des ungewaschenen Twingos nebenan in das Gesicht einer jungen Frau. Ich konnte es nur schemenhaft erkennen, wie durch einen zu starken Instagramfilter, denn zwischen ihr und mir liefen Tropfen die Scheiben hinunter. Ich erahnte, dass sie mein entrücktes Lachen auffing und erwiderte. Regennasse Lippen, verschleierte Augen, wolkenblasse Wangen. Möglicherweise fand ich sie hübsch, ja, das Lächeln war ganz nett. Doch zunächst einmal fühlte ich mich ertappt.

Du hast mein RTL2-Gesicht gesehen. Du hast mich dabei erwischt, wie ich meinen absurdesten Gedanken nachhing.

Schnell drehte ich den Kopf und sah wieder nach vorn. Verhalte dich normal, dachte ich. Tu, was ein normaler Kerl tun würde.

Also drehte ich den Kopf zu dir, verdrehte die Augen über den Regen und begann, ein bisschen mit dir zu flirten.

»Flirten kann er. Darauf ist Adam Münchberg ganz besonders stolz«, erklärte die RTL2-Stimme. Ich ignorierte sie, lächelte und zwinkerte dir zu. Hätte ich gewusst, dass ich dich im Hotel wiedersehen würde, ich hätte wohl lieber den Rückwärtsgang eingelegt und wäre davongefahren. Vor wenigen Wochen hatte mich dieses Seminar noch interessiert, aber je tiefer ich wieder in meinen Alltag eingetaucht war, desto mehr hatte ich andere Dinge im Kopf gehabt. Da sich mein Sender noch immer mit Planungen zu meiner Geschichte zurückhielt, hatte ich nun doch Interviews und Talkshow-Anfragen zugesagt. Ich unterhielt mich mit wichtigen Leuten über Elektrizität, ich wurde der Kontakt für sämtliche Pressefragen zum Thema Gewitter, und sogar das ZDF plante ein Fernsehprojekt mit mir.

Ottos E-Mail hatte mich zwar neugierig gemacht, doch mittlerweile war mein Interesse an Austausch zugunsten meines Wunsches nach Aufmerksamkeit geschrumpft. Ich gebe es ehrlich zu: Ich war in den Mittelpunkt verknallt, in dem ich in diesen Tagen immer wieder stand. Und meine Egozentrik fühlte sich richtig gut an. Sie gab mir das Gefühl, selbst eine Mitte zu haben. Sie gaukelte mir Festigkeit vor. Im Fernsehen hatte ich Tausende Zuschauer, zu diesem Seminar hingegen hatten sich gerade mal sieben Leute angemeldet. Mein Engagement hielt sich daher in Grenzen.

Es regnete lange, weißt du noch?

Es regnete so lange, dass ich irgendwann vergaß, dass ich dich eigentlich nur aus Verlegenheit angelächelt hatte. Bald lächelte ich dich an, weil es so lange regnete, weil der Regen so laut war und weil es jetzt auch noch begann zu gewittern. Was für eine Ironie! Ich kam eventuell zu spät zu einem Blitzseminar, weil es blitzte. Ich weiß, du hast Angst vor Gewittern. Aber mir geht es anders. Ich fühle mich trotz allem, was mir passiert ist, einfach wohl, wenn um mich herum ein Unwetter tobt. Ich lächelte auch deswegen. Und dann lächelte ich, weil mir deine hellen Augen gefielen. Dein Lächeln sah warm aus, sogar durch den Regenschleier und im Licht eines fernen Blitzes. Ich lächelte, weil es schön war, wie du mich immer wieder schamlos ansahst und trotzdem rot wurdest. Ich lächelte, weil mich deine Haare – oben dunkelblond und unten rotbraun – an den Sonnenuntergang erinnerten und weil ich mich fragte, was wir wohl tun würden, wenn es für immer so weiter regnete.

Und dann endete der Schauer. Wir öffneten unsere Türen und traten auf den nassen Parkplatz.

»Hi«, sagtest du über das Dach deines fast reingewaschenen Twingos hinweg. Erst jetzt sah ich dich ohne Regenschleier, ich schaute dir direkt ins Gesicht – und ganz plötzlich wusste ich, mit hundertprozentiger Sicherheit, dass ich dich nicht mochte. Da war etwas in deiner Mimik, was ich vorhin im Auto nicht erkannt hatte. Ein Ausdruck, ein Zug um deine schmalen Lippen. Deine Nase zeigte nach oben, deine dunklen Augenbrauen nach unten. Dein Gesicht war eine Warnung. Kurz fragte ich mich, ob ich es nicht schon längst kannte. Aber woher? Sicher war ich mir nicht. Ich wusste nur: Du sahst aus, als sollte ich mich vor dir in Acht nehmen.

»Hallo«, antwortete ich trotzdem. Es tröpfelte nur noch ein wenig. Müsste ich jetzt was sagen? »Was für ein Gewitter« oder »Heftiger Regen« oder »So ein plötzlicher Schauer«, fielen mir ein, doch diese Sätze sprach ich nicht aus. In meiner Bauchbinde stand jetzt: »Adam Münchberg ist zu tiefgründig für Small Talk.«

»Dass es ausgerechnet jetzt gewittern muss«, sagtest du. Und dein Small Talk bestätigte meine spontane Antipathie.

»Das liegt daran, dass heute Hoch Hartmut und Tief Thea aufeinandertreffen. Aber keine Angst, das Tief verabschiedet sich noch heute in Richtung Osten, und wir können ab Nachmittag mit milden Temperaturen rechnen«, spulte ich automatisch ab, ohne es zu wollen.

»Du bist der Wettermann, oder?«

»Wie hast du *das* nur herausgefunden?«

»Ach, nicht so wichtig«, winktest du ab. Dass du gar nicht über mein Tief- und Hoch-Gequatsche darauf gekommen warst, sondern das Video kanntest, verstand ich zu diesem Zeitpunkt noch nicht.

»Du willst sicher auch zum Seminar?«, fragtest du.

Mist, dachte ich. »Zum Blitzseminar, genau.«

Du deutetest auf das Hotel, vor dem wir geparkt hatten.

»Na, dann mal los.«

Es war das bei Weitem unangenehmste Hotel, das ich in letzter Zeit betreten hatte. Schon beim ersten Blick ahnte ich, dass es mir eine Zeitreise in die Siebzigerjahre aufzwingen würde. Aber nicht, weil es so retro oder so romantisch war. Es war einfach in die Jahre gekommen. Seine Besitzer schienen die letzten Jahrzehnte völlig verschlafen zu haben. Wenn nicht gerade ein paar Blitzschlagopfer zu Gast waren, übernachteten hier sicher nur Maurer und Monteure, die sich freuten, an diesem düsteren Ort ein paar Bier trinken zu können.

Die Fassade war in schmutzigem Eierschalengelb gestrichen, die Fenster winzig, und der altmodisch geschwungene, sarkastisch klingende Schriftzug »Lichtblick« war kaum noch zu lesen. Wie zur Hölle war Otto Belz darauf gekommen, ausgerechnet hier ein Seminar für traumatisierte Menschen zu organisieren? An einem Ort, wo ein Blitz ein weniger beängstigender Lichtblick wäre als dieses heruntergekommene Gebäude selbst?

»Gemütlich«, sagte ich in sarkastischem Ton, und du lachtest. Ich mochte dein Lachen nicht.

»Ja, irgendwie habe ich mir das auch etwas … schicker vorgestellt.«

Wir näherten uns dem Hotel Seite an Seite, weißt du noch? Du liefst links, ich rechts, und dein Koffer ratterte so laut über den gepflasterten Gehweg, dass man meinen könnte, hier landete ein Rettungsflieger. Achtung, Achtung, lassen Sie uns durch, wir sind zwar keine Ärzte, aber schon irgendwie wichtig. Vielleicht können wir jemanden retten. Und wenn es nur wir selber sind.

Ja, seltsamerweise habe ich mich in diesem Moment besonders gefühlt. Zugegeben, als Fernsehmoderator kam ich mir hin und wieder wichtig vor. Wenn die Kameras auf mich gerichtet waren, wenn fremde Menschen mich auf der Straße erkannten oder wenn die Leute fasziniert zuhörten, sobald ich von meinem Beruf erzählte. Ich weiß, dass ich mir manchmal ein bisschen zu viel darauf einbildete. Doch diesmal, auf dem Weg zum Lichtblick, war es anders. Erinnerst du dich daran? Ging es dir ähnlich? Wir passten so gar nicht zueinander und nicht zu diesem Hotel. Wie Außerirdische von zwei unterschiedlichen Planeten landeten wir hier – und ich stellte mir vor, Blitze hätten uns hergebeamt.

Über diesen Weg vom Auto zum Hotel habe ich lange nicht mehr nachgedacht. Wahrscheinlich lag das an dieser seltsamen Veranstaltung, die darauf folgte. An diesen komischen Teilnehmern und daran, wie du dich bald verhalten würdest. Aber zuerst war da unser Weg zum Hotel. Er fühlte sich an, als könnte er mich an völlig ungeahnte Orte führen. Und so war es dann tatsächlich.

Zunächst führte er mich aber in einen düsteren, engen Eingangsbereich. Hier war alles aus dunklem Holz: die Wände, die Rezeption, der Fußboden – und natürlich die Kneipentische und -stühle, die in den Ecken herumstanden. Das Hotel war nicht nur eine Pension für Handwerker, sondern auch ein Wirtshaus für ein paar ältere Lichterdorfer, die dickbäuchig vor ihren Bieren saßen und uns angafften, als wir eintraten. Ich nickte ihnen möglichst beiläufig zu, und mit meinem Nicken fiel auch die Besonderheit des Augenblicks von mir ab – als wäre sie eine schlecht sitzende Brille gewesen. Wo war ich denn hier gelandet? Warum tat ich mir das an? Und all das für 200 Euro. Was für eine sentimentale, unwirtschaftliche Entscheidung das von mir gewesen war. Ich seufzte.

»Morgen!« Die Frau an der Rezeption schrie uns beinahe an, als müsste sich ihre Stimme gegen einen Sturm behaupten. »Wie kann ich Ihnen helfen?«

Ich versuchte, nicht zu auffällig auf ihr rechtes Auge zu sehen, das weit nach außen gedreht war.

»Wir nehmen an dem Seminar teil.«

»Ah! Haben Sie ein Zimmer gebucht?«

Ich schüttelte den Kopf, du nicktest.

»Könnte ich meinen Koffer eben hier stehen lassen? Wir sind spät dran«, fragtest du mit einem gewinnenden Lächeln.

»Kein Problem!«, schrie die Frau und nahm deinen Donnerkoffer entgegen. Einmal krachte er noch, dann wurde es still um uns herum.

Sie händigte dir einen Schlüssel mit riesigem, metallenem Anhänger aus, ließ dich einen Zettel unterschreiben und führte uns dann den Gang hinunter, vorbei an einem gefährlich alt aussehenden Aufzug, einer Toilettentür, an der ein kleines Messingmädchen mit Zopf und Töpfchen angebracht war, und an einem Schnurtelefon mit Drehscheibe, das im Flur hing.

»Hier ist der Seminarraum«, brüllte die Wirtin und deutete auf eine der Holztüren. Ich öffnete sie und nickte in die Runde. Auch hier drin war alles ziemlich schäbig: das abgeblätterte Holz der Fensterrahmen, die wackeligen Tische, die in Hufeisenform aufgestellt und mit weißen Tischdecken dekoriert worden waren, die Raufasertapete an den Wänden und die trockenen Blumen in den Ecken. Am Fenster stand ein alter Mann mit weißem Haarkranz und starrte abwesend in den Garten hinaus. Die anderen saßen mit ihren hin und her huschenden Augen, unruhigen

Händen und blassen Gesichtern an den Tischen und sahen so aus, als würden sie lieber draußen im Regen stehen, als hier auf dem Trockenen zu sitzen.

»Dürften wir vielleicht etwas zu trinken bestellen?«, rief der alte Mann, der sich plötzlich aus seiner Starre gelöst hatte und die Wirtin nun mit tränensackbehangenen Augen ansah – doch die ging gerade hinaus und schloss die Tür hinter sich. Der Blick aller Anwesenden richtete sich nun auf diese Tür, und ihre traurigen Gesichter erweckten den Eindruck, nichts und niemand könnte sie wieder öffnen. Mich beschlich das Gefühl, diese deprimierende Veranstaltung könnte uns ein zweites Mal traumatisieren.

Der alte Mann ließ die Schultern sinken, dann fiel sein Blick auf mich. »Der Herr Meteorologe! Hatten Sie uns nicht mildes Wetter versprochen?« Er lachte leise mit viel Schleim im Hals und kam leicht humpelnd und mit ausgestreckter Hand auf mich zu. »Otto Belz«, sagte er und versuchte beim Händeschütteln, meine Finger zu zerquetschen.

»Ich habe Sie ja gewarnt – bei so vielen Blitzmagneten …« Ich zeigte der Runde mein etwas angestrengtes Fernsehlächeln. Niemand lächelte zurück.

»Haben Sie den Zeitplan erhalten?«

Ich wollte nicken, doch dann lenkte mich ein Zittern in Otto Belz' Brusttasche ab. Ich erschrak. Zappelte da etwas? Er bemerkte meinen Blick und winkte ab. »Keine Angst, das ist nur Manfred.«

»Ach, stimmt.« Fast hätte ich die Maus vergessen. Ich räusperte mich zerstreut. »Ja, den Zeitplan habe ich bekommen. Bitte entschuldigen Sie, dass ich so knapp gekommen bin – das Gewitter hat mich aufgehalten.«

Ich wollte es nicht, und doch sah ich kurz zu dir hinüber. Du schlugst die Augen nieder und setztest dich auf einen freien Stuhl zwischen zwei Frauen: eine uralte und eine kindlich junge. Freundlich fingst du meinen Blick auf. Ich sah weg.

»Gut, dann wissen Sie ja, dass Sie den Anfang machen. Aber setzen Sie sich erst mal, ich übernehme die Begrüßung.«

Man sah Otto Belz an, dass er einmal ein großer Mann mit breiten Schultern und geschwellter Brust gewesen sein musste. Doch er war eingeknickt: Seine Schultern hingen weit nach vorn, sein Rücken machte einen kleinen Buckel, und seine Knie konnte er wohl nicht mehr richtig durchdrücken. Er war nun ein zerknitterter Herr, der mich an eine alte Zeitungsseite erinnerte. Allerdings an eine mit wichtigem Inhalt, die man sich ausschnitt und an den Kühlschrank klebte.

Belz starrte an die Wand in unserem Rücken, während er langsam und tragend sagte: »In jeder Sekunde blitzt es auf der Welt insgesamt über hundertmal. Während ich diesen Satz ausgesprochen habe, sind wir also schon mehr als fünfhundertmal glimpflich davongekommen. Höhö.«

Überrascht sahen die Trauerklöße ihn an. Hatte er, der so ernst dreinschaute, tatsächlich einen Witz gemacht?

»Doch das war nicht immer so. Jeder von uns hat seinen eigenen, seinen ganz persönlichen Blitz. Einen Blitz, der ihn oder sie auserwählt hat. Die meisten jedenfalls haben einen, ich selbst habe sogar *drei*.«

Jetzt ging ein Raunen durch den Raum.

»Aber um mich soll es jetzt nicht gehen. Tatsache ist:

Wir alle wurden geblitzt, und die Rechnung kam nicht vom Staat. Hö.«

Jetzt lächelte er sogar. Hier und da sah ich einzelne Teilnehmer schmunzeln.

»Um damit besser umgehen zu können, sind wir hier. Ich habe diesen Ort nicht ohne Grund ausgewählt. In dieser Gegend erzählt man sich, Lichterdorf sei die Stadt des Regens und würde schlechtes Wetter magisch anziehen. Mir schien das äußerst passend. Außerdem war das Gasthaus vergleichsweise günstig.«

»So sieht es auch aus«, hörte ich die alte Frau neben dir brummen.

Otto Belz ignorierte ihren Einwurf. »Uns erwarten spannende Vorträge. Zwei Ärzte werden mit uns über die Wirkung und Spätfolgen von Blitzen sprechen. Eine Psychologin referiert über traumatische Erfahrungen und psychische Probleme infolge von Blitzschlägen. Eine Philosophin denkt mit uns über Zufall und Schicksal nach, und last but not least haben wir einen Star unter uns. Adam Münchberg, stehen Sie doch bitte kurz auf. Danke! Der bekannte Fernsehmeteorologe und zugleich das berühmteste Blitzschlagopfer des Landes erklärt uns die Unterschiede zwischen Erd-, Wolken-, positiven und negativen Blitzen.«

Vereinzeltes Klatschen.

»Aber bevor wir zum ersten Vortrag für heute kommen, sollten wir uns kennenlernen. Könnte sich bitte jeder von Ihnen kurz vorstellen? Erzählen Sie uns, wer Sie sind und was Sie hierhergeführt hat. Möchten Sie vielleicht gleich anfangen?«

Belz nickte der älteren Dame neben dir zu. Sie sah ihn

mit glänzenden Augen an und stand auf. Ihre kurzen Locken waren schneeweiß, ihre Augenbrauen zeigten an den äußeren Seiten steil nach oben, und an ihren Fingern trug sie mindestens zehn Ringe.

»War ja klar, dass es mich zuerst trifft«, murrte sie mit rauchig tiefer Stimme. »Ich war immer schon ein Glückspilz. Keine Ahnung, warum ich hier bin. Klingt eigentlich nicht so, als würden wir in den nächsten Tagen viel Spaß haben. Also, ich bin Ruth, und so nett wie jetzt bin ich erst, seitdem ich vom Blitz getroffen wurde. Mich hat's vor über neun Jahren erwischt, weil Milka mal wieder weggelaufen ist. Meine Katze hasst nämlich Gewitter. Sobald es donnert, verliert sie ihren Verstand und rennt laut miauend mitten in ihr Verderben. Ich also der Katze hinterher, durch den Garten, auf die Straße, und das alles mit meinem kaputten Hüftgelenk. Hab ich geflucht, das sag ich euch, die ganze Straße runter bis zum Sportplatz. Milka ist mitten drüber gewetzt, ich also hinterher, und dann – zack – schlug der Blitz in den Boden ein, hob mich von den Füßen, und das war's dann mit mir. Was von mir übrig geblieben ist, steht hier vor euch.«

Wir nickten verständnisvoll.

»Und Milka?«, fragte die junge Frau neben dir mit sanfter Stimme.

»Die ist hier.« Ruth griff unter den Tisch und holte eine Katzenbox hervor. Sie stellte sie unsanft auf den Tisch und grinste schief. »Der geht's natürlich blendend, war ja klar.«

Wir sahen in die Transportbox und runzelten die Stirn. Stille breitete sich im Raum aus, irritiert blickten wir uns an. Die Box war leer.

Otto Belz räusperte sich. »Gut, äh, vielen Dank, Ruth. Der Nächste?«

Jetzt stand ein dünner, hagerer Junge auf, ich schätzte ihn auf höchstens zwanzig. Er trug eine Outdoorweste über einem Jeanshemd, Lederarmbänder an den Handgelenken und eine Holzkette um den Hals. Ein attraktiver Typ mit weichen Gesichtszügen und selbstsicherer Haltung. Einer, der sich auch vor der Kamera gut machen würde.

»Hi! Ich heiße Ludwig, bin fünfundzwanzig Jahre alt, studiere Sport und arbeite als Fahrradkurier. Der Blitz hat meinen Fahrradlenker getroffen, als ich gerade zweimal Pizza Margherita im Gepäck hatte. So heiß hab ich noch nie was geliefert.« Er versuchte sich an einem kleinen Lächeln. »Meine Hände können seitdem nicht mehr zwischen warm und kalt unterscheiden.« Jetzt, schon kurz nach seinem Witz, sah er wieder unendlich traurig aus. Er zuckte mit den Schultern. »Ich fahre trotzdem noch Fahrrad, hab aber Mega-Angst vor jedem Regentropfen. Na ja, deswegen bin ich hier. Geteilte Angst ist halbe Angst, oder wie sagt man so schön?«

Er setzte sich wieder, alle klopften mit den Fäusten auf die Tische.

Als Nächstes richteten sich zwei Frauen auf, die genau gleich aussahen. Beide Mitte fünfzig, beide mit grau melierten Haaren, fein geschwungenen Lippen und riesigen Augen.

»Hallo«, sagte die eine.

»Hallo«, sagte die andere.

»Wir sind Sonja und Doris.«

»Also sie ist Sonja.«

»Und sie ist Doris.«

»Falls ihr euch fragt, woher die Ähnlichkeit kommt ...«

»... wir sind Zwillinge.«

Sie lächelten das gleiche matte Lächeln.

»Wir machen so gut wie alles zusammen.«

»So gut wie?«

»Also gut, wir machen alles zusammen.«

»Wir sind auch zusammen vom Blitz getroffen worden.«

»Ich wäre echt sauer gewesen, wenn du das allein durchgezogen hättest.«

»Wie denn? Das hättest du eh nie zugelassen.«

»Da hast du recht. Wir waren gerade Golf spielen, und Doris machte mal wieder alles falsch. Also wollte ich ihr zeigen, wie man den Schläger besser hält ...«

»Komm, sei wenigstens ehrlich. Du wolltest ihn mir aus der Hand reißen, weil du mal wieder sauer warst.«

»Quatsch, ich wollte dir zeigen ...«

»Du wolltest ihn nehmen, um mir damit eins über die Rübe zu ziehen.«

»Unsinn.«

Doris oder Sonja lächelte gequält – wer hier wer war, hatte ich schon wieder vergessen.

»Jedenfalls waren wir so ins Spiel vertieft, dass wir gar nicht gemerkt haben, wie dieses Gewitter aufzog.«

»Der Blitz muss in die Erde des Golfplatzes eingeschlagen haben, wir beide waren sofort weg, jedenfalls können wir uns an nichts mehr erinnern.«

»Das ist jetzt sechs Monate her. Vorher waren wir ein Herz und eine Seele.«

»Hörst du dir überhaupt zu? Du wolltest mich doch damals schon verprügeln.«

»Hör auf mit dem Schmarrn! Also, wir waren uns damals sehr einig. Doch in letzter Zeit streiten wir viel. Vielleicht liegt das an diesem Blitzschlag, haben wir überlegt.«

»Das hast *du* überlegt.«

»Deswegen sind wir jedenfalls hier. Wir wollen mehr darüber erfahren, was der Blitz angerichtet hat.«

Otto Belz nickte und gab dem Nächsten ein Handzeichen, sich zu erheben. Ich entdeckte ihn erst jetzt. Neben den schönen Zwillingen war er irgendwie untergegangen, dabei sah er gar nicht so unauffällig aus. Ein kleiner, übergewichtiger Junge mit roten Wangen und kurz geschorenen blonden Haaren stand auf. Jemand hatte ihn in einen zu engen Anzug gesteckt. Die Fußspitzen in den glänzenden Lederschuhen zeigten unter dem Tisch schüchtern nach innen.

»Hallo, ich bin Ole, ich bin dreizehn Jahre alt und wurde auch vom Blitz getroffen«, flüsterte er mit roten Augen, bevor er sich schnell wieder hinsetzte. Er schniefte.

»Okay, Ole. Danke. Aber magst du uns vielleicht noch ein paar weitere Informationen über dich geben? Wie genau ist das denn passiert?«, erkundigte sich Otto Belz.

Noch einmal stand Ole auf und holte tief Luft. Dann hielt er inne, überlegte und sagte schließlich mit erstickter Stimme: »Ich hab auf den Bus gewartet, aber der Bus ist nicht gekommen.« Sobald er wieder saß, atmete er aus und ich auf. Otto Belz nickte – er würde den armen Jungen erst mal in Ruhe lassen.

Als Nächstes war die Frau mit der süßlich sanften Stimme dran, die neben dir saß.

»Hallöchen, ich bin die Faina.« Mit klimpernden Armreifen winkte sie in die Runde. Sie trug grüne Leggings unter schwarzen Hotpants, ein graues, hautenges Shirt und einen tiefen Ausschnitt. Ihr Lächeln zeigte viel Zahnfleisch und wilde Zähne, ihre Haut war glatt und olivfarben. Außer an ihrer Hand. Hier verästelte sich eine kleine Lichtenbergfigur in hellem Braun. »Ich bin Tänzerin an einem Theater und möchte meine Blitzerfahrung aktuell in einer Choreografie verarbeiten. Getroffen wurde ich vor rund einem Jahr in diesem schlimmen Gewitter, wisst ihr noch? Nein? Wisst ihr nicht mehr. Nicht schlimm. Also doch, es war schlimm. Also, ihr wisst schon.«

Sie lachte laut, und ein paar von uns zuckten bei dieser plötzlichen Fröhlichkeit zusammen. Irgendwie passte sie nicht in diesen Raum, in dem alle anderen traurig oder sarkastisch wirkten. Zumindest am Anfang, weißt du noch?

»Ich war gerade auf einem Musikfestival und hab mein Zelt gesucht«, fuhr Faina fort. »Und plötzlich hat es gestürmt und geregnet, und ich hatte gleich so ein Gefühl. Mir war mit einem Mal völlig klar, dass mein Leben kurz vor einem gewaltigen Wendepunkt stand. Ich sah mich um und wusste, dass es keinen Zweck hatte. Ich konnte nicht entkommen. Also blieb ich einfach stehen und beobachtete, wie alle um mich herum die Jacken über die Köpfe zogen und rannten und versuchten, ihre Zelte zu finden. Sie traten in schlammige Pfützen, und das Wasser spritzte nur so an ihren Beinen hoch. Überall kullerten leere Schnapsflaschen und Bierdosen herum. Es donnerte und stürmte, ein paar Zelte wurden hochgehoben und über den Platz gefegt. Doch ich blieb stehen, so wie jetzt, ganz ruhig. Und dann – zack – war ich weg. Einfach so. Das war's.«

Langsam setzte sie sich, wir klopften auf die Tische.

Die Nächste warst du, Ranya. Ich versuchte, dich nicht zu auffällig anzustarren, und doch weiß ich noch ziemlich genau, wie du dich vorgestellt hast.

An diesem Tag trugst du ein kurzes Kleid, dessen Rot sich leicht mit deinen rotbraunen Haarspitzen biss. Es gefiel mir nicht. Ich fragte mich, warum du so viele Haarfarben hattest – oben blond und stellenweise weiß, unten rotbraun – dann bemerkte ich deinen Arm. Immer wieder zogst du deinen Ärmel bis zum Handgelenk, doch manchmal krochen auch bei dir ein paar Zweige einer Lichtenbergfigur darunter hervor.

»Hallo, mein Name ist Ranya«, sagtest du, und ich wunderte mich. Objektiv betrachtet hattest du eine angenehme Sprechstimme, sie war vielleicht sogar fürs Radio geeignet. Doch ihr Klang hallte in mir nach. Es war, als hätte ich sie schon mal irgendwo, irgendwann gehört. Und als hätte sie damals furchtbare Dinge gesagt. »Ich wurde vom Blitz getroffen, weil ich nicht in der Hütte geblieben bin. Ich bin Fotografin und hatte die glorreiche Idee, das Gewitter zu fotografieren. Also bin ich auf eine Anhöhe gelaufen, um den besten Blick auf die Stadt zu haben, statt bei den anderen zu bleiben und meinen Junggesellinnenabschied zu feiern.«

»Moment mal«, brummte Otto Belz. »Sie wurden an Ihrem Junggesellinnenabschied vom Blitz getroffen?«

»Exakt. Andere werden von Strippern in Torten überrascht, ich von einem Blitz.« Deine Stimme klang bitter.

»Und die Hochzeit?«

Du hobst deine Hand, an der ein großer Ring funkelte. »Verschoben.«

Ich weiß noch, dass ich dich etwas länger betrachtete,

als es angemessen gewesen wäre. Du schienst dir selbst die Schuld für dein Unglück zuzuschreiben. Welcher Mensch tat so etwas?

»Adam Münchberg?«

Ich fuhr herum und sah in das fragende Gesicht von Otto Belz.

»Ja, bitte?«

»Wollen Sie dann starten?«

Ranya

Du bist aufgestanden, und ich musste an einen Schüler denken, der zur Tafel gebeten wird, aber viel lieber weiter vor sich hin geträumt hätte. Gequält lächeltest du in die Runde – den Mund beinahe geschlossen, nur ein Eckzahn blitzte hervor.

»Erst mal würde ich vorschlagen, dass wir uns duzen«, sagtest du. »Bei der Gemeinsamkeit, die wir alle haben, fühlt sich das Sie irgendwie komisch an.«

Alle nickten.

Schon seit unseren ersten Blicken im Auto fragte ich mich, ob du es spüren konntest. Ob du ahntest, dass uns etwas verband. Oder ob das Quatsch war und ich es mir nur einbildete.

»Sag mal, Schatz, kann es sein, dass dieser Wetterfritze im selben Gewitter vom Blitz getroffen wurde wie du?«, hatte mich Claus erst vor ein paar Tagen gefragt. Dafür hatte er aus der Redaktion auf meinem Handy angerufen. Elske hatte ihn darauf gebracht. In der Themenkonferenz hatte sie von dem YouTube-Video erzählt, das auch nach all den Tagen noch durch die Decke ging und das in derselben Stadt, im selben Gewitter aufgenommen worden war, in dem auch mich der Blitz getroffen hatte.

»Möglich«, sagte ich nur.

»Elske meint, sogar die Uhrzeit kommt ungefähr hin, oder?«

»Kann sein.«

»Das wäre natürlich *die* Story. Zwei Menschen werden in unserer Stadt gleichzeitig vom Blitz getroffen. Das wäre unglaublich!«

»Mmh«, machte ich.

»Schatz? Wusstest du das etwa schon?«

»Vielleicht.«

»Du wusstest es und hast es mir nicht gesagt? Ranya! Dazu müssen wir unbedingt einen Artikel bringen.«

»Ich hab doch schon hundertmal gesagt, dass ich keine Interviews zu dem Unfall geben möchte. Ich will einfach nicht, dass mein Gesicht auf alle Ewigkeit mit diesem Blitzschlag in Verbindung gebracht wird. Und ich will auch nicht von jedem gefragt werden, wie es mir geht und wie das für mich war und ob ich mal meinen Arm zeigen kann. Hinterher fragen die noch in der Stadt herum und reden mit meiner Familie.«

Claus lachte auf. »Unsinn.«

»Kann doch sein! Womöglich lauern die meinem Bruder auf oder meinem Vater.«

»Also dein Vater würde sie mit seiner überfreundlichen Art einfach in Grund und Boden reden. Und Janosch? Der wäre doch froh, sich vor der Kamera präsentieren zu dürfen.«

»Wie meinst du *das* denn?«

»Na ja, er ist schon ein kleiner Selbstdarsteller. Jedenfalls, seitdem er plötzlich schwul ist.«

Mir blieb die Luft weg. »Das ist absolut nicht wahr«, presste ich hervor.

»Egal. So oder so solltest du dir mal Gedanken machen.«

»Worüber?«

»Dass du möglicherweise in der falschen Branche arbeitest.«

»Bitte *was* tue ich?«

»Wärst du durch und durch Journalistin, würdest du die Story über deine eigenen kleinen Bedürfnisse stellen.«

»Das ist gequirlte Scheiße, Claus!«, brach es aus mir heraus. »Was du in Wahrheit sagen willst, ist, dass ich keine gute Frau für dich bin. Eine gute Frau würde deine großen Bedürfnisse über ihre kleinen stellen – das denkst du doch, oder?«

»Ich lege jetzt auf. Man kann einfach nicht mehr sachlich mit dir diskutieren.«

»Mit dir konnte ich noch nie sachlich diskutieren. Du erwartest seit Jahren, dass ich einfach alles schlucke!«, schrie ich ins Telefon, doch da hatte Claus das Gespräch schon beendet, und ich trat so fest gegen meinen Bettpfosten, dass mein Zeh davon noch stundenlang pochte.

»Gewitter entstehen meist bei großer Hitze«, erklärtest du in diesem Moment, und ich versuchte, die Erinnerung an meinen letzten Streit mit Claus zu verscheuchen. Anhand einer Powerpoint-Präsentation mit animierten Bildern von Sonne, Wolken und in Zeitlupe fallenden Regentropfen erzähltest du, dass die Sonneneinstrahlung die Luft erwärmte und Wasser verdunsten ließ, und ich fragte mich, ob das gesamte Wochenende derart langweilig werden würde. Zumindest warst du hübsch. Schöne Haare, tolle Schultern. Also: Ohren aus, Augen an. Deine Arme zeigten gestikulierend, wie die kühle Luft einer Kaltfront die feuchtwarme Luft eines schönen Sommertags nach oben schob, deine Hände ließen den Wasserdampf kondensieren und hielten ihn aufgrund der Aufwinde fest, dein Blick fror sie ein.

»Quellwolken sind die Folge«, sagtest du im Ton eines Menschen, der dieselben Sätze in seinem Leben immer wieder sagen muss. »Sie wachsen zu einem sogenannten Cumulonimbus heran. Wenn darin Regentropfen und Eiskörner so groß und schwer geworden sind, dass sie trotz der Aufwinde zu Boden fallen, entstehen Räume mit unterschiedlicher Ladung. Der Spannungsausgleich erfolgt durch einen Blitz – entweder zwischen dem oberen, positiv geladenen Teil des Cumulonimbus und dem unteren, negativ geladenen Teil oder zwischen dem unteren Part und dem Erdboden. In seltenen Fällen auch zwischen dem positiven Wolkenbereich und dem Boden. So oder so: Hier kommen *wir* ins Spiel.«

Sogar Otto Belz hörte dir nicht mehr zu. Er starrte aus dem Fenster und betrachtete den verwilderten Garten vor dem Haus.

Du langweilst dich doch selbst, dachte ich. Ohne vorher zu überlegen meldete ich mich. Normalerweise drehte und wendete ich die Sätze, die ich vor anderen aussprechen wollte, und musste Mut aufbringen, um laut und deutlich zu werden. Doch heute war all das irgendwie nicht nötig. Du sahst mich an, und ich verstand deinen Blick als Aufforderung, meine Frage einfach zu stellen.

»Ich habe das Video gesehen, du warst bei Gewitter draußen vor der Kamera. Sitzen Meteorologen normalerweise nicht nur vor dem Bildschirm?«, fragte ich.

Rechts und links von mir richteten sich ein paar Blitzschlagopfer wieder auf. Ohne mich wären sie wahrscheinlich eingeschlafen.

»Sorry für die Zwischenfrage«, fügte ich hinzu. »Ich kann es nicht lassen. Ich bin einfach durch und durch Journalistin.« Ich setzte ein möglichst entschuldigendes Lächeln auf und wünschte mir, Claus hätte den letzten Satz gehört. Wie sicher und mutig ich hier klang! Vielleicht lag es daran, dass alle Menschen im Raum eine große Gemeinsamkeit hatten. Ich fühlte mich, als hätte ich von ihnen nichts zu befürchten. Sie machten mich selbstsicherer – und das, obwohl ich im Auto bei dem Flirt mit dir noch sehr aufgeregt gewesen war. Vielleicht konnte ich wirklich eine gute Journalistin werden. Nicht nur eine Fotografin, die interessante Momente festhielt, sondern auch eine Geschichtenjägerin. Eine mutige Frau, die sich traut, an falscher Stelle die richtigen Fragen zu stellen.

»Kein Problem, das Berufsrisiko kenne ich.« Du lächeltest gequält. Wieder blitzte dein Eckzahn hervor. »Erst mal zu deiner Frage: Ja, normalerweise sitzen Meteorologen nur vor dem Bildschirm, aber ich bin auch Fernsehmoderator und versuche, beides miteinander zu verbinden.«

»Und an diesem Tag bist du dafür bis nach Gudenshain gefahren?«

»Anscheinend. Die Wahrheit ist: Durch den Blitz ist mein Erinnerungsvermögen durcheinandergekommen. Frag mich bitte nicht, wie ich auf diese Idee gekommen bin.«

»Wie bist du denn auf diese Idee gekommen?« Ich grinste.

»Schön, dass du fragst!« Zum ersten Mal an diesem Tag lachten alle gemeinsam – leise zwar, aber sie lachten. Außer dir, du sahst nachdenklich aus dem Fenster. Dein leicht aufgesetztes Fernsehlächeln hatte mich kurz auf eine falsche Fährte gelockt, aber in diesem Moment sah ich, dass du genauso versehrt warst wie wir alle. Deine Schultern hingen, und dein Blick ging in die Ferne.

»Das habe ich Susi, die Kamerafrau, auch gefragt«, antwortetest du. »Sie hat gesagt, unsere Programme hätten ein heftiges Gewitter in diesem Bereich vorausgesagt, und das hätte ich unbedingt dokumentieren wollen. Ich sei total motiviert gewesen und hätte vom perfekten Unwetter vor bester Kulisse gesprochen. Heute hab ich keine Ahnung mehr, warum ich so begeistert war.«

»Und an das Unwetter selbst hast du gar keine Erinnerung?«

Du schütteltest den Kopf. »Ich habe nur noch einzelne Bilder im Kopf. Ich weiß noch, wie ich auf der Aussichtsplattform stand und auf Gudenshain geschaut hab. Es war ein toller Blick, die schwarzen Wolken hingen wie ein Dach auf dieser kleinen Stadt in der Senke. Sie sitzt in der Falle, habe ich gedacht. Und geglaubt, ich wäre ein unbeteiligter Beobachter. Dabei war wohl eher *ich* es, der in der Falle saß. Und die Stadt hat *mich* beobachtet.«

Mittlerweile konnten wir dich alle beobachten, dachte ich. Wer immer wollte, hatte dein Unglück tagelang im Netz anschauen können. Noch einmal meldete ich mich.

»Ich denke, jeder hier kennt dieses Video. Es war mindestens zwei Wochen lang online. Warum hast du es nicht früher sperren lassen?«

Du sahst mir direkt in die Augen, und ich spürte, wie

unverschämt du diese Frage fandest. Mit einem Mal tat sie mir leid. Sie war in diesem Rahmen übergriffig, aber jetzt stand sie im Raum, und ich konnte nichts mehr dagegen tun. Du musstest sie beantworten. Oder?

Du wirktest wie eingefroren. Deine Hände steckten bewegungslos in deinen Hosentaschen, dein Gesicht war glatt, der Blick starr auf mich gerichtet. Du schwiegst. Es war still im Raum, alle warteten, doch du machtest nicht den Eindruck, dieses Warten irgendwann beenden zu wollen. Wir wurden unruhig auf unseren Stühlen. Was war nur los mit dir? Stumm starrtest du mich an, und ich überlegte, was ich sagen könnte, um die Situation aufzulösen. Ich senkte den Blick. Erst dann sprachst du ganz plötzlich weiter, als wäre nichts gewesen.

»Ich habe es gar nicht sperren lassen.« Du lächeltest mit geschlossenem Mund. »Bei YouTube wurde es automatisch gelöscht. Vielleicht hat es auch jemand gemeldet.«

Ich konnte nicht anders. Trotz meiner Verwirrung musste ich noch einmal nachhaken.

»Du hattest nichts gegen das Video?«

»Nein. Ich habe es mir selbst immer mal angesehen. Vielleicht habe ich gehofft, dass dadurch ein paar Erinnerungen zurückkehren würden.«

Ich fragte mich, warum du in dieser Runde so ehrlich warst. Und gleichzeitig wunderte ich mich über mich selbst. Wieso wollte ich ausgerechnet in diesem Seminar zum ersten Mal die Rolle der knallharten Journalistin ausprobieren? Ich legte mir meine Finger an die Stirn und fuhr langsam durch den Ansatz meiner Strähne. Ich hatte mir die Haare immer noch nicht gefärbt. Mittlerweile war das Weiß mehr als einen Zentimeter herausgewachsen, und häufig, wenn ich in den Spiegel sah, fragte ich mich, wer da zurückschaute. Das kleine Mädchen von früher? Eine Fremde? Eine neue Ranya?

»Hast du gewusst, dass Indira Gandhi auch eine weiße Strähne hatte?«, hatte ich Claus vor Kurzem beim Zeitunglesen am Frühstückstisch gefragt. Doch er hörte mir nicht zu.

»Die haben doch nicht wirklich diese langweilige Stadträtin als Aufmacherbild genommen!« Er stöhnte. »Ich kann Manni keinen einzigen Chefdienst machen lassen!«

»Claus?«

»Mmh.«

»Hast du im Politikteil die Geschichtsreportage gelesen? Ich habe auf jeden Fall schon mal Bilder von Indira Gandhi gesehen, aber über ihre Haare habe ich noch nie nachgedacht. Komisch, oder?«

»Stimmt, ja.«

»Ihre Strähne war natürlich viel breiter als meine. Und sie ist stärker aufgefallen, weil sie schwarze Haare hatte. Aber irgendwie finde ich es schön, dass eine so berühmte, starke Frau ein ähnliches Merkmal hatte wie ich.«

»Schatz, du weißt aber, wer diese Frau war? Und was sie getan hat?«

»Sie war Premierministerin von Indien, die ›Mutter der Nation‹. Niemand hätte geglaubt, dass eine Frau so mächtig werden könnte.«

»Und sie hat die Presse zensiert, Kritiker verhaften lassen und Zwangssterilisation unterstützt. Am Ende wurde sie von ihren eigenen Leibwächtern getötet. Freust du dich immer noch, ihr ähnlich zu sehen?«

Streng blickte er mich an. Mit einem Ruck stand ich auf

und ließ die Zeitung auf die geöffnete Butterdose und den Brötchenkorb fallen, eine Ecke ragte in Claus' schwarzen Kaffee hinein.

»Du machst es dir ganz schön leicht, wenn du die Dinge immer so schwarz-weiß betrachtest.«

»Wo gehst du denn jetzt hin?«

»Raus hier.« Und mit diesen Worten hatte ich mal wieder ohne Verabschiedung, aber mit Ohrensausen die Wohnung verlassen, um einen ausgiebigen Spaziergang zu machen.

Während ich daran zurückdachte, wurde ich wieder wütend. Warum musste Claus immer alles beurteilen? Indira Gandhi, das Aufmacherbild, sogar meinen Bruder und meinen Vater. Ich fragte mich, wie Claus' aktuelles Urteil über mich wohl ausfiel, und spürte einen Knoten in meinem Bauch. Und mein Urteil über ihn? Wie sah das eigentlich aus?

Ich versuchte, mich wieder auf dich zu konzentrieren. Gerade sprachst du über Blitze, die von einer Wolke zur anderen ragen und den Boden gar nicht erreichen. Über Linienblitze, die ganz gerade, ohne Verästelung, zielgerichtet den Boden treffen. Und über ihr Gegenstück: Flächenblitze mit zahlreichen Verästelungen.

»Der Hauptarm eines Blitzes teilt sich in diesem Fall auf«, erklärtest du und zeigtest ein Foto eines Blitzes, der mich an die Wurzeln eines Baumes erinnerte.

Ich hob die Hand. »Entschuldige, darf ich noch eine Frage stellen?«

Du atmetest etwas zu lang aus, bevor du sagtest: »Klar.«

»Ist es möglich, dass ein solcher Blitz an zwei Stellen gleichzeitig einschlägt?«

Langsam nicktest du und deutetest auf die zwei Punkte auf dem Foto, an dem Verästelungen den Boden erreichten. »Klar. Es kommt sogar relativ häufig vor.«

Sollte ich dir sagen, an welchem Tag und zu welcher Uhrzeit mich der Blitz getroffen hatte? Sollte ich dir von Merles Verdacht erzählen? Du sprachst jetzt über seltene Phänomene wie Perlschnurblitze, Kugelblitze und sogenannte Red Sprites, also rot leuchtende Flecken über den Gewitterwolken, und ich war mir nicht mehr sicher. Bevor ich herfuhr, hatte ich daran keinen Zweifel gehabt. Spätestens in der ersten Pause wollte ich dir sagen, wann meine Uhr stehen geblieben war, und dir auf der Landkarte zeigen, wo ich gestanden hatte. Ich wollte fragen, ob das möglich war. Ob es für dich genauso unglaublich war wie für mich. Vielleicht hätte ich es sogar vor der ganzen Gruppe ausgesprochen. »Habt ihr je von so einem Fall gehört?« Doch du hattest mir gerade eben, nachdem du meine Frage beantwortet hattest, so routiniert die Schulter zugekehrt, dass ich jetzt ins Stocken geriet. Dich schienen meine Fragen zu nerven. Deinen Vortrag wolltest du lieber ohne Unterbrechung durchziehen, das spürte ich. Wolltest du überhaupt hier sein? Im Auto, jeder hinter seinen Fenstergläsern, hatte ich noch das Gefühl gehabt, zwischen uns wäre so eine Spannung. Doch hier, in diesem Seminarraum, war sie verschwunden. Du wirktest wie einer, der seine Vorhänge zugezogen hat.

»Wenn das so langweilig bleibt, geh ich direkt nach dem Mittagessen«, brummte eine Stimme neben mir. Ruth, die ältere Frau mit der leeren Katzentransportbox, hatte sich leicht zu mir herübergebeugt. »Ich hatte gehofft, wir haben hier auch ein bisschen Spaß!«

Ich musste grinsen. »Irgendwelche Vorschläge?«, fragte ich.

Ruth schien kurz zu überlegen, dann sagte sie: »Diesen Adam mit einem Spuckröhrchen zu ärgern, ist wahrscheinlich nicht mehr zeitgemäß.«

»Nein, aber ein guter Gedanke.«

Jetzt beugte sich auch Faina, die Tänzerin mit den klimpernden Armreifen, zu mir herüber. »Wisst ihr, wo das Klo ist?«, wisperte sie.

»Nein, aber ich muss auch.«

»Und mir ist langweilig. Kommt, wir gehen zusammen«, meinte Ruth. Sie hob die Hand, und ohne auf eine Reaktion von dir zu warten, sagte sie: »Wir drei brauchen eine Klopause.«

Verdutzt hieltest du inne, während Ruth schon ächzend aufstand und ihren Stuhl scharrend zurückschob. »Entschuldige, aber in meinem Alter ist das manchmal so. Dann muss man sofort aufstehen, da gibt es kein Wenn und Aber. Los, Mädels. Wir suchen das Klo.«

»Entschuldigung«, sagte Faina mit ihrer sanften Stimme in deine Richtung und wurde rot.

»Sorry«, murmelte auch ich und sah auf den Boden. Schnell folgten wir Ruths ausladendem Hintern in den Flur.

»Schauen wir mal da vorn«, sagte sie und führte uns den Gang hinunter. Sie trug eine blaue Stoffhose, eine geblümte Bluse und in der Hand ihre Katzenbox.

»Nimmst du die überallhin mit?«, fragte ich.

»Leider ja. Milka fängt an zu miauen, wenn sie allein ist.«

»Aber …« Verwirrt sah ich Faina an. Ganz sachte schüttelte die den Kopf. Versuch es besser gar nicht, schien das zu heißen.

»Wie alt ist Milka denn?«

»Uralt. Ich glaube, mittlerweile könnte sie die älteste Katze der Welt sein. Und sie ist dennoch kerngesund.«

»Ach, wie schön«, antwortete Faina mit ihrer sanften Stimme.

»Da ist das Klo.« Ruth zeigte auf die Klotür neben dem Fahrstuhl und stellte die Katzenbox ab. »Ich warte hier.«

Das war eine gute Entscheidung von ihr: Auf der Toilette roch es beißend nach alten Reinigungsmitteln, das Waschbecken war voller Staub und der kleine Spiegel beschlagen.

Flüsternd begannen wir, uns zu unterhalten.

»Sie ist verrückt, oder?«, fragte ich.

»Was meinst du?«

»Na, diese Sache mit der Katzenbox. Oder siehst du darin eine Katze? Vielleicht bin ja auch *ich* verrückt.«

»Ich denke, sie klammert sich an die Vorstellung einer Katze, ja. Aber verrückt ist ein schwieriges Wort. Ich bin verrückt. Du bist verrückt. Heutzutage möchte doch jeder ein bisschen verrückt sein.«

»Was findest du denn an mir verrückt?«

»Na ja, zum Beispiel siehst du in der Katzenbox keine Katze.«

»Du doch auch nicht.«

»Ich bin ja auch genauso verrückt wie du.« Faina kicherte leise, und ich lächelte zurück. Dann teilten wir uns auf zwei Klokabinen auf.

»Bleibst du das ganze Wochenende?«, fragte ich durch die Wand hindurch.

»Auf jeden Fall. Ich finde das alles hochspannend.«

»Auch diesen Vortrag des Meteorologen? Ich hatte ja gehofft, er erzählt mehr über seine eigenen Erfahrungen. Blöd natürlich, dass er sich daran nicht erinnern kann.«

»Die Ausführungen über die Spannungsverhältnisse innerhalb des Cumulonimbus haben mich tatsächlich sehr fasziniert. Ich konnte dem viel abgewinnen.«

»Und du konntest dir sogar das Wort merken!«

»Tatsächlich ist es ein wunderschönes Wort«, antwortete sie hinter ihrer Klowand, und ich konnte hören, dass sie dabei breit lächelte. Okay, dachte ich, offenbar bin ich hier von Verrückten umgeben. Und wahrscheinlich hatte Faina recht: Ich war selbst verrückt geworden. Möglicherweise hatten die Blitze uns alle völlig durcheinandergebracht. Oder war es andersherum? Vielleicht waren wir vorher schon ziemlich durcheinander. Und die Blitze hatten uns neu sortiert.

»Hast du seit deinem Blitzschlag auch das Gefühl, dich verändert zu haben?«, fragte ich.

Kurz war es still hinter der anderen Klowand.

»Wie meinst du das? Inwiefern hast *du* dich verändert?«, fragte sie zurück. Gleichzeitig hörte ich das Rollen und Reißen von Klopapier.

»Ich bin mir noch nicht ganz sicher. Das ist eine Frage, über die ich momentan viel nachdenke. Ich weiß, dass ich schneller aus der Haut fahre, dass ich impulsiver geworden bin als früher. Allerdings weiß ich noch nicht, ob das etwas Gutes oder etwas Schlechtes ist. Meine neue Wut fühlt sich nämlich manchmal richtig gut an. Ich weiß noch, wie ich mir als Kind immer wieder gewünscht habe, auf den Tisch hauen zu können. Ich glaube, ich bin heute etwas stärker als vor dem Blitz. Ich kann besser für mich einstehen. Keine Ahnung, wie das meine Mitmenschen finden. Für meinen Verlobten ist es wahrscheinlich schwierig. Ich fürchte, ich behandele Claus nicht immer fair.«

Faina und ich spülten fast gleichzeitig. Es klopfte an der Tür. »Mädels? Es ist ziemlich langweilig hier draußen. Habt ihr's bald?«, rief Ruth.

»Wir kommen!«, rief ich.

»Deine Gedanken und Fragen finde ich hochspannend«, sagte Faina leise beim Händewaschen.

»Fragst du dich so etwas nicht?«

»Doch, doch. Ich mache mir ähnliche Sorgen. Dann schaue ich zurück und glaube kaum, wer ich einmal gewesen bin. Und dann frage ich mich, wer ich heute sein kann.«

Ich nickte.

»Wir haben unser Verhalten selbst in der Hand«, fuhr sie fort. »Komm, lass uns gemeinsam herausfinden, was für Menschen wir heute sind.«

»Leute«, sagte Ruth, als wir mit noch kaltnassen Fingern auf den Flur traten, »Milka wird ganz unruhig. Wollen wir kurz an die frische Luft und uns die Füße vertreten?«

»Dann verpassen wir so viel vom Vortrag. Ich hätte sehr gern noch mehr über positive und negative Blitze erfahren«, wandte Faina ein.

»Ach, den Unsinn kannst du auch googeln!«, rief Ruth, fasste Faina am Arm und zog sie mit zum Eingangsbereich.

Die Luft draußen war mittlerweile abgekühlt, roch aber noch nach Regen. Ruth stellte die Katzenbox ab und keuchte ein wenig, als säße darin keine gewichtslose, unsichtbare Katze, sondern ein gewaltiger Tiger.

»Milka wird immer schwerer«, sagte sie schnaufend. »Oder ich immer schwächer, wer weiß das schon?«

Dann beugte sie sich runter und machte sich an der Transportbox zu schaffen.

»Du lässt sie jetzt raus?«, fragte Faina überrascht. Mindestens genauso überrascht sah ich Faina an. Was redete diese durchgeknallte Tänzerin da? Wie konnte man eine Katze aus einer Transportbox herauslassen, wenn gar keine drin war?

»Sie muss sich kurz die Beine vertreten«, erklärte Ruth und richtete sich wieder auf. Dann stemmte sie die Hände in die Hüften und rief dem Gebüsch hinter uns zu: »Nur zwei Minuten, hörst du, Fräulein?«

Sie lächelte, beinahe freundlich. »Sie ist eine brave Katze«, sagte sie seufzend. Ich glaubte ihr. Sicher bettelte Milka nie, sie schleppte keine toten Mäuse an, sie musste nie zum Tierarzt, und sie machte nicht in den Flur – das perfekte Haustier ist eines, das gar nicht wirklich da ist.

»Ranya und ich haben gerade über ein hochspannendes Thema gesprochen«, meinte Faina. »Ranya glaubt, dass sie seit dem Blitzschlag ein anderer Mensch ist. Und vorhin, in der Vorstellungsrunde, hast du etwas Ähnliches angedeutet, wenn ich mich richtig entsinne.«

»Und?« Ruths Stimme klang unwirsch.

»Du glaubst also auch, dass ein Blitz den Menschen umkrempeln kann?«

»Natürlich tut er das. Was für eine Frage! Alles verändert uns. Dass ihr mich heute kennengelernt habt, wird aus euch neue Menschen machen. Dass wir hier herumstehen und über so einen Unsinn reden, wird euch verändern. Was glaubt ihr, was da erst ein Blitz mit uns anstellen kann?«

»Was hat er mit dir angestellt?«, fragte ich zurück.

»Kommt, lasst uns ein paar Schritte laufen, ich erzähle es euch auf dem Weg«, verkündete Ruth. Sie marschierte los, und wir folgten ihr.

»Vielleicht könnt ihr es euch nicht vorstellen, aber früher war ich nicht so freundlich und höflich wie heute.« Faina und ich tauschten hinter ihrem Rücken belustigte Blicke aus. Beide versuchten wir, ein Grinsen zu unterdrücken.

»Wie warst du denn früher?«, hakte ich nach.

»Hör jetzt mal auf mit deiner ewigen Fragerei, Kind. Das ist ja anstrengend! Ich erzähle es euch doch gleich!«

Ich nickte schnell und verschränkte die Hände auf dem Rücken. Sie hatte ja recht.

Wir betraten jetzt den Bürgersteig vor dem Hotel und liefen an dem Parkplatz vorbei, auf dem ich vorhin noch die Welt hatte untergehen sehen. Die Straße, in der unser Hotel stand, führte ins Zentrum von Lichterdorf, das zumindest behauptete ein Schild an der nächsten Kreuzung. Hier waren wir aber weit davon entfernt. Noch immer kam mir nichts an diesem Ort bekannt vor. Alles schien trostlos. Sogar der blassrote Kaugummiautomat stand leer.

»Schicke Gegend«, sagte Ruth in sarkastischem Ton. »Und jetzt zu deiner Frage, Ranya. Früher war ich schnodderig, bin den Leuten ständig über den Mund gefahren und habe ihnen die Meinung gegeigt. Ich war herrisch, jähzornig und nachtragend. Ja, so kann man es wohl am besten zusammenfassen. Meine Kinder haben den Kontakt zu mir abgebrochen, sobald sie genug Geld hatten, um auszuziehen. Ich glaube, ich habe ein Enkelkind, aber gesehen habe ich es noch nicht. Ich dachte nie groß über mich oder mein Leben nach, ich war einfach nur wütend. Auf meinen nichtsnutzigen Ehemann, der sich an seinem sechzigsten Geburtstag totgesoffen hat, auf meine undankbaren Kinder, die sich nicht mal auf der Beerdigung haben blicken lassen, auf mich selbst, weil ich nichts empfinden konnte als Wut. Und dann kam der Blitz.«

Sie blieb stehen und sah sich suchend um. »Milka?«, rief sie. »Wo bist du denn hingelaufen? Könnt ihr sie irgendwo sehen?«

Langsam schüttelten wir die Köpfe.

»Na ja, sie taucht bestimmt gleich wieder auf.«

Ruth setzte wieder einen Fuß vor den anderen. Ich kämpfte gegen die Fragen an, die mir auf der Zunge lagen, und verschluckte mich fast daran. Während ich hustete, öffnete Faina den Mund.

»Und der Blitz hat dich umgekrempelt, Ruth?«, fragte sie vorsichtig für mich.

Ruth nickte vor sich hin. Der Fußgängerweg beschrieb jetzt eine leichte Linkskurve und führte dann unter einer viel befahrenen Straße entlang. Unter dieser Brücke war es fast so düster wie in einer Unterführung. Trotzdem stand hier eine Bank – als wäre es nicht der letzte Ort, an dem sich irgendjemand niederlassen wollte.

»Ach, wie hübsch. Die passt zu meiner Stimmung«, sagte Ruth und sank darauf. Sie ächzte noch im Sitzen.

»Ja«, fuhr sie nachdenklich fort, »der Blitz hat mich umgekrempelt. Wie eine olle Winterjacke, so könnt ihr euch das vorstellen. Vorher war ich außen rau und abweisend, jetzt bin ich außen ganz flauschig.«

Zum ersten Mal hörte ich sie lachen. Erst gluckste und grunzte sie, dann, als ihr Lachen leiser wurde, klang es mit einem Mal völlig anders. Irgendwie sanft und weich. Für einen kurzen Moment schien da eine andere, fremde Person an Ruths Stelle zu sitzen. Ich konnte sie noch nicht richtig erkennen, da schlossen sich Ruths Lippen schon wieder zu einem geraden, dünnen Strich, und die fremde Person verschwand.

»Seit der Zeit im Krankenhaus ist die Wut weg. Wie weggeblasen. Manchmal ist das komisch. Ohne Wut ist die Welt irgendwie blass, das Leben ist behäbig geworden, und ich bin gealtert. Aber auch wenn der Blitz für mich einen Verlust bedeutet – für alle anderen war er wohl ein Glücksfall. Einen noch größeren Dienst hätte das Gewitter dieser Welt lediglich erweisen können, wenn es mich getötet hätte.«

Wir starrten Ruth an.

»Sag doch so was nicht.« Fainas Antwort klang genauso hilflos wie alle Sätze, die ich in meinem Kopf zurechtlegte und sofort wieder verwarf.

Statt auf Faina einzugehen, rief Ruth plötzlich: »Milka?« Sie rappelte sich auf und blickte hektisch nach rechts und links. »Diese saublöde Katze! Milka? Sie ist so ein störrisches Biest. Milka! Komm sofort her!«

Mit hochgezogenen Brauen sahen Faina und ich uns an.

»Wer weiß, wo die sich herumtreibt. Nicht dass sie schon wieder auf einem Baum hockt oder unter einen Holzstapel gehuscht ist wie neulich, als sie einfach stecken geblieben ist. Ich musste jedes einzelne verdammte

Holzscheit eigenhändig umschichten. Das war ein Theater. Kommt, Mädels, wir müssen das Mistvieh suchen«, entschied Ruth und marschierte den Fußgängerweg zurück, am Parkplatz vorbei und in Richtung Hotel. Immer wieder rief sie dabei laut den Namen der Katze, die es gar nicht gab.

Schon von Weitem sah ich dich vor dem Eingang stehen. Du schautest uns entgegen, du hattest eine Zigarette im Mundwinkel, und ich wunderte mich darüber, dass du rauchtest. Bei deinem Gesicht hätte ich eher an einen Rauchgegner gedacht, an jemanden, der Fremde darum bittet, doch die Zigarette auszumachen oder an einem anderen Ort weiterzurauchen. An einen, dem seine Gesundheit so wichtig ist, dass er sogar rotes Fleisch und süße Säfte ablehnt. Aber nein, da standest du und rauchtest, und ich hatte mich wohl in dir getäuscht. Du hobst das Kinn, als du uns in der Ferne sahst. Und obwohl Ruth wie verrückt nach einem nicht existenten Tier schrie, Faina beim Gehen mit ihren Armreifen klimperte und auf Mauervorsprüngen balancierte, hatte ich das Gefühl, du schautest mich an. Bildete ich es mir nur ein?

Verunsichert griff ich nach meinem Handy. Du solltest nicht glauben, ich würde dich irgendwie interessant finden. Zum Glück hatte mir Merle vor wenigen Minuten geschrieben: »Ranya, du kleiner Hase! Ich vermisse dich! Wie ist das Seminar?«

Ich schrieb schnell zurück: »Skurril. Gerade suchen wir eine Katze, die es gar nicht gibt.«

Merle antwortete sofort mit lachenden Smileys.

»Ich brauche deinen Rat«, schrieb ich weiter. »Könntest du einen Typ spannend finden, der raucht?«

Sie tippte schnell. »Klar. Aber, ganz ehrlich? Er braucht dazu noch ein Pferd. Wie ein echter Cowboy.«

»Schade. Er hat keins.«

»Denk nicht so negativ! Vielleicht hat er ja eins, das es nicht gibt.«

Ich schmunzelte, sah wieder auf und hatte das Gefühl, du schautest mir direkt ins Gesicht. Dabei vergaßt du sogar die Zigarette im Mundwinkel. Wir gingen weiter auf dich zu. Und erst als ich ganz nah vor dir stand, begriff ich, dass sie gar nicht brannte.

Adam

Meine Zigarette war kalt. Doch es beruhigte mich, dass sie da war, dass sie mir an den Lippen klebte und ich sie anzünden könnte, wenn ich es nur wollte. Ich wollte es nicht. Ich wollte nur dastehen und durchatmen.

»Milka?«, hörte ich Ruth brüllen. Die verrückte Alte war vorhin mitten in meinem Vortrag einfach aufgestanden – und das auf eine ziemlich dreiste Art. Und jetzt, wo ich kurz mal meine Ruhe wollte, störte sie schon wieder. Ich hätte mir den Stress wirklich sparen sollen, zu diesem Seminar zu fahren. Es brachte weder mir etwas noch den anderen Verrückten, die vom Blitz getroffen worden waren.

»Milka!« Jetzt konnte ich Ruth auch sehen. Sie schaute sich um, als könnte sie ihre Katze wirklich finden, wenn sie nur gründlich genug suchte. Daneben schwebte die zierliche Tänzerin in ihren grünen Leggings daher, und auf der anderen Seite liefst du mit deiner Sonnenuntergangsfrisur. Noch weniger als Ruth wollte ich dir hier begegnen. Ständig hattest du meinen Vortrag gestört und immer wieder völlig unpassende und aufdringliche Fragen gestellt. Anfangs hatte ich dich noch als unsicher eingeschätzt, als einen Menschen voller Selbstzweifel. Nach deinen Fragen fand ich dich aber nur noch grenzüberschreitend und unsensibel. Mit jedem deiner Worte hatte sich mein erster Eindruck auf dem Parkplatz verstärkt. Warum musste ich trotzdem so viel über dich nachdenken?

Während du nun neben Ruth herliefst, konntest du deine Belustigung kaum verbergen. Jetzt entdecktest du auch mich. Schnell schlugst du den Blick nieder, kramtest nach deinem Handy und tipptest darauf herum. Hoffentlich war dir euer Abgang vorhin nun doch ein wenig peinlich.

Automatisch griff auch ich nach meinem Telefon – es hatten sich einige Nachrichten angesammelt. Darunter eine von Susi, meiner Kamerafrau. »Ich würde gern mal wieder mit dir ein Bier trinken gehen.« Ich runzelte die Stirn. *Mal wieder?* Hatten wir das jemals getan? Um genauso geschäftig auszusehen wie du, tippte ich eine Antwort: »Klar, ein Feierabendbierchen geht immer.«

»Herr Wettermoderator!«, rief Ruth mir zu. »Hast du Milka gesehen?«

»Deine Katze?«

»Nee, meine Vollmilchschokolade.« Ruth schnaufte genervt. »Natürlich meine Katze.«

»Nein. Aber vielleicht jagt sie ja gerade Manfred«, überlegte ich. Es sollte ein Scherz sein, einer, den zumindest du und Faina verstehen könntet. Ruth hingegen verstand ihn falsch.

»Du meinst Ottos Maus?« Sie riss die Augen auf.

»Das war nur ein Witz. Otto hat Manfred aus Versehen fallen lassen, und er ist abgehauen. Drinnen suchen sie ihn gerade unter jedem Schrank.«

»O nein. Wenn ich das gewusst hätte, hätte ich Milka niemals aus der Transportbox gelassen!«

Sie stürmte an mir vorbei ins Hotel und rief: »Milka!

Komm sofort her! Du ungezogenes Mistvieh! Auf der Stelle!«

Faina und du saht mich halb belustigt, halb vorwurfsvoll an. »Jetzt hat sie bestimmt eine Riesenpanik.«

Ich nahm meine Zigarette aus dem Mundwinkel und steckte sie zurück in die volle Packung.

»Sie ist verrückt«, stellte ich fest.

»Und wie!«, bestätigtest du. »Was machen wir jetzt? Sollten wir ihr erzählen, dass es Milka gar nicht gibt?«

Faina schüttelte den Kopf. »Das wäre für sie wahrscheinlich noch schwerer zu verkraften als der Gedanke, Milka hätte Manfred gefressen.«

»Am besten wäre es, wir würden diese Maus finden«, überlegtest du. Dann sahst du mich an. »Adam, bist du dabei?«

Und so kam es, dass alle Mitglieder dieser verrückten Selbsthilfegruppe nach Tieren suchten, die teilweise gar nicht existierten.

Während wir den düsteren Schankraum durchkämmten, unter jedem Tisch und jedem Stuhl nachsahen, die alten Lichterdorfer baten, ihre Füße anzuheben, und die Wirtin, ihre Schränke zu öffnen, verschob sich der Zeitplan des ganzen Seminars. Wir suchten im Gang, in den Bädern und im Seminarraum. Die Zwillinge zankten, Ole versteckte sich in dunklen Ecken, wurde aber im Gegensatz zu Manfred, der Maus, immer wieder gefunden, Ludwig schaffte es irgendwie, dass seine Haare auch im Haus wirkten, als würden sie im Fahrtwind seines Rades wehen, Ruths Stimme gellte, Fainas Armreifen klimperten, und dein rotes Kleid leuchtete.

»Stell dir vor, am Ende finden wir keine Maus, dafür aber eine Katze«, sagtest du leise kichernd in Fainas Richtung. Und ich ärgerte mich darüber, dass ich diese Überlegung lustig fand. Auch die Tänzerin lachte. »O mein Gott! Brainfuck!«

»Bestimmt haben wir uns Manfred nur eingebildet. Und Milka ist echt«, mutmaßtest du, während du dich unter eine alte Eckbank bücktest.

Seltsamerweise verbesserten diese Vorstellung und überhaupt diese ganze absurde Suche meine Laune ein wenig. Ich musste grinsen. »Es könnte aber auch sein, dass wir gar nichts finden, weil Milka Manfred tatsächlich verschluckt hat«, erwiderte ich. »Vielleicht ist sie so wie das Nichts in der *Unendlichen Geschichte*.«

Ihr lachtet, und ich freute mich, dass ich euch zum Lachen gebracht hatte.

»Am Ende breitet sich Milka noch weiter aus, und niemand aus unserem Seminar entkommt. Wir alle füttern das Nichts. Und dann verschluckt es noch dieses uralte Hotel«, spann ich den Gedanken weiter.

»Niemand würde es vermissen«, sagtest du in sarkastischem Ton.

»Danach ist die komplette Stadt dran. Und dann das ganze Land.«

»Ja, eindeutig. Milka bedeutet das Ende der Welt«, fasste Faina zusammen.

Ich nickte. »Habt ihr euch schon auf die Apokalypse vorbereitet?«

In diesem Moment machte es leise »Bling«. Du und ich standen beide in der Nähe des Aufzugs, als sich seine Türen öffneten, obwohl keiner von uns den Knopf gedrückt hatte. Die Fahrstuhlkabine war leer. Erinnerst du dich noch daran? Was hast du in diesem Moment gedacht? Mir kam es so vor, als hätte der Lift ein Eigenleben. Einen Augenblick lang sah er aus wie ein unförmiges Tier, ein kleines, eckiges Monster, das nachschauen wollte, was wir hier eigentlich trieben und ob wir als Beute in Betracht kämen. Irritiert sahen du und ich uns an.

»Will er uns vielleicht vor dem Weltuntergang retten?«, überlegte ich grinsend. Dann hörte ich etwas krabbeln, ganz in der Nähe des Aufzugs. Langsam näherte ich mich diesem Geräusch und sah aus den Augenwinkeln, dass auch du darauf zusteuertest. War Manfred gerade in die Kabine hineingehuscht?

»Hörst du das auch?«, fragtest du leise. Ich nickte, betrat den Aufzug, bückte mich, und ich schwöre, ich wollte nur in der hinteren Ecke nach der Maus suchen, sonst habe ich nichts im Schilde geführt. Ehrlich nicht! Doch mit einem Mal – du standest mit mir im Fahrstuhl, Faina mit verwundert gerunzelter Stirn draußen – schlossen sich hinter uns ganz langsam die Türen.

»Was ist denn jetzt los?«

»Ich glaube, du bist mit dem Ellbogen auf die 3 gekommen«, meintest du, und rumpelnd fuhren wir an. Wir waren dazu gezwungen, in dieser engen Aufzugkabine ganz nah voreinander zu stehen. Ich konnte dich riechen, und ich weiß noch, wie seltsam ich es fand, dass es mich nicht störte. Du rochst nach Sonne und gleichzeitig nach Regenpfützen. Wie ein Herbstgewitter, dachte ich und atmete ein. Ich sah in deine grünen Augen und bemerkte die Blässe deiner Haut und die stellenweise Blässe deines Haaransatzes, und sie erinnerten mich an tief hängende Wolken. Ich wusste nicht so recht, ob ich mich unwohl fühlte oder elektrisiert war. Du warst die löchernde Nervensäge, ich konnte dich nicht leiden, vom ersten Augenblick an. Oder zumindest vom zweiten. Du lächeltest, und mit fahrigen Fingern griff ich wieder nach meinem Handy, um kurz auszusteigen aus dieser seltsamen Nähe. »Ich freu mich schon auf dich«, hatte mir Susi geschrieben. Sie freute sich auf *mich*? Quatsch. Wie ich Susi kannte, freute sie sich vor allem auf das Bier. Ich war doch nur ein Beiwerk für sie, alle Menschen waren nur ein Beiwerk. Wichtig war das Getränk, in dem sie ihren Alltag auflösen könnte. Warum schrieb sie mir so was?

»Ich glaube, alte Häuser machen mit den Menschen, was sie wollen«, sagtest du jetzt, und ich steckte das Handy wieder weg.

»Und was will dieses Haus?«

Du sahst mir in die Augen, und ich schluckte, und dann hörte ich wieder dieses Krabbeln. Schnell und kratzend. Beide guckten wir auf den Boden. Vorsichtig bückten wir uns und versuchten, in der Dunkelheit des Fahrstuhls eine graue Maus zu erkennen. Und tatsächlich, da war sie. Zusammengekauert saß sie in der Ecke und blickte uns mit ihren schwarz glänzenden Augen entgegen.

»Und jetzt?«

»Sie ist Menschen gewohnt, oder?« Vorsichtig legte ich meine geöffnete Hand vor der Maus auf den Boden. »Komm schon, Manfred«, wisperte ich. »Komm zu mir.«

Und langsam löste sich das Tierchen aus seiner Ecke, um zu mir zu tapsen. Es schnupperte an meinen Fingern und kletterte mir auf die Handfläche. Vorsichtig formte ich eine hohle Hand, richtete mich auf und hielt Manfred vor meine Brust.

»Ich hab noch nie eine Maus gehalten.« Sie war warm, ihre Füßchen stachen mir in die Haut, und ihre Nase stupste immer wieder gegen meine Finger. »Irgendwie lustig.«

»Bling«, machte der Fahrstuhl und öffnete sich. Wir sahen um die Ecke: Das hier schien einmal der Dachboden gewesen zu sein, jetzt gab es hier ein paar Zimmertüren, rechts und links des Ganges öffneten Fenster den Blick nach draußen auf die Wolken. Täuschte das, oder waren sie wieder dunkler geworden? Möglicherweise war die Gewitterfront noch immer über uns. Ich glaubte fast, es in der Ferne erneut donnern zu hören. Ja, gerade trafen einzelne Tropfen das Fensterglas. Ich runzelte die Stirn.

»Ist alles in Ordnung bei dir?«, fragtest du, und dein Blick in mein Gesicht war nicht fordernd wie während meines Vortrags. Stattdessen sahst du jetzt interessiert und ein wenig besorgt aus.

»Klar«, antwortete ich, obwohl mir etwas übel geworden war. Sahst du mir das so schnell an? War ich blass? Am Gewitter konnte das nicht liegen, mit Regen und Donner hatte ich ja keine Probleme. Langsam ging ich auf das Fenster am Ende des Flurs zu. Woran erinnerte mich dieser Anblick? Die Raufasertapete an der Wand, die Wolken hinter dem ungeputzten Glas? Manfred wand sich in meiner Hand, doch ich ignorierte ihn und sah hinaus in den Garten – wenn man diesen Wildwuchs da draußen denn so nennen konnte. Wo einmal Bäume gestanden hatten, ragten nur noch Stümpfe aus dem Boden, dazwischen türmten sich hier Unkrauthügel und dort Gestrüpp auf.

Man konnte gerade noch erahnen, dass in der Mitte einmal ein großer hölzerner Pavillon gestanden hatte. Übrig geblieben waren vier schiefe, moosbewachsene Stämme und nicht einmal die Hälfte des einst kunstvoll geschwungenen Daches. Auch den steinernen Weg, der einmal vom Haus zum Pavillon geführt haben musste, erkannte ich nur mit Mühe. Löwenzahn, Disteln und Brennnessel hatten sich zwischen den Ritzen hindurch ins Freie gekämpft und stemmten, Millimeter für Millimeter, die Steine auf. Gerade huschte ein Eichhörnchen darüber und sprang auf einen der Baumstümpfe. Wieder donnerte es, ich zuckte zusammen, meine Füße begannen zu kribbeln.

Kennst du das Gefühl, wenn du kurz nach dem Frühstück einem Kollegen begegnest und plötzlich das Gefühl hast, du könntest in der vergangenen Nacht von ihm geträumt haben? Du weißt aber beim besten Willen nicht mehr, wovon dieser Traum gehandelt hat? Du versuchst, den Traum zu greifen, doch er schlüpft dir durch die Finger wie eine wendige kleine Maus.

»Manfred!«, riefst du. Ich hatte gar nicht bemerkt, dass er mir aus meiner Hand auf den Boden gesprungen war. Das Tier beachtete ich nicht, ich ging noch näher an das Fensterglas heran. Es blitzte. Eins, zwei, drei, vier, fünf – dann folgte der Donner. Woran erinnerte mich das? Einfach an den Abend in Gudenshain, an dem ich vom Blitz getroffen worden war? Nein, das allein war es nicht. Zu meiner Rechten öffnete sich jetzt eine der Zimmertüren. Die Wirtin trat heraus und sah uns überrascht an. Hinter ihr konnte ich Kisten, ausrangierte Nachttische, Stühle und Schränke ausmachen. Hier oben schienen keine Gäste mehr einquartiert zu werden, wahrscheinlich wurden die

Räume eher als Abstellkammern benutzt. Seltsam fand ich, dass das Fenster hinter den Möbeln viel neuer aussah als alle anderen im Haus. Und mit einem Mal war ich mir sicher, diesen Raum schon einmal betreten zu haben. Der Gedanke war ganz plötzlich da, und er blieb: Hier war ich schon mal. In diesem Zimmer. Ich hatte durch das Fenster in den Garten geschaut, und das Fenster war damals noch nicht neu gewesen. Es war ein düsterer Moment, keine Erinnerung, es war nur ein Gefühl: Hier war ich schon mal, und ich wollte nie wieder hier sein müssen.

»Was machen Sie denn hier?«, schrie uns die Wirtin entgegen. »Hier haben Sie nichts zu suchen!«

»Entschuldigung«, murmeltest du, und aus den Augenwinkeln sah ich, dass du auf dem Boden hocktest und die Hände vorsichtig nach Manfred ausstrecktest. »Die Maus ist mit dem Fahrstuhl hochgefahren, und wir versuchen jetzt, sie einzufangen.«

»Ihr habt doch nicht alle Latten am Zaun!«, brüllte die Wirtin, und Manfred entwischte dir wieder.

Es blitzte noch einmal. Eins, zwei, drei, vier. Es donnerte.

»Sorry«, murmelte ich, rannte an euch vorbei zum Treppenhaus, und dann nahm ich immer zwei Stufen auf einmal, um so schnell wie möglich aus diesem Haus zu kommen und hinein ins Gewitter.

Irgendetwas zog mich näher an Blitz und Donner heran. Die Luft war frisch, der Regen prasselte immer heftiger auf den Boden, bis die Tropfen zurückprallten und mich an ein Stoppelfeld erinnerten. Gewitterstoppel, dachte ich, ein Regenfeld. Sofort war ich bis auf die Haut durchnässt. Ich lief zwischen den wilden Büschen entlang, über den zugewachsenen Steinweg, kletterte auf den Baumstumpf, auf dem gerade noch das Eichhörnchen gesessen hatte, und legte den Kopf in den Nacken. Frierend sah ich dem Regen entgegen.

In diesem Moment glaubte ich, die Antworten auf meine Fragen wären zum Greifen nah. Sie würden auf mich einregnen. Gleich würden mir Schuppen von den Augen und ich aus allen Wolken fallen. Endlich würde ich alles verstehen und mich erinnern. Es müsste nur noch einmal blitzen, nur noch einmal donnern. Und dann würde ich erfahren, wer ich vor dem Blitz gewesen war.

Ich drehte mich um und sah zum Hotel Lichtblick. Im dritten Stock erkannte ich hinter dem Fensterglas dein Gesicht, deine Sonnenuntergangsfrisur. Im fahlen Lichtschein eines Blitzes leuchtete die weiße Stelle in deinen Haaren auf. Du sahst mich an und lächeltest ein wenig. Dann hobst du beide Hände. In der einen hieltest du etwas Kleines, Graues. Manfred? Mit der anderen deutetest du erst auf die Maus, dann winktest du mir und lachtest dabei. Du hattest sie gefangen.

Es blitzte in der Ferne, und das Gefühl donnerte in mir, meine Füße kribbelten, alle Antworten waren zum Greifen nah, doch sie entwischten mir.

In diesem Moment begann ich zu akzeptieren, dass mir Teile meiner Vergangenheit abhandengekommen waren. Ich wusste nicht mehr, warum ich so wütend auf meine Mutter war, warum ich dich nicht leiden konnte, warum mich Gewitter so faszinierten und woher ich das Lichtblick kannte. Aber ich war davon überzeugt, dass ich es schaffen würde, mich zu erinnern – mit deiner Hilfe. Möglicherweise müsste ich ja nur herausfinden, wo ich dich zum ersten Mal gesehen hatte. Dann würde ich mich wieder selbst verstehen. Vielleicht wäre dann alles wieder da.

Ich stand also da und starrte dich an, und es regnete. Und es donnerte. Und es blitzte. Und du lächeltest.

Ranya

Als wir alle wieder im Seminarraum zusammensaßen, hatte Otto seinen Manfred wieder in der Hemdentasche verstaut, Ruth hörte Milka wieder in ihrem leeren Transportbehältnis miauen, und dein Haar war noch nass. Ich überlegte, ob du nicht frorst. Ob unser Blitz dich verrückt gemacht hatte oder ob du es schon vorher gewesen warst.

»Hat Claus angefangen zu rauchen, oder warum fragst du nach rauchenden Männern?«, schrieb mir Merle gerade, dahinter ein Zwinkersmiley.

»Claus ist daheimgeblieben«, antwortete ich. »Bin hier mit einem Haufen Verrückter zusammen.«

»Da passt du ja ganz wunderbar hin.«

»Du sagst es.«

»Und einer der Verrückten ist spannend? Spannender als Claus?«

»Ich würde eher sagen: verrückter als Claus«, antwortete ich und musste schmunzeln. Es stimmte. Und irgendwie gefiel mir deine Verrücktheit. Bei unserer Suche nach Manfred hatte ich angefangen, dich witzig zu finden. Es hatte mir Spaß gemacht, das Hotel mit dir zu durchkämmen. Immer wieder hattest du verschmitzt und amüsiert gelächelt. Und im Fahrstuhl gefiel es mir, dass du plötzlich genauso unsicher wirktest wie ich. Ja, ich glaubte zu spüren, wie aufregend wir beide unsere unfreiwillige Nähe fanden. Doch dann, bei deinem Blick aus dem Fenster, war deine fröhliche Aufgeregtheit mit einem Mal wie weggefegt. Was hattest du dort gesehen? Was war los mit dir?

»Liebe Trauzeugin«, tippte ich. »Darf ich das, wenn ich verlobt bin?«

Sie antwortete sofort: »Jemanden verrückter finden als deinen Zukünftigen? Absolut! Dafür gebe ich dir hier und jetzt meinen Segen. So wahr mir der Trauzeuginnengott helfe.«

»Es tut mir sehr leid, dass wir dem Zeitplan so hinterherhinken. Corina, vielen Dank für deine Geduld«, sagte Otto jetzt, und ich legte mein Handy weg. Er lächelte einer kleinen Frau um die fünfzig gewinnend zu. Sie hatte eine große, runde Brille auf der Nase, graue Strähnen in den schwarzen Haaren und Fältchen in den Mundwinkeln.

»Das ist Professor Dr. Corina Adler. Sie lehrt Philosophie an der Universität und beschäftigt sich seit vielen Jahren mit dem Spannungsfeld zwischen Zufall und Schicksal. Corina, vielen Dank, dass du heute bei uns bist. Ich freue mich überaus, dir jetzt das Wort erteilen zu dürfen.«

»Danke, mein Lieber«, sagte Corina Adler und tätschelte Otto die Schulter. Täuschte ich mich, oder funkelte es bei der Berührung genauso sehr in ihren wie in seinen Augen? Während sie mit Otto den Platz an der Flipchart tauschte, standest du auf und schlichst zur Tür.

»Seit Jahrhunderten beschwört der Mensch das Schicksal«, begann die Professorin ohne Umschweife. »Der Philosoph Martin Heidegger nannte es ›dieses wesentlich deutsche Wort‹. In unserer Sprache spricht man davon schon seit dem Dreißigjährigen Krieg. Damals nannte man es noch ›Schicksel‹, das durch die Vorsehung Geschickte. Der Mensch will unbedingt daran glauben, dass die Dinge, die ihm passieren, einen Grund haben. Goethe schrieb vom ›ewigen Schicksal‹. Für seinen Lehrmeister Johann Gottfried Herder war das Schicksal ein ›Schatten, der unsre geistige und moralische Existenz begleitet‹. Und schon Heraklit hat vor Tausenden von Jahren postuliert: ›Der Charakter eines Menschen ist sein Schicksal.‹ Ist das wahr? Schließlich ging auch Hitler davon aus, dass er nur deswegen der Bombe im Münchener Bürgerbräukeller entkommen ist, weil ›die Vorsehung‹ ihn sein ›Ziel erreichen lassen‹ wollte.«

Du hattest schon die Klinke in der Hand und die Tür halb geöffnet, doch beim Namen Hitler bliebst du stehen und sahst noch einmal über die Schulter.

»Mit ihrer Propaganda rund um den Führer als Werkzeug der Vorsehung und einen germanischen Schicksalsgedanken haben die Nazis dafür gesorgt, dass der Schicksalsbegriff nach dem Zweiten Weltkrieg aus der Mode geriet«, fuhr Corina Adler fort. »Heute ist er wieder en vogue. Wir Menschen können es einfach nicht lassen, vom Schicksal zu sprechen. Vielleicht geht es Ihnen ja ähnlich. Ihnen allen ist etwas Furchtbares, etwas eigentlich Unvorstellbares und absolut Unwahrscheinliches geschehen. Das zu akzeptieren, ist schwer – vor allem, während Sie noch mit den körperlichen Folgen zu kämpfen haben. Ich möchte heute mit Ihnen darüber philosophieren, warum es uns hilft, in solchen Momenten an das Schicksal zu glauben. Ich werde Ihnen erklären, weshalb am Grunde unserer Existenz der reine Zufall steht. Und wieso es für unsere Welt trotzdem gut ist, dass wir entgegen aller Vernunft am Schicksal festhalten.«

Du starrtest Corina Adler an, plötzlich aufhorchend, interessiert. Ich glaubte, in deinem Gesicht die gleiche verzweifelte Hoffnung auf eine Erklärung zu entdecken, die auch ich in mir spürte. Die gleiche Suche nach Antworten. Du tratst wieder einen Schritt in den Raum zurück und schlossest leise die Tür. Mit den Händen in den Hosentaschen bliebst du dort stehen und hörtest der Professorin zu. Ich sah deine dunklen Augen, deinen leicht geöffneten Mund und erahnte deine Bereitschaft, den eigenen Blick auf die Welt an diesem Tag zu verändern.

In diesem Augenblick beschloss ich, dir nach dem Vortrag zu erzählen, an welchem Tag, zu welcher Zeit ich vom Blitz getroffen worden war. Ich wollte sehen, wie du reagiertest, was du davon halten würdest. Ob du an reinen Zufall glauben wolltest – oder dich möglicherweise vom Schicksal verführen lassen könntest.

»Merle, was mach ich hier?«, schrieb ich meiner besten Freundin.

»Ich kann es von hier aus zwar nicht sehen, aber ich glaube, du solltest nicht so streng mit dir sein«, antwortete sie mir.

Ich sah auf und zwang mich dazu, nicht dich, sondern die Referentin anzuschauen. Doch von nun an spürte ich, wie mein Herz mir warm und heftig bis zum Hals schlug.

»Wir Menschen wollen überall Muster und Regeln erkennen. Ein kleiner Sherlock Holmes sitzt in jedem von uns. Zum Beispiel in einem Bekannten von mir. Zwei Sonntage hintereinander hatte er beim Fußballspiel seines Sohnes eine kurze Hose an, beide Sonntage gewann die Mannschaft des Jungen. Seine Schlussfolgerung: Die Siege lagen an der Hose! Seitdem schaut er nur noch Fußball, wenn seine Knie frei liegen. Und das, obwohl seine Lieblingsmannschaft durchaus hin und wieder verliert. Wir Menschen vermuten in allen möglichen Geschehnissen tiefe Zusammenhänge. Wenn Otto erzählt, dass er dreimal vom Blitz getroffen worden ist, was denken Sie dann? Wer von Ihnen glaubt an einen Zufall?«

Ich sah mich im Raum um. Einige schüttelten den Kopf, manche zuckten die Schultern. Nur Ruth meldete sich.

»Und wer von Ihnen denkt: Das hatte einen Grund?«, fuhr die Referentin fort. »Wer glaubt, es war Schicksal?«

Langsam hob ich die Hand. Gemeinsam mit dem kleinen Jungen, Faina, den schönen Zwillingen und dem Fahrradkurier Ludwig. Du rührtest dich nicht.

»Das hab ich mir gedacht. Und ich kann Ihnen auch sagen, warum die meisten von Ihnen so denken. Schuld daran ist die Geschichte des Homo sapiens«, erklärte Corina Adler. »Der Mensch ist eine Spezies, die hervorragend Muster erkennen kann. Wir beobachten Einzelheiten und stellen auf Grundlage dieser Details eine Theorie auf, um Vorhersagen zu treffen. Häufig funktioniert das gut. Wenn wir schwarze Wolken am Himmel sehen, vermuten wir ein Unwetter und suchen nach einem Unterschlupf. Wenn kurz hintereinander zwei Menschen an Schnupfen erkranken, glauben wir, sie hätten einander angesteckt, und halten uns von ihnen fern. Unsere Theorien und Schlussfolgerungen haben in der Evolution zum Überleben des Menschen beigetragen. Heute sorgen sie aber auch dafür, dass wir manchmal Muster sehen, wo keine sind. Wir hängen uns Hufeisen über die Türen, als könnten sie das Unglück fernhalten. Wir vermeiden es, unter Leitern hindurchzulaufen, und suchen vierblättrige Kleeblätter, als könnten wir so das Geschehen beeinflussen. Überall vermutet der Mensch Zusammenhänge. Und diese Vermutung ist sicherlich gesünder, als Angst vorm puren Zufall zu haben. Doch es gibt sie, die reinen, unsinnigen, planlosen Zufälle. Ich sehe es in Ihren Augen: Sie glauben mir nicht. Hab ich recht?«

Langsam schüttelte ich den Kopf. Aus den Augenwinkeln beobachtete ich dich, doch du bliebst weiterhin reglos in der Tür stehen.

»Ich glaube Ihnen!«, rief Ruth. »Wer bitte sollte sich auch die Mühe machen, den Unsinn, der hier passiert, zu lenken? Und wenn, dann ist er ein verdammt schlechter Steuermann.«

»Gutes Argument!«, pflichtete ihr Corina Adler bei.

»Aber …« Otto hob langsam die Hand. »Hat nicht schon Einstein gesagt: ›Gott würfelt nicht‹?«

»Richtig, das soll er gesagt haben«, erwiderte die Referentin. »Meine Meinung: Er lag falsch. Einstein war verhaftet im philosophischen Denken Isaac Newtons. Er glaubte, die Welt folge einzig und allein den Naturgesetzen. Würde man nur ganz genau hinsehen, könnte man den Lauf der Dinge präzise voraussagen. Aber das stimmt nicht. Einstein wusste zum Beispiel noch nichts von der Chaostheorie. Der Meteorologe Edward Lorenz erklärte sie mit der populären Metapher vom berühmten Flügelschlag eines Schmetterlings, der einen Wirbelsturm auslösen kann. Selbst winzig kleine Abweichungen können dafür sorgen, dass sich das gesamte Endergebnis ändert.

Die Quantenphysik hat der Wissenschaft zudem eine ganz neue Form von Zufälligkeit beschert: Selbst wenn Sie alles über ein Quantenobjekt wissen, was es zu wissen gibt, können Sie dennoch nie das Ergebnis eines Experiments vorhersagen – einzig Wahrscheinlichkeiten können berechnet werden.«

»Ehrlich gesagt weiß ich gar nichts über ein Quantenobjekt. Was bitte soll das denn sein?«, fragte Ruth und verdrehte die Augen. »Ich hab einen Hauptschulabschluss!«

»Das sind Elektronen, Neutronen, Protonen, Atome und Moleküle.«

»Also nichts, was ich verstehe.«

»Das ist auch jetzt nicht weiter wichtig für uns. Was ich sagen wollte: Der Zufall beginnt schon im Verhalten der kleinsten Teilchen um uns herum. Und er hat sogar die Evolution mitbestimmt. Sicherlich haben häufig gute Gene dafür gesorgt, dass eine Spezies überlebt hat. Doch auch das Lebewesen mit den tollsten Genen kann von einem Stein erschlagen worden sein, sodass seine Erbanlagen für immer verloren bleiben. Der Zufall stürzt nicht von außen auf uns herein. Wir selbst *sind* ein Zufall. Als mein Großvater sechzehn Jahre alt war, brach er gemeinsam mit seinem besten Freund in einen zugefrorenen See ein. Der Retter bekam zuerst meinen Großvater zu fassen, erst später den anderen Jungen. Er starb, mein Großvater überlebte. Es gibt unzählige solcher Episoden in jeder Familiengeschichte. Meine Mutter erzählt mir heute noch gern, dass sie beinahe einen anderen Mann geheiratet hätte. Zwei Wochen vor ihrer Hochzeit knickte sie auf der Straße um und setzte sich einen Moment, bis der Schmerz im Knöchel nachließ. Da tauchte ein Pony auf.

Sie lockte es an und fing es vorsichtig ein, kurz bevor der Knecht eines Hofes angerannt kam. Ihm sei das Pferd gerade von der Weide abgehauen, erzählte er. Wenige Tage später sagte meine Mutter die Hochzeit ab – und heiratete den Knecht, der schon ein Jahr später mein Vater werden sollte.«

Corina Adler ließ ihren Blick einmal über die Runde schweifen, ehe sie fortfuhr:

»Und hätte ein anderes seiner 400 Milliarden Spermien die Eizelle meiner Mutter einen kleinen Moment früher erreicht, wäre ich ein ganz anderer Mensch. Der Zufall steht am Grunde unserer Existenz. Und es ist völlig okay, wenn Sie sich an diesen Gedanken nicht gewöhnen können. Sie sind damit nicht allein. Laut einer Umfrage glauben 52 Prozent der Erwachsenen, dass eine höhere Macht immer oder manchmal ihr Leben beeinflusst. 32 Prozent dieser Menschen sprechen dabei von Schicksal. Jedes Jahr schauen wir sehnsüchtig und ängstlich zugleich auf unsere Zukunft: An Silvester richten wir unsere Blicke in den Himmel, rufen ›Oh‹ und ›Ah‹ und bestaunen das Feuerwerk. Diese Angewohnheit stammt noch aus einer Zeit, in der Menschen durch lautes Türknallen, das Zerschlagen von Flaschen und durch anderen Lärm böse Mächte vertreiben wollten. Und gleichzeitig lenkt sie unseren Blick nach oben, auf einen höheren Zusammenhang von Schicksal und Kosmos. Wir lieben Feuerwerke.«

»Ich nicht«, widersprach Ruth. »Was meint ihr, wie Milka da durchdreht?«

Die Referentin ignorierte den Einwurf. »Sie symbolisieren den Gewitterblitz und damit eine Verwandtschaft von irdischem und himmlischem Feuer. Bei den alten Griechen hat Zeus höchstpersönlich die Blitze geschleudert. Wenn Sie das Gefühl haben, Ihr Blitz war Schicksal, ist das nur menschlich. Die Vorstellung, dass Blitze von einer höheren Macht gelenkt würden, ist tief in uns verwurzelt. Ich will sie Ihnen heute nicht nehmen. Ganz im Gegenteil. An das Schicksal zu glauben, kann uns retten. Der Philosoph Michael Theunissen etwa sieht in der Abkehr des Menschen vom Schicksalsgedanken sogar eine Gefahr. Wir begreifen uns als autonome Subjekte und werden selbstherrlich, aggressiv und sogar terroristisch. Für den Menschen ist es Theunissens Meinung nach wichtig, seine Endlichkeit und seine vielen Abhängigkeiten zu begreifen. Und dabei spielt es absolut keine Rolle, ob wir diese fremde Macht, von der wir abhängen, Gott, Naturgesetz, Zufall oder Schicksal nennen. Wir sollten nur begreifen, dass wir nicht allmächtig sind.«

Corina Adler räusperte sich, und Otto reichte ihr schnell ein Glas Wasser. Nachdem sie einen Schluck getrunken hatte, fuhr sie fort:

»Entscheidend ist es, wie wir den Dingen, die uns geschehen, begegnen, ganz egal, ob der Zufall oder das Schicksal dafür verantwortlich ist. Nehmen wir beispielsweise die Schauspielerin Ursula Andress. Im September 1955 wollte James Dean unbedingt, dass sie ihn in seinem neuen Porsche zu einem Autorennen begleitete. Beinahe wäre sie in den Wagen eingestiegen – wäre da nicht der Schauspieler John Derek aufgetaucht, in den sie verliebt war. James Dean brauste beleidigt davon und fuhr in den Tod, Ursula Andress hingegen lebte weiter. Ob Zufall oder Schicksal – sie begriff es als Geschenk. Oder sehen wir uns Luther an: Zwölf Jahre bevor er seine berühmten Thesen veröffentlichte, soll ein Blitz direkt neben ihm eingeschlagen haben. Er wurde zu Boden gerissen – und entschied in diesem Moment, dass er Mönch werden wollte. Eine Entscheidung, die ihm den Weg zur Reformation ebnete und durch die er eines Tages die ganze christliche Welt erschüttern sollte. Zufälle können uns guttun. Dann nämlich, wenn wir nicht mit ihnen hadern, sondern sie als Geschenke ansehen. Unser Leben ist ein faszinierend unwahrscheinlicher Lottogewinn – umso mehr, wenn wir einen Blitz überlebt haben.«

»Oder drei«, warf Otto ein.

»Genau! Natürlich kann man einen Blitzschlag als Pech ansehen. Man kann sich fragen: ›Warum ich?‹, oder: ›Warum muss ich so viel leiden?‹ Man kann aber auch den Glücksfall darin erkennen. Schließlich sitzen Sie heute hier und können über Ihr Leben philosophieren. Ob Schicksal oder Zufall: Ja, Sie wurden vom Blitz getroffen. Und ja: Sie haben tatsächlich überlebt. Sie entscheiden, wofür es gut war. Bleibt mir nur, Ihnen alles Gute zu wünschen. Danke für Ihre Aufmerksamkeit.«

Wir klopften auf die Tische, trotzdem hörte ich durch das Klopfen hindurch, dass du die Tür erneut öffnetest. Schnell sprang ich auf und huschte hinter dir her in den Flur.

»Adam!«, rief ich.

Du drehtest den Kopf.

»Ich wurde in der Nähe von Gudenshain vom Blitz getroffen. Am 1. September um 20.20 Uhr«, platzte es aus mir heraus.

Du bliebst stehen und starrtest mich an, und ich war mir nicht sicher, ob du verstanden hattest, was ich dir damit sagen wollte.

»Ich meine …«, stammelte ich. »Also, es war der 1. September. Um genau 20.20 Uhr. Und vorhin hast du doch noch erzählt, dass ein Blitz an mehreren Stellen gleichzeitig einschlagen kann. Du hast gesagt …«

»Ja, ein Flächenblitz verästelt sich.«

»Ich denke, dass wir … Ich glaube, du und ich … Also … Wir haben es ja gerade gehört. Es gibt die verrücktesten Zufälle.«

Du lächeltest mich mit geschlossenem Mund an. Dabei blitzte wieder der Eckzahn zwischen deinen Lippen hervor.

»Wie ist deine E-Mail-Adresse?«

Ich runzelte die Stirn und nannte sie dir.

Du nicktest. »Danke. Ich muss leider los. Euch noch viel Spaß beim Seminar!« Mit diesen Worten drehtest du dich um, gingst den Gang hinunter und wurdest immer kleiner und verschwandest. Einfach so.

Einen Augenblick lang blieb ich noch im Flur stehen. Legte den Kopf schief und überlegte. Dann drehte ich mich um – und stieß mit Frau Dr. Adler zusammen.

»Ups!«, rief ich. »Entschuldigung.«

»Mensch, können Sie nicht aufpassen?« Beim Zusammenstoß hatte sie sich ihren kompletten Kaffee auf die weiße Bluse gekippt.

»Oh, tut mir leid! Soll ich Ihnen beim Auswaschen helfen?«

Die Philosophin funkelte mich böse an. »Unterstehen Sie sich! Sie richten nur noch mehr Unheil an. Gott, war der Kaffee heiß! Und sehen Sie nur, was Sie mit meiner Bluse gemacht haben!«

Ich musterte die Referentin von oben bis unten. Leise entgegnete ich: »Ja, Sie wurden von Kaffee übergossen. Und ja, Sie haben tatsächlich überlebt. Sie entscheiden, wofür das gut war.«

Mit diesen Worten ließ ich sie im Flur stehen und ging zurück in den Seminarraum. Hinter ihr schloss ich fest die Tür.

Du hast noch einiges verpasst an diesem Wochenende: Mittags gab es Schnitzel mit viel zu weichen Pommes und am Nachmittag Kaffee aus großen, plumpen Porzellantassen mit violetten Blüten darauf, die ich immer wieder in den Händen drehte und wendete, während ich gegen den Impuls ankämpfte, sie einfach einzustecken. Dazu wurden längst vertrockneter Bienenstich und etliche von den Marmeladenkeksen angeboten, die überall im Haus herumstanden. Sie mussten wohl dringend weg. Faina lud uns alle zur Premiere ihrer Tanzperformance ein, und der kleine Ole ist beim Vortrag eines Arztes plötzlich aufgetaut. Er konnte medizinische Fachbegriffe aussprechen, die keiner von uns je gehört hatte.

»Anderthalb Jahre lang litt ich unter einer Tetraparese und Anästhesie in den unteren Extremitäten«, erklärte Ole dem Arzt und sah dabei aus wie ein weiser kleiner Chirurg.

Der Doktor nickte. »Wie lange warst du auf einen Rollstuhl angewiesen?«

»Über ein Jahr lang.«

»Darf ich fragen, ob der Blitz dich direkt getroffen hat?«

Ole nickte. »Ja, in den Rücken. Neurologische Folgen kommen in so einem Fall oft vor, habe ich erfahren.«

»Absolut. Sie treten bei 85 Prozent der Verletzten auf. Vor allem nach einem direkten Einschlag, wie du ihn erlebt hast, leiden Patienten häufig unter mnestischen Störungen, Paresen und Sensibilitätsstörungen, insbesondere der unteren Extremitäten. Wenn sie den Blitzschlag denn überhaupt überleben.«

»Und jetzt bitte noch mal für alt und ungebildet!«, rief Ruth.

Der Arzt lächelte milde, fuhr sich durch die grauen Locken und erklärte uns, dass die besten Überlebenschancen bestanden, wenn ein Mensch nicht direkt vom Blitz getroffen wurde, sondern nur über Umwege wie bei meinem Blitzüberschlag oder beim Kontakteffekt, den Ludwig an seinem Fahrradlenker und du am Geländer zu spüren bekommen habt. Die Zwillinge und Ruth wurden wohl von einem Ground Strike getroffen: Der Blitz schlug in den Boden ein, von dem die elektrische Wirkung in die darauf stehenden Menschen überging. Direkte Einschläge wie der von Ole führten in der Regel zum Kreislaufstillstand und dann zum Tod.

»Es ist ein Wunder, dass du überlebt hast«, sagte der Arzt zu Ole.

»Wurdest du nicht auch direkt getroffen?«, wandte sich Ruth an Faina.

Die sah zu Boden und nickte langsam.

»Gott, musst du ein Schwein gehabt haben.« Ruth schlug mit der flachen Hand auf den Tisch und tätschelte dann ihre Katzenbox darunter. »Entschuldige, Milka«, flüsterte sie.

Der Arzt sah Faina interessiert an und legte den Kopf schief. »Wie lange waren Sie auf Reha?«

Die junge Tänzerin biss sich auf die Lippen. »Vier bis fünf … äh … Monate«, sagte sie.

»Faszinierend, dass wir hier gleich zwei Überlebende direkter Einschläge haben. Patienten wie Sie sind sehr selten, wissen Sie das? Daher ist es fast unmöglich, die neurologischen Folgen systematisch zu untersuchen. Auf Sie beide würde ich später gern zurückkommen, wenn ich darf. Vielleicht haben Sie Interesse an einer Langzeitstudie?«

Ole nickte, Faina sah auf den Tisch. Ohne weiter auf sie zu achten, fuhr der Arzt fort und berichtete von bisher gesammelten medizinischen Erkenntnissen: Blitzverletzungen hatten bereits dazu geführt, dass Betroffene weniger Gefühl in den Beinen oder Armen besaßen, dass sie verwirrt und unkonzentriert waren, leichte Lähmungen und Schwächen hatten oder ein Kribbeln in den Gliedmaßen spürten. Bei etlichen von ihnen veränderte sich das Gangbild, Feinmotorik und Kraft waren gestört, oder es wurden organische Psychosyndrome diagnostiziert.

»Und was bitte soll das jetzt sein?«, fragte Ruth.

»Dabei handelt es sich um psychiatrische Störungen: Halluzinationen, Persönlichkeitsveränderungen, Amnesie, Orientierungslosigkeit oder Verwirrtheit.«

Verwirrt und orientierungslos fühlten sich die meisten von uns, ob ohne Umschweife oder über Umwege getroffen – spätestens nach diesem Seminar. Um die Überforderung komplett zu machen, folgte auf den Vortrag des Arztes nahtlos das Referat einer Psychologin.

Während des Vortrags meldete sich Sonja und sagte, ihr sei plötzlich schlecht. Sie stand auf, um an die frische Luft zu gehen, fiel dann aber in sich zusammen. Zum Glück verfehlte ihr Kopf die Tischkante, wenn auch knapp, doch Doris war, wie sie uns später erzählte, völlig verwirrt. Sonja hatte zum ersten Mal etwas ohne sie gemacht – nämlich das Bewusstsein verloren.

»Seit diesem Blitzschlag muss sie sich ständig abgrenzen«, murmelte Doris, während sie aufgelöst neben ihrer Schwester hockte.

»Vielleicht hat das nicht unbedingt etwas mit dem Blitz zu tun«, gab die Psychologin zu bedenken.

»Wie meinen Sie das?«

»Natürlich haben Sie viele Gemeinsamkeiten. Sie haben einiges zusammen erlebt, es gibt zahllose Dinge, die Sie verbinden. Trotzdem sind Sie zwei unterschiedliche Menschen, zwei Individuen. Nicht der Blitz hat sie entzweit, Sie waren schon vorher *zwei*. Es ist wichtig, dass Sie das begreifen und sich gegenseitig Luft zum Atmen geben.«

Doris' Augen wurden ganz rot. »Sie braucht mich nicht mehr«, presste sie hervor.

»Es geht nicht darum, ob man sich braucht. Das Entscheidende ist doch, dass man sich liebt, schätzt und der anderen auch Freiräume lässt.«

Bei diesen Worten rannte Doris aus dem Raum und knallte die Tür hinter sich zu.

Nun setzte sich Ole neben Sonja, die leise stöhnte. Er tupfte ihr einen nassen Waschlappen auf die Stirn. »Wir müssen ihre Beine hochlegen, damit das Blut wieder in ihren Kopf fließt«, wies er uns an.

Nach diesem letzten Programmpunkt für Samstag

wurde er von seinem Vater abgeholt. Wir anderen aßen im Hotel Lichtblick weich gekochte Nudeln zu Abend und verabredeten uns für ein paar Gesellschaftsspiele im Schankraum. Bis es so weit war, ging ich in meinem Zimmer auf und ab und dachte an die Worte meines Bruders: Ich könnte über dieses Wochenende einen Artikel schreiben. Er hatte absolut recht gehabt – was hier passierte, würde viele Menschen interessieren.

Also holte ich meinen Spiralblock hervor, den ich für kluge Gedanken oder gute Zitate eingesteckt hatte, in dem bisher aber leider noch gar nichts stand, und setzte mich an das kleine Tischchen in meinem Zimmer. Ich nahm den Stift in die Hand, setzte ihn aufs Papier – und schrieb nichts. Wo sollte ich anfangen? Wie sollte ich das Ganze erklären? Wir hatten so viel gehört, gelernt, verstanden. Ich hatte so viele seltsame Menschen kennengelernt. Wie sollte ich einen ersten Satz finden, der all dem gerecht wurde? Minutenlang saß ich so da, starrte auf den Zettel, sah aus dem Fenster und wieder auf den Zettel. Ich wusste nicht, wie das geht. Claus ist der Schreiber unter uns, dachte ich, und ich nur die Fotografin. Also legte ich den Stift wieder weg.

Beim Kniffelspielen hatten wir alle so viel Pech, dass wir beschlossen, den mit den wenigsten Punkten zum Sieger zu erklären. Kurz darauf würfelte Otto, der gerade noch die größte Pechsträhne von uns allen gehabt hat, dann doch fünf Sechser. Er stöhnte laut auf. »Ein Kniffel! Das gibt es doch nicht!«

»Tja, du hast schlecht gewürfelt.« Ludwig nickte mit gespielt ernster Miene. »Und du hast tatsächlich überlebt. Du entscheidest, wofür das gut war.«

Alle lachten. Es wurde ein lustiger Abend, das fand sogar Ruth.

»Leute, ihr seid irgendwie in Ordnung«, stellte sie fest. »Was haltet ihr davon, wenn wir das öfter machen?«

»Was denn? Uns damit konfrontieren, wie viel Pech wir im Leben haben?«, fragte Otto, schließlich hatte er gerade zum dritten Mal hintereinander haushoch verloren – und das in einer Runde von Verlierern.

»Wir sollten uns regelmäßig treffen und uns von unserem Pech erzählen. Das wäre doch nett.«

»Ich bin dabei«, beschloss Sonja. »Egal, was Doris macht.«

»Ich bin auch dabei – egal was Sonja macht«, pflichtete ihr Doris bei.

»Unbedingt«, rief Ludwig.

»Na gut«, brummte Otto.

»Klingt gut«, sagte auch ich. Und fand es schade, dass du nicht mehr dabei warst.

»Was für ein lustiger Haufen wir doch sind. So viele verrückte Gewittertierchen«, kicherte Faina.

»Genau das wird unser Name. Perfekt«, meinte Ruth.

Und so wurden die Gewittertierchen geboren. Eine Selbsthilfegruppe voller Verlierer, Pechvögel und Unglücksraben. Noch während ich das sage, sehe ich Corina Adler mit ihrem Kaffeefleck auf der Bluse vor meinem inneren Auge den Kopf schütteln. Sie entscheiden!, ermahnt sie mich. Okay, okay, vielleicht sind wir auch eine Gruppe von Gesegneten, Gewinnertypen und Glücksrittern. Wie man es nimmt. Oder ein Haufen Glückskekse! Wer weiß das schon. Wer ahnt denn, was in uns steckt, bevor man uns aufbricht. Vielleicht kommt ein Zettel zum Vorschein, auf dem steht: »Lieber Rosinen im Kopf als Haare im Kuchen« oder »Finde das Abenteuer oder das Abenteuer findet dich«. Bisher habe ich von einem Glückskeks allerdings noch nie einen guten Rat bekommen.

Die Vorträge, die Otto für Sonntag geplant hatte, waren für uns eher nebensächlich. Nach einem weiteren Arzt sollte uns eigentlich ein Motivationscoach mit Inspiration für den Alltag rüsten, allerdings hatte der sich wohl nicht aufraffen können – er blieb daheim.

Und so war das Seminar gegen Sonntagmittag bereits vorbei.

»Ich bedanke mich herzlich für euer Kommen«, sagte Otto. »Eine solche Veranstaltung hat es auf diese Art und Weise landesweit noch nicht gegeben. Ich bin stolz auf unsere Erkenntnisse und Ergebnisse. Und vor allem freue ich mich, dass sich aus dieser eigentlich als einmalige Sache konzipierten Veranstaltung eine feste Gruppe gebildet hat. Alle, die Lust haben, sind herzlich zum ersten Treffen der Gewittertierchen eingeladen. Wann und wo es stattfinden wird, gebe ich rechtzeitig per E-Mail bekannt.«

Wir klopften auf unsere Tische, lächelten einander an, und ehrlich gesagt gab es zwei Gründe, weswegen ich mich über unsere Pläne wirklich freute. Erstens mochte ich Ruth, Faina, Ludwig und Otto tatsächlich sehr gern – obwohl oder gerade weil sie so seltsam und skurril waren. Und zweitens witterte ich darin eine Chance, dich wiederzusehen.

Spätestens seitdem ich dich während des Philosophievortrags heimlich beobachtet hatte, ging mir dein Gesicht nicht mehr aus dem Kopf. Dass du wahrscheinlich noch seltsamer warst als alle Gewittertierchen zusammen, ahnte ich schon. Bei deiner Präsentation hatte ich dich arrogant und abweisend gefunden, während des Gewitters wurde mir klar, dass irgendetwas mit dir absolut nicht stimmte. Und doch konnte ich nicht aufhören, an dich zu denken.

Daran, wie du mir im Fahrstuhl plötzlich so nah gewesen warst. Daran, wie fasziniert du mich mit einem Mal angesehen hattest. Wie du schlucktest, als ich dir in die Augen schaute. Ich dachte an deine dunklen Pupillen, an deine brachliegenden Lachfalten, an deinen blitzenden Eckzahn und an deinen wandernden Adamsapfel. Ich hätte ihn gern berührt. Ich hätte dich gern noch einmal gerochen. Ich dachte daran, wie sich dein Gesicht verändert hatte, als du zum ersten Mal mit Faina und mir gelacht hattest. Plötzlich sahst du fröhlich und offen aus. Und in mir wuchs eine Ahnung von einem anderen Adam. Wahrscheinlich ist das alles Blödsinn, dachte ich. Während deines Vortrags war deine Laune einfach noch schlecht gewesen, und bei der Suche nach der Maus warst du wohl etwas aufgetaut.

Und doch … Immer wieder erinnerte ich mich daran, wie du über das Nichts in der *Unendlichen Geschichte* gesprochen hattest. Wie viel wärmer deine Stimme geklungen hatte als bei deinen Wetteransagen. Wie viel sanfter.

Und während ich so im Seminarraum saß und an dich dachte, drehte ich den Verlobungsring an meinem Finger. Rund und rund und rund. Du willst bald heiraten, sagte ich stumm zu mir selbst. Claus wird dein Mann. Das ist schön. Denn du liebst ihn über alles. Nur weil ihr euch in letzter Zeit ein paar Mal in den Haaren hattet, solltest du nicht hier herumsitzen und über die Stimme eines Fremden nachdenken.

Entschlossen wischte ich dich weg und setzte Claus an deine Stelle. Seine warmen Arme, sein zuversichtliches, riesengroßes Lächeln, seine sanfte Stimme, die sagte: »Ich liebe dich.« Ja, so war es richtig. Seitdem ich Claus kannte, hatte ich mich nie für einen anderen Mann interessiert. Claus war genau das, was ich mir immer gewünscht hatte. Er war seit Jahren an meiner Seite, und er würde es bleiben. Er war intelligent, gut aussehend, und er verließ sich auf mich. Er unterstützte mich. Durch ihn hatte ich meinen Job, meine Freunde, mein Leben. Mit ihm besprach ich die meisten meiner Probleme. Dass ich mir gerade wünschte, irgendeinen dahergelaufenen Wettermann wiederzusehen, hatte er wirklich nicht verdient.

»Ranya?«, hörte ich Faina sagen. Sie stand gerade auf, warf sich ihre bunt geblümte Umhängetasche über die Schulter und sah mich fragend an.

»Mmh?«, machte ich.

»Ich glaube, dein Handy klingelt.«

Zerstreut sah ich auf das Smartphone, das direkt vor mir auf dem Tisch lag. Tatsächlich. Auf dem leuchtenden Bildschirm grinste mir Claus entgegen und vibrierte. Ich sah ihn an. Ja, das war mein künftiger Mann. Ja, ich freute mich. Und ja, ich würde da rangehen. Jetzt. Gleich.

Langsam griff ich nach dem Handy, nahm es in die Hand. Es klingelte und vibrierte weiter.

»Willst du nicht abnehmen?«, fragte Faina.

»Doch, doch«, sagte ich.

Etwas zu lange sah ich in Fainas Gesicht. Und dann, schließlich, ging ich ran.

»Hallo?«, sagte ich.

Bald saß ich im Auto, dachte an Claus und freute mich auf unseren geplanten Besuch beim Chinesen. Trotzdem schielte ich immer mal wieder auf mein Handy, in der Hoffnung, eine E-Mail von dir aufploppen zu sehen. Ich hoffte es auf der Heimfahrt, ich hoffte es, während ich mit meinem Verlobten zu Abend aß, während wir anschließend noch einen Film schauten und uns seltsamerweise wieder besser verstanden als vor dem Seminar. Dennoch griff ich immer wieder unauffällig nach dem Smartphone. Ich aktualisierte meine Mails – nichts. Auch in den nächsten Tagen schaute ich ständig nach, doch deine Mail kam und kam nicht.

Die Zeit verging. Und Claus und ich fanden einen neuen Termin für unsere Hochzeit. Ich freute mich darauf, obwohl wir in einem sehr kleinen Rahmen feiern würden, schließlich war das große Fest schon einmal geplatzt. Bei einer bescheidenen Veranstaltung würde vielleicht nichts mehr schiefgehen. Und ich fuhr Merle zum Flughafen, um sie erneut auf Weltreise zu schicken, und auf dem Weg fragte sie mich nach dem Verrückten von der Selbsthilfegruppe, ob ich mit dem eigentlich noch Kontakt hätte, und ich sagte, nein, Quatsch, warum auch? Und sie hoffte, es gehe mir gut und alles sei in Ordnung und es reiche, wenn sie zum nächsten Hochzeitstermin im Juli zurückkäme.

Und dann war sie weit weg, und wir skypten regelmäßig miteinander, und ihre Haare wehten im indonesischen Wind, und ihre Haut war dunkel von der australischen Sonne. Und ich erzählte ihr von Claus, davon, dass wir uns wieder häufiger stritten, weil ich immer schwieriger wurde. Und ich glaubte, das läge am Blitz, der mich reizbar und unausstehlich gemacht habe. Und ich erzählte ihr nicht von meinen Gedanken an dich.

Die Gewittertierchen starteten eine Doodle-Umfrage für das erste Treffen, und du nahmst nicht daran teil. Und die Zeit verging. Und das Treffen rückte näher. Und du schriebst mir nicht.

Warum hast du mir nicht geschrieben?

3. Teil

Wolken türmen sich auf

Adam

Auf dem Heimweg vom Seminar wanderte mein Blick immer wieder zu den schwarzen Wolken am Himmel. Sie zogen davon, und ich ging aufs Gas. Doch obwohl ich bald 160, 180, 200 fuhr, waren sie schneller als ich.

»Adam Münchberg fährt gern schnelle Autos«, sagte die RTL2-Stimme in meinem Kopf. »Wenn er ordentlich aufs Gas geht, fühlt er sich anderen überlegen.«

Meine innere Kamera filmte mich jetzt von der Seite. Ich sah konzentriert auf die Straße, während ich erklärte: »Welches Auto ich fahre, ist mir eigentlich egal. Hauptsache, ich bin schnell. Dann hab ich das Gefühl, ich kann auch schnell denken.«

»Und was denken Sie jetzt?«

Ich schüttelte den Kopf. Und dann entschied ich: »Ich will heute nicht mit Ihnen sprechen.«

Stattdessen drehte ich die Musik auf und sang laut mit.

»It is the night, My body's weak, I'm on the run, No time to sleep.« Ich versuchte, mich nicht an den Moment auf dem Baumstumpf zu erinnern, nicht daran, welche Gedanken ich im Regen gehabt hatte. Ich sang, und ohne es zu wollen, stellte ich mir vor, wie ich dabei auf einer Bühne stand und auf vier rote Sitzrücken schaute, wie bei einer Castingshow. Zwischen den

Stühlen standen große Buzzer, über denen die Hände der Jury schwebten.

»I've got to ride, Ride like the wind, To be free again«, sang ich, doch niemand drückte für mich, niemand drehte sich um für mich. Die Jurymitglieder schielten hinter ihren Sitzen verstohlen zu ihren Nachbarn rüber. Schnitt. Nun sah ich die Jury von vorn: Ein Schmusesänger mit Metallbrille stützte die Ellbogen auf die Knie und legte den Kopf schief. Die beiden Mitglieder eines in die Jahre gekommenen Hip-Hop-Duos schauten sich immer wieder an und verzogen den Mund. Eine Frau rieb sich nachdenklich das Kinn, wandte sich dabei aber ab, sodass ich sie nicht erkennen konnte. Schnitt. Ich sang weiter, inbrünstig. Ich gab alles.

»And I've got such a long way to go, such a long way to go, To make it to the border of Mexico.« Ich sang und wollte unbedingt, dass sich die Jury für mich umdrehte. Wenigstens einer! Irgendjemand musste sich doch für mich interessieren! Ich ignorierte, dass die Spannung, aber auch das Mitleid im Publikum anstieg, dass der Schmusesänger und das Hip-Hop-Duo schon die Köpfe schüttelten und sich zurücklehnten. Ich sang – und dann buzzerte doch noch jemand: die Frau, die ich vorher nicht richtig gesehen hatte. Ihr Sitz drehte sich in meine Richtung, und sie präsentierte mir ihr strahlendes Fernsehlächeln. Sie hatte Susis Gesicht und Nenas Frisur, sie wirkte abgeklärt und esoterisch zugleich. Auf ihrem Stuhl leuchteten die Buchstaben: »I want you!«

Alle klatschten.

»Hey, hey, hey, wie heißt du?«, rief sie und fuchtelte mit den Armen herum.

»Ich bin Adam.«

»Hallo, Adam! Wow! Ich muss dir ehrlich sagen, du hast eine irre Ausstrahlung! Technisch ist echt noch Luft nach oben, das weißt du selbst, ne? Aber da ist was. So eine tiefe Traurigkeit in der Stimme. So richtig triefend regennass. Du hast den Menschen etwas zu geben. Wenn wir ein bisschen gearbeitet haben, wirst du die Dinger hier schmettern können. Ich bin total berührt!«

»Danke.«

»Was hast du gemacht bisher?«

Ich zuckte mit den Schultern. »Ich hab alles vergessen. Ich weiß nicht mal mehr, warum ich Gewitter mag und diese Ranya nicht. Ich stand da auf dem Baumstumpf und dachte: Vielleicht muss ich herausfinden, warum ich sie so blöd finde, um mich wieder an alles zu erinnern.«

»Okay, okay, du bist noch sehr wirr. So ein Erfolg in einer Castingshow kann einen ja auch total umhauen.«

Inzwischen war ich zu Hause angekommen. Während ich die Treppe zu meiner Wohnung hinaufstieg, kreisten meine Gedanken weiter. War ich wirklich schon mal im Lichtblick gewesen? Es hatte sich jedenfalls so angefühlt. Und dann hatte diese Ranya auch noch gesagt, es wäre der gleiche Blitz gewesen. Konnte ein Blitz tatsächlich zwei Menschen gleichzeitig treffen? Möglicherweise waren es zwei Blitze gewesen, die kurz hintereinander die Erde bei Gudenshain trafen. Doch auch das wäre mehr als erstaunlich.

Ich schloss die Tür auf und atmete tief durch. Dann schlug ich sie hinter mir zu, fest. Meine Hirngespinste und Selbstzweifel sollten endgültig draußen bleiben.

Doch beide kamen mit.

In den kommenden Tagen stürzte ich mich in die Arbeit. Anfangs hoffte ich noch auf die Pläne meines Senders, mit mir eine Dokumentation über Blitze zu drehen. Ich sammelte Ideen und hielt unserem Programmleiter flammende Vorträge. Doch er nickte viel zu langsam. »Interessant, Adam. Interessant. Ich behalte das im Hinterkopf.«

Leider war sein Hinterkopf anscheinend so etwas wie ein Schrottplatz. Zur Umsetzung kam es nie. Stattdessen wurde ich immer häufiger hinterm Schreibtisch geparkt. Langsam verebbten die Einladungen zu Talkshows, und auch Interviewanfragen wurden immer seltener. Nach den großen Zeitungen fragten nur noch ein paar Lokalblätter bei mir an.

»Wie fühlen Sie sich heute?«, erkundigte sich ein unerfahrener Volontär mit einem nervösen Lachen. Selten hatte ich eine so schlechte Einstiegsfrage gehört.

»Eigentlich ganz gut«, antwortete ich.

»Interessant! Ja, spannend«, murmelte er, und ich sah ihm an, dass er log. »Wie war das denn, als Sie vom Blitz getroffen wurden?«

»Leider kann ich mich nicht mehr daran erinnern.«

»Oh. Ja. Kurios.«

Er tat so, als würde er sich etwas notieren. Dabei überlegte er wahrscheinlich, worüber um alles in der Welt er unter diesen Umständen in seinem Artikel berichten sollte. Entsprechend nichtssagend wurde der Text, der ein paar Tage später zweispaltig auf einer der hinteren Seiten versteckt wurde.

Bald blieb mein Handy ganz stumm. Das Interesse an mir als Blitzopfer hatte nur wenige Wochen angehalten.

Als es weg war, fühlte ich mich leer und nutzlos. Was bleibt übrig von einem Blitzschlagopfer, wenn auch das Blitzlichtgewitter weitergezogen ist? Wenn er die Gedanken vergessen hat, die ihn vor dem Unfall noch beschäftigt hatten? Ich wurde immer niedergeschlagener, übellauniger, ich wertete Wetterinformationen aus und musste meine Ergebnisse an andere Moderatoren weitergeben.

»Bitte, sag es mir ganz ehrlich: Warum verstecken sie mich im Büro?«, fragte ich unsere Kamerafrau Susi am Abend. Wir saßen gerade in der überteuerten Bar neben unserem Sender und tranken gemeinsam ein Feierabendbier. »Sie lassen mich seit Wochen nur noch an den Bildschirmen arbeiten. Sogar die Wetteransagen am Mittag macht jetzt Heiner! Was soll das?«

Ich wurde fast ein wenig laut, während ich so vor mich hin schimpfte.

»Na ja«, druckste Susi herum. Sie war eine kleine Frau mit einem dunkelblonden Zopf, etwas zu breiten Wangenknochen und kräftigen Schultern. Ich versuchte, sie mir nicht mit Nenas Frisur vorzustellen. Normalerweise nahm sie kein Blatt vor den Mund und riss gern laute Witze, doch in diesem Fall bemühte sogar sie sich darum, es vorsichtig auszudrücken. »Seit dem … Unfall benimmst du dich schon irgendwie komisch. Du warst vorher ein fröhlicher, offener Typ. Hast immer mal Witze gemacht und so, du weißt schon. Jetzt … Na ja, man hat den Eindruck, als ginge es dir einfach noch nicht so gut. Als würde dir etwas fehlen.«

Ich sah auf den Tisch. »Damit liegt ihr vielleicht auch gar nicht so falsch.«

»Was meinst du?«

»Ich weiß auch nicht. Seit der Sache mit dem Blitz habe ich das Gefühl, mich nicht mehr an alles zu erinnern.«

»Woran denn nicht, zum Beispiel?«

»Das kann ich dir nicht sagen. Da ist nur diese Ahnung.«

Susi sah mich nachdenklich an. Und ich weiß noch genau, was ich dabei dachte: Die Schönste ist sie ja nicht, aber so sympathisch, kumpelhaft und ehrlich. Ich mochte sie, und ich war froh, endlich mit jemandem über meine Angst sprechen zu können, der nicht nur in meinem Kopf existierte.

»So ist das also«, sagte sie schließlich. »Das erklärt einiges.« Sie lächelte.

»Was meinst du?«

Vorsichtig legte sie ihre Hand auf meinen Unterarm.

»Ich hatte mich schon gefragt, warum du mir nicht mehr geschrieben hast.«

»Dir geschrieben?«

»Du weißt wirklich gar nichts mehr?«

Ich schüttelte den Kopf.

»Okay, nicht schlimm. Wir könnten ja auch einfach ganz von vorn anfangen.«

Sie lachte leise. Dann streckte sie mir die Hand hin. »Hi, ich bin Susi, ich bin nicht auf der Suche nach einer festen Beziehung, und ich kann Job und Affäre wunderbar verbinden. Das habe ich in den letzten vier Monaten eindrucksvoll bewiesen, aber leider hast du das vergessen.«

Ich riss die Augen auf. »Bitte … was?«

»Sorry, jetzt hab ich dich wohl etwas geschockt.«

»Äh … was willst du mir damit sagen? Du hattest mit einem Kollegen eine Affäre?« Noch hatte ich einen Funken Hoffnung, das Ganze falsch verstanden zu haben. Doch Susi machte sie sofort zunichte.

»Ja, und zwar mit dir.« Sie lachte. »Keine Angst, es war nichts Ernstes. Ganz ohne Verpflichtungen und Stress.«

Ich starrte sie an. Bisher hatte ich Susi als Kollegin gesehen, mit der ich gut reden konnte, die mich aber kein bisschen angezogen hatte. Das dachte ich zumindest.

Ich konnte mich nur noch daran erinnern, sie in den ersten Wochen unserer Zusammenarbeit dabei ertappt zu haben, dass sie mich ein bisschen zu oft anschaute. Und ja, einmal hatte sie bei einem Feierabendbier jede Gelegenheit genutzt, um mich mehr oder weniger auffällig zu berühren. Doch bisher war ich davon überzeugt gewesen, dass ich ihre Signale keinesfalls erwidert hätte. Ich wusste nicht, was ich sagen sollte.

»Adam?«, fragte sie.

Ich schwieg mit aufgerissenen Augen. Schluckte. Wo war meine Stimme hin?

»Adam, warum sagst du nichts?«

Ich zwang mich zu einem Räuspern. Okay, ich konnte also noch reden. »Du willst mich auch nicht auf den Arm nehmen, oder?«, fragte ich leise.

»Du hast mich doch mal gefragt, warum wir eigentlich in Gudenshain waren, richtig?«

Ich nickte.

»Ich habe dir gesagt, du hättest wegen dem Gewitter unbedingt hinfahren wollen. Aber das war nicht die ganze Wahrheit.«

»Nicht?«

»Ich wollte genauso gern hin wie du. In letzter Zeit hatten wir so viel gearbeitet, dass wir uns ewig nicht mehr zu zweit treffen konnten. Dabei hatte ich große Lust auf Sex mit dir, du kannst es dir nicht vorstellen. Also fand ich deine Idee, nach Gudenshain zu fahren, super. Ich hatte gehofft, wir könnten auf Kosten des Senders dort übernachten und uns ein Zimmer teilen. Doch daraus ist dann ja leider nichts geworden ...«

Ich starrte sie an. Konnte das wahr sein? Langsam stand ich auf.

»Ich ... äh ... Das muss ich erst mal ... Ich glaube, ich geh lieber ... ich muss jetzt heim. Ein bisschen schlafen. Tut mir ... also ... sorry.«

Und dann hastete ich aus der Bar und sprang in die nächste Straßenbahn, lehnte den Kopf gegen die Scheibe und sah hinaus. Es war eine windige Nacht. Die Haare der wenigen Passanten wirbelten umher, die Äste der dunklen Bäume am Wegesrand bogen sich, ein halb geöffneter Schirm, dessen metallene Stäbe krumm und verknickt zwischen dem Stoff hervorsahen, wehte über die Straße. Ich folgte seinem ziellosen Weg mit den Augen, bis er zwischen Gullydeckel und Bürgersteig stecken blieb. Eine weitere Böe kam auf, erfasste ein kleines Bäumchen, das in einem Kübel vor einer Pizzeria stand, zerrte daran und gewann den Kampf: Mit einem lauten »Rums« fiel die Pflanze um. Der Kübel zerbrach, und die Erde verteilte sich auf dem Boden. Im nächsten Moment fuhr die Straßenbahn an, und auf meiner imaginären Bauchbinde erschien der Satz: »Adam Münchberg (32) hat öfter Sex, als er denkt.«

Hatte ich tatsächlich mit Susi geschlafen? Mehrmals? Ich versuchte, mir das vorzustellen. Es tut mir leid, dass ich da jetzt so explizit werde, aber wir wollten ja ehrlich sein, und du hast mir schließlich auch nichts erspart. Ich stellte mir also vor, ich würde Susi küssen. Wie wäre das? Ich stellte mir harte, fordernde Lippen vor, Hände, die fest zugriffen, die mich auszogen. Ich sah in das Spiegelbild meines Gesichts im Straßenbahnfenster und versuchte, außerdem Susis Finger zu sehen, die meine Wangen streichelten. Hatte ich ihren Hals geküsst? Ihre Brüste? Wie sahen sie aus? Wo hatten wir das erste Mal miteinander geschlafen? Wie war es gewesen?

»Adam, was magst du an einer Frau?«, fragte mich eine Moderatorin mit sanfter Stimme. Sie hatte Susis Gesicht und Inka Bauses Frisur. Spitz standen ihre kurzen blonden Haare zu Berge.

»Ich weiß nicht«, sagte ich und fühlte mich tollpatschig. »Hauptsache, sie ist gut zu mir.«

»War Susi denn nicht gut zu dir?«

Ich zuckte mit den Schultern. »Schon. Aber offensive Frauen machen mir oft Angst. Ich mag es, wenn eine Frau ein bisschen vorsichtig ist. Und lustig. Aber auf eine harmlose Art. Sie sollte mir nicht gefährlich werden.«

Es war die Wahrheit, gleichzeitig merkte ich selbst, wie sexistisch und armselig das klang. War ich so ein Feigling?

»Ich glaube, Susi hat großes Interesse an dir, weißt du das, lieber Adam?«, erwiderte Inka-Susi Bause. Sie war es wohl gewohnt, dass Männer furchtbares Zeug redeten, sie sprach weiter, als hätte ich etwas völlig Unproblematisches gesagt. »Vielleicht musst du sie erst mal besser kennenlernen. Beim großen Hoffest zum Beispiel.«

Ich nickte. Und hörte, wie sich Inka-Susi Bause nun ans Publikum wendete: »Der apathische Adam kann sich noch nicht so sehr über Susis sagenhafte Avancen freuen. Doch schauen wir mal, was die Zukunft bringt.«

Ich schüttelte den Kopf über mich selbst. So wollte ich nicht sein. Und vielleicht war ich es auch gar nicht. Langsam schien es mir, als würde aus der Dunkelheit des Straßenbahnfensters eine Erinnerung auftauchen. Susi stand in meiner Wohnungstür und grinste. »Ich hab Bier dabei«, sagte sie, und ich ließ sie rein. Ja, so könnte es gewesen sein. War es so? Wir setzten uns auf mein graues Sofa, und der Bezug war so glatt, dass wir bald schon daran abrutschten und auf den weißen Teppich sanken, und als wir dort ankamen, waren wir nackt und ineinander verkeilt, und die beiden Flaschen Bier hatten wir nicht angerührt.

Was für ein Adam bin ich damals gewesen? War ich weniger feige als heute?

Die Straßenbahn hielt an meiner Station, und ich stolperte hinaus. Es war ein kalter Abend. Ich hastete in meine Wohnung und drehte die Heizung hoch. Dann setzte ich mich auf mein Sofa und strich mit den Handflächen über den Bezug. Hatten wir hier das erste Mal miteinander geschlafen? Wann war das gewesen? Bis vor Kurzem war ich der Meinung gewesen, seit zwei Jahren mit niemandem mehr im Bett gewesen zu sein. Aber ich konnte mich auch nicht mehr daran erinnern, wie ich nach Gudenshain gekommen war und warum ich sämtliche Anrufe meiner Mutter ignorierte. Meine Wut auf sie war heute genauso stark wie am Tag im Krankenhaus, und ich war mir sicher, dass ich einen guten Grund dafür hatte. Nur – welcher war das noch gleich gewesen?

Ich schloss die Augen und rieb mir übers Gesicht. Jetzt sah ich dich wieder vor mir, wie du im Gang standest und mich mit nervösem Blick ansahst. »Ich wurde in der Nähe von Gudenshain vom Blitz getroffen. Am 1. September um 20.20 Uhr«, hattest du gesagt und dir eine Strähne aus dem Gesicht gestrichen. Und für einen kurzen Moment hatte ich das Gefühl gehabt, du könntest mehr über mich und meinen Blitz wissen als ich selbst. Du sprachst weiter, und ich zwang mich, dir zuzuhören. »Es gibt die verrücktesten Zufälle«, sagtest du.

Wenn es stimmte, was du gesagt hattest, war dieser Zufall unglaublich. Wir hätten die Philosophieprofessorin dazu befragen sollen. Doch was hätte sie sagen sollen? »Sie entscheiden, wofür es gut war«, wahrscheinlich. Ja, wofür war es gut? Sollte ich dir eine E-Mail schreiben?

Ich griff nach meinem Tablet, das auf dem weißen Wohnzimmertisch lag, öffnete meine Nachrichtenapp und tippte:

Liebe Ranya,
ich kann nicht aufhören, an unseren Blitz zu denken. Wetterphänomene und Zufälle bringen mich diesmal nicht weiter – das kann doch nicht alles sein.
Wusstest du, was es bei den Römern bedeutete, vom Blitz getroffen zu werden? Man glaubte damals, Jupiter selbst schicke die Blitze. Wer einen Einschlag überlebte, galt als einer, dem die Götter ihre Gunst erwiesen. Was hat sich Jupiter also gedacht, als er auf uns zielte? Welche Gunst wollte er uns erweisen?
Die Etrusker unterschieden elf verschiedene Arten von Blitzen, anhand derer man die Zukunft vorhersagen konnte. Wichtig war, welche der neun Gottheiten den Blitz geschickt hatte, aus welcher Richtung er kam und wie er verlief, ob er über den Himmel zuckte oder in den Boden einschlug, ob er tagsüber oder in der Nacht

beobachtet wurde. Ich hätte große Lust, mit einem Haruspex – einem etruskischen Priester – über unser Erlebnis zu philosophieren. Blitze, die der Gott Tinia mit lautem Donner schickte, konnten beispielsweise etwas Gutes verheißen, aber gleichzeitig eine Ungerechtigkeit mit sich bringen. Blitze, die mit Feuer kamen, kündigten gewaltige Veränderungen des gesamten gegenwärtigen Zustands an. Und dann gab es noch zwei Arten von Blitzen, die unabwendbares Unglück bedeuteten. Was würde ein Haruspex über unseren Einschlag sagen? Bringt er uns das Böse? Sollten wir uns auf eine Ungerechtigkeit gefasst machen? Verändert er alles? Es war interessant, dich kennengelernt zu haben, Ranya …

Ich hielt inne. Was tat ich da? Warum sollte dich mein Geschwafel über die alten Römer und etruskische Haruspices auch nur ansatzweise interessieren? Wahrscheinlich würdest du mich einfach für einen aufgeblasenen Klugscheißer halten. Und irgendwie war ich das ja auch. Vielleicht wüsstest du nicht einmal mehr, wer ich überhaupt war. Mittlerweile war es November geworden, und unser Treffen lag weit zurück. Die Mails von Otto, in denen er zum Treffen der Gewittertierchen einlud, ignorierte ich noch immer. Ich konnte mich einfach nicht dazu durchringen, mich einer Selbsthilfegruppe anzuschließen. Schließlich war ich nicht verrückt!

Auf einmal blinkte auf meinem Tablet eine Nachricht von Susi auf.

»Sorry, wenn ich dich gerade überfahren habe. Brauchst du jemanden zum Reden? Soll ich vorbeikommen?«

Ich überlegte kurz. Susi war echt. Mit ihr hatte ich schon in Zeiten zusammengearbeitet und geschlafen, in denen ich noch alles beisammenhatte und kein Blitz meine Gedanken verwirrte. Dich kannte ich noch nicht mal, also sollte ich dir auch nicht schreiben. Ich löschte meine Nachricht an dich und schrieb stattdessen an Susi: »Ich glaube, ich erinnere mich wieder. Kommst du vorbei und bringst Bier mit?«

Und schon wenig später stand Susi mit zwei Flaschen in meiner Tür.

»Sorry noch mal«, sagte sie und hatte keinerlei Ähnlichkeit mit Inka Bause. Wir setzten uns auf mein graues Sofa, und der Bezug war so glatt, dass wir darauf abrutschten, und als wir auf dem weißen Teppich landeten, waren wir schon nackt und ineinander verkeilt.

Es fühlte sich seltsam an. Als würde ich sie zum ersten Mal küssen, als hätte ich sie noch nie berührt, als würden wir gar nicht zusammenpassen. Und doch tat mir ihre körperliche Nähe gut. Ich mochte das Verlangen, mit dem sie mich ansah. Ich mochte, dass sie fordernd war. Der Sex war völlig okay, aber er linderte meine Verwirrung nicht. Ich versuchte wirklich, dabei nicht an dich zu denken. Ehrlich. Doch es gelang mir nicht. Immer wieder sah ich dein Gesicht vor mir, obwohl ich es nicht sehen wollte. Dein Lächeln, dein Winken, deine zitternden Hände. Ich stellte mir vor, wie du schauen würdest, wenn du über mir wärst, was du tun würdest, wenn ich dich streicheln, wenn ich deine Hände festhalten könnte. Würde ich es mögen?

»Susi«, sagte ich, um das Chaos in meinem Kopf zu ordnen und mich endlich zur Vernunft zu rufen.

»Adam«, stöhnte Susi, und ich dachte an den Klang deiner Radiostimme.

Als wir fertig waren und erschöpft nebeneinanderlagen, schämte ich mich, denn ich hatte das Gefühl, nicht nur Susi, sondern auch mich selbst hintergangen zu haben.

Ranya

»Fünf Mal Mandelgewitter«, bestellte Claus und lächelte in die Runde.

»Sì, signore!« Jacopo antwortete mit einem Lächeln so groß wie eine Eiswaffel. Er freute sich immer besonders, wenn jemand seine neue Eiskreation bestellte.

»Und mach ruhig jedem eine Extraportion Sahne drauf – es ist mein Geburtstag.« Claus legte den Arm um mich und drückte meine Schulter, während Jacopo die zerknickten und angelaufenen Karten aus Linas, Elskes und Bienes makellosen Händen nahm. Trotz der Jahreszeit war es ein sonniger Tag. Wir saßen hinter der Schaufensterscheibe in Jacopos Eisladen und sahen auf den Marktplatz mit dem roten Rathaus hinaus.

Nur Elske drehte den Kopf, schaute Claus durch ihre große runde Brille an und drückte kurz seine Hand, die auf dem Tisch lag.

»Vielen Dank für die Einladung.«

»Das ist wirklich totaaal lieb«, betonte Lina.

»Und so witzig. In diesem Laden war ich schon ewig nicht mehr.« Biene wickelte ihren blonden Zopf auf ihren Zeigefinger. Mit hochgezogenen Brauen und einem breiten Grinsen sah sie sich um. »Unglaublich, wie es hier aussieht. Als wäre die Zeit stehen geblieben.« Sie lachte schrill. Und ich vermisste Merle. Heimlich schrieb ich ihr unter dem Tisch: »Bin mit den Schicksen Eis essen. Kannst du mich kurz daran erinnern, warum ich sie mag?«

»Das stimmt schon«, antwortete Claus gerade und folgte Bienes Blick. Die Metalltische wackelten, die stoffbezogenen Eckbänke waren angeschlagen, und an den Wänden war hier und da die Tapete eingerissen. »Der Laden ist ein echtes Original. Aber Ranya sagt, es gibt auf der Welt kein besseres Eis als Mandelgewitter. Stimmt's, Liebling?« Er sah mich von der Seite an.

Ich nickte. »Ich liebe dieses Eis. Es ist mit Abstand Jacopos bestes. Man schmeckt, dass er es im Gewitter erfunden hat.«

Elske lächelte mir zu. »Schon ein komischer Kauz, dieser Jacopo, oder?«

»Absoluuut«, bestätigte Lina. »Ist er immer noch so in die Bäckerin verschossen?«

»Ja, aber dass er das im ganzen Ort herumerzählt! Schon peinlich«, urteilte Biene und ließ ihren Zopf vom Finger springen. »An seiner Stelle würde ich mich so schämen!«

Ich bekam eine Nachricht von Merle: »Spannend, dass du das fragst. Ich glaube ja, du magst sie eigentlich gar nicht. Bisher fandest du es aber immer schön, mit Claus' Freunden befreundet zu sein.«

»Und warum sind es nur Frauen?«, tippte ich zurück.

Die Antwort kam sofort: »Weil Claus keine Freunde hat, sondern Groupies.«

Nachdenklich sah ich auf.

»Diese ganze Helga-Story ist doch Wahnsinn, oder?«, sagte Elske gerade. »Habt ihr irgendeine Ahnung, warum die halbe Stadt in diese Person verliebt ist? Ich meine, sie ist …« Elske sah an die Decke, als suche sie dort nach einem Wort, das die Bäckerin treffend beschrieb, ohne Elskes Intellektuellenstatus infrage zu stellen.

»… ein bisschen fett?«, ergänzte Claus grinsend. Alle lachten. Außer mir.

»So wollte ich es jetzt nicht ausdrücken«, zierte sich Elske.

»Das kannst du doch so nicht sagen«, kicherte Lina.

»Aber es stimmt.« Mit hochgezogenen Augenbrauen wickelte Biene ihren Zopf erneut auf ihren Finger. »Sie ist schon sehr, sehr dick.« Dann ließ sie ihn springen.

Ich spürte, wie sich in meinem Bauch die Wut sammelte. »Und weil jemand dick ist, kann man sich nicht in ihn verlieben, oder was?«

Die anderen hörten auf zu grinsen. »Nein, nein, natürlich nicht. Das hast du falsch verstanden, Ranya.« Elske schüttelte ihren schönen Kopf. »So etwas würde ich niemals auch nur denken. Schönheit liegt ja auch immer im Auge des Betrachters.«

»Komisch nur, dass es hier gleich drei Betrachter sind, die alle zu dem gleichen überraschenden Schluss kommen.« Claus rieb sich schmunzelnd das Kinn.

»Ich finde das überhaupt nicht komisch«, widersprach ich und verschränkte die Arme. »Sie ist eine herzliche, schöne und interessante Frau.«

»Oh, von welcher Frau sprecht ihr da? Ich *muss* sie kennenlernen!«, rief Jacopo, der gerade mit einem großen Tablett voller Mandelgewitter an unseren Tisch kam und lachte. Schwungvoll stellte er die Eiskreationen vor uns ab: Die hellbraun melierten Kugeln hatte er kunstvoll übereinandergetürmt und sie mit Sahne, Keksen und Mandelsplittern garniert. »Prego!«

»Das sieht toll aus, Jacopo!« Ich griff nach meinem Löffel, um zu kosten. Dabei schloss ich die Augen und lächelte. Ich liebte die intensive Nussnote, die sich mit dem leichten Rumaroma verband. Nicht zu süß, aber kräftig, erfrischend wie der Regen, nachhallend wie ein Donner und überraschend wie ein Blitz.

»Köstlich, Jacopo. Wirklich.«

Er strahlte übers ganze Gesicht. »Grazie!«

Auch die anderen griffen nun zu ihren Löffeln, doch während sie ihr Eis aßen, verzogen sie keine Miene. Sie hörten Claus dabei zu, wie er von seiner letzten Großlage berichtete – der Evakuierung des Bahnhofs aufgrund eines Fehlalarms.

Leise fragte ich Jacopo: »Wie geht es dir? Ist alles gut?«

»Oh, ja, alles bestens, liebe Ranya. Alles beim Alten.« Er seufzte.

»Du hast also noch nicht mit Onkel Erich geredet? Du weißt schon, über die Sache?«

Er schüttelte den Kopf. »Ich glaube, ich sollte ihm das mit Helga nicht sagen. Ich will ihn nicht verletzen. Und Imbiss-Ingo sagt, er könnte mir an Erichs Stelle nicht verzeihen, all die Jahre auch in sie verliebt gewesen zu sein.«

»Aber Ingo ist doch nicht Erich. Erich ist viel nachsichtiger als er.«

»Ach, ich weiß nicht. Ingo ist sehr schlau. Und Erich ist mein bester Freund. Es ist zu riskant. Ich mache besser gar nichts.«

»Und Helga?«

Er lächelte. »Bella Helga!«, flüsterte er. »Heute Abend

bringt sie mir wieder Reste vom Apfelkuchen für mein Apfelkucheneis vorbei. Sie ist meine Sonne. Hauptsache, sie schaut hin und wieder vorbei.« Er tätschelte mir die Schulter und schwebte mit seinem Tablett zurück in die Küche.

Ich drehte den Kopf zurück in die Runde und begegnete Claus' Blick. »Sag mal, Liebling«, setzte er an. »Hast du wirklich *dieses* Eis hier gemeint?« Er stocherte ein wenig darin herum.

»Mandelgewitter. Ja. Ich liebe es.«

»Wiiirklich?«, fragte Lina und verzog den Mund.

»Schmeckt es euch etwa nicht?« Ich sah von einer zur anderen.

»Es geht schon«, beschwichtigte Biene.

»Für mich ist es jetzt kein Highlight, aber es ist okay«, befand Elske.

»Na ja … Ich finde es ziemlich wässrig. Irgendwie schmeckt es nach gar nichts«, sagte Claus und legte den Löffel weg.

Für den Rest des Eistreffens schwieg ich. Schweigend aß ich mein Eis, schweigend aß ich dann auch Elskes, Linas, Bienes und Claus' Eisreste. Ich kratzte sie vom Teller, jeden Mandelgewitter-Fleck und jeden Sahneklecks. Ich sammelte alle Mandelsplitter mit dem Finger auf und achtete auch auf die kleinsten Kekskrümel. Am liebsten hätte ich die Schüsselchen noch ausgeleckt. Erstaunt sahen mich die anderen immer wieder an, doch ich ignorierte sie. Ich ignorierte sie sogar auf dem Heimweg, zum Abschied hob ich gerade mal die Hand. Ich schwieg bis zur Haustür.

»Was ist denn los mit dir?«, fragte Claus.

»Bauchschmerzen«, log ich.

»Bei den Massen an Eis, die du gerade gegessen hast, ist das ja auch kein Wunder«, sagte Claus und tätschelte mir den Rücken.

In den kommenden Tagen hatte ich tausend Fragen im Kopf. Hatte Merle recht? Mochte ich Claus' Freunde gar nicht? Und warum unternahmen wir eigentlich nur etwas mit seinen, nie mit meinen Freundinnen? Ich überlegte, wohin meine früheren Freunde alle verschwunden waren. Ich hatte noch Merle, ja. Sie war weit weg, aber sie schrieb meistens sofort zurück, wenn ich ein Problem hatte. Und sonst? Zu Schul- und Unizeiten hatte ich viele Freundinnen gehabt. Wir hatten gemeinsam Partys veranstaltet, gelernt, Vorlesungen verschlafen und zwischen den Klausuren Kaffee getrunken. Doch dann kam der Abschluss, und die anderen verschlug es irgendwohin. Und mich verschlug es an die Seite von Claus.

Ich hatte nie so recht darüber nachgedacht, aber seitdem ich mit ihm zusammen war, traf ich mich kaum noch mit meinen Freunden, sondern ging zusammen mit Claus auf schicke Partys, wir besuchten teure Bars und aßen in vornehmen Restaurants. Wir lachten viel – worüber eigentlich? Hatte ich es wirklich lustig gefunden? Hatte ich genauso herzhaft gelacht wie beim Blitzseminar?

Von Tag zu Tag freute ich mich mehr auf das erste Treffen mit den Gewittertierchen. Auf ein Treffen mit Menschen, die meine neuen, ganz eigenen Freunde werden könnten. Ich stellte mir vor, wie es wäre, Claus mitzubringen. Was würde er über die schrullige Gruppe denken? Und was würde Ruth ihm wohl an den Kopf knallen? Ich konnte es mir einfach nicht vorstellen. Es kam mir so vor, als stammten Claus und die Gewittertierchen aus zwei Welten, die sich nie begegnen würden, denn sie hatten keinerlei Berührungspunkte. Nur ich würde bald von der einen in die andere wechseln. Und konnte es kaum erwarten.

»Jetzt kann ich es euch ja erzählen. Ich hab heute Geburtstag«, sagte Ruth. Wir saßen um ihren großen runden Tisch im Wohnzimmer herum, aßen Donauwelle, tranken Eierlikör und fühlten uns, als wären wir alle zur gleichen Zeit Patienten derselben Psychiatrie, nur ohne Ärzte, Therapie und Tabletten. Mit unseren seltsamen Geschichten und Gedanken waren wir als Gruppe auf uns allein gestellt.

»Oh, wow! Herzlichen Glückwunsch!«, antworteten wir.

»Wieso hast du das nicht früher gesagt? Dann hätten wir Geschenke besorgt!«

»Nein, nein. Es war besser so. Alle, die wussten, dass ich heute Geburtstag habe, haben meine Einladung ausgeschlagen. Also dachte ich, es wäre schlauer, wenn ich einfach meinen Mund halte. So kommt wenigstens irgendjemand.«

Faina sah Ruth mit großen, betroffenen Augen an. »Hast du deine Kinder denn eingeladen?«, fragte sie.

»Zum ersten Mal seit Jahren, ja. Aber keiner wollte kommen. Ich kann es ihnen nicht verübeln.«

»Sie sollten dir noch eine Chance geben«, sagte Ludwig mit vollem Mund. »Wissen sie, wie gut deine Donauwelle ist?«

Wir lachten. Der Kuchen wäre wirklich ein gutes Argument gewesen, er war köstlich.

»Ach, lasst uns das Thema wechseln«, winkte Ruth ab. »Ludwig, hast du denn eigentlich eine Freundin?«

Ludwig schluckte und musste husten.

»Nein«, keuchte er grinsend, während er sich auf die Brust klopfte, um besser husten zu können. »Ich bin Single.«

An diesem ersten Treffen erzählte uns Ludwig von seinem einsamen Leben auf dem Fahrrad und davon, wie sehr er Pizza Tonno liebte und jedes Mal, wenn er eine ausfuhr, darauf hoffte, er würde jetzt seiner großen Liebe begegnen und sie wüssten schon bei der Übergabe der duftenden Thunfischpizza, dass es für immer sei. Doch die meisten Menschen, die Pizza Tonno mochten, waren wohl viel älter als Ludwig oder aus anderen Gründen nicht sein Typ.

»Übrigens sehen deine Haare toll aus«, sagte Ludwig zu mir, und geschmeichelt wickelte ich mir meine weiße Strähne um den Zeigefinger. Dann musste ich an Biene denken und ließ es schnell wieder bleiben. Ich erzählte den anderen, dass ich zum ersten Mal seit meinen Jugendjahren wochenlang aufs Haarefärben verzichtet hatte. »In letzter Zeit mag ich meine Strähne irgendwie. Sie ist jetzt ein Teil von mir«, sagte ich.

Otto berichtete von Manfred, der offenbar nicht mehr Teil von ihm oder zumindest von seinem Outfit sein wollte. Der Mäuserich verschwand immer häufiger, sodass Otto jetzt überlegte, ihn nicht mehr überallhin mitzunehmen, um ihn letztendlich länger bei sich haben zu können.

»Wie philosophisch«, kicherte Faina. »Dieser Gedanke würde Corina Adler bestimmt gefallen.«

Faina ihrerseits schwärmte von den Proben zu ihrem

Tanzperformancestück, das wir uns alle unbedingt ansehen sollten, und dabei fuchtelte sie mit der Hand herum, auf der noch immer ihre Lichtenbergfigur leuchtete, und ich wunderte mich, weil meine eigene in den letzten Wochen endlich verblasst war.

Die Zwillinge waren nicht gekommen. Beide hatten befürchtet, der anderen bei uns zu begegnen, und mittlerweile waren sie so zerstritten, dass sie das nicht mehr riskieren wollten.

Auch du warst nicht gekommen, dabei hatte ich so sehr gehofft, dass du wider Erwarten doch noch auftauchen würdest.

»Kommt noch irgendjemand?«, fragte ich, als es draußen längst Abend wurde und meine Frage bestimmt etwas unsinnig wirkte.

»Nein. Ole hätte extra dreihundert Kilometer mit dem Auto hergebracht werden müssen, und das hat leider nicht geklappt«, sagte Otto.

Wir beschlossen, uns in ein paar Wochen zu Fainas Auftritt in Berlin zu treffen, und standen schließlich alle auf, um uns zu verabschieden. Doch dann überschlugen sich die Ereignisse doch noch.

Otto schüttelte Faina die Hand, und Ruth klappte der Mund auf. »Das gibt's ja nicht«, rief sie und griff nach Fainas Finger. Sie drehte den Handrücken nach oben und starrte auf die Lichtenbergfigur. Sie war *verwischt.* Die Wurzeln des Baums lösten sich nach unten hin auf. Sie sahen so aus, als wären sie mit Filzstift aufgemalt worden und als hätte Ottos feuchter Händedruck die Zeichnung zerstört.

Wir alle hielten inne.

»Aber …«, sagte ich leise.

Faina riss ihre Hand zurück und versteckte die Figur unter ihrem anderen Arm.

»Ich …«, stammelte sie. »Ich wollte sie nur … etwas … nachmalen.«

»Aber … warum zeichnest du dein Blitzmal nach? Ich war heilfroh, als ich es endlich los war«, fragte ich verwirrt.

»Ich … ähm … Ehrlich gesagt wusste ich nicht, dass die normalerweise irgendwann wieder verschwinden …« Ihre Stimme war jetzt so leise, dass ich sie kaum hören konnte.

Stille breitete sich im Raum aus. Ottos Stirn lag in Falten, Ludwig rieb sich das Kinn, Faina sah mich unglücklich an.

Dann ergriff Ruth plötzlich das Wort. »Also wirklich, das geht uns alle gar nichts an! Das ist ja wohl allein Fainas Sache. So. Dann macht euch jetzt alle mal auf den Heimweg, ich will *Tatort* gucken.«

Gerade wollte sie uns schon hinausschieben, da hob Faina die verschmierte Hand.

»Wartet bitte noch kurz. Ich denke, ich muss euch etwas gestehen«, begann sie und schluckte. Während sie nun weitersprach, sah sie auf den Boden. Kein einziges Mal wagte sie es, einen von uns anzuschauen. »Mir tut das wirklich wahnsinnig leid, ich hätte es niemals tun dürfen. Das war sehr egoistisch von mir. Also, die Sache ist die: Mit meiner Performance-Gruppe arbeite ich seit Monaten an einem Stück, in dem ich einen Sturm darstelle. Das habe ich euch ja erzählt. Und das stimmt auch. Allerdings bin ich nie vom Blitz getroffen worden. Ich hab mir diese Geschichte nur ausgedacht, um an eurem Seminar teilnehmen zu dürfen. Wisst ihr, bei den Proben war ich nie so ganz zufrieden mit mir. Ich konnte mich einfach nicht recht in die Rolle einfühlen, irgendetwas hat immer gefehlt. Dass es so viele Menschen gibt, die einen Blitz überlebt haben, wusste ich gar nicht. Und dann habe ich von diesem Seminar gelesen und mich für Recherchezwecke bei euch angemeldet. Damit ich hinkommen durfte, habe ich mir noch eine Geschichte ausgedacht und mir dieses Blitzmal aufgemalt. Beim Seminar war es noch ein richtiges Henna-Tattoo, das war aber so viel Arbeit, dass ich es mir für heute nur mit Stiften nachgezeichnet habe. Eindeutig ein Fehler. Nein, was rede ich da. Das alles war ein Fehler. Ich hätte euch niemals anlügen dürfen. Und spätestens nach dem Seminar hätte ich euch in Frieden lassen sollen. Aber ihr wart mir alle so sehr ans Herz gewachsen, und ich fand die Zeit mit euch so inspirierend und wohltuend, dass ich euch unbedingt noch einmal wiedersehen wollte.«

Wir guckten Faina halb verstört, halb enttäuscht an. Sie hatte uns also für berufliche Zwecke ausgenutzt. Und wir hatten ihr unsere wahren Geschichten anvertraut. Wir hatten ihr erzählt, wie uns der Blitz tatsächlich aus dem Leben geworfen und durcheinandergebracht hatte. Vor allem ich. Schließlich stand mir Faina bisher am nächsten. Mit ihr hatte ich seit ein paar Tagen sogar regelmäßig Nachrichten ausgetauscht, von allen Mitgliedern dieser Gruppe mochte ich sie am liebsten. Mittlerweile wusste sie nicht nur von meinen immer stärkeren Stimmungsschwankungen. Sie wusste auch, wie enttäuscht ich darüber war, dass Claus Mandelgewitter nicht geschmeckt hatte.

»Du hast uns Verrückten also vorgespielt, ebenfalls einen an der Waffel zu haben, nur um besser tanzen zu können?«, fragte ich sie leise.

Sie sah beschämt auf den Boden, ihre Armreifen klimperten, und es klang wie ein Ja.

Noch einmal breitete sich Stille aus, dann wurde sie von Ruth jäh zerrissen.

»Also, Kinder!«, warf sie ein und legte einen Arm um Faina. »Wenn eine so etwas Bescheuertes tut, gehört sie auch in diese verrückte Gruppe. Ich hab in meinem Leben schon sehr viel dümmere Sachen getan. Ist schon gut, Mädchen. Ist nicht so schlimm. Wir verzeihen dir das. Ist doch so, oder?«

Ruth sah uns erwartungsvoll an. Faina erwiderte Ruths halbe Umarmung und schaute dabei noch immer, jetzt mit rot anlaufender Stirn, auf den Boden.

»Sie hat sich ja entschuldigt«, brummte Otto.

»Ach, ich erzähl jedem von meinen Verrücktheiten, warum nicht auch einer durchgedrehten Tänzerin?«, pflichtete ihm Ludwig bei und lachte. »Schon okay.«

Ich selbst wusste noch nicht so recht, was ich zu alldem sagen sollte, da klingelte es an der Tür.

»Das werden mein Vater und mein Bruder sein.« Ich war erleichtert, jetzt abgeholt zu werden. »Sie sammeln mich ein, weil wir direkt weiter ans Meer fahren.«

»Oh, wie schön.« Fainas Stimme klang noch sanfter als sonst. »Ein Familientrip.«

Sie wusste sogar, dass meine Mutter nicht mehr so richtig zur Familie gehörte und dass es besser war, dazu nichts weiter zu sagen. Sie wusste so viel über mich. Sollte ich mich dafür nun schämen?

Ruth ging an die Gegensprechanlage und sagte in den Hörer: »Hallo, kommen Sie doch kurz hoch, wir müssen hier noch etwas klären.« Sie drückte auf den Türöffner und sah mich erwartungsvoll an.

»Was denn?«, fragte ich.

»Du siehst aus, als hättest du Faina noch etwas zu sagen.«

Ich zuckte mit den Schultern. »Eigentlich nicht.«

»Es tut mir wirklich leid.« Jetzt überwand sich Faina und sah mir ins Gesicht. »Abgesehen vom Blitz war ich in allem ehrlich zu dir. Aber ich verstehe, dass du enttäuscht bist.«

Im Treppenhaus waren Schritte zu hören. Dann klopfte es an der Tür. Ludwig stand direkt davor und öffnete.

»Hallo!« Mein Bruder Janosch erschien im Türrahmen, und sein typisches Grinsen mit den Grübchen in den Wangen erstarrte ganz leicht, als er Ludwig sah.

»Hallo«, antwortete Ludwig und starrte meinen Bruder an.

»Hallo«, sagte mein Bruder noch einmal und starrte Ludwig an.

»Das ist mein Bruder Janosch«, erklärte ich, doch keiner der beiden beachtete mich.

Ludwig grinste und zwinkerte, während er sagte:

»Sag mal, Janosch, isst du manchmal Pizza Tonno?«

Das erste Treffen der Gewittertierchen endete also in völliger Verwirrung. Faina wusste nicht so recht, ob ich ihr verzeihen würde. Otto wunderte sich, dass Ludwig und Janosch einander so intensiv anstarrten, und Ruth war erstaunt, dass Milka trotz der angespannten Situation reglos und stumm am Fenster saß. »Das ist sehr untypisch für sie.

Normalerweise streicht sie mir miauend um die Beine, um meine Aufmerksamkeit zu bekommen.«

Ludwig konnte kaum fassen, dass Janosch tatsächlich gern Pizza Tonno aß, Janosch war verwirrt, weil Ludwig der erste Mann war, der ihn offen anflirtete. Und ich konnte währenddessen nur an dich denken. Hättest du nicht derjenige sein können, der an der Tür klingelte? Hättest du nicht auftauchen können, um mich intensiv anzuschauen?

Auf dem Weg ans Meer starrte ich schweigend aus dem Fenster und sah zu, wie die Bäume am Straßenrand immer dunkler wurden, wie sich der Himmel von dunkelblau über grau zu schwarz verfärbte und trotzdem weder Mond noch Sterne auftauchten. Als wir ankamen, war es spät und stürmisch. Die Äste bogen sich im Küstenwind, und über die Straße wehten Papiertüten, in denen zuvor wohl mal Fischbrötchen gesteckt hatten. An dem kleinen Bäumchen, das vor unserem Hostel in einem Blumenkübel steckte, zerrte eine Böe, und in dem Moment, in dem ich direkt davorstand, warf sie das Bäumchen um wie einen Dominostein. Der Kübel zerbrach. Vorsichtig stiegen wir darüber.

In den nächsten Tagen hatten wir die Ostseeküste fast für uns. Dick eingepackt spazierten wir über den leeren Strand, der Winterwind riss an unseren Mänteln, und einmal wehte Janoschs Mütze fast davon.

»Ist das nicht herrlich?«, fragte mein Vater und seufzte. »Entspannung pur.«

Wir froren und fragten uns, was wir hier den ganzen

Tag tun sollten, aber weder Janosch noch ich sprachen es aus, schließlich wollten wir Papa nicht enttäuschen.

Wir stapften durch den Sand, und es begann zu schneien, und dann stapften wir über eine dünne Schicht aus Schnee. Der Strand sah aus wie ein riesiger Rührkuchen, den jemand mit Puderzucker überzogen hatte. Als Papa gerade außer Hörweite war, fragte mein Bruder mich: »Wer ist denn dieser Typ aus deiner Selbsthilfegruppe?«

Das Meer rauschte und brodelte, und niemand konnte darin schwimmen.

»Welcher Typ?« Mein Grinsen versteckte ich in meinem Schal.

»Der, der mir die Tür aufgemacht hat.«

»Ach, Ludwig! Er ist super.«

»Ja, er wirkte sehr nett.«

»Und gut aussehend.«

»Mmh.« Jetzt musste auch mein Bruder grinsen.

»Ich hatte das Gefühl, dass du ihm ziemlich gut gefallen hast.«

»Meinst du wirklich?«

»Ich bin mir sicher.«

Mein Bruder sah aufs Meer hinaus, das mit seinen Wellen nach den Schneeflocken griff, die vereinzelt, aber dick und schwer durch die Luft tanzten.

»Könntest du mir vielleicht seine Nummer geben?«

Ich sah ihn an und lachte. Wie niedlich er war! Zwar war er längst groß und schlaksig geworden, doch in seinem Gesicht sah ich noch immer den liebenswerten, verrückten kleinen Bruder, den ich als Kind gehabt hatte. Er schaute mich an wie damals, wenn er mich um meine Bravohits, einen Horrorfilm oder ein Bier bat, obwohl er dafür viel zu jung war: süßes Lächeln, unschuldige Augen. Er wusste genau, dass ich ihn viel zu niedlich fand, um Nein zu sagen.

»Das könnte ich«, antwortete ich und klaute ihm die Mütze.

»Hey!«, rief er und versuchte, sie zurückzuergattern. Schnell duckte ich mich unter seiner Hand weg – und setzte sie ihm selbst wieder auf.

Lächelnd spazierten wir weiter zwischen den mit Puderzucker bestäubten Strandkörben entlang. Die kalte Luft roch nach Salz, das Meer schäumte rau, und der Horizont war unfassbar weit entfernt.

»Janosch?«

»Ja?«

»Darf ich dich auch was fragen?«

»Aber natürlich.«

»Angenommen, dich bittet jemand um deine E-Mail-Adresse, einfach so im Flur. Und dann schreibt er dir trotzdem nicht. Was würdest du davon halten?«

Janosch legte den Kopf schief.

»Erzähl mir doch bitte die ganze Geschichte. Was hat Claus gemacht?«

Ich biss mir auf die Lippen.

»Okay, es geht nicht um Claus. Sagen wir, es geht um eine Freundin.«

»Merle?«

»Nein, es geht auch nicht um Merle. Es geht um … jemanden, den du nicht kennst.«

»Aha.«

»Sie hat sich mit einem Typen ziemlich gut verstanden. Dann mussten sie sich voneinander verabschieden, und er hat nach ihrer Adresse gefragt. Er hat sich nicht gemeldet, aber sie muss auch nach Wochen noch an ihn denken. Was würdest du ihr raten? Sollte sie ihn vergessen?«

Janosch wiegte den Kopf hin und her.

»Es klingt ja so, als hätte sie das mit dem Vergessen schon versucht.«

»Das hat sie.«

»Und es hat nicht funktioniert.«

»Absolut nicht.«

»Dann bleibt doch nur eine Möglichkeit, oder?«

»Und die wäre?«

»Du solltest herausfinden, wie du ihn erreichst, und ihm schreiben.«

Ich versuchte zu ignorieren, dass er jetzt »du« sagte. War ja klar, dass er wusste, woher der Wind wehte.

»Wirklich?«

»Klar. Vielleicht gibt es noch eine Chance. Und wenn er nicht antwortet, fällt es dir vielleicht leichter, die Geschichte abzuhaken.«

Ich schluckte. »Ich dürfte mich so etwas gar nicht fragen.«

»Du darfst dich alles fragen. Gefühle sind da, um gefühlt zu werden. Es wäre viel schlimmer, wenn du sie wegschieben würdest.«

Ich vergrub die Hände in meinen Jackentaschen, sah auf den weißgelben Sand zu meinen Füßen und sagte nichts.

»Weißt du, Ranya … Ich habe jahrelang versucht, meine Gefühle zu ändern. Mir keine Fragen zu stellen. Ich hatte Angst vor dem, was ich entdecke, wenn ich meinen Fragen folge. Aber irgendwann ging es einfach nicht mehr.

Gefühle gewinnen am Ende ja doch, die finden ihren Weg. Und seitdem ich meine Fragen zulasse, finde ich so viele Antworten!«

»Und neue Fragen.« Ich lächelte ihn an.

»Wäre sonst ja auch langweilig.«

»Es ist ziemlich fies gegenüber Claus, was ich da fühle.«

»Gefühle sind erst mal überhaupt nicht fies. Für die kannst du nichts. Jetzt musst du aber schauen, was du daraus für Schlüsse ziehst.«

Ich nickte. »Danke, Janosch.«

»Gern, Schwesterherz.«

In dieser Nacht konnte ich lange nicht einschlafen. Ich setzte mich auf, schaltete das Licht ein und holte meinen Spiralblock aus der Tasche. Noch immer stand nichts darin. Keine einzige Notiz zum Gewitterseminar, nichts über die Gewittertierchen. Ich nahm meinen Stift in die Hand und überlegte noch einmal, wie ich anfangen könnte. Mit welchem Gedanken, welcher Situation? Ich überlegte und überlegte, es wurde immer später, und nichts schien mir gut genug. Also packte ich den Block wieder weg und griff nach meinem Handy.

Deine E-Mail-Adresse suchte ich mir aus Ottos Verteiler heraus. Dann tippte ich drauflos. Ich schrieb die halbe Nacht an einer E-Mail an dich, und herausgekommen ist um drei Uhr dann das:

Hallo Adam!
hier ist Ranya. Die Frau, die vom gleichen Blitz getroffen worden ist wie du. Es ist verrückt – ich kenne dich ja gar nicht. Aber ich habe das Gefühl, dieser Blitz

hätte eine Verbindung hergestellt. Als hätte zwischen uns eine tote Telefonleitung gelegen, und mit einem Mal würde sie funktionieren. Plötzlich kann ich dich am anderen Ende atmen hören. Ist da wer? Hallo? Sind wir jetzt über Strom, Elektrizität, Feuer verbunden? Was passiert, wenn du eine Flamme siehst? Wenn dir eine Rolltreppe einen Schlag verpasst? Wenn eine Steckdose knistert? Denkst du dann an mich?
Ich frage mich immer wieder, ob all das einen Grund hat. Ob unser Blitz zu etwas gut war. Und warum er gerade dich und mich auserwählt hat. Einen Meteorologen und eine Fotografin. Einen selbstbewussten Fernsehstar und eine nervöse Selbstständige. Einen Wissenschaftler und eine Künstlerin.
Zwei Menschen, die sich überhaupt nicht ähneln und einander wohl sonst niemals kennengelernt hätten. Stell dir vor, es gäbe einen Grund. Und wir wären einfach zu blöd, zu faul, zu bequem, um danach zu suchen.
Deswegen habe ich mir extra einen Vorwand ausgedacht, um dir eine E-Mail zu schreiben. Nun bin ich aber schon zu müde, um zu lügen, es ist zu spät in der Nacht für Vorwände.
Weil ich ihn aber so gut gelungen finde, schreibe ich ihn trotzdem. Also: Dürfte ich dich um einen Rat bitten? Seit ein paar Wochen träume ich davon, eine Ich-Reportage über meine Blitzerfahrung zu schreiben. Könntest du mir vielleicht ein paar Tipps geben? Wie schaffe ich es, einen guten Text zu schreiben, der nicht nur meine Geschichte erzählt, sondern auch spannende Infos liefert? Wo fange ich an? Wie mache ich weiter?
Kannst du mir helfen?

Liebe Grüße
Ranya
P.S.: Die Gewittertierchen treffen sich auf Fainas Premiere. Kommst du auch?

Am nächsten Morgen checkte ich noch vor dem Frühstück meine Mails. Du hattest noch nicht geantwortet. Ich atmete durch, trank Kaffee und sagte mir, dass kein Mensch eine E-Mail sofort beantwortet, es ist ja schließlich keine WhatsApp.

»Wie schnell beantwortest du deine Mails?«, fragte ich Merle in einer Nachricht. Sie antwortete nicht.

»Geht es dir gut, Liebes?«, fragte mich mein Vater über den Frühstückstisch hinweg.

»Sie hat Gefühle«, sagte Janosch und kaute an seinem Brötchen.

»Finde ich super!« Mein Vater lächelte, und ich musste sein Lächeln erwidern, es ging nicht anders.

»Gefühle sind nicht immer super«, entgegnete ich.

»Doch, das sind sie. Gefühle sind wie ein Kompass. Wir sollten immer mal nachschauen, wohin er gerade zeigt. Und dann überlegen, in welche Richtung wir gehen wollen.«

Mein Bruder musste grinsen. »Du bist ja heute Morgen so weise!«

»Mein Sohn, ich bin immer weise.« Mein Vater lachte.

»Ich glaube, mein Kompass ist kaputt.« Ich verteilte Honig auf meinem Brötchen und schob ihn bis zum äußersten Brötchenrand. »Er spielt total verrückt. Nichts passt mehr zusammen.«

Nachdenklich sah mein Vater mich an. Dann sagte er:

»Erinnerst du dich an den zerknickten Brief, den ich jahrelang in der Tasche hatte? Mein Kündigungsschreiben?«

Ich nickte.

»Ich habe meine Gefühle so lange ignoriert, bis ich genau wie du glaubte, mein Kompass wäre kaputt. Ich war ständig traurig, wütend oder ängstlich und wusste überhaupt nicht, warum. Aber der Kompass hat sich wieder beruhigt, nachdem ich den Brief abgeschickt hatte. Ich hab meine Kündigung eingeworfen, und von diesem Moment an verstand ich wieder, was ich fühlte und warum. Vielleicht hast du ja auch schon lange einen solchen Brief in der Tasche. Ja, vielleicht musst du einfach kündigen.«

Ich runzelte die Stirn und griff nach meiner Kaffeetasse.

»Im übertragenen Sinne natürlich«, fügte mein Vater hinzu.

Langsam nickte ich. Es war eine hübsche Tasse. Mittelgroß, mittelblau, nur der Rand war silbern. Wie sie sich wohl zwischen meinen alten Tassen machen würde? Schnell schob ich diese Überlegungen beiseite.

»Das ist mir zu hoch«, entschied Janosch und griff nach einem neuen Brötchen.

Da vibrierte mein Handy. Die Nachricht kam von Merle: »Ich selbst mag Mails ja überhaupt nicht. Die meisten beantworte ich gar nicht. Außer natürlich, wenn du mir schreiben würdest. Deine Mails würde ich sofort beantworten.«

Auf der Heimfahrt zwang ich mich, nicht minütlich aufs Handy zu sehen, und daheim angekommen, küsste ich Claus auf den Mund.

»Na, Liebling, wie war's?«, fragte er und strich mir über die Haare. Während ich antwortete, hatte ich das Gefühl, er würde kaum zuhören, sondern nur auf meine Strähne starren.

»Willst du es nun wissen oder nicht?«, unterbrach ich mich selbst.

»Deswegen habe ich doch gefragt.«

»Und jetzt überlegst du, wie hässlich du meine Strähne findest.«

»Was ist denn mit dir schon wieder los?«

Er ließ mich los, drehte sich um und begann, seine Sporttasche zu packen.

»Nichts ist los.«

»Schön.«

»Ja, schön«, sagte ich trotzig und begann meinerseits, meine Ostsee-Tasche auszupacken.

»Ich hatte gehofft, der Kurzurlaub hätte dich etwas entspannt«, murmelte Claus.

»Ich war auch total entspannt – bis ich hier zur Tür reingekommen bin.«

»Es ist mal wieder meine Schuld.«

»Sag halt einfach, dass ich mir die Haare wieder färben soll.«

»Unsinn. Du bist mit gefärbten Haaren genauso schön wie in Natur. Du kannst machen, was du willst.«

»Wirklich?«

»Bescheuerte Frage.«

»Gut. Ich möchte eine Ich-Reportage über meinen Blitzschlag schreiben. Ihr könnt sie dann groß abdrucken.«

»Äh.« Claus hielt inne und sah mich überrascht an. »Seit wann möchtest du denn schreiben?«

»Seit dem Blitzseminar. Ich möchte etwas Neues ausprobieren.«

»Du hast noch nie auch nur einen einzigen Artikel geschrieben. Du bist Fotografin.«

»Na und?«

»Journalistisches Schreiben muss man lernen. Da geht es um Handwerkszeug. Und eine Reportage ist die schwierigste Textform überhaupt.«

»Ich hab schon viele Reportagen gelesen.«

»Lesen ist nicht das Gleiche wie Schreiben. Wie wäre es, wenn du mir einfach ein Interview gibst? Vielleicht gemeinsam mit diesem Fernsehmoderator. Und dann schreibe *ich* den Artikel über euch.«

»Ich will meine Geschichte selbst aufschreiben. Und mein Verlobter ist Redakteur. Er könnte mir Tipps geben.«

Ich versuchte, ihn anzulächeln, doch ich spürte, dass das Lächeln schief auf meinem Gesicht saß.

»Lass uns bitte später darüber sprechen, ich muss jetzt zum Sport.« Er warf sich die Tasche über die Schulter.

»Das war mir klar. Hauptsache, dein Mädchen bleibt so, wie du es gern hättest: klein, unsicher und rothaarig. Während du der große, talentierte Schreiberling bist.«

»Was du wieder redest!«

Sein Gesicht verhärtete sich. Die Augenbrauen hingen tief, die Mundwinkel ebenfalls. »Ich hab keinen Bock auf diesen Mist!«

»Ich auch nicht!« Jetzt wurde ich laut. »Besser ist, du gehst. Los, hau schon ab!«

»Du hast sie ja nicht mehr alle«, rief er, drehte sich um und knallte die Tür hinter sich zu.

Adam

Deine Nachricht las ich noch im Halbschlaf. Mein Handywecker klingelte, ich tastete danach, und sofort fiel mir die Benachrichtigung mit deiner E-Mail-Adresse ins Auge. Dein Name ist selten, ich wusste gleich, dass du es warst. »Ranya«, las ich ihn mir laut vor.

Nach all den Wochen, in denen ich immer wieder über dich nachdenken musste, hattest du mir plötzlich geschrieben. Ich fühlte ein Kribbeln in meiner Brust. Kerzengerade saß ich im Bett und öffnete deine Mail. Noch nie war ich morgens so schnell so wach gewesen.

Verdammt, dachte ich. Deine Worte klangen schön. Und wahr. Und völlig verrückt. Und viel zu naiv, offen, aufdringlich. Und gleichzeitig geheimnisvoll.

An diesem Tag hatte ich viel Schwung. Ich war schnell im Bad, fix bei der Arbeit, ich schaffte all meine Aufgaben mit einer Leichtigkeit, die ich in letzter Zeit nur noch dann von mir kannte, wenn ich in imaginären Fernsehshows mitspielte. Und zum ersten Mal seit Wochen hatte ich wieder eine Idee. Ich kenne das Gefühl noch von früher. Ein Einfall, der dich dazu bringt, die Augen aufzureißen und zu lächeln. Ein Gedanke, der sich wahnsinnig neu und bahnbrechend anfühlt. Eine Überlegung, die danach schreit, sofort umgesetzt zu werden. Die man in ein Museum stellen könnte, so klug ist sie. Die eine Glasvitrine braucht und eine Alarmanlage, damit sie niemand anfasst, stiehlt oder zerstört. Es war eine dieser Ideen, die über jeden Zweifel erhaben war, die man unbedingt umsetzen wollte, ganz egal, wer sich dagegen aussprechen würde.

Es war lange her, dass ich einen Geistesblitz gehabt hatte. Mein Chef, der mich ausbremste, und Susi, die nicht kreativ, sondern nur leidenschaftlich mit mir werden wollte, hatten mich in geregelte Bahnen gelenkt, doch jetzt wollte ich ausbrechen. In meiner Bauchbinde stand: »Adam Münchberg (32) gibt die Schuld gern den anderen.« Doch ich wischte es mit einer lässigen Handbewegung weg und feilte an meiner Antwort an dich. Wann immer ich einen Moment Zeit hatte, notierte ich mir ein paar Worte. Ich strich sie wieder durch, versuchte es von vorn. Sorry, dass es so lange gedauert hat. Ein Teil von mir wäre gern Perfektionist.

Endlich war Feierabend. Ich sagte Susi ab und fuhr allein mit der Straßenbahn nach Hause. Meine Wohnung war angenehm weiß. Ein unbeschriebenes Blatt Papier. Ich setzte mich hin und tippte:

Liebe Ranya,
du hast recht. Ich bin da, ich atme am anderen Ende, und ich denke dabei an dich. Wenn ich rote Haare sehe, wenn es regnet, wenn jemand von Mäusen redet. Ich weiß nicht, ob jemand diesen Blitz geschickt hat, so wie das die alten Römer geglaubt haben. Wahrscheinlich gibt es gar keine höhere Macht, die uns beide ausgewählt hat. Aber dieser Blitz war da, und irgendwie hat er uns

verändert, oder nicht? Wichtig ist, was wir daraus für uns mitnehmen, hat Corina Adler gesagt. Also, was nehme ich mit? Falls es dich nicht so interessiert, verstehe ich das. Ignoriere dann einfach den nächsten Absatz – er ist total ichbezogen. So sieht es bei mir gerade aus:
Ich lebe in einer weißen Wohnung. Überall finde ich in mir Lücken, Leerstellen und Blaupausen, dabei dachte ich bisher, mein Alltag wäre voll, ich wäre überlastet, Oberkante Unterlippe. Ich beiße mir ständig auf die Unterlippe, wenn ich nachdenke, und seit dem Blitzschlag ist sie nicht mehr verheilt.
Ich habe vieles vergessen. Aber wenn ich im Regen stehe, kribbeln meine Füße. Dann erinnert mich das an etwas. Ich frage mich die ganze Zeit, was es sein könnte, aber es fällt mir einfach nicht ein. Und gleichzeitig überlege ich, an wen du mich erinnerst. Sind wir uns schon einmal begegnet? Irgendwo? Vielleicht im Regen? Irgendwie kommst du mir so bekannt vor. Irgendwann haben wir uns doch schon einmal gesehen. Bilde ich mir das ein? War das am Ende der Blitz? Vielleicht hat er eine Verbindung hergestellt, so ähnlich wie einen Tunnel. Ich stehe hier, und du stehst dort, und – zack – plötzlich gibt es zwischen uns einen unterirdischen, geheimen Gang, der uns zueinanderführen könnte, wenn wir uns denn endlich aufraffen könnten. Aber ich schweife ab. Das tue ich in letzter Zeit ziemlich oft.
Du glaubst echt, ich wäre ein Fernsehstar? Das hast du bestimmt mit einem Augenzwinkern geschrieben, oder? Und nicht mal das wäre noch gerechtfertigt. Seitdem die Sache mit dem Blitzopfer für alle ihren Reiz verloren hat, hat mich mein Chef hinter dem Schreibtisch ge-

parkt. Ich bin nach dem Unfall wohl zu zerstreut für die Arbeit vor der Kamera. Ich vergesse, was ich sagen wollte, stolpere und verliere den Faden. Ich habe oft Kopfschmerzen und bin noch melancholischer geworden, als ich es ohnehin schon war. Manchmal habe ich nicht mal Lust auf Sport, früher wäre das nie vorgekommen. Meine Ideen für Reportagen hat mein Chef alle abgelehnt, ich trete auf der Stelle.
Aber deine E-Mail hat mir irgendwie einen Stoß versetzt. Seit dem Unfall war ich ewig nicht kreativ. Tatsächlich war alles Elektrisierende in meinem Gehirn irgendwie lahmgelegt, doch deine Mail hat mich wieder kurzgeschlossen. Ich hatte einen Geistesblitz.
Auch wenn ich deine Reportagenpläne super finde, muss ich sagen, dass ich dir beim Schreiben leider nicht helfen kann. Höchstens mit Tipps, die du sowieso schon kennst: Schreib bildhaft, steige direkt ein, nutze Stilmittel, greife starke Bilder heraus. Das weißt du alles, das schaffst du ohne mich.
Meine Idee könnte ich allerdings nicht ohne dich umsetzen. Darf ich dir davon erzählen?
Dein Adam
P.S. Ich komme gern. Wann und wo findet die Premiere statt?

Du antwortetest schon am nächsten Tag. Deine Nachricht blinkte während einer Konferenz auf meinem Handy auf, und ich las sie heimlich unter dem Tisch.

Hallo mein Blitz-Buddy,
natürlich habe ich den Absatz über dein Lückentextleben gelesen. Es interessiert mich, was du in unserem Blitz verloren hast. Ich finde das ziemlich verrückt, denn ich habe in unserem Blitz eher etwas gefunden: Wut und Durchsetzungsfähigkeit. Ich erinnere mich gut daran, dass mir all das früher völlig abgegangen ist. Und jetzt könnte ich mich ständig aufregen, ich gehe richtig gern an die Decke.
Warum hast du dir die Wohnung in Weiß eingerichtet? Ich mag es gern bunt. Wenn ich dürfte, würde ich jede meiner Wände in einer anderen Farbe streichen. Ich würde auf alle Tische gemusterte Deckchen legen und Möbel in Blau und Grün und Gelb und Orange kaufen. Wenn ich so darüber nachdenke, wäre mir Rot am liebsten. Brauchst du ein bisschen Farbe? Dann komme ich gern mit Pinsel, Eimer und Zorn vorbei.
Es tut mir leid, dass der Blitz Lücken in dein Leben gerissen hat. Aber vielleicht musst du gar nicht nach den fehlenden Puzzleteilen von früher suchen. Vielleicht füllst du die Löcher einfach mit einem neuen Material. Mein Zahnarzt sagt immer: Nach zehn, elf Jahren muss eh mal eine neue Füllung her. Vielleicht war es gut, dass die alte herausgebrochen ist. Möglicherweise wird es einfach Zeit.
Irgendwie hätte ich Lust, mal mit dir in einen Apfel zu beißen. Oder wahlweise auch in etwas, das richtig viel Karies macht, in eine Mohnschnecke zum Beispiel. Aber ich schweife ab. Sieh an! Wir haben wohl doch etwas gemeinsam. Ich bin genauso zerstreut wie du, meine Konzentration hält ebenso lang oder kurz wie deine.

Leider kann ich nicht behaupten, dass das am Blitz liegt. Ich war immer schon so.
Ich würde sehr gern erfahren, welche Idee du hattest. Wie kann ich dir dabei helfen?
Deine Ranya
P.S.: Die Premiere ist in drei Wochen in Berlin. Die Gewittertierchen treffen sich dort und übernachten in einem schäbigen Hotel. Ich schicke dir einen Link!

Unfreiwillig musste ich lächeln. Deine Worte klangen stark. Klar. Entschieden. Wenn ich sie so las, konnte ich mir vorstellen, dass du nicht nur neugierig, grenzüberschreitend und dreist warst, sondern im Grunde eigentlich total nett und lustig. Vielleicht müsste ich dich nur ein bisschen besser kennenlernen, um dann doch gut mit dir auszukommen. In diesem Fall bräuchte ich auch kein schlechtes Gewissen mehr zu haben, dich um Hilfe zu bitten. Ich schrieb noch am gleichen Tag zurück.

Hallo Abschweif-Buddy,
ich kann mir sehr gut vorstellen, wie du an die Decke gehst. Schon seltsam. Hätte ich es mir vor dem Blitz auch so gut vorstellen können – obwohl du es damals nie getan hast? Oder funkelt da jetzt eine neue Wut in deinen Augen?
Ich freue mich sehr, dass dich meine Idee interessiert. Hier ist sie: Ich möchte meinen Job kündigen und gemeinsam mit dir auf Sturmjagd gehen. Stell dir vor, zwei Menschen, die vom gleichen Blitz getroffen worden sind, drehen den Spieß um und heften sich einem Unwetter an die Fersen. Wir würden unsere Reise für einen

Film dokumentieren und gleichzeitig Fotos und Filmsequenzen vom Sturm in Echtzeit online stellen. Das Fotomaterial können wir noch jahrelang Zeitungen und Sendern verkaufen. Und im Film könnten wir uns mit Fragen beschäftigen, die uns unter den Nägeln brennen: An welchen Orten schlagen Blitze ein? Warum gerade dort? Wie verändern die Einschläge ihre Umgebung? Bleibt ein Ort, was er war? Bleibt ein Mensch, wer er ist? Was macht ein Unwetter mit zwei Personen, die schon einmal vom Blitz getroffen worden sind? Lässt es sie an eine höhere Macht glauben?
Glaubst du an eine höhere Macht, Ranya? Ich weiß, so was fragt man heute eigentlich nicht mehr. Aber seit Corina Adlers Vortrag geht mir diese Frage immer wieder durch den Kopf.
Gibt es einen Grund? Würde es uns helfen, wenn es so wäre? Die Etrusker haben mithilfe von Blitzen die Zukunft vorhergesagt. Brauchen wir noch ein Gewitter, um zu verstehen, wie es mit uns weitergehen soll? Muss der Blitz wieder einschlagen?
Entschuldige, ich bin mal wieder abgeschweift. Was sagst du zu meinem Vorschlag?
Dein Adam
P.S. Ich bin ein Fan von verrücktem Theater und schlechten Hotels. Schlimm genug, dass ich schon die Betten im Lichtblick verpasst habe. Ich bin dabei.

Ich drückte auf »Senden«, obwohl ich befürchtete, mich zu weit aus dem Fenster gelehnt zu haben. Warum solltest du mit mir verreisen wollen – mit einem Fremden? Und wie würde es mir dabei überhaupt gehen?

»Sie wollen mit einer Person verreisen, die Sie nicht ausstehen können. Warum?«, fragte mich ein Moderator mit deiner Sonnenuntergangsfrisur und Gerhard Dellings Gesicht, und ohne es zu wollen, sah ich mich selbst am Rande eines Fußballplatzes stehen und in eine Kamera schauen.

»Na ja … also manchmal muss man einfach die Zähne zusammenbeißen, wenn man große … äh … Ziele hat. Da muss man nach vorn gehen, hinten aufmachen und alles riskieren«, stammelte ich und warf die Haare zurück wie Thomas Müller.

Gerhard-Ranya Delling hakte nach: »Wäre es nicht besser, auf einen anderen Mitspieler zu setzen? Das richtige Teamgefühl ist doch entscheidend.«

Ich schüttelte entschieden den Kopf: »Wir raufen uns zusammen, ganz sicher. Das wird schon gehen. Ich muss einfach herausfinden, was ich vergessen habe. Mit Ranya im Gewitter könnte es mir wieder einfallen. Wissen Sie, sie ist mein Déjà-vu. Ich muss sie so lange anschauen, bis mir klar wird, woher ich sie kenne.«

»Herr Münchberg, ganz ehrlich: Ist das der einzige Grund?«

»Was meinen Sie?«

»Ist es nicht in Wahrheit so, dass Sie dringend wieder einen Erfolg brauchen? Und dass die Story hinter einer solchen Reise Sie zurück ins Rampenlicht befördern würde?«

Wieder wuchs mir eine Bauchbinde. »Adam Münchberg (32) geht es nur ums Geld.«

Ja und? Ich war nun mal Journalist. Die Story war super. Und würde es mich wirklich zu einem schlechten Menschen machen, aus beruflichen Gründen mit einer Person zu verreisen, die ich nicht mochte?

»Das nicht«, mischte sich Gerhard-Ranya Delling ungefragt ein. »Aber es macht Sie vielleicht zu einem schlechten Menschen, aus beruflichen Gründen mit einer Frau zu flirten, die Sie nicht mögen.«

»Ich hab überhaupt nicht geflirtet! Außerdem ist sie sowieso verlobt«, verteidigte ich mich und schob die nicht existente Kamera beiseite.

Dabei hatte dieser Moderator natürlich recht. Was ich da tat, war bescheuert. Doch die Verlockung meiner eigenen Idee war riesig. Kennst du das? Du hast einen Einfall, und plötzlich möchtest du alles tun, um ihn so schnell wie möglich umzusetzen? Ich bin zwar auch Meteorologe, aber in erster Linie bin ich nun mal Fernsehmensch. Ich liebe Geschichten. Je ungewöhnlicher und verrückter, desto besser. Ich liebe es, die Dinge auf die Spitze zu treiben. Und ich war absolut verknallt in die Vorstellung, zwei Blitzschlagopfer könnten ein echtes Unwetter jagen und neue Perspektiven auf Gewitter eröffnen. Ich spürte einen Drang, Teil einer so unwahrscheinlichen Story zu sein, an deren Ende ich womöglich verstehen würde, wie alles angefangen hatte.

In dieser Nacht schlief ich schlecht. Immer wieder schreckte ich auf und sah auf mein Handy. Doch auch am nächsten Morgen hattest du noch nicht geantwortet. Ich wartete den ganzen Tag. Vor allem in Konferenzen glaubte ich ständig, jetzt würde bestimmt gleich eine E-Mail von dir ankommen. Doch sie kam nicht. Minute für Minute hörte ich, dass mein Handy *nicht* vibrierte, sah ich, dass es *nicht* aufleuchtete. Nicht am Abend und nicht am nächsten Morgen. Bald war ich mir sicher, dass du mich für komplett übergeschnappt hieltest. Du hattest meinen Vorschlag vielleicht als seltsamen Annäherungsversuch verstanden. Aufgrund deiner Verlobung hattest du sicherlich entschieden, mir gar nicht mehr zu schreiben. Der Gedanke, mit mir auf eine Reise zu gehen, war für dich sicherlich völlig abwegig.

Ich versuchte, nicht mehr auf deine Antwort zu warten. Möglicherweise könnte ich mein Projekt auch allein durchziehen, überlegte ich. Allerdings hätte meine Idee ohne dich nicht mehr so viel Zugkraft. Ich war mir unsicher, ob ich allein wirklich die Motivation für diese Reise aufbringen würde. Und würden die Leute überhaupt sehen wollen, wie ein einsamer Fernsehmoderator allein durch Deutschland fuhr?

Früher hatte ich nie Probleme gehabt, Menschen zu fesseln. Ich musste sie nur anlächeln, die Arme ausbreiten und über das Wetter sprechen, und schon hingen sie mir an den Lippen. Doch seit dem Blitzschlag hat sich etwas verändert. Ja, anfangs hörten mir die Leute wegen meiner Geschichte noch lieber zu als früher. Sie wollten wissen, wie es ist, vom Blitz getroffen zu werden. Doch bald begriff auch der Letzte, dass ich ihnen das nicht sagen konnte. Ich stand vor ihnen, ohne zu wissen, was von mir noch übrig geblieben war, das Lächeln fiel mir schwer, ich breitete die Arme aus und sprach vom Wetter, aber niemand war interessiert. Ehrlich gesagt ist mir das beim Seminar das erste Mal so richtig klar geworden: Euch alle hat mein Vortrag nur gelangweilt. Mir war einfach entfallen, wie man die Menschen fesselt.

Nein, ohne dich wäre diese Reise sinnlos. Ich versuchte, nicht mehr so viel Hoffnung in meine Idee zu legen, und schaute dennoch immer wieder in meine Mails.

Ranya

Ich tippte eine Antwort und löschte sie – immer wieder. Jedes Mal wollte ich etwas anderes schreiben. Immer wieder ließ ich es dann doch bleiben. Und dann lenkte mich eine E-Mail von Ruth ab: »Einladung zum Blitztag«, lautete der Betreff.

»Liebe Gewittertiere, übermorgen ist mein Blitztag. Ich weiß, ihr hättet lieber rechtzeitig von meinem *Geburtstag* erfahren, nicht von meinem *Blitztag*. Der ist euch wahrscheinlich herzlich egal. Aber da müsst ihr jetzt durch, denn am Blitztag ist alles verkehrt herum. Da ist niemand höflich, da machen alle, was sie wollen. Übermorgen vor zehn Jahren bin ich vom Blitz getroffen worden. Und das möchte ich mit euch feiern. Wo? Bei einem von euch. Ranya, geht es bei dir? Am Blitztag lädt sich das Blitzkind nämlich bei Freunden ein, und wie ihr wisst, seid ihr meine einzigen Freunde. Außerdem würde ich dieses Gudenshain, von dem Ranya ständig spricht, gern einmal sehen. Wann? Übermorgen, ich komme um 9 Uhr. Wer kommt noch? Ihr alle. Eure Ruth.«

Ich musste laut lachen, als ich diese Nachricht las.

»Claus?«, rief ich.

»Ja, Liebling?«

»Was machst du übermorgen?«

»Arbeiten, schätze ich.«

»Sehr gut. Ist es okay, wenn meine Selbsthilfegruppe vorbeikommt?«

»So spontan?« Er riss die Augen auf.

»Nur für einen Tag, sie kommen schon am Vormittag. Ich werde sie ein bisschen in der Stadt rumführen. Vielleicht gehen wir ein Eis essen bei Jacopo oder einen Döner bei Ingo.«

»Na, dann werde ich sie wohl ohnehin nicht sehen.« Claus zuckte mit den Schultern. Und irgendwie hoffte ich, dass er recht behalten würde.

Zwei Tage später, pünktlich um neun Uhr, standen Ruth, Otto, Faina und Ludwig auf dem einzigen Bahnsteig des Gudenshainer Bahnhofs und sahen sich um. Es war seltsam, diese Menschen, die doch eigentlich zu einer ganz anderen Welt gehörten, plötzlich hier zu sehen. Zwischen den Bänken, auf denen ich stundenlang auf Züge gewartet hatte, und den mit Filzstiften beschmierten Unterführungen, deren Geruch sich mir auf unzähligen Schulwegen eingebrannt hatte. Ich hatte nie daran gezweifelt, dass die Gewittertierchen real waren. Und doch machte es sie nun ein ganzes Stück echter, dass sie plötzlich in meiner Stadt herumstanden. Ich lächelte.

»Alles Gute zum Blitztag!«, rief ich zu ihnen hinüber, und Ruth drehte den akkurat frisierten Kopf.

»Wenigstens eine gratuliert mir«, schimpfte sie, aber sie schmunzelte dabei. Schnaufend kam sie mir entgegen, die Katzenbox in ihrer rechten Hand zog ihren Oberkörper zur Seite. Otto, Faina und Ludwig folgten ihr. Zum ersten Mal umarmte ich sie alle. Auch Faina. Zwar war ich noch ein wenig sauer wegen ihrer Lügengeschichte, doch ich beschloss, heute nicht weiter darüber nachzudenken. Die Umarmungen waren lang und warm. Sie waren von der Sorte Umarmungen, nach denen du dich ein bisschen leichter fühlst als vorher. So als hätten die Arme der anderen dir ein Stück von deiner Last abgenommen. Kennst du das?

»Natürlich habe ich euch auch Geschenke mitgebracht«, sagte Ruth.

»Geschenke?«

»Am Blitztag bekommt nicht das Blitzkind etwas geschenkt, sondern die Gäste.«

Vorsichtig öffnete sie die Katzenbox. »Bleib bloß drin, Fräulein!«, mahnte sie Milka, griff an der unsichtbaren Katze vorbei und holte einen Gegenstand nach dem anderen hervor.

Otto drückte sie Knabbersticks für Mäuse in die Hände, Ludwig bekam einen Pizzaroller in Form eines Fahrrads geschenkt, Faina einen kleinen Traumfänger, und mir überreichte sie eine elfenbeinfarbene Porzellantasse mit rosablauem Muster. Ich riss die Augen auf.

»Woher wusstest du …?« Andächtig drehte und wendete ich sie in meinen Händen. Sie war wunderschön.

»Als ihr bei mir wart, hast du meine Tassen so angestarrt«, erklärte Ruth. »Und dann hab ich auf einem Flohmarkt diese hier entdeckt. Irgendwie musste ich an dich denken.«

Ich sah auf. »Ruth. Du bist der Wahnsinn.«

»Ach, papperlapapp«, machte sie. »Es ist nur eine Tasse.«

Den ganzen Tag liefen wir gemeinsam in Gudenshain umher. Ruths Katzenbox trugen wir abwechselnd – sonst wären wir kaum vorangekommen. Der Himmel war bedeckt, hin und wieder nieselte es, doch das machte uns nichts aus. Auf dem Weg zum Marktplatz sprachen wir vor allem über das veränderte Verhältnis zwischen Otto und Manfred – die Maus kam täglich zum Kuscheln zu Otto, wollte ansonsten aber lieber in ihrem Käfig bleiben. Otto ließ ihr Freiraum, allerdings fragte er sich schon, wer er eigentlich war, so ganz ohne Maus in der Hemdentasche. Einfach ein normaler Mann?

»Auch ohne Maus bist du etwas ganz Besonderes«, flötete Faina.

»Immerhin sind da noch die Blitze«, gab Ludwig zu bedenken.

»Und dein Charakter«, fügte Ruth trocken hinzu.

»Vielleicht hat Manfred auch Angst?«, überlegte Otto. »Tiere verschwinden, bevor ein Blitz einschlägt, richtig? Vielleicht spürt Manfred, dass mir mal wieder etwas bevorsteht?«

»Ach, papperlapapp«, sagte Ruth. »Ich glaube eher, sie ist einfach in der Pubertät.«

Gerade liefen wir quer über den Marktplatz auf Jacopos Eisladen zu. »Bella Ranya!«, rief Jacopo und winkte uns von Weitem. »Sind das deine Freunde von der Selbsthilfegruppe?«

Ich biss mir auf die Lippen, während wir näher kamen. »Na ja, Selbsthilfegruppe … das hatte ich so eigentlich nicht …«

»Doch, doch, das Wort passt schon«, sagte Ruth. Sie blieb wenige Meter vor Jacopo stehen und stemmte die

Hände in die Hüften. Ludwig und Faina lachten, und auch Otto, der gerade die Katzenbox hielt, nickte zustimmend.

»Darf ich euch ein Eis empfehlen?«

»Nicht nötig, ich hab ihnen schon eins empfohlen«, warf ich ein. »Wir nehmen viermal Mandelgewitter in der Waffel.«

Diesmal übertraf Jacopo sich selbst: Er türmte die Eiskugeln kunstvoll auf und verzierte sie so liebevoll, dass mir schon beim Anblick ein wohliger Eisschauer über den Rücken lief.

»Seid bitte ganz ehrlich: Wie schmeckt es euch?«, fragte ich und beobachtete alle vier beim Probieren.

Ruth nickte nur. Ohne ein Wort aß sie schnell weiter.

»Sehr gut«, antwortete Otto. Ungläubig sah er sein Eis an, als könnte er sich gar nicht vorstellen, dass diese kühle Masse einen so wunderbaren Geschmack hätte.

Ludwig strahlte. »Wahnsinnseis«, urteilte er.

»Also, Ranya«, setzte Faina leise an. »Ich habe für diesen Geschmack keine Worte. Er ist einfach bezaubernd.«

Ich musste lachen. »Und ich dachte schon, ich wäre verrückt geworden!«

Gierig aßen sie weiter, hoben aber fragend die Augenbrauen.

»Claus und seine Freunde fanden das Eis langweilig. Ich musste ihre Reste aufessen. Ich meine: Sie haben etwas übrig gelassen! Von *diesem* Eis!«

»Ist mir ein Rätsel«, brummte Otto.

»Normalerweise mag ich Milcheis überhaupt nicht. Außer, es wurde aus Reis- oder Kamelmilch hergestellt. Aber dieses hier ist wirklich das beste Eis, das ich jemals gegessen habe«, Faina lächelte mich an. »Danke, dass du dieses Erlebnis mit uns teilst«, fügte sie mit Nachdruck hinzu.

Ich lachte. »Schön, dass ihr so spontan gekommen seid! Wo sind eigentlich die Zwillinge?«

»Die müssen leider arbeiten.« Ruth zuckte mit den Schultern. »Aber die beiden Streithennen gehen mir sowieso auf den Senkel.«

»Schmeckt euch mein Eis?« Jacopo war wieder zu uns herausgekommen.

»Sie sind alle begeistert, Jacopo!«

»Sì, es ist das beste Eis.«

Ruth nickte. »Ich mag selbstbewusste Menschen«, brummte sie.

»Hallo, Onkel Erich!«, rief ich quer über den Marktplatz. Der rundliche Mann mit der Vollglatze stand vor seinem Onkel-Erich-Laden und war wohl gerade im Begriff, wieder nach drinnen zu gehen. Nun verzog er den Mund und blieb kurz stehen.

»Morgen!«, rief er mit den Händen in den Hosentaschen.

»Erich, mein Freund, wie geht es dir?«, rief ihm Jacopo zu.

»Gut, gut.«

»Kommst du heute vorbei auf einen Kaffee? Ich lade dich ein! Wir haben schon lange nicht mehr miteinander gesprochen.«

»Ah«, machte Onkel Erich. »So viel zu tun!«

»Kann ich dir vielleicht helfen, mein Freund?«

»Nein, nein. Du weißt schon, meine vielen Nichten und Neffen, sie haben alle irgendwann Geburtstag! Ich muss noch so viel … Es tut mir leid! Bis später!«

Und dann verschwand er doch in seinem Onkel-Erich-Laden.

Traurig ließ Jacopo die Schultern hängen. »Ich weiß nicht, was in letzter Zeit mit ihm los ist.«

»Mach dir nichts draus. Ich mag den jedenfalls nicht, diesen Onkel Erich.« Ruth warf sich die Waffelspitze in den Mund. »Der verheimlicht irgendwas.«

»Was sollte er denn verheimlichen?«, fragte Jacopo.

Sie zuckte mit den Schultern.

»Vielleicht redest du einfach mal in einem ruhigen Moment unter vier Augen mit ihm«, sagte ich vorsichtig. »Wir müssen dann mal weiter.«

»Müssen wir das?«, fragte Ruth. »Na gut. Dann bis später, Jacopo!«

Ich führte meine Gäste die Straße hinunter in Richtung Kirche und sah Gudenshain zum ersten Mal mit Touristinnenaugen: Es war ein hübsches kleines Städtchen mit bunten Fachwerkhäusern, alten Brunnen und Bänken. Wir liefen vorbei an Elfis kleinem Geschäft für orthopädische Schuhe, an einem leer stehenden Drogeriemarkt und Marcels Geschenkelädchen. Hier und da waren die Häuser ein wenig heruntergekommen, doch ich spürte, dass die Gewittertierchen sich trotzdem wohlfühlten.

Wir sprachen über Brandblasen, die man nun mal bekommt, wenn man als Pizzakurier kein Kälte- und Wärme-Empfinden mehr in den Händen hat. Über die Herausforderung, einen Sturm zu tanzen, ohne den kompletten Zuschauerraum verwüsten zu dürfen. Und über die unvergängliche Schönheit von Porzellantassen.

»Jede einzelne Tasse erzählt eine ganz eigene Geschichte. Wer weiß, wem die Tasse mal gehört hat, die ich heute von Ruth geschenkt bekommen habe? Was daraus getrunken wurde, bei welchen Esszimmerszenen sie schon dabei gewesen ist?«, versuchte ich meine Tassenfaszination zu erklären.

»Du hast so recht, meine Liebe. Wenn du darüber sprichst, könnte ich mir die Porzellantasse an sich sogar als hoch spannenden Ausgangspunkt für eine ganze Performance vorstellen«, meinte Faina begeistert.

»Tatsächlich?«, brummte Ruth.

»Ich sehe schon das Bühnenbild vor mir, eine gewaltige Tasse, aus der immer mehr Tänzer hervorquellen. Oder ganz anders: Der Boden liegt voller Porzellanscherben, und bei jedem Schritt der Darsteller knirscht und klirrt es! Mit der Porzellantasse könnte man über Glück und Unglück philosophieren. Ihr wisst schon, wegen der Scherben! Oder wir erzählen die ganze Lebensgeschichte eines Menschen aus Sicht seiner Lieblingstasse. Was meint ihr? Was würden eure Lieblingstassen wohl über euch denken?«

»Gar nichts«, bemerkte Ruth. »Ich hab natürlich keine Lieblingstasse. Ich liebe sie alle gleich dolle.«

Ludwig, Otto und ich mussten lachen – viel lauter, als der Witz witzig gewesen war. Ich glaube, wir waren alle einfach ein bisschen glücklich.

»Wisst ihr was?«, sagte ich. »Wir sollten uns wirklich öfter treffen, ihr tut mir richtig gut.« Ich hakte mich bei Faina und Ruth ein. Gemeinsam schwebten wir weiter durch Gudenshain. Vorbei an Helgas Bäckerei, dem winzigen, ältesten Haus der Stadt und der Sporthalle, aus der gerade lautes Rufen und Klatschen drangen.

»Janoschs Mannschaft spielt heute.«

Ludwig nahm die Katzenbox von der einen in die andere Hand und drehte den Kopf in meine Richtung. »Dein Bruder?«

Ich nickte. »Wollt ihr zugucken?«

Und so standen wir schon wenige Minuten später am Spielfeldrand und sahen, wie Janosch beinahe über seine eigenen Füße stolperte, als er Ludwig bemerkte. Anschließend machte er sein bisher bestes Spiel der Saison. Wir jubelten ihm zu, Ludwig und Janosch trugen ein Dauergrinsen auf den Lippen, und nach dem Spiel gingen wir gemeinsam zu Imbiss-Ingo, um noch einen Döner zu essen.

Zu sechst füllten wir den kleinen Laden komplett aus. Ruth war zwischen dem Stehtischchen und dem Schaufenster eingeklemmt, das mit ausgeblichenen Fotos von Dönern und Pizzen beklebt war. Faina und Otto lehnten an der gläsernen Eingangstür mit dem altmodischen Griff, und Ludwig und Janosch hatten die Theke im Rücken. Die Katzenbox stand in unserer Mitte.

»Sechs Mal Döner mit alles«, bestellte ich bei Ingo, und unter seinem weißen Vollbart lächelte er breit.

»Für mich ohne Fleisch!«, rief Faina.

»Für mich auch«, sagten Janosch und Ludwig im Chor. Sie lächelten sich an.

»Wie geht es dir, Ingo?«, fragte ich ihn, während er viel Brot röstete und wenig Fleisch abschnitt.

»Alles beim Alten. Du weißt schon, in dieser Stadt tut sich nie etwas.« Er rieb sich den großen Bauch. »Die größte Sensation ist es, hier heute so viele fremde Gesichter zu sehen!«

»Erich kam mir heute komisch vor.«

»Ach, der Erich! Er wollte unbedingt mit Jacopo reden. Du weißt schon, über Helga.«

»Das ist doch eine gute Idee.«

»Ich sehe das ganz anders! Manche Dinge behält man besser für sich. Für die Freundschaft, du weißt schon.«

»Findest du es nicht besser, ehrlich zu sein?«

»Nein, finde ich nicht.« Ingo kleckste Knoblauchsoße in angeröstetes Fladenbrot. »Alle schwärmen immer von der Ehrlichkeit, aber ganz ehrlich? Was soll das? Die tut immer weh.« Er stopfte Kraut, Gurken und Tomaten ins Brot. »Und dann gibt es Streit! Ehrlichkeit und Freundschaft passen einfach nicht zusammen. Du kannst entweder absolut ehrlich sein oder miteinander befreundet. Beides geht nicht. Das habe ich auch zu Erich gesagt.«

Ich legte den Kopf schief, sagte aber nichts.

»Du weißt schon, wegen der Sache mit Helga«, fuhr er fort und fuchtelte mit der Zange in der Luft herum. »Er muss sich entscheiden. Und am Ende ist es doch viel schöner, befreundet als ehrlich zu sein.«

Ich runzelte die Stirn. »Wenn wir nie ehrlich miteinander sind, wissen wir doch gar nicht, mit wem wir da befreundet sind«, gab ich zu bedenken.

»Ah, Claus!«, rief Ingo über meinen Kopf hinweg. Ich drehte mich um. Tatsächlich. Plötzlich stand mein Verlobter in der offenen Imbisstür.

»Was ist denn hier los?«

»Mein Döner ist ein Touristenmagnet«, scherzte Ingo.

»Hallo, Schatz«, sagte ich. »Hast du Pause?«

»Ach, du bist das!« Er lächelte, wie er nun mal lächelte, und sicherlich hatten die Gewittertierchen für einen kurzen Moment das Gefühl, alles würde gut werden. »Und das sind deine Freunde?«

Ich nickte. »Leute, darf ich vorstellen? Mein Verlobter.« Er quetschte sich in den Imbiss herein und drückte ihnen allen die Hände.

»Ist das voll«, stöhnte er.

»Es hat eigentlich ganz gut gepasst, bevor Sie da waren.« Ruth rückte noch näher ans Schaufenster heran.

»Sehr freundlich«, sagte Claus in ihre Richtung. Sein Lächeln schrumpfte, und beinahe wäre er über die Katzenbox gestolpert.

»Was ist das denn?«

»Vorsicht!«, sagte Ruth. »Milka ist schreckhaft.«

»Milka?«

»Meine Katze.«

»Aha.«

»Ist es stressig heute?«, fragte ich ihn, sobald er sich zu mir durchgekämpft hatte.

»Ob es stressig ist? Hast du nicht auf dein Handy geguckt?«

Ich griff danach und schaltete das Display ein. Ich hatte fünf Anrufe von Claus und eine Pushnachricht verpasst: »Tankstellenüberfall: Mann schießt in die Luft!«

»Oh, Scheiße«, sagte ich.

»Ich wollte dich bitten, schnell bei der Tankstelle vorbeizufahren, um den Tatort zu fotografieren.«

»Ich hab nichts mitbekommen.«

»Das hab ich gemerkt. Elske hat es dann übernommen.«

»Tut mir leid.«

Jetzt klingelte sein Handy. Während er telefonierte, bedeutete er Ingo mit einem Handzeichen, er wolle einen Döner mit extra viel Fleisch.

»Heute ist was los …«, stöhnte er beim Auflegen.

Ich sah ihn fragend an.

»Ein Unfall mit drei Lkws direkt vor der Stadt. In der Redaktion sind alle beschäftigt. Und ich hab seit dem Frühstück nichts gegessen.«

»Es ist doch noch nicht mal ein Uhr«, brummte Ruth.

Claus sah sie über seine Schulter hinweg an. Mit gerecktem Kinn erwiderte sie seinen Blick.

»Ich mach es«, sagte ich schnell. »Kein Problem. Ich fahre hin. Leute, kann ich euch hier kurz allein lassen? In einer halben Stunde bin ich wieder da.«

Ruth sah erst Claus an, dann mich. »Wir kommen schon klar. An einem Blitztag sind wir für alles gerüstet.«

»An einem *was*?« Claus hob die Augenbrauen.

»Nicht so wichtig, Schatz«, sagte ich, küsste ihn auf den Mund, stieg über die Katzenbox und zwängte mich hinaus ins Freie.

Draußen atmete ich tief ein. Kurz sah ich noch einmal zum Imbiss zurück. Da waren sie alle ineinander verkeilt: meine Stadt, meine Freunde, Claus. Ich spürte einen Knoten in meinem Bauch. Am liebsten hätte ich ihn entwirrt. Stattdessen lief ich mit großen Schritten zu meinem Parkplatz.

Natürlich dauerte es nicht nur eine halbe Stunde, zum Unfallort zu fahren und die Fotos zu machen. Es war gar nicht so leicht, überhaupt heranzukommen. Und als ich einmal vor Ort war, kam ich nicht so schnell wieder weg. Die ganze Straße war von Scherben und Metallteilen übersät, ein Rettungshubschrauber landete, die Feuerwehr brach eine Tür auf. Verletzt war niemand, doch alle waren benommen. Ich fotografierte und vergaß, dass die Gewittertierchen in Gudenshain waren, vergaß, dass sie mit Claus in Ingos Imbiss herumstanden, vergaß, wie Ruth und Claus einander angesehen hatten. Ich machte meine Arbeit, so lange, bis die ineinandergeschobenen Lkws endlich wieder auseinandergezogen wurden, bis sich der Knoten in meinem Magen ein wenig gelockert hatte und die Straße wieder freigegeben war.

Als ich am Nachmittag zurückkam, saßen die Gewittertierchen mit Janosch, Ingo und Erich in Jacopos Eisladen vor riesigen Portionen Mandelgewitter. Es war bereits ihre jeweils dritte. Auch die Katzenbox war jetzt offen. Davor hatte Jacopo ein Schüsselchen Milch abgestellt.

»Ich kann nie wieder ein anderes Eis essen«, verkündete Ruth.

»Exportierst du auch in andere Städte?«, fragte Otto.

»Ich würde das Eis sogar mit dem Fahrrad ausfahren«, bot Ludwig an.

»Dieser Geschmack ist einfach inspirierend«, schwärmte Faina.

Jacopo lachte. Dann tätschelte er Erich die Schulter.

»So schön, dass du es doch noch geschafft hast herzukommen, mein Freund.«

Erich zog gerade den blank geleckten Löffel aus seinem Mund. Er war ganz blass, bis hinauf zur Glatze.

»Ja, also, ehrlich gesagt … ich muss dir was …«, setzte er an, doch Ingo unterbrach ihn.

»Jacopo!«, rief er und rieb sich den weißen Vollbart. »Was sagst du eigentlich zum Thema Ehrlichkeit?«

Überrascht sah Jacopo ihn an. »Was soll ich dazu sagen? Ehrlichkeit ist schon wichtig. Ich glaube, sie ist für mich so etwas wie ein Schlüssel. Ohne Ehrlichkeit kommst du nirgendwo rein. Sie öffnet dir alle Türen.« Er lächelte sein eiswaffelgroßes Lächeln. Es sah verdammt ehrlich aus.

»Angenommen, jemand hätte dich jahrelang belogen. Ein Freund. Wie würdest du das finden?«, hakte Ingo nach.

Jacopo zuckte mit den Schultern. »Ich wäre enttäuscht.«

»Na ja. Für manche Lügen gibt es gute Gründe«, warf Erich leise ein.

»Entschuldigen sollte man sich trotzdem.« Faina sah mich mit großen Augen an.

Ich nickte, trat hinter sie und legte die Hände auf ihre Rückenlehne. »Das stimmt. So eine Lüge rutscht einem schon mal raus. Aber meistens kann man sie auch verzeihen.« Ich lächelte Faina an, und sie lächelte zurück.

»Das stimmt natürlich, bella Ranya. Wenn die Lüge nicht zu groß ist«, überlegte Jacopo.

Alle nickten.

»Aber was, wenn man gar nicht seinen Freund anlügen möchte, sondern am allerliebsten sich selbst?«, fragte Erich kleinlaut.

Ingo setzte gerade zu einer Antwort an – und hielt inne. Denn in diesem Moment streifte uns ein kühler Luftzug. In der Tür stand Helga mit einem Blech voller Apfelkuchenreste. Sie lächelte freundlich in die Runde. »Hallo zusammen«, sagte sie. Wir grüßten zurück, nur Jacopo, Ingo und Erich blieb die Luft weg. Eine angespannte Stille drohte sich im Raum auszubreiten. Also sagte ich schnell: »Leute, ich muss euch jetzt leider zum Bahnhof bringen.«

Überrascht schaute Ruth auf die Uhr. »Ist es schon so spät? Ach, herrje! Du hast recht, unsere Züge fahren bald! Na, dann mal los!«

Die Stühle wurden zurückgeschoben, Eisportionen wurden bezahlt, Dankesworte ausgesprochen, die Katzenbox geschlossen und das Fehlen jeder Katze ignoriert. Jacopo gab den Frauen Küsschen auf die Wange und tätschelte den Männern die Schultern, bevor wir ihn, Erich, Ingo und Helga allein im Eisladen ließen und wieder draußen auf dem Marktplatz standen.

»Ich liebe diese Stadt, es ist herrlich bei dir«, meinte Faina.

»Es tut mir so leid, dass ich wegmusste«, beteuerte ich. »So etwas kommt extrem selten vor.«

»Schon gut, Schätzchen, du kannst nichts dafür«, sagte Ruth.

»Außerdem wurden wir gut versorgt und ausgezeichnet unterhalten«, beruhigte mich Otto. Gemeinsam liefen wir quatschend und lachend zum Bahnhof.

Zum Abschied umarmten wir uns noch länger als zur Begrüßung. Ludwig und Janosch drückten einander die Hände. Und dann winkten mein Bruder und ich den Gewittertierchen so lange hinterher, bis wir ihre Züge am Horizont nicht mehr erkennen konnten.

Meine Antwort an dich schrieb ich noch am gleichen Abend.

Ich drückte auf »Senden« und schlug im nächsten Moment beide Hände auf den Mund.

Ach. Du. Scheiße.

Was hatte ich getan?

Hallo Sturmjagd-Buddy,

ehrlich gesagt macht mir deine Idee von dieser Reise eine Riesenangst. Ich weiß ja nicht, ob du davon gehört hast, aber ich wurde vom Blitz getroffen. Bis heute habe ich häufig Kopfschmerzen, mir brennt die Haut, und manchmal kann ich den Wind noch in meinen Ohren hören. Ich habe mich verändert durch diesen Blitz. Ich streite mich ständig mit meinem Verlobten und spüre diese Wut in mir, die immer wieder rauswill, um schlechte Autofahrer zusammenzubrüllen oder Senioren zu beleidigen, die sich beim Bäcker vordrängeln. Vielleicht kannst du dir vorstellen, dass ich Unwettern von jetzt an gern aus dem Weg gehen möchte? Klar, man könnte sagen: Ein Blitz schlägt nirgends zweimal ein. Aber Otto ist der lebende Gegenbeweis. Wenn ich in der Ferne ein Gewitter sehe, bekomme ich Bauchschmerzen und feuchte Hände. Früher hab ich den Geruch von Regen gemocht, jetzt stellen sich mir dabei die Nackenhaare auf. Sobald es donnert, kriege ich Atemnot.

Nachdem ich deine E-Mail zu Ende gelesen hatte, hab ich sofort eine Absage getippt. »Nein, auf gar keinen Fall«, schrieb ich mit wütenden Fingern. Aus irgendeinem Grund habe ich meine Worte dann aber Buchstabe für Buchstabe wieder gelöscht und den Laptop erst mal zugeklappt.

Ich musste ein wenig nachdenken. Ehrlich gesagt denke ich immer noch nach. Die Vorstellung, einem Gewitter hinterherzufahren, ist furchtbar. Hinterher erwische ich es noch! Und dann erwischt es mich.

Erinnerst du dich daran, wie wir beide am ersten Tag des Seminars in unseren Autos saßen und darauf warteten, dass der Regen aufhörte? Ich hatte eine Scheißangst. In der Ferne hörte ich den Donner rollen und hatte alle Mühe, meinen Atem zu kontrollieren. Je näher das Gewitter kam, desto größer wurden meine Bauchschmerzen und desto lauter konnte ich mein Herz schlagen hören.

Ich will keine Angst mehr haben. Und wenn ich jetzt an diesen Moment zurückdenke, muss ich zugeben: Aus irgendeinem Grund hat es mir geholfen, dass du im Auto nebenan saßest. Irgendetwas an dir hat mir Mut gemacht.

Mein Bruder sagt, meine Angst vor Gewittern könnte besser werden, wenn ich ein paar Mal mittendrin war und merke, dass ich es überlebe.

Meine Ärztin sagt, das nenne sich Schocktherapie und könnte tatsächlich funktionieren, allerdings müsste ich mich darauf gefasst machen, dass es nicht leicht wird.

Mein Vater sagt: Mach das, geh mal raus, mach was Verrücktes.

Mein Verlobter glaubt, niemand würde sich für eine solche Story interessieren. Sie wäre zu umständlich gedacht und die Fragestellungen zu weit gefächert. Wir sollten uns die Mühe besser sparen.

Und genau deswegen juckt es mich gerade in den Fingern, es zu versuchen. Ich bin mal wieder so wütend auf ihn, dass ich schon allein deswegen mitfahren möchte. Und wer weiß – wenn ich mich einem Gewitter aussetze, könnte ich vielleicht nicht nur meine Angst überwinden, sondern auch versuchen, meinen Zorn in den Griff zu kriegen. Möglicherweise hängt beides ja zusammen.

Also. Ich fasse nicht, dass ich das schreibe, aber: Ja, ich bin dabei.
Wahnsinnige Grüße
Ranya

Minutenlang saß ich mit aufgerissenen Augen da. Jetzt gab es kein Zurück mehr.

Von diesem Moment an bis zu unserem Treffen im Theater war ich nicht ganz bei mir. Ich redete wenig, ertappte mich häufig dabei, wie ich vor mich hin starrte und meinem Herzen dabei zuhörte, wie es immer schneller schlug.

»Du willst das wirklich durchziehen?«, fragte mich Claus und runzelte die Stirn.

Ich nickte und sah ihm trotzig in die Augen.

»Haben dir das diese komischen Leute von der Selbsthilfegruppe eingeredet?«

Ich verschränkte die Arme. »Diese *komischen Leute*?«

»Jetzt tu nicht so. Es sind schon schräge Typen dabei, das weißt du selbst.«

»Nein, das weiß ich nicht.«

»Komm schon! Die eine hat ihre Katze mit nach Gudenshain gebracht! Ihre *Katze*!«

»Milka bleibt nun mal nicht gern allein zu Hause.«

»Absolut schräg!«

»Die Gewittertierchen haben mit der Reise jedenfalls nichts zu tun.«

»Und wie willst du das finanzieren?«

»Ich hab ein bisschen was gespart. Außerdem ist Adam in Kontakt mit Produktionsfirmen. Er versucht, einen Auftrag für uns an Land zu ziehen.«

»Adam heißt er also.«

»Ja.«

»Und wie alt ist Adam?«

»Keine Ahnung. Etwa so alt wie ich?«

»Und wo werdet ihr übernachten?«

»In Hostels und Gasthäusern. Immer so, wie es passt.«

»Zusammen in einem Zimmer?«

»Bist du eifersüchtig?«

»Unsinn. Aber die Vorstellung, dass du mit einem fremden Mann in einem Zimmer übernachtest, gefällt mir nicht.«

Er sah zu Boden, und ich lächelte.

»Du bist eifersüchtig!«

»Quatsch.«

Ich legte den Kopf schief. »Da wird nichts laufen. Mach dir keine Sorgen.«

»Wie lange soll das Ganze dauern?«

Ich zuckte mit den Schultern. »Vielleicht drei Wochen, vielleicht sechs. Es kommt ganz drauf an, wie oft wir ein Gewitter erwischen und wie schnell wir dann gutes Material sammeln können.«

Kurz schwieg er, dann atmete er tief durch.

»Das heißt also, ich werde nicht einmal wissen, wie lange ich dich nicht sehe?«

Claus sah mich mit großen Augen an. Die Abschätzigkeit und die Genervtheit, die ich zuvor bei diesem Thema in seinem Gesicht zu erkennen geglaubt hatte, waren verschwunden. Übrig geblieben waren traurige Lippen, ängstlich blasse Haut und fragende Augen. Mit einem Mal begriff ich, warum er mir so vehement von dieser Reise abgeraten hatte: Er hatte Angst, mich zu verlieren. Früher hatte ich stets getan, was Claus von mir erwartet hatte, egal ob es um einen Fototermin für die Arbeit, um Sex in der Mittagspause oder um ein abendliches Treffen mit seinen Freunden gegangen war. Doch seitdem wir unsere Hochzeit verschoben hatten, sagte ich ständig Nein. Ich war nicht mehr die Ranya, die er gewohnt war. Er wusste nie, wie ich mich verhalten würde – ich wusste es ja selbst oft nicht.

Jetzt nahm er meine Hände.

»Ich weiß nicht, wie ich es wochenlang ohne dich aushalten soll«, flüsterte er, »wenn ich noch nicht mal weiß, wie lange ich warten muss.«

Ich legte meine Hand an seine Wange. »Ich bleibe nicht ewig weg. Und wir können uns schreiben und miteinander telefonieren.«

»Ich werde dich vermissen.«

Seine Stimme klang ehrlich und traurig und warm. Ich schluckte. So etwas hatte er schon lange nicht mehr zu mir gesagt. Ich erinnerte mich wieder an unsere Zeit vor dem Blitzschlag, in der ich noch nicht wütend gewesen war und stets zu ihm aufgesehen hatte. Daran, wie warm es in seinen Armen sein konnte und wie gut sein Hals roch. Ich musste an unseren ersten gemeinsamen Urlaub denken, in dem wir abends Aperol Spritz getrunken und stundenlang Karten gespielt hatten. An unseren Strandspaziergang um Mitternacht und den Kuss auf dem Steg. Ich dachte an unseren Ausflug in die große Stadt, in der wir durch das Reichenviertel flanierten und so taten, als würden wir uns eine der Villen aussuchen. An das Picknick, das Claus mir einmal als Überraschung vorbereitet hatte: mit Brezeln, Sekt und Obstsalat. Ich erinnerte mich daran, wie er sich auf der Picknickdecke über mich gebeugt, wie er mich geküsst und sich dann auf mich gelegt hatte und wie wir eine Brezel völlig zerkrümelten, während er mich streichelte. Und dann dachte ich daran, dass wir uns nach dem Seminar wieder besser verstanden hatten. Ein paar Tage lang. Das war doch noch gar nicht so lange her.

Jetzt zog ich ihn an mich und nahm sein trauriges Gesicht in meine Hände. Ich sagte nichts, ich sah ihn nur an und küsste ihn, und dann zog ich mir mein Kleid über den Kopf.

»Was genau wirst du vermissen?« Ich lächelte. »Zeig es mir.«

Es war nicht das einzige Mal, dass wir in dieser Zeit miteinander schliefen. Irgendwie schafften es meine Reisepläne, dass wir uns wieder sehnsuchtsvoller ansahen, dass wir einander festhalten und nah sein wollten. Der bevorstehende Abschied bewirkte, dass wir uns daran erinnerten, warum wir uns bisher noch nicht verabschiedet hatten.

»Wie läuft es denn zwischen dir und Claus?«, fragte mich Merle, als ich endlich mal wieder mit ihre skypte. Sie saß mit Schal und Jacke auf einer Terrasse, und ich glaubte, hinter ihr ein paar Gipfel der Neuseeländischen Alpen erkennen zu können. »Streitet ihr euch immer noch?«

»In letzter Zeit wird es besser. Seitdem ich beschlossen habe, auf Sturmjagd zu gehen.«

»Mit einem anderen Mann.«

»Es geht nicht um den Mann.«

»Schon klar.«

»Es geht um unseren Blitz und meine Angst vor Gewittern. Und darum, eine eigene große Reportage zu schreiben.«

»Aha.« Sie grinste. »Dass ein hübscher Fernsehmoderator mitfährt, nimmst du dafür also netterweise in Kauf.«

»Merle!« Ich musste lachen.

»Sehr aufopferungsvoll von dir.«

»Ja, so bin ich«, sagte ich lächelnd und seufzte.

Ich war froh, dass währenddessen *du* alle Vorkehrungen trafst. Schließlich hatte ich mit meiner Beziehung und meinen Ängsten genug zu tun. Zudem war ich voll und ganz damit beschäftigt, meine Reportage *nicht* zu schreiben. Wenigstens nahm mir eines Abends ein Glas Rotwein die Angst vor dem weißen Blatt Papier: Mein Handy vibrierte, weil Merle mir gerade Fotos von weiten Reisfeldern schickte, und ich zuckte vor Schreck so sehr zusammen, dass ein Tropfen des Weins auf dem Block landete. Na bitte, dachte ich. Jetzt sieht es eh scheiße aus. Also kann ich auch ungenügende Sätze aufschreiben.

Von diesem Abend an füllte ich meinen Spiralblock ganz langsam mit ersten Ideen, Halbsätzen, Stichpunkten. Doch nichts davon kam mir wirklich brauchbar vor. Hoffentlich würde sich das auf der Reise ändern.

Du kümmertest dich währenddessen um einen Wagen und das nötige Equipment, du schriebst mir, was ich einpacken sollte, und entwarfst eine grobe Reiseroute für die ersten Tage. Du telefoniertest sogar mit Produktionsfirmen und warst erstaunlich zuversichtlich, bald eine feste Zusage und sogar Budget zu bekommen.

Doch bevor all das tatsächlich passierte, stand Fainas Premiere an. Weißt du noch, wie wir uns dort zum ersten

Mal nach dem Seminar wiedergesehen haben? Erinnerst du dich daran, wie kalt der Abend war und wie sehr wir zitterten, vor Kälte und Aufregung? Ich wollte gefasst sein. Immer wieder sagte ich mir, was ich auch zu Merle gesagt hatte: Es ging mir nicht um dich als Mann, sondern um dich als Projektpartner. Es ging um unsere Reise, und sie würde rein professionell werden. Klar hatten wir ein wenig geflirtet, ich hatte immer mal wieder an dich gedacht, irgendetwas an dir faszinierte mich. Doch ich würde Claus heiraten, da war ich mir sicher.

Und dann sah ich, wie du aus diesem Bus stiegst. Du trugst schmale dunkle Hosen, einen halblangen grauen Mantel und ein zerstreut wirkendes Lächeln auf den geschlossenen Lippen. Eine Hand nahmst du aus der Jackentasche, und du hobst sie zu einem leichten Winken.

»Was ist, wenn es doch ein ganz kleines bisschen um den Mann geht?«, schrieb ich Merle.

Sie antwortete: »Dann fängst du möglicherweise an, ehrlicher zu dir selbst zu sein.«

Du warst gekommen. Ich versuchte, weiter zu atmen. Doch die Luft war kalt und dünn, und du kamst langsam immer näher.

»Ist nicht wahr!«, rief Ruth, als sie dich sah. »Der Herr Wettermoderator! Was verschafft uns denn die Ehre?«

Es wirkte fast etwas schüchtern, wie du ihrem Blick auswichst.

»Fainas Auftritt würde ich mir doch nicht entgehen lassen«, sagtest du, und kurz glaubte ich, du würdest mich dabei anlächeln.

Ruth nickte. »Wir sind alle extrem gespannt.« Mit hochgezogenen Augenbrauen und verschränkten Armen musterte sie das Gebäude hinter uns. Es war eine kleine alte Villa, die ihre besten Jahre längst hinter sich hatte. Die Wände waren mit Graffiti beschmiert, überall hingen Reste von Plakaten, und vor der Tür standen rauchende Studenten mit hochgekrempelten Hosen, zu kleinen Mützen und runden Brillen.

»Ich kenne mich ja nicht so aus«, gab Ludwig zu, unter dessen schwarzem Mantel Fliege und Jackett hervorlugten. Er wirkte völlig fehl am Platz. »Aber ich dachte immer, das Theater wäre ein eleganter Ort.«

»Das kommt ganz drauf an«, wandte Otto ein. Mit seiner Cordhose, den Sportschuhen und den unordentlich sitzenden Haaren passte er aus unserer Gruppe trotz seines Alters immer noch am besten hierher. »Eine Oper und ein Staatstheater können natürlich elegant sein. Aber in der freien Szene ist das ein bisschen anders.«

»Freie Szene?«, fragte Sonja oder Doris – ich wusste nicht, welche von beiden gekommen war. Schwesternlos, etwas fahl im Gesicht und in einem roten Kleid, das unter ihrem dicken Parka hervorschaute, stand sie neben Ruth und vergrub das Kinn im Schal.

»Habt ihr euch Fainas Einladung nicht durchgelesen? Sie ist Teil der Performancegruppe *Chihuahuas Kern* und tourt mit ihrer neuesten Kreation *Das Märchen von der Krähe* durch Deutschland. Die Premiere findet heute auf dem Theaterfestival Stimulus statt.«

»Otto ist mal wieder top informiert.« Sonja oder Doris lächelte.

»Wenn dann jetzt alle da sind, können wir ja reingehen«, beschloss Ruth und griff nach der Katzenbox, die sie vor sich abgestellt hatte. Ohne zu zögern, lief sie auf den Eingang der heruntergekommenen Villa zu. »Dürften wir denn mal?«, blaffte sie die rauchenden Studenten an und drängte sich zwischen ihnen hindurch, um die Stufen zur Eingangstür zu erklimmen. Wir folgten ihr.

Der Flur war lang und führte zu einem düsteren Raum. In einer Ecke konnten wir unsere Jacken bei einer Frau mit rasiertem Kopf und knallroten Lippen abgeben, geradeaus stand ein klappriger Tisch, an dem Karten verkauft oder reservierte Tickets herausgegeben wurden.

Als wir alle ohne Jacke und mit Eintrittskarten in den Händen beisammenstanden und darauf warteten, dass die Türen geöffnet würden, gaben wir sicher ein ungewöhnliches Bild ab: Am meisten fiel Ruth mit ihrem rot geblümten Blazer, der perfekt zur rot geblümten Stoffhose passte, und der dicken, silbernen Kette um den Hals auf, obwohl sie ihre Katzenbox an der Garderobe abgegeben hatte.

»Nette Leute hier«, sagte sie. »Normalerweise muss ich die Sache mit Milka immer erklären, aber hier wissen sie Bescheid.«

Sonja oder Doris mit ihrem Kleid und Ludwig in seinem Anzug waren völlig overdressed und hätten so wohl besser zu einer Oscarverleihung gepasst.

Otto sah sich neugierig im ganzen Raum um. Währenddessen traten du und ich immer wieder von einem Bein aufs andere. Ich war froh, dass ich mich für mein schlichtes kurzes Kleid entschieden hatte, das schick wirken, aber auch leger aussehen konnte – je nach Kontext. Natürlich warst auch du etwas zu elegant gekleidet für das Stimulus-Festival. Aber du hattest eine Selbstverständlichkeit an dir, die dich auch in einem blauen Hemd an diesem Ort lässig aussehen ließ.

Warst du im Foyer genauso angespannt wie ich? Fandest du später, in dem abgedunkelten Raum, in dem wir alle im Kreis auf Stühlen saßen und in die Mitte starrten, Fainas Performance genauso durchgeknallt, albern und gleichzeitig wunderschön wie ich?

Chihuahuas Kern spielte mit lauter Musik, leisen Stimmen und verdreht verklärten Tänzen. Die Gruppe erzählte die Geschichte einer Krähe, die in eine Katze verliebt war. Faina war ein Sturm, in den beide gerieten. Ihre Finger waren Regentropfen, ihre Arme und Beine Blitze, ihr Körper war eine riesige Gewitterwolke. An einem Seil wurde sie langsam von der Decke gelassen. Anfangs bewegte sie sich bedächtig und bedrohlich, dann, mit einem Mal, wirbelte und stürmte sie. In ihrem Unwetterkostüm tanzte sie donnernd und blitzend über den Bühnenraum. Noch nie hatte ich einen so seltsamen und zugleich berührenden Tanz gesehen. Der Spieler mit der Krähenmaske und die Darstellerin im Katzenkostüm waren ihr völlig ausgeliefert. Sie rollten über die Bühne, zuckten im Licht der Blitze und schrien vor Angst im Donner. Sonja und Ludwig sahen sich irritiert an, Otto und Ruth starrten mit offenen Mündern auf die Bühne. Ich konnte nicht anders, als trotz allem darüber nachzudenken, dass dein Bein und mein Bein nur wenige Zentimeter voneinander entfernt waren.

»Es wäre wirklich besser, er würde nicht so verdammt gut riechen«, schrieb ich Merle. Ich bräuchte nur ein wenig vor Schreck zusammenzuzucken, dachte ich, und schon würde ich dich berühren. Wollte ich das?

Später, als wir alle in der heruntergekommenen Kneipe nebenan saßen und »Wer kniffelt am schlechtesten?« spielten, schüttelten wir immer wieder fassungslos die Köpfe über das, was uns da geboten worden war. Das Spannende war: Jeder von uns hatte eine andere Geschichte gesehen. Ruth war der Meinung, Krähe und Katze passten einfach nicht zusammen. Wenn die Krähe die Katze küssen wollte, pickte sie ihr mit ihrem Schnabel aus Versehen ein Auge aus. Wenn die Katze die Krähe berühren wollte, riss sie ihr mit ihren Krallen die Federn aus.

»Dieses Stück ist der beste Beweis dafür, dass die Ehe einem nichts als Schaden zufügt«, schloss Ruth und würfelte eine kleine Straße. »Verdammte Axt«, fluchte sie.

Doris oder Sonja hatte nur verrückte junge Leute gesehen, die ihr Leben lieber mit etwas Sinnvollerem verbringen sollten. »Damit verdienen die ihr Geld? Dass sie sich auf dem Boden herumwickeln?« Sie schüttelte den Kopf. Nicht mal, dass einer dieser Verrückten eine Krähe und die andere eine Katze spielten, hatte sie begriffen.

Ludwig hatte in dem verrückten Bühnenspiel immerhin ein bisschen was erkennen können. Krähe und Katze hätten beide versucht, etwas anderes zu sein, als sie waren, erklärte er. Eine Katze, die so hoch und weit springen möchte, wie eine Krähe fliegt, stürzt ab. Und eine Krähe, die nur am Boden bleibt, kommt nicht weit. »Jeder Mensch sollte sich treu bleiben und für niemanden verstellen«, schlussfolgerte er. Leise fügte er in meine Richtung gewandt hinzu: »Warum wollte dein Bruder eigentlich nicht mit nach Berlin fahren?«

»Er hat ein wichtiges Handballspiel, sonst wäre er wirklich gern gekommen.« Ich lächelte ihn aufmunternd an und hatte den Eindruck, dass auch er ein wenig erleichtert war.

Otto würfelte zwei Kniffel hintereinander und seufzte. Er hatte aus dem Stück herausgelesen, dass Krähe und Katze einander so sehr liebten, dass sie sich selbst dafür aufopferten. Die Krähe blieb am Boden, um der Katze nahe zu sein, auch wenn dabei ihre Flügel zu verkümmern drohten. Die Katze wollte mit der Krähe durch die Lüfte segeln und stürzte dabei ab. »Die Liebe ist größer als die Selbstbezogenheit«, erklärte er. »Ist doch schön.«

Ich wiegte den Kopf. »Nicht immer. Wir müssen uns auch selbst lieben, um den anderen lieben zu können. Was bleibt schließlich von uns übrig, wenn wir uns für den anderen aufgeben? Dann ist da bald nichts und niemand mehr, der ihn lieben kann.«

Die anderen runzelten die Stirn und sahen mich verwirrt an.

»Ich glaube, Krähe und Katze müssen lernen, sich selbst treu zu bleiben und die Grenzen des anderen zu wahren. Sie müssen akzeptieren, dass sie unterschiedlich sind, und sich darüber freuen. Sie können einander zwar lieben, aber die Krähe muss fliegen und die Katze muss rennen können. Sie müssen diese Distanz aushalten. Und das sollten wir auch lernen. Es ist eine schwierige Aufgabe, aber wenn wir es schaffen, könnten wir glückliche Beziehungen führen.«

Alle nickten und schwiegen. Und dann sagtest du: »Und was ist mit diesem Unwetter? Warum hat es da überhaupt geblitzt?«

»Vielleicht, weil das Leben manchmal wie ein Unwetter

über uns hereinbricht und die Liebe auf die Probe stellt«, überlegte Ludwig.

»Gut, dass wir das geklärt haben«, kommentierte Ruth. »Otto, du bist dran.«

Wir spielten und lachten noch mehrere Stunden lang, und ich fand die große runde Tasse, aus der Otto seinen Schwarztee trank, so wunderschön, dass ich kaum wegsehen konnte.

»Erinnerst du dich noch an meine Porzellantassen?«, schrieb ich Merle. Jetzt antwortete sie endlich: »Wie könnte ich die vergessen? Weißt du eigentlich, wie viele schöne Tassen ich auf dieser Reise schon gesehen habe und wie oft ich deswegen an dich denken musste?«

»Und du bringst mir keine einzige davon mit?«

»Wie bitte? Du hast mir vor Jahren verboten, dir auch nur eine einzige weitere Tasse zu schenken! Du hast behauptet, du wärst jetzt erwachsen! Und diesen Reifeprozess wollte ich unter keinen Umständen bremsen!«

Ich antwortete mit lachenden Smileys. »Vielleicht würde ich mich mittlerweile wieder über ein kleines Mitbringsel freuen.«

Merle lächelte per Smiley zurück. »Hat dieser Sinneswandel irgendetwas mit dem Geruch des Moderators zu tun?«

»Nur sehr entfernt«, schrieb ich zurück.

Gerade stieß Faina dazu und erzählte, dass die Theatermacher bei ihrem Stück überhaupt nicht an die Liebe gedacht hätten: Krähe und Katze stünden stellvertretend für Israelis und Palästinenser, das Gewitter sei der Krieg, den am Ende niemand gewonnen habe.

»Es ging um den Nahostkonflikt«, verkündete Faina

mit fachmännischer Miene, und allerspätestens in diesem Moment beschloss ich, ihr die Lügengeschichte über ihren Blitzschlag wirklich zu verzeihen. Wenn sie in diesem Stück Krieg sah, konnte man in ihrem Leben auch einen Blitz erkennen. Sie hatte es sicherlich nicht böse gemeint – sie lebte einfach in einer etwas flexibleren Realität.

»Ja, klar, natürlich«, meinte Otto.

Ludwig nickte zustimmend. »So was Ähnliches haben wir uns auch gedacht.«

»Super Botschaft«, beteuerte ich.

Aus den Augenwinkeln sah ich, wie du dir mit den Fingerspitzen über die Bartstoppeln strichst und dabei dein Schmunzeln hinter deiner Hand verstecktest.

Gegen Mitternacht wollten wir alle in Richtung Hotel aufbrechen. Wir zogen unsere Jacken und Schals an, Ruth griff unter den Tisch, wo sie die Katzenbox abgestellt hatte, und die Hälfte von uns setzte sich in Bewegung, als Ruth plötzlich aufschrie. »Verdammte Axt!«

Wir hielten inne und drehten uns zu ihr um.

»Milka ist weg. Dieses Mistvieh!«

»Schon wieder?«, fragte Sonja oder Doris.

»Gut, dass ich Manfred diesmal nicht mitgenommen habe.« Otto seufzte.

»Ich frage die Kollegen, ob sie Milka irgendwo gesehen haben«, schlug Faina vor.

»Äh …« Ich wollte sie schon daran erinnern, dass niemand außer Ruth diese Katze sehen konnte, doch dann schluckte ich meine Worte doch hinunter.

»Helft ihr mir auch, sie wieder einzufangen?« Ruth sah in die Runde.

Ergeben nickten wir. Für die Suche teilten wir uns auf. Die eine Hälfte durchkämmte die Theaterräume – mehr oder weniger sorgfältig. Die andere Hälfte ging draußen die Straße auf und ab. Ruth rief nach Milka, sprach irritierte Passanten an, sah unter jedes Auto und jeden Busch. Du und ich folgten ihr.

Hinter ihrem Rücken grinsten wir uns immer wieder heimlich an und bissen uns auf die Lippen. Weißt du, was seltsam ist? Ich fand diese Suche so witzig, die Nacht so hell erleuchtet und Ruth so traurig, dass ich ganz kurz glaubte, Milka wirklich gefunden zu haben. Sie stand mitten auf der Straße, schaute uns an und sah genauso aus, wie ich sie mir immer vorgestellt hatte: schwarz und dickgefressen. Gerade wollte ich die Hand heben und langsam auf sie zeigen, wie das Opfer in Horrorfilmen, kurz bevor es zu spät war, um wegzurennen. Doch da sagtest du zu Ruth: »Weißt du schon, was Ranya und ich vorhaben?«

Zerstreut sah ich dich an, und als ich den Kopf wieder in Richtung Katze drehte, war sie verschwunden. Ich blinzelte – die Straße blieb leer.

»Ihr habt gemeinsam etwas vor?« Ruth kippte gerade einen Mülleimer nach vorn, um dahinter nach der Katze zu suchen. Obwohl sie nur mit halbem Ohr zuhörte, erzähltest du ihr von unseren Plänen. Später, als wir ohne Milka an der Bushaltestelle standen und Ruth mit den Tränen kämpfte, berichtetest du auch den anderen davon. Deine Stimme klang jetzt viel heller und jünger als sonst. Immer wieder hast du gelächelt. Du warst aufgeregt, kann das sein? Du hast dich gefreut. Zum ersten Mal hörte ich, dass dein Lieblingsdokusender schon Interesse an unserer Sturmjagd signalisiert hatte.

»Ihr seid verrückt.« Sonja oder Doris schüttelte den Kopf.

»Mutig!«, kommentierte Otto.

»Das ist hoch spannend. Ich werde eure Berichte verfolgen. Und wenn ihr in der Nähe seid, komme ich mit Tee und Keksen vorbei«, kündigte Faina an.

»Da komme ich auch mit«, sagte Ludwig. »Wirklich ein toller Plan.« Seine Haare wehten im eiskalten Berliner Wind.

»Ich wünschte, Milka könnte euch auch besuchen.« Ruth sprach ungewöhnlich leise. »Aber ich denke, sie ist für immer weg.«

»Wie kommst du darauf?«

»Sie kennt sich in Berlin gar nicht aus. Wahrscheinlich ist sie längst vom Auto überfahren worden.«

Keiner von uns antwortete. Stumm sahen wir die Straße hinunter und hofften, dass der Bus um die Ecke käme.

Unser Hotel war nicht so schäbig wie das Lichtblick, aber die Zimmer waren winzig, und im Foyer gab es nur einen Kaffee- und Suppenautomaten. Die Suche hatte uns so müde gemacht, dass wir sofort auf unsere Zimmer gingen.

»Schlaft schön«, sagte ich noch und winkte in die Runde. Ich lächelte dir zu, doch du wichst meinem Blick aus. Wie hast du geschlafen in dieser Nacht? Ich schloss die Augen und dachte daran, dass du im gleichen Flur lagst wie ich und dass dein Zimmer genauso geschnitten war wie meins, und ich stellte mir vor, jetzt noch aus irgendeinem Grund auf den Flur hinausgehen zu müssen. Wie es wohl wäre, wenn du ebenfalls auf den Flur hinaustreten würdest? Wenn wir uns dort begegnen würden, im Schlafanzug, zerzaust? Was würde passieren?

In mein Kissen gekuschelt, schüttelte ich den Kopf. Gar nichts würde geschehen. Schließlich hatte ich Claus. Und du schienst überhaupt nicht an mir, sondern nur an unserer Reise interessiert zu sein. Für mich war das völlig okay. Ich war schließlich auch nicht an dir interessiert. Kein bisschen.

»Okay, Leute. Machen wir uns nichts vor«, sagte Ruth am nächsten Morgen. Sie stand mit erdverschmierten Händen auf der Verkehrsinsel vor dem Hotel, zu ihren Füßen steckte ein hölzernes Kreuz im Boden. Als wir durchs Fenster gesehen und Ruth dort bemerkt hatten, waren wir leicht verwirrt nach unten gegangen und auf die Straße getreten.

»Dies ist nicht das erste Grab für Milka, aber bisher ist sie immer zurückgekommen. Wie bei *Friedhof der Kuscheltiere*, das kennt ihr, oder? Den Film hab ich mir mit Milka im Kino angeschaut. Schon lustig, wenn diese verfilzte Katze plötzlich ihre Familie anfällt. Aber keine Angst, ich war auf keinem übernatürlichen Friedhof, und Milkas Charakter ist auch nicht gruseliger geworden. Sie war von Anfang bis Ende gleich arrogant, störrisch und anhänglich. Beim ersten Mal ist sie überfahren worden. Ich weiß noch, dass sie so blutig war, dass ich sie nirgends mehr hinbringen wollte und sie direkt auf der Verkehrsinsel vergraben musste. Beim zweiten Mal ist sie an einer hundsgemeinen Krankheit verreckt, sie hatte Beulen am ganzen Körper. Ich dachte, es wäre gut, sie auf derselben Verkehrsinsel zu verbuddeln. Sie sozusagen zu ihrem

Grab zurückzubringen. Beim dritten Mal ist sie verhungert, obwohl ihr Napf ständig randvoll war. Sie hat einfach nicht mehr gefressen. Jetzt, beim vierten Mal, ist es irgendwie anders. Sie ist einfach verschwunden. So wie beim Seminar, nur weiß ich diesmal: Sie wird nicht zurückkommen. Irgendetwas hat sich verändert. Nach dem Theaterstück hat sie mich so angeschaut, als wollte sie sagen: ›Du brauchst mich jetzt nicht mehr. Mit deinen neuen Freunden ist dein Leben wahnsinnig genug.‹ Ich hab gedacht, ich bilde mir das ein, doch dann war sie wirklich weg. Danke, Leute, dass ihr die halbe Nacht mit mir mitten in Berlin nach meiner Milka gesucht habt, und das, obwohl sie für euch gar nicht existiert. Was schaut ihr denn so? Ich weiß sehr wohl, dass ich spinne. Ich bin ja nicht senil. Und diesmal bin ich mir endlich hundertprozentig sicher, dass sie für immer gegangen ist. Deswegen habe ich heute Morgen ein symbolisches Kreuz in diese Verkehrsinsel geschlagen. Möge Milka endlich für immer in Frieden ruhen.«

Ludwig riss die Augen auf und sah mich an, ich biss mir auf die Lippen und sah dich an, du schmunzeltest und sahst auf den Boden. Nur Otto nickte Ruth zu und brummte: »Amen.«

4. Teil

Die Luft ist schwer

Adam

Du wirst es mir wahrscheinlich nicht glauben, aber ich habe mir Milka ganz ähnlich vorgestellt wie du. Und genau wie du damals auf der Straße in Berlin, hatte auch ich einen Milka-Moment. Weißt du noch, wie wir beide vor der kleinen Bäckerei in Gudenshain standen?

»Die Besitzerin heißt Helga«, sagtest du gerade und deutetest auf das mit goldbraunen Backwaren reich geschmückte Schaufenster. »Das Lustige ist: Im Ort sind drei Männer unsterblich in sie verliebt, alle hier wissen es, aber sie hat keine Ahnung.«

Ich sah dich von der Seite an und wartete darauf, dass sich wieder dieses Gefühl in meiner Brust ausbreitete, diese Ahnung, dieses Halt-dich-besser-von-ihr-fern. Doch als wir da vor der Bäckerei standen, kam es nicht. Du sahst mich an und lächeltest, und ich spürte keine Warnung.

In diesem Moment krachte es mitten auf der Kreuzung, direkt vor uns. Schnell drehten wir die Köpfe: Ein Eiswagen und ein Nahkauf-Transporter waren frontal zusammengestoßen.

»So ein Mist!« Aus dem Eiswagen stolperte ein kleiner Mann mit schmalem Schnäuzer.

»Du Dummkopf!« Sofort sprang auch der Fahrer des

Transporters auf die Straße, ein rundlicher Mann mit Halbglatze.

»Was soll das?«, schrien sie einander an.

»Musstest du etwa im Schritttempo an Helgas Bäckerei vorbeifahren? Wolltest wohl einen Blick auf deine große Liebe erhaschen, he?«, schimpfte der Eiswagen-Typ.

»Wie kommst du denn bitte auf so etwas? Außerdem hast du doch selbst nicht auf die Straße gesehen! Könnte es sein, dass *du* es warst, der hier geglotzt hat? Aber mir immer ach so schlaue Ratschläge geben. Ein feiger Hund bist du!«, polterte der Nahkauf-Mann.

»Das sind Jacopo und Onkel Erich«, flüstertest du mir zu. »Zwei der drei Männer, von denen ich gerade gesprochen habe.«

Die Bäckerin war längst aus ihrem Laden getreten, stand nun neben dir, die Arme vor der Brust verschränkt, und betrachtete die beiden.

»Jetzt ist aber mal gut!«, rief sie laut. »Habt ihr euch verletzt? Braucht ihr einen Krankenwagen? Oder soll ich die Polizei anrufen? Nein? Dann beruhigt euch und hört auf zu streiten.«

Die beiden Männer sahen Helga an, und als wären sie zwei Ballons, aus denen allmählich die Luft wich, ließen sie langsam die Köpfe hängen.

»Ich rufe Ingo an, er kann euch abschleppen«, sagte Helga.

Auch wir beide boten unsere Hilfe an, doch wir konnten nicht mehr tun, als Warnkreuze in die eine und die andere Richtung aufzustellen. Und dann kam er: mein Milka-Moment. Mitten auf der Straße stand mit einem Mal eine schwarze Katze und beobachtete uns. Den Kopf hielt sie stolz erhoben, die rechten Pfoten standen etwas weiter vorn als die linken. Jederzeit hätte sie davonrennen können, doch sie blieb, bis ich sie mit meinem Warnkreuz verscheuchte.

Natürlich weiß ich, dass das nicht Ruths Milka gewesen ist. Nicht wirklich. Aber vielleicht war es die Milka eines anderen. Vielleicht war es sogar meine. Sie erinnerte mich daran, dass es in meiner Welt Löcher gab, durch die Erinnerungen rieselten, und Lücken, durch die sich schwarze Katzen hineinschleichen konnten.

Du zücktest dein Handy und fotografiertest die Autos für die Webseite deiner Zeitung.

»Keine Angst, Logos und Kennzeichen verpixeln wir«, versprachst du den Männern. »Wir bringen nur eine Meldung, dass es hier vor der Bäckerei zu Verkehrsbehinderungen kommen kann.«

»Wolltest du nicht während der Sturmjagd Pause machen?«, fragte ich.

Du lächeltest gequält. »Nur noch dieser eine Unfall. Danach höre ich wirklich auf, versprochen.«

Bald tauchte Ingo auf, ein großer Mann mit großem Bauch und weißem Vollbart – »der dritte Mann, der in Helga verliebt ist«, erklärtest du grinsend –, und begann, an den Autos seiner Freunde zu hantieren. Und immer wenn er glaubte, die anderen Männer würden es nicht sehen, zwinkerte er Helga zu.

Schließlich taten wir doch noch, weswegen wir überhaupt zur Bäckerei gekommen waren: Wir kauften bei Helga zwei belegte Brötchen und zwei Mohnschnecken als Proviant für Tag eins unserer Sturmjagd.

»Du weißt schon, was mit den Männern los ist, oder?«

Fest blicktest du Helga über den Tresen hinweg an, während du ihr Kleingeld in die Hand drücktest. »Mit Ingo, Jacopo und Erich?«

Helga mit ihrem akkuraten Haarknoten, den Perlenohrringen und den roten Wangen lächelte.

»Natürlich weiß ich das, Schätzchen. Ich weiß es schon lange – wahrscheinlich seit diesem Blitz, nachdem ich meinen Rum weggegeben habe. Das Problem ist nur: Nichts ändert sich, solange man sich nicht entscheidet.«

»Ich fürchte, das stimmt so nicht«, widersprachst du ihr. »Die Welt verändert sich mit jeder Sekunde, ob wir wollen oder nicht. Und unsere Entscheidungen sind die einzige Möglichkeit, diese Veränderungen zumindest ein bisschen zu beeinflussen.«

Irgendwie hattest du recht, fand ich. Und ich war stolz auf uns: Wir hatten aktiv entschieden, auf Sturmjagd zu gehen. Mein Lieblingsdokusender hat uns tatsächlich auf diese Reise geschickt und uns sogar ein kleines Budget zur Verfügung gestellt. Mein Chef wollte mir keinen unbezahlten Urlaub geben, also hatte ich kurzerhand gekündigt. Im Gegensatz zu mir hattest du die Diskussion mit deinem Chef gewonnen: Er hatte versprochen, dir ein paar Wochen lang keine Termine aufs Auge zu drücken. Dafür wollte er deine Pauschalzahlungen kürzen, außerdem solltest du mindestens einmal pro Woche Text für eine kleine Online-Kolumne über Gewitter liefern. Ich fand das entgegenkommend von ihm.

Für unsere Fahrt hatte ich uns einen rustikalen Jeep von einem Kollegen ausgeliehen und mir von der Werkstatt versichern lassen, dass die Karosserie durchgängig aus Metall bestand, sodass sie bei einem Gewitter als faradayscher Käfig wirken würde. Der Kofferraum war vollgepackt.

»Das sieht ja wild aus!«, urteilte eine neue Moderatorin in meinem Kopf. Sie hatte Helgas Statur, Ingos spitzes Kinn, Erichs breite Nase und gestikulierte mit einer Hand so wild in der Luft herum wie Jacopo. Mit der anderen hielt sie sich ein Mikro an die Lippen. »Herr Münchberg, was haben Sie alles eingepackt?«

»Nun ja«, setzte ich möglichst fachmännisch an. »Zunächst einmal natürlich mein Temperatur-Messgerät, einen mobilen Windmesser, Kameras, Stative, Mikrofone und selbstverständlich meinen nagelneuen Laptop mit Sim-Karte. Für uns ist es enorm wichtig, dass ich von überall her auf die wichtigsten Radar- und Satellitendaten zugreifen kann.«

»Interessant. Und wie wollen Sie nun vorgehen?« Helga-Ingo-Erich-Jacopo zeichnete die Frage mit einer schwungvollen Handbewegung in die Luft.

»Unsere Reise wird dort beginnen, wo alles angefangen hat. An den Orten, wo Ranya und ich vom Blitz getroffen worden sind.«

Die Moderatorin blinzelte. »Wie lange ist das jetzt her?«

»Über ein halbes Jahr.«

»Warum starten Sie jetzt, am 15. April? Ist mit dieser Jahreszeit nicht ein gewisses Risiko verbunden?«

»Doch, durchaus.« Ich nickte, fühlte mich souverän und fuhr fort: »Natürlich gewittert es im Frühling weit weniger häufig als im Hochsommer. Aber auch im April können wir Glück haben, vor allem bei massiver Kaltluftzufuhr über wärmerem Meerwasser sowie an der Rückseite von Kaltfronten.«

Ich machte eine Kunstpause, damit auch jeder bei meinen klugen Ausführungen hinterherkam – und musste über mich selbst grinsen. »Aktuelle Wetterprognosen zeigen, dass es gerade in den kommenden Tagen vor allem im Norden Deutschlands mehrfach gewittern könnte. Also haben wir kurz entschlossen gepackt.«

»Spannend.« Die Moderatorin warf das Wort mit einer schwungvollen Handbewegung in die Luft, als wäre es Konfetti. »Lassen Sie denn auch jemanden zurück, der Sie vermissen wird?«

Ich wiegte den Kopf. »Susi vielleicht. Sie wollte gern als Kamerafrau mitkommen, aber ich habe es ihr ausgeredet. In letzter Zeit hatten wir nur wenig Kontakt. Irgendwie hat sich die Sache ausgeschlichen. Wir hatten keinen Streit oder so. Aber ich hatte einfach kein Interesse mehr.«

In meiner Bauchbinde stand jetzt: »Adam Münchberg (32) wird von niemandem vermisst.«

»Verstehe«, sagte Helga-Ingo-Erich-Jacopo. »Na dann: Gute Reise!«

»Okay, Ranya.« Zuerst filmte ich dich. Du standest sicher auf beiden Beinen, dein knielanger, grüner Rock wehte im Wind, deine Haarfarben leuchteten. »Bereit?«

»Klar.«

»Erzähl erst mal, wo du hier bist.«

»Ich stehe jetzt genau an der Stelle, wo mich am 1. September der Blitz getroffen hat. Mich überrascht, dass man davon gar nichts mehr sehen kann. Hier ist im wahrsten Sinne des Wortes Gras drüber gewachsen.«

»Wie fühlst du dich, welche Gedanken gehen dir durch

den Kopf, woran erinnerst du dich? Erzähl einfach ein bisschen was von deinem Innenleben.«

»Okay, ich versuch's. Ich weiß noch, dass ich mich während dieses Gewitters hier sicher geglaubt habe, dabei war ich es nicht. Jetzt fühle ich mich hingegen unsicher. Als säße ich in der Falle, als würde mir in den nächsten Sekunden irgendetwas Schreckliches zustoßen. Wahrscheinlich liege ich wieder falsch.«

»Wollen wir es hoffen. Wie war das damals?«

»Ich stand hier und wollte ein Foto machen. Das Gewitter war wunderschön. Dann hat es geblitzt, und jetzt stehe ich wieder hier, aber in mir drin hat sich so viel geändert seit diesem Tag.«

»Hast du irgendetwas geahnt?«

»Nein. Ich habe eine Krähe gesehen, die direkt vor mir aufgeflattert ist. Vielleicht hat sie es gespürt. Ich habe durch die Linse geschaut, die Stadt betrachtet, die Wolken. Und dann war ich plötzlich ohnmächtig.«

Kurz darauf stapften wir schweigend zurück zum Jeep. Ich dachte darüber nach, wie gut du vor der Kamera wirktest. Du redetest in klaren Sätzen, sahst selbstbewusst und sympathisch aus. Noch dazu hattest du diese gewellten Haare und das hübsche Gesicht mit dem strahlenden Lächeln. Ich sah dich von der Seite an und schüttelte innerlich den Kopf. Denk an dieses Gefühl, sagte ich mir. Irgendwas stimmt nicht mit dieser Frau.

Wir stiegen ins Auto, und ich sagte: »Das wird gut.«

»Was meinst du?«

»Unsere Doku. Ich wusste nicht, dass du so ein Kameraprofi bist.«

»Bin ich auch nicht.«

»Doch, die Zuschauer werden dich lieben.«

»Quatsch.«

Ich lächelte, schwieg und kutschierte uns zu meinem Blitzort, der Aussichtsplattform unterhalb des Tretbeckens. Es war ein grauer Tag, wolkenverhangen und windig. Die Stadt sah trist aus, nur die Dächer leuchteten rot, der spitze Kirchturm ragte drohend in den tiefen Himmel hinein. 10.20 Uhr zeigte seine Uhr.

Diesmal hieltest du die Kamera, und ich sollte reden. So, wie ich es momentan ständig in meinen Gedanken tat, so, wie ich es früher ständig getan hatte. Ich müsste doch ein Profi sein, dachte ich. Dort zu stehen und zu sprechen, müsste mir leichtfallen. Doch dieser Ort kam mir fremd vor, als hätte ich ihn nie zuvor gesehen. Gleichzeitig schien er mir zu drohen. Das Geländer, die kleinen Büsche am Rand, der Kies zu meinen Füßen, die Bäume links und rechts flüsterten und murmelten. »Geh«, wisperten sie mir zu. »Hau ab, bevor es zu spät ist. Bevor du dich erinnerst.«

Aber war ich nicht genau deswegen auf dieser Reise? Ich wollte mich doch erinnern, an alles. Oder nicht?

Du nicktest mir aufmunternd zu. Jetzt sollte ich anfangen. Ich versuchte meinen Mund zu öffnen, mich leise zu räuspern – doch ich konnte nicht.

Mit einer Hand klammerte ich mich ans Geländer, an dem damals mein Fuß gelehnt haben muss, mit der anderen ans Mikrofon. Wieder nicktest du, jetzt mit einem leicht verwunderten Gesichtsausdruck. Ich sollte dringend etwas sagen, doch ich wusste nicht, was. Wo anfangen? Wie könnte ich dieses nasskalte Gefühl in meiner Brust erklären? Sollte ich das überhaupt versuchen? Mir kamen alle Worte, die ich möglicherweise sagen könnte, viel zu dünn und leicht und unbekümmert vor. Tonlos entwichen sie meinem Mund, niemand konnte sie hören, und zurück blieb nichts als Leere in meinem Kopf.

»Hallo, Adam«, begannst du langsam, und da war er wieder: dieser Zug um deinen Mund. Gefährlich irgendwie. Ich hatte das Gefühl, als wolltest du mir schaden. »Erklär uns doch bitte kurz, wo du hier stehst.«

Fast schon streng sahst du mich an. Ich würde mich nicht einschüchtern lassen, beschloss ich. Nicht von dir. Also räusperte ich mich, so laut ich konnte. Okay, meine Stimme war noch da. Mein Kopf war nicht leer. Die richtigen Worte hatten nur hinter meinem Räuspern festgesteckt.

»Ich stehe an der Stelle, wo mich am 1. September der Blitz getroffen hat«, sagte ich jetzt mit erhobenem Kinn. Plötzlich lief es wie von allein, und mit jedem Wort wurde auch deine Mimik wieder freundlicher. Mir war, als könnte ich das Bedrohliche in deinem Gesicht niederquatschen. Bald wirktest du beinahe harmlos. »Dieser Ort ist etwa achthundertfünfzig Meter Luftlinie von der Waldlichtung entfernt, auf der Ranya stand.«

Du lächeltest mich an. »Was geht dir durch den Kopf, wenn du hier stehst?«

»Ich frage mich, warum ich damals hergekommen bin. Meine Kamerafrau sagt, ich hätte unbedingt dieses Gewitter miterleben wollen. Das wäre gar nicht so abwegig, Gewitter sind einfach faszinierend. Ich mag den grauen Himmel. Ich mag es, wenn die Erde ganz nass geworden ist, sodass dieser Geruch aufsteigt und durch die geöffneten Fenster im dritten Stock dringt. Wenn der Donner in der Ferne zu hören ist und immer lauter wird. Es ist wunderschön.«

Deine Augen weiteten sich. »Wirklich?«

Ich nickte. »Ich liebe jeden Wetterumschwung, aber vor allem den von Warm zu Kalt. In diesen Momenten wird klar, wie viel Macht die Natur hat. Sie kann uns durcheinanderbringen oder überfluten, sie kann uns mit einem gezielten Blitzschlag einfach so aus dem Leben löschen.«

»Nicht immer.« Du lächeltest, und ich musste zurücklächeln. Und zum ersten Mal fiel mir dein winzig kleines Grübchen in der rechten Wange auf.

»Stimmt«, pflichtete ich dir bei. »Manchmal wirft sie uns auch nur völlig aus der Bahn.«

Wir setzten uns auf die Ladefläche des Jeeps und begannen zu arbeiten. Ich schnitt die beiden Szenen zu einem Kurzclip, um sie als ersten Eintrag auf unserem neuen Blog veröffentlichen zu können. »Vom gleichen Blitz getroffen. Gewittertiere auf Sturmjagd«, hatten wir ihn genannt.

»Ist das nicht etwas reißerisch?«, hattest du eingewendet.

»Klar, aber wir wollen schließlich gefunden werden.«

Neben mir begannst du nun wie wild zu tippen. An deine Reportage trautest du dich an diesem Tag noch nicht heran, du schienst aber sehr inspiriert zu sein für einen Blogartikel und deine neue Kolumne.

»Die *Neue Presse* hat meinen ersten Artikel zum Start unserer Sturmjagd gerade online gestellt. Mit Link auf uns!«, freutest du dich. Deine Zeitung streute den Link kurze Zeit später auch auf Facebook und Instagram. Du hattest anscheinend einen netten Vorgesetzten und liebe Kolleginnen.

Die Verlinkung spiegelte sich schnell in den Klickzahlen wider: Plötzlich hatten wir über zweihundert Besucher auf der Seite, und zwar gleichzeitig. »Nicht schlecht für den Anfang«, sagte ich.

Schon gegen vierzehn Uhr hatten wir unser Soll für den ersten Tag erfüllt. Wir lehnten uns gegen die Rückwand der Jeep-Ladefläche und sahen abwechselnd auf Gudenshain und auf die Klickzahlen unseres Blogs. Je später es wurde, desto weiter gingen sie runter.

»Das ist normal«, behauptete ich, ohne es wirklich zu wissen. »Wir waren ja auch noch gar nicht im Gewitter.« Wir packten unsere Mohnschnecken aus, krümelten beim Essen herum, und ich wunderte mich darüber, wie schnell ich mich an deine Anwesenheit gewöhnt hatte. Zu Hause hatte ich mich viel häufiger gefragt, woher ich dich kennen könnte und warum ich dich nicht mochte, als hier, neben dir auf diesem Jeep. Antworten hatte ich noch keine, aber zumindest waren meine Fragen leiser geworden. Möglicherweise hatte ich mich auch einfach geirrt. Vielleicht hatte ich dich im Seminar ja doch zum ersten Mal gesehen. Und meine spontane Abneigung hatte überhaupt keinen Grund. Manchmal ist der erste Eindruck richtig, manchmal ist er falsch. Vielleicht warst du ja doch ganz nett, und ich sollte es einfach auf sich beruhen lassen.

»Freust du dich auf die Reise?«, fragte ich dich, so offen ich konnte.

»Schon. Aber ich hab auch etwas Schiss.«

»Vorm Gewitter?«

»Vor meiner Angst im Gewitter. Eigentlich bin ich mir

sicher, dass uns nicht noch mal etwas Schlimmes passiert. Aber im Gewitter werde ich mir sicher sein, dass ich mich geirrt habe.«

»Verstehe.«

»Du hast gar keine Angst?«

Ich schüttelte den Kopf. »Nur davor, dass wir kein Gewitter erwischen.«

Das war keine Lüge. Wirklich nicht. Aber ich verstehe, dass du denkst, ich hätte dich angelogen. Die Unwetterwarnung erreichte uns wenige Minuten später, und damit hatte ich nicht gerechnet. Den Prognosen zufolge hätte es erst am darauffolgenden Abend losgehen sollen – frühestens! Laut Plan wären wir gegen siebzehn Uhr in Richtung Norden aufgebrochen. Bis zum Hostel, das wir für die erste Nacht gebucht hatten, wären es zwei bis drei Stunden Fahrt gewesen. Wir hätten noch etwas zu Abend gegessen und uns dann in aller Ruhe für den ersten Gewittertag rüsten können. Alles wäre ganz entspannt abgelaufen. Doch die Natur ist manchmal unberechenbar, und die Warnung leuchtete genau *jetzt* auf meinem Bildschirm auf. Rot und unübersehbar.

»Ranya?« Ich hörte, wie meine Stimme zitterte. Vor Freude natürlich. »In 270 Kilometern Entfernung zieht gerade ein Unwetter auf.«

»Jetzt?« Du starrtest mich mit aufgerissenen Augen an. »Heute?«

Ich nickte, ohne den Blick von meinem Laptop zu lösen. »In drei bis vier Stunden soll ordentlich was runterkommen. Wenn wir jetzt losfahren, könnten wir es noch rechtzeitig schaffen.«

Ich sah dich an und spürte, wie viel Angst du plötzlich hattest. Du wurdest blass, dein Atem ging flacher. Und auch mein Herz schlug schnell. Aber bei mir war es natürlich nur die Aufregung.

Ohne ein weiteres Wort packten wir unsere Sachen zusammen, sprangen von der Ladefläche, fegten die letzten Mohnschneckenkrümel von unseren Hosen und setzten uns in den Wagen. Ich tippte den Ort, für den die Warnung am rötesten leuchtete, in mein Navi ein, du startetest den Motor.

Auf der Fahrt sprachen wir wenig. Ich überlegte, ob ich dich irgendwie beruhigen könnte. Angenommen, mir würde es ähnlich gehen wie dir – was würde mir helfen? Ich überlegte und überlegte und hörte mein Herz laut pochen und versuchte, meine Atmung zu regulieren. Wegen der Vorfreude natürlich. Anfangs versuchte ich es mit Small Talk. Über deinen Job, das Fotografieren und die nicht vorhandenen Sehenswürdigkeiten von Gudenshain, doch deine Antworten waren knapp, ein richtiges Gespräch kam nicht zustande. Erst nach über einer Stunde hatte ich noch eine Idee.

»Magst du Christopher Cross?«

Du sahst zu mir rüber, und zum ersten Mal auf unserer Fahrt lächeltest du. Ich grinste zurück, drückte auf *Play* und drehte laut auf.

»I'm on the run, No time to sleep. I've got to ride, Ride like the wind. To be free again«, klang es aus den Lautsprechern. Leise sang ich mit, und als ich hörte, dass auch du mitsangst, traute ich mich, lauter zu singen. Auch du erhobst deine Stimme. Es klang schön, fandest du nicht? Unsere Stimmen harmonierten miteinander, wir lächelten uns an. Weißt du eigentlich, dass wir in diesem Moment bei einer Castingshow auftraten und ein Duett sangen? Zumindest in meinem leicht wahnsinnigen Kopf? Das Publikum liebte uns, es hing an unseren Lippen, es gab Standing Ovations.

»And I've got such a long way to go, such a long way to go«, sangen wir und lachten dabei, und ich nahm kaum wahr, dass der Himmel dunkler und die Wolken am Horizont bedrohlicher wurden. Ich sah nur vor meinem inneren Auge, wie die Jurymitglieder nacheinander alle auf ihre Buzzer hauten. »I want you«, leuchteten ihre Sitze uns entgegen. Sie formten Herzen aus ihren Händen und streckten sie uns entgegen. Sie alle wollten uns wählen. Dich und mich als Duo. Sie glaubten, gemeinsam könnten wir diese Show gewinnen.

»Lived nine lives, Gunned down ten, Gonna ride like the wind«, trällerten wir voller Inbrunst. Die Bäume am Rande der Autobahn beugten sich immer tiefer im Wind, die Äste und Blätter rauschten und flatterten, doch das kümmerte uns nicht.

»Never was the kind to do as I was told, Gonna ride like the wind before I get old.«

Oder klangst du mit einem Mal nicht doch ein wenig leiser? Die ersten Tropfen rollten über die Windschutzscheibe, sodass du die Scheibenwischer einschalten musstest. Aus den Augenwinkeln sah ich, dass du dich stärker in den Fahrersitz drücktest. Ich blickte zu dir hinüber. Tatsächlich. Du hörtest auf zu singen, und in meinem Kopfkino fiel sofort der Vorhang.

»Hattest du nicht gesagt, das Unwetter ist 270 Kilometer von Gudenshain entfernt?«, riefst du.

Ich drehte die Musik leiser.

»Das dachte ich auch. Es könnte aber sein, dass ein Ausläufer geradewegs auf uns zukommt.«

Ich hörte selbst, wie bedrohlich das für dich klingen musste, aber es war zu spät, ich hatte es gesagt. Und es war die Wahrheit. Jeder konnte es sehen, der in Richtung Norden schaute: Das Unwetter kam uns entgegen. Ich starrte auf das Display meines Handys.

»Jetzt schon?« Deine Stimme klang gepresst.

»Ich schätze, es sind noch zwanzig bis fünfundzwanzig Minuten. Vielleicht weniger, wenn das Gewitter sich noch schneller in unsere Richtung bewegt.«

Deine Finger klammerten sich fester ans Lenkrad.

»O nein.«

»Keine Angst.«

»Das sagst du so leicht.«

»Willst du umkehren?«

»Ich laufe nicht davon.«

»Gut. Ich auch nicht.«

»Aber es ist komisch.«

»Was meinst du?«

»Ich dachte, wir jagen den Sturm. Und jetzt habe ich das Gefühl, es ist umgekehrt. Der Sturm jagt uns.«

Vielleicht hattest du recht. Weißt du noch, wie der Regen plötzlich stärker wurde? Wie wir den ersten Donner hörten? Wie schnell das Unwetter uns erreichte? Die Tropfen prasselten so wütend auf den Asphalt, dass wir kaum noch etwas sehen konnten. Sie trommelten so schnell, als wollten sie ein Kriegsheer ankündigen. Sie waren beinahe lauter als der Donner, der mit jedem Schlag näher zu uns heranrollte. Und dann, für einen winzig kleinen Moment, wurde die graue Luft um uns herum von einem Blitz erhellt. Zischend atmetest du ein.

»Alles gut«, flüsterte ich. »Im Wagen kann uns nichts passieren.«

Wir waren plötzlich mittendrin in diesem Gewitter, und – das musst du mir glauben – so hatte ich es nicht geplant. Ich hoffte wirklich, dass wir uns langsam herantasten und unser erstes Unwetter aus der Ferne beobachten würden. Dafür hätten wir allerdings früher von der Autobahn abfahren müssen in Richtung Westen. Ich hatte mich grob verschätzt und dir gesagt, du solltest noch ein wenig auf der Autobahn bleiben – und sorgte so dafür, dass wir mitten hineinfuhren in diesen Sturm.

Ich weiß, du glaubst mir nicht. Das kann ich verstehen. Du hast schließlich gemerkt, wie sehr mich diese Überraschung freute. Du hast gesehen, dass ich lächelte. Ja, für mich war es gut, dass wir der Gewitterzelle so nah waren. Denn da war es wieder: dieses warmkalte Gefühl im Kopf, das man nur hat, kurz bevor einem etwas Wichtiges wieder einfällt. Dieses Fast-hätte-ich-es-vergessen. Ich sah dich an, lauschte dem Regen, dem Donner, ich fühlte das Kribbeln in meinen Füßen und hoffte, jetzt käme sie endlich zurück, die Erinnerung. Und ja, schon an Tag eins im Auto, in unserem ersten Unwetter, sah ich etwas vor meinem inneren Auge: ein Schülerpult, darauf ausgestreckt zehn Kinderfinger. Ich sah ein leeres Blatt Papier, und dann sah ich, wie eine Gurkenscheibe feucht und zerrissen darauf landete. Ich hörte, wie Kinder lachten, dann traf mich etwas Kleines hart an der Stirn.

»Wo lang?«, riefst du laut und schrill, und ich zuckte zusammen. Wie böse du klangst. Wie fies. Ich sollte mich vor dir in Acht nehmen, dachte ich unwillkürlich. Ich blinzelte, um wieder zu mir zu kommen, und blickte auf mein Handy.

»Fahr die nächste ab«, entschied ich schnell und bemühte mich, dabei nicht zu unfreundlich zu klingen. »Wir müssen aus diesem Regen raus, sonst sieht man auf den Fotos gar nichts.«

Ich versuchte, mich wieder auf unsere Fahrt zu konzentrieren, ließ in der Kurve der Ausfahrt das Fenster runter und hielt die Kamera hoch. Ich wollte diesen Regen festhalten. Doch gleichzeitig musste ich an meine neue Erinnerung denken. Was hatte mich da getroffen? War das eine Szene aus meiner Kindheit gewesen? Hatte ich mich wieder in meine Schulzeit zurückversetzt? Komisch, an meine Jahre in der Schule hatte ich ewig nicht gedacht.

Wieder wurde es für einen winzigen Augenblick hell um uns herum. Der Donner kam schnell, doch dein leiser Schrei kam schneller. Ich hatte keine Zeit, weiter über meine Erinnerungen nachzudenken. Du hattest Angst, es regnete ins Auto, und vor der Linse konnte ich bald nur noch Tropfen erkennen, also fuhr ich das Fenster wieder hoch und wischte die Kamera mit einem Taschentuch trocken. Dann richtete ich sie auf mich selbst und sagte: »Es ist immer noch Tag eins. Wir sind unserem ersten Unwetter entgegengefahren, und jetzt sind wir früher mittendrin, als uns lieb ist. Es regnet in Strömen, über uns blitzt es. Um uns herum ist es ganz schön stürmisch. Jetzt müssen wir mal sehen, wie wir aus diesem Gewitter wieder rauskommen, um gute Aufnahmen zu machen.«

Ich filmte noch kurz dich, wie du konzentriert auf die Bundesstraße starrtest, über die wir gerade fuhren, dann durch die Windschutzscheibe. Äste flogen umher, wir zuckten zusammen, als an einer Ampelkreuzung ein abgebrochener Zweig samt Blättern gegen das Seitenfenster wehte.

»O Gott«, murmeltest du.

Ich schaltete die Kamera wieder aus.

»Kennst du den Film *Twister*?« Ich sah dich an und versuchte zu grinsen. Es sollte ein Witz sein, ich wollte dich und mich ein wenig aufheitern, aber es klappte nicht.

»Keine Ahnung, wovon du sprichst«, sagtest du gepresst.

»In dem Film reisen zwei Wissenschaftler Tornados hinterher, um ein Frühwarnsystem entwickeln zu können.«

»Aha.«

Ich schluckte. »Ist schon alt, der Film.«

»Wenn die gewusst hätten, dass so ein Frühwarnsystem eh nichts bringt, wenn man es nicht richtig nutzt, hätten sie sich die Mühe sparen können.«

Ich versuchte, deine Spitze zu ignorieren und trotzdem freundlich zu bleiben. »Kannst du noch fahren? Oder wollen wir tauschen?«

»Ich steige jetzt auf gar keinen Fall aus.«

Dein Blick löste sich keine Sekunde von der regennassen Straße. Deine Wangen waren weiß, deine Brust hob und senkte sich schnell, und plötzlich, obwohl dein wütendes Gesicht so bedrohlich wirkte, tat es mir ein wenig leid, dass ich dich zu dieser Fahrt überredet hatte. Während ich mich über meine kleinen Erinnerungsschnipsel freute und begeistert dieses Unwetter filmte, ging es dir schlecht. Ziemlich egoistisch von mir. Was, wenn doch etwas geschah?

Ich schaute auf mein Blitzortungsprogramm. Wir waren dem Zentrum des Gewitters viel zu nah. Wir würden uns nur in Gefahr bringen, wenn wir jetzt ausstiegen. In südöstlicher Richtung zeigte meine Karte allerdings deutliche Erhebungen an. Wenn das Gewitter weiter Richtung Süden ziehen würde und wir uns auf einem der Hügel im Osten positionieren könnten, hätten wir möglicherweise Glück.

»Die nächste rechts«, sagte ich knapp, und du bogst sofort ab.

Wie fuhren jetzt auf einer schmaleren Landstraße. Hier ließ der Wind nach, der Regen wurde schwächer. Du atmetest ein ganz klein wenig auf. Es roch nach nassem Gras und feuchter Erde. Frisch gesäte Felder wölbten sich rechts und links von uns, dazwischen weite Wiesen, in der Ferne Wälder, über denen dunkle Wolken hingen. Die Scheibenwischer kamen auch im kleinsten Gang noch bequem hinterher.

Zwei Dörfer mit niedrigen Häusern und großen Gärten durchfuhren wir, bis der Regen ganz aufhörte. Die Wolken sahen wir aber noch deutlich am Horizont. Hin und wieder blitzte es im Augenwinkel. Wie bei einem Migräneanfall.

Deine Fingerknöchel am Lenkrad traten nicht mehr ganz so weiß hervor, du hattest dich ein wenig entspannt.

»Es tut mir leid, dass das gerade so heftig war«, sagte ich.

»Hat dir dein toller Laptop das nicht früher gesagt?« Deine Stimme klang scharf und wütend.

»Es ging alles so schnell. Ich muss noch ein bisschen üben bei dieser Sturmjagd«, versuchte ich mich zu rechtfertigen.

»Ganz toll«, sagtest du nur, und dann schwiegen wir.

Ranya

Wenn du einen Donner hörst, scheint dein Blick zu zittern. Aber nicht vor Angst. Du lächelst, aber du lächelst niemanden an, du lächelst tief in dich hinein.

Abseits des Gewitters fanden wir einen Feldweg, auf dem wir bis unter eine Autobahnbrücke fahren konnten. Wir stiegen aus, und mir war schlecht, meine Finger bebten, in meinen Ohren rauschte es. Natürlich bemerktest du meine Angst. Ich konnte sie nicht verbergen. Ebenso wenig wie du verbergen konntest, dass du glücklich warst. So gelöst hatte ich dich noch nie gesehen. Wie konntest du in dieser Situation nur so fröhlich sein? Du freutest dich über den starken Wind und die kühle Brise und streamtest unsere Arbeit und den Ausblick auf das Gewitter gleichzeitig live im Netz. Deine Bewegungen waren so flüssig, dein Gesicht so offen, deine Stimme mitreißend freundlich.

Zum ersten Mal sah ich jetzt und hier den charismatischen Fernseh-Adam vor mir. Mir wurde klar, warum du noch bis vor Kurzem so erfolgreich in deinem Job gewesen warst. Deine Leidenschaft war ansteckend. Langsam beruhigte sie sogar meine Wut und meine Angst, mein Ohrensausen legte sich, ich konnte das Wetter jetzt besser hören.

Immer mehr Menschen sahen sich über unsere Social-Media-Kanäle, unseren Blog und die Einbettungen der *Neuen Presse* unser Livevideo an. Ihnen erzähltest du, wo das Gewitter entlangzog, welche Schäden es bereits angerichtet hatte und wie es vermutlich weiter verlaufen würde.

Zwischendurch hieltest du immer wieder für Sekunden inne und starrtest einfach nur die Wolken an, als könntest du darin irgendetwas erkennen. Am liebsten hättest du dich in den Jeep gesetzt und wärst hingefahren, oder? Bewaffnet mit deiner Kamera, mitten hinein ins Gewitter.

Ich gebe ja zu, wir hatten einen unglaublich schönen Ausblick. Unter uns lagen Wiesen, dahinter glitzerte ein Fluss, und darüber tobte das Unwetter im Dämmerlicht. Die Wolken hingen tief. Hier und da konnte man sehen, wie schmale Regenströme die Felder gossen, als gäbe es am Himmel riesige Gießkannen. Sonnenstrahlen durchbrachen die Wolken, mal stand ein Haus am Fluss im Scheinwerferlicht, mal ein Bauernhof zwischen den Feldern. Der Himmel war so schwarz, wie ich ihn selten gesehen habe.

Die Blitze waren wunderschön, weißt du noch? Schnell und machtvoll. Allerdings waren sie sofort vorbei. Trotzdem habe ich versucht, sie zu fotografieren. Unter unserer Autobahnbrücke, wind- und regengeschützt. Ewig lange Belichtungszeit. Sicher stehendes Stativ. Aber meine Hand hat gezittert. Drei Mal hat es nicht geklappt. Ich dachte schon, ich hätte sie alle verpasst, doch dann habe ich mein bisher bestes Foto geschossen: Ein weißblauer Blitz zuckte quer über den Himmel und endete im Schwarz einer Wolke. Wir sollten davon Poster drucken lassen – und Bettwäsche, Kaffeetassen und Handyhüllen.

Als der Sturm aus unserem Blickfeld verschwunden war und nur kühle Luft und einen hellgrauen Himmel zurückließ, war ich erleichtert – und du berauscht. Du lachtest mit offenem Mund, und ich fragte mich, ob es das erste Mal war, dass ich mehr als nur deinen Eckzahn sah. Fast hätte ich geglaubt, du wärst ein glücklicher Mensch, so tief verankert erschienen mir jetzt deine Lachfalten in den Wangen zu sein.

»Kennst du das Gefühl, das man nach einem richtig guten Konzert hat?«, fragtest du mich. »Du möchtest singen und tanzen und kriegst das Grinsen nicht mehr aus dem Gesicht?«

»Ich hätte nicht gedacht, dass du ein Tänzer bist.«

»Nicht?«

Du wandtest dich um und drehtest das Autoradio laut. Dann begannst du zu tanzen, und ich wusste, dass ich recht gehabt hatte: Du hattest keine Ahnung vom Takt oder was man mit Armen und Schultern so machen sollte, wenn Musik läuft.

»Accused and tried and told to hang, I was nowhere in sight when the church bells rang«, sang Christopher Cross, und du knicktest in den Hüften ein, drehtest die Füße und nicktest. Ich musste grinsen.

»I've got to ride, Ride like the wind. To be free again.« Du sangst laut mit und zucktest und verdrehtest dich und kamst dabei immer näher zu mir. Was bitte hatten Regen und Donner mit dir angestellt? Was würde passieren, wenn wir ins nächste Unwetter gerieten? Würdest du dann anfangen zu strippen? Ich lachte.

»Was denn?«, riefst du. »Möchtest du etwa nicht mit mir tanzen?«

Du standest schon direkt vor mir, nahmst meine Hände und bewegtest sie unrhythmisch auf und ab. Was taten wir hier eigentlich? Zwischen zwei Feldern, neben unserem Jeep? Wie bescheuert waren wir eigentlich? Und dann entschied ich, dass wir so bescheuert sein konnten, wie wir wollten, und tanzte mit dir. Erst genauso wild und ironisch wie du, dann packten mich doch die Dauerschleife unseres Liedes und dein gelöstes Lächeln, und unsere Finger verschränkten und unsere Bewegungen verlangsamten sich, und wir wiegten einander hin und her. Mein Kopf lag plötzlich und dann für lange Zeit auf deiner Schulter. Wie ist er dort hingekommen? Weißt du das noch? Und weißt du, dass du noch nach Mohnschnecken rochst?

»It is the night, My body's weak, I'm on the run, No time to sleep.«

Ohne es zu wollen, dachte ich an Claus. Was würde er denken, wenn er mich so sehen könnte? Wäre unsere Beziehung in Gefahr? War sie das nicht schon längst? In letzter Zeit hatte ich nur noch Unwetter im Kopf gehabt. Ich hatte mich darauf gefreut, mein eigenes Ding zu machen – und meine Tage mit dir verbringen zu können. Immer wieder hatte ich mir gesagt, dass all das gleichzeitig möglich wäre: mit dir zu reisen, ein paar Wochen für mich zu sein und Claus heiraten zu wollen. Doch jetzt, nachdem der erste Sturm über uns hinweggezogen war, wusste ich nur noch, dass du hier warst, dass ich hier war – und Claus nicht.

»Es tut mir wirklich leid, dass wir plötzlich mittendrin waren«, flüstertest du irgendwann.

»Schon okay. Das war wohl die erste Sitzung meiner Schocktherapie.« Ich lächelte, wir wiegten uns, aber ich wusste, dass wir uns gleich wieder voneinander lösen würden. Waren es deine oder meine Arme, die zuerst fester, härter wurden?

Langsam traten wir einen Schritt zurück. Ich sah in dein Gesicht und schluckte. Du sahst zerstreut aus. Deine Haare zerzaust, dein Blick unruhig, verwirrt. Du schautest dich um, als suchtest du nach einem Ausweg, als wärst du gern woanders.

Ich half dir: »Vielleicht sollten wir uns was suchen, wo wir übernachten können?«

Dein Lächeln war wieder geschlossen, nur noch dein Eckzahn blitzte hervor. »Ja, es ist schon spät.«

»Ist alles in Ordnung bei dir?«

»Klar«, behauptetest du. Aber ich wusste, dass es eine Lüge war.

Zugegeben hast du das erst später, in diesem Gasthaus am Dorfrand, in dem wir Jägerschnitzel mit Pommes aßen. Wir schwiegen bis zum letzten Pilz. Mein Blick blieb an den vielen schönen Porzellantassen hängen, die an den Wänden in gläsernen Küchenschränken standen. Dann sagtest du leise: »Vorhin, als es gewittert hat, ist mir etwas eingefallen.«

»Das ist etwas Gutes, oder?«

»Dachte ich auch erst. Die ganze Zeit habe ich geglaubt, ich müsste mich nur wieder an alles erinnern, dann ginge es mir bestimmt besser. Aber jetzt bin ich mir da nicht mehr so sicher.«

»Wieso nicht?«

»Vielleicht will ich mich gar nicht erinnern. Vielleicht ist es gut, dass man hin und wieder Dinge aus dem Gedächtnis verliert. So wie benutzte Taschentücher oder

Supermarktrechnungen. Möglicherweise ist es besser, dass es weg ist.«

»Ich weiß nicht.« Ich spießte mein letztes Kartoffelstäbchen auf und sammelte den Rest Ketchup von meinem Teller. »Was, wenn es so was ist wie eine alte, verrostete Schraube? Du hast vielleicht gar nicht gemerkt, dass sie weg ist, und eines Tages bricht das ganze Konstrukt deines Ichs einfach so zusammen. Und das nur, weil du nicht mutig genug warst, diese eine dumme kleine Schraube zu suchen.«

Du runzeltest die Stirn, legtest den Kopf schief.

»Ach, Quatsch«, entschiedest du kurzerhand. »Essen wir Nachtisch?«

In dieser Nacht konnte ich nicht schlafen. Wir lagen in einem Zweibettzimmer. Die Betten hatten wir ein Stück auseinandergeschoben, trotzdem hörte ich dich in der Dunkelheit atmen. Du drehtest dich, der alte Lattenrost quietschte. Schliefst du?

Ich versuchte, Claus zu vermissen. Ich dachte an sein allumfassendes Lächeln, an unsere gemeinsame Leidenschaft für ostasiatische Büfetts, an seine liebevolle Stimme, wenn er fragte: »Noch mehr Reis, Kleines?« Es war schön, Ja zu sagen. Ja zu mehr Reis, Ja zu Claus. Ich mochte es, morgens lange mit ihm zu frühstücken und über Europapolitik zu diskutieren. Es war angenehm, mit ihm in unserer hellen Wohnung zu leben und abends in den weichen Kissen unseres Boxspringbettes in King Size einzuschlafen. Ich stellte mir vor, Claus läge neben mir und ich müsste nur ein wenig zu ihm hinüberrutschen, um seine Hand halten zu können. Das wäre doch vertraut und gemütlich. Oder? Ich horchte in mich hinein – ja, natürlich wäre es das.

Wieder quietschte nebenan der Lattenrost.

»Adam?«, flüsterte ich, so leise ich konnte.

»Ja?«

»Bist du noch wach?«

»Fast.«

»Du hast gar nicht gesagt, *was* dir eingefallen ist.«

»Was meinst du?«

»Beim Essen hast du erzählt, du hättest dich an etwas erinnert.«

»Ja.«

»Aber du hast nicht gesagt, an was.«

Neben mir wurde es jetzt still. Nicht einmal deinen Atem konnte ich hören. Ich lauschte in die Dunkelheit hinein und fragte mich, ob du einfach eingeschlafen warst. Doch dann holtest du Luft. »Als wir beide getanzt haben, wusste ich plötzlich wieder, warum ich Meteorologe geworden bin. Ich bin nicht erst seit dem Blitzschlag Sturmjäger – ich war es schon immer. Als Teenager habe ich im Gewitter nach irgendetwas gesucht. Jedenfalls kann ich mich jetzt wieder an ein anderes Unwetter erinnern, an eines vor langer Zeit. Es war Hochsommer, die Wolken hingen tief, meine Familie grillte im Garten, und meine Mutter erzählte gerade von ihren Recherchen zu ihrem aktuellen Artikel, als es plötzlich wie aus Eimern schüttete. In kürzester Zeit lagen die Bratwürstchen in kleinen Pfützen auf den Tellern, und der Weißwein in der Karaffe war eine dünne Schorle geworden. Alle sprangen auf, rannten umher, um Essen und Getränke in Sicherheit zu bringen. Es blitzte ganz in der Nähe, dann donnerte es laut. Die anderen erschraken – aber ich blieb ganz ruhig. Langsam ging ich in den Garten hinaus. In der Aufregung bemerkte niemand, dass ich mich immer weiter entfernte. So lange habe ich nicht mehr daran gedacht, aber jetzt weiß ich wieder, dass ich ewig dort im Regen stand. Dass mir noch nie so kalt gewesen war. Dass ich trotzdem weiter in den Himmel sah und hoffte, zwischen den schwarzen Wolken etwas anderes zu entdecken als nur die schweren Regentropfen. Ich habe dort gestanden, gelauscht und auf etwas gewartet. Ich glaubte, wenn ich nur stillhielt, würde es mich finden. Ich war mir so sicher. Und dann hörte ich den Schrei meiner Mutter. Ihr Gesicht war ganz rot, hektisch riss sie mich am Arm weg, sodass ich stolperte und im Matsch landete. Keine Ahnung, warum sie so hysterisch war. Ich habe danach tagelang nicht mit ihr geredet.«

»Das ist schon eine heftige Reaktion«, erwiderte ich leise. »Von euch beiden.«

»Wir haben kein besonders gutes Verhältnis, meine Mutter und ich. Wenn wir uns sehen, gibt es immer Grund für einen Streit. Nach meinem Blitzschlag war sie im Krankenhaus, aber ich habe sie weggeschickt. Ich konnte es einfach nicht ertragen, sie in meiner Nähe zu haben. Ich konnte ihr kaum ins Gesicht sehen. Ich war so wütend, aber ich hab keine Ahnung, worüber genau. Im Grunde weiß ich gar nichts. Nur, dass ich wegen der Gewitter Meteorologe geworden bin, das weiß ich jetzt wieder. Als ich damals im Matsch lag und gezwungen wurde, aufzustehen und reinzugehen, nahm ich mir vor, eines Tages Forscher zu werden. Irgendetwas wollte ich im Gewitter herausfinden. Ich glaubte, wenn ich nur lang genug im Sturm blieb und gut suchte, wenn ich nur genügend über Unwetter wüsste, könnte ich es schaffen. Seitdem habe ich jede Gelegenheit genutzt. Sobald dunkle Wolken aufzogen, stellte ich mich in den Regen. Wenn ich ein Donnern grummeln hörte, lief ich ihm entgegen. Und beim ersten Blitz holte ich die Kamera heraus. Keine Ahnung, wie viele Gewitter ich schon gesehen, gehört und gerochen habe, wie oft ich vom Regen durchnässt wurde und mich im Wind erkältet habe, wie viele Blitze mich schon verfehlt haben. Es ist kein Wunder, dass dann doch mal einer getroffen hat. Das größere Wunder ist es wohl, dass es so lange gedauert hat.«

»Wow«, sagte ich leise. »Das ist schon … ein kleines bisschen verrückt.«

»Es ist völlig wahnsinnig. Warum renne ich seit Jahren jedem Gewitter hinterher?«

»Du dachtest, du suchst im Gewitter nach deinen Erinnerungen. Und jetzt erinnerst du dich im Gewitter daran, dass du eigentlich auf der Suche nach etwas ganz anderem bist.«

»Scheint so.«

»Klar, dass dir das nicht gefällt.«

»Was meinst du?«

»Vorhin hast du gesagt, du willst die Erinnerungen lieber verlieren wie Taschentücher.«

»Ich sollte mir besser gar nicht so viele Gedanken machen.«

»Und die Reise abbrechen?«

»Auf keinen Fall! Hast du gesehen, wie unsere Zugriffszahlen gerade durch die Decke gehen?«

Das stimmte tatsächlich. Schon unser Livevideo hatte super funktioniert. Und während wir hier lagen und nicht schliefen, sammelten der kurze Zusammenschnitt mit den eindrucksvollsten Szenen, den du kurz nach dem Abendessen noch hochgeladen hattest, mein Blitzfoto und ein kleiner Blogtext minütlich mehr Klicks. Natürlich wusste ich, dass wir den schnellen Erfolg vor allem der *Neuen Presse* zu verdanken hatten. So vehement mir Claus anfangs von meiner Reportage und der Sturmjagd abgeraten hatte, so sehr hatte er mich in den letzten Tagen, als ihm klar wurde, wie ernst es mir war und wie glücklich es mich machte, dann doch unterstützt. Kurz vor meiner Abreise hatte er gelächelt, mich in den Arm genommen und geflüstert: »Du siehst stark und entschlossen aus. Ich freue mich für dich. Und ich bin stolz, mit dir verlobt zu sein.«

Jetzt versuchte ich, fest an ihn zu denken, dankbar zu sein und ihn ein wenig zu vermissen, aber wegen deines Lächelns in der Dunkelheit konnte ich mich nicht so recht konzentrieren.

»Wart's mal ab, es dauert nicht lang, und wir bekommen die ersten Anfragen von der überregionalen Presse«, sagtest du.

Damit solltest du recht behalten. Wegen all der Gedanken in meinem Kopf hatte ich kaum geschlafen, ich kann also nicht wirklich behaupten, am nächsten Morgen aufgewacht zu sein. Aber als es schon so lange hell war, dass ich auch die letzte Hoffnung auf Schlaf aufgegeben hatte, und aufs Handy sah, musste ich vor Freude aufschreien – du wärst beinahe aus dem Bett gefallen.

»Es geht los«, sagte ich und strahlte. Du blinzeltest mich verschlafen an, und deine schwarzen Locken standen wild von deinem Kopf ab.

»Wer hat geschrieben?«

»Das ZDF.«

»Nicht schlecht.« Dein Eckzahn blitzte hervor, und ich wäre dir gern um den Hals gefallen, aber ich sollte besser keinen Mann umarmen, der gerade neben mir aufwachte, noch sein Schlaf-Shirt trug und nicht Claus war.

»Was wollen sie?« Dafür, dass du gerade noch tief und fest geschlafen hattest, richtetest du dich erstaunlich schnell auf. Du wuscheltest dir durch die Haare, was die Unordnung perfekt machte. Ich hätte dir gern ein paar Locken zurechtgerückt. Oder sie um meinen Finger gewickelt und springen lassen vor Freude.

»Videomaterial von gestern. Sie wollen über unser Projekt berichten.«

»Einzelne Ausschnitte könnten wir ihnen schon geben, das hab ich mit unserem Auftraggeber abgeklärt. Aber nur mit Hinweis auf die geplante Dokumentation. Und natürlich muss der Preis stimmen.«

Ich nickte, las weiter – und schnitt eine Grimasse. »Außerdem wollen sie ein Interview mit uns führen und über unseren Blitz reden.«

»War ja klar.« Du zucktest mit den Schultern. »Wäre okay für mich. Wie siehst du das?«

»Na ja.« Ich scrollte noch einmal durch die Mail. »Eigentlich hatte ich mich gegen Interviews entschieden. Ich wollte zuerst meine Reportage schreiben.«

»Na, dafür ist doch jetzt der beste Zeitpunkt. Die Wetterprognosen sind für heute gut. Für uns also schlecht. Du kannst dich voll und ganz aufs Schreiben konzentrieren, und ich kümmere mich um die Kommunikation mit den Medien.«

Das ZDF blieb nicht das einzige Medienhaus, das bei uns anklopfte. Während wir Toast mit Marmelade und dazu Filterkaffee frühstückten, trudelten Mails von mehreren Verlagen und Sendern bei uns ein. Alle wollten unsere persönliche Geschichte erzählen. Natürlich hatte ich damit gerechnet. Auf Blog und Social-Media-Kanälen hatten wir schließlich auch erwähnt, dass wir am 1. September vergangenen Jahres beide zur gleichen Uhrzeit vom Blitz getroffen worden waren. Dass wir uns dadurch kennengelernt hatten – der TV-Meteorologe und die Fotografin. Dass dieser Unfall, dieser Zufall, dieser Schicksalsschlag der Grund gewesen war, warum wir uns zusammengeschlossen hatten, um Stürme zu jagen. Wir hatten uns dafür entschieden, all das zu verraten, weil es den Blog für Besucher um einiges spannender machte. Mit den Konsequenzen mussten wir leben. Wenn wir uns gar nicht zur Blitzgeschichte äußerten, würden die Medien sicherlich andere Recherche-Wege suchen. Sie könnten unsere Freunde und Kollegen ausfindig machen, in Gudenshain herumfragen, die Gewittertierchen in die Mangel nehmen. Ich wusste, wie Journalisten vorgingen, schließlich war ich selbst eine von ihnen. Es wurde also höchste Zeit. Wenn ich meine Geschichte selbst schreiben wollte, müsste ich es jetzt tun. Bald wäre es dafür zu spät.

»Ich muss es endlich tun«, schrieb ich Merle.

»Was jetzt? Fremdgehen?«, antwortete sie.

»Merle! Natürlich nicht! Ich meine die Reportage. Ich muss sie endlich schreiben.«

»Du kannst das.«

»Danke.«

»Du bist eine gute Geschichtenerzählerin. Und früher hast du immer tolle Texte geschrieben.«

»Du warst besser als ich.«

»Hör auf, dich anzuzweifeln.«

»Okay.«

»Ich werde jetzt eine Schluchtenwanderung antreten. Und ich weiß, ich werde gut vorankommen.«

»Sehe ich genauso. Ich wünsch dir ganz viel Spaß!«

Am Vormittag setzte ich mich endlich vor ein leeres Blatt Papier. Daneben legte ich meinen Spiralblock. Mittlerweile war er fast voll mit Vergleichen und Metaphern, interessanten Fakten über Blitze, Weinflecken und meine eigenen Gedanken über mein Schicksal. Es waren unzählige unzusammenhängende Absätze, manche besser, die meisten schlechter, die ich nun in eine Reihenfolge bringen und schleifen wollte. Zumindest hatte ich mich in den letzten Tagen an kleineren Berichten und Blogeinträgen für unser Projekt versucht. Ich war also in Übung.

Nun nahm ich den Stift in die Hand, atmete ein – und begann. Ich begann zu schreiben, wie ein Hungernder die erste Portion auf seinem Teller verschlingt. Wie ein Marathonläufer sein alkoholfreies Weizen nach dem Wettkampf hinunterschüttet. Es konnte nicht schnell genug gehen. Es war eine riesige Befriedigung. Und größtmöglicher Genuss.

Ich wollte mein Leben in die Hand nehmen, da traf mich der Blitz. Den Donner konnte ich schon nicht mehr hören.

Dies ist die Geschichte einer leichtsinnigen Fotografin, die ein Naturereignis aus der Bahn warf. Von unwahrscheinlichen Schmerzen und einer noch unwahrscheinlicheren Begegnung. Die Geschichte von einem Blitz, der nicht nur ihr Leben veränderte, sondern – zur gleichen Zeit und nur wenige Hundert Meter entfernt – auch das eines berühmten TV-Meteorologen.

Ich musste lächeln, als ich weiterschrieb. Ich schrieb den ganzen Tag. Mittags legte ich nur eine kurze Essenspause mit dir ein. Ich war bestimmt nicht die beste Gesellschaft, so aufgekratzt und zugleich abwesend, wie ich war. Ich schlang die Spaghetti Napoli aus der Pizzeria nebenan so schnell hinunter, dass mein Shirt danach überall rote Punkte hatte, dann schrieb ich weiter. Ich war wortbetrunken. Mir fielen die Formulierungen so schnell ein, dass mir meine Schreibhand wie ein Wehr erschien. Sie war zu langsam, die Sätze stauten sich in meinem Kopf. Ich brauchte all meine Konzentration, um sie beisammenzuhalten und in den richtigen Dosen aufs Papier abzuleiten. Mein Schreiben füllte den Tag. Er war viel zu kurz für all die Worte, und ich schrieb so schnell, dass mir meine Finger schmerzten. Ich schrieb von dem Gefühl, verbrannt zu werden und doch zu leben, von der Fremdheit, die ich plötzlich mir selbst gegenüber empfand, von Wut und Zweifel. Von Unglück, Pech, Fügung und Schicksal. Ich schrieb sogar von Ruth und den anderen Gewittertieren, ich schrieb von dir. Am Abend kam ich dann endlich zum Schluss:

Gegen alle Vernunft möchte ich an Sinn und Schicksal glauben. Ich möchte eine Lehre aus alldem ziehen. Und wenn es nur diese ist: Ja, ich bin auf der Reise, ich bin auf der Jagd, ich drehe den Spieß um. Und doch möchte ich dabei niemals so arrogant sein zu glauben, ich hätte mein Leben selbst in der Hand. Würde ich meine Finger tatsächlich nach meinem Leben ausstrecken, könnte ich bei dieser Berührung sofort eine gewischt bekommen.

Da saß ich nun und starrte auf die vollgeschriebenen Seiten. Es dauerte einen Moment, bis ich merkte, dass ich keuchte, als wäre ich lange gerannt. Ich rieb mir übers Gesicht, lehnte mich zurück und versuchte, ruhiger zu werden. Und dann traf ich eine winzige Entscheidung. So wie Apfel oder Banane zum Frühstück, wie Bus oder Straßenbahn zur Arbeit, wie Couch oder Sessel beim Serienmarathon. Ich dachte nicht groß darüber nach, was es bedeutete. Und vielleicht bedeutete es in diesem Moment auch gar nicht viel. Ich weiß nur: Ich überlegte keine Sekunde, Claus anzurufen und ihm zu erzählen, was ich gerade geschafft hatte. Stattdessen sprang ich auf, um erst mal *dich* zu suchen.

Ich weiß noch genau, wie ich dich vorfand: im leeren Foyer an deinem Rechner, weit vorgebeugt, krummer Rücken, gereckter Hals und dennoch irgendwie schön. Deine Locken fielen dir ins Gesicht, deine Bartstoppeln wirkten künstlerisch und entschlossen zugleich, dein Fuß in den schwarzen Sneakers wippte leicht auf und ab.

»Ich bin fertig!«, rief ich dir zu, und du drehtest dich sofort nach mir um.

»Wie, *fertig*? An nur einem Tag? Ich dachte, daran arbeitest du noch die ganze Reise!«

»Es ist einfach so aus mir herausgesprudelt.«

»Respekt!«

»Ich tippe die Reportage ab und maile sie gleich an Claus, damit er sie veröffentlicht. Dann können wir schon die ersten Interviews geben.«

Du legtest deinen Kopf schief. »Du schickst sie wem?«

»Claus. Hab ich dir nicht erzählt, dass mein Verlobter auch mein Chefredakteur ist?«

Du sahst mich verblüfft an. »Daran könnte ich mich bestimmt erinnern. Obwohl – ich und erinnern.« Du zwinkertest mir zu und lächeltest mit geschlossenem Mund.

»Ja, er ist Freund und Chef gleichzeitig. Nicht immer einfach, aber wir kennen es nicht anders.«

»Das stelle ich mir schon schwierig vor. Habt ihr nicht mit einer Art … Machtgefälle zu kämpfen?«

Ich zuckte mit den Schultern. »Es geht.«

Erst später dachte ich über deine Worte nach. In diesem Moment war ich noch immer im Schreibrausch, ich fühlte mich wie ein aufgeregtes Kind. Ich grinste, winkte dir wild und sinnlos zu, rief: »Ich mach das jetzt schnell fertig«, und klappte meinen Laptop auf. Ich tippte die Reportage ab und las sie mir noch ein paarmal durch, um zu verstehen, was ich an diesem Tag für mich entdeckt hatte. Beim Schreiben der Blogartikel und Berichte hatte ich es schon geahnt, aber jetzt war ich mir sicher: Ich wollte schreiben. Egal wie und worüber, Hauptsache schreiben.

Natürlich hatte ich schon in der Schule Spaß daran gehabt, Sätze zu formulieren und Geschichten zu erzählen, da hatte meine Familie recht gehabt. Gemeinsam mit Merle arbeitete ich bei der Schülerzeitung und träumte vom Journalismus. Allerdings standen dabei immer meine Fotos im Zentrum. Die Lehrer und Schüler waren fasziniert von meinen Bildern, ich durfte sie in der Sporthalle ausstellen und gewann überregionale Fotowettbewerbe. Das Fotografieren war mir immer leichter und greifbarer erschienen. Schreiben hingegen war eher Merles Ding gewesen. Ihre Rechtschreibung war sicherer, ihre Formulierungen origineller. Sie träumte davon, Schriftstellerin zu werden, ich war die Fotografin. Ich hoffte, in meinem

Metier eines Tages eine echte Künstlerin zu werden, und dachte, ich müsste mich dazu nur richtig anstrengen. Bis dahin wollte ich mein Handwerk von der Pike auf lernen, also machte ich eine Ausbildung zur Fotografin. Davon versprach ich mir eine große Bandbreite an möglichen Jobs. Falls aus der Kunst doch nichts wurde, würde ich eben als Porträt-, Werbefotografin oder Fotojournalistin etwas finden. Wer sich hingegen aufs Schreiben konzentrierte, würde mit dem Untergang der Printmedien auf kurz oder lang seinen Job verlieren, davon war ich überzeugt.

Und so kam es ironischerweise, dass Merle Werbetexterin für Online-Medien wurde und ich freie Fotografin bei einer gedruckten Zeitung. Vielleicht hatte ich es wegen dieser Entscheidung vermieden, nach der Schule noch Texte zu schreiben, die über Geburtstagskarten oder Tagebucheinträge hinausgingen. Ich wollte nicht spüren, dass ich möglicherweise etwas verpasste. Hatte mich dieser Punkt an Claus anfangs so angezogen? Dass er mutig genug gewesen war, das zu tun, was ich mich nicht getraut hatte? Weil er damit auch noch Erfolg hatte?

Ich schüttelte diese Gedanken ab, klickte auf »E-Mail senden« und wusste, dass ich ab jetzt beides miteinander verbinden wollte: das Fotografieren und das Schreiben. Vielleicht würde ich sogar meine alte Lust auf die Kunst beim Fotografieren wiederfinden, die irgendwann, irgendwo, zwischen Interviewterminen mit dem Bürgermeister, Podiumsdiskussionen über den neuen Omnibusbahnhof und Spatenstichen für Firmengebäude, verloren gegangen war.

»Ich hab es getan«, schrieb ich Merle.

»Du bist fremdgegangen?«

»Nein, Merle!« Ich lachte Smileys zurück. »Ich hab meine Ich-Reportage geschrieben! Und ich will ja nicht eingebildet klingen oder so – aber ich glaube, sie ist tatsächlich ganz gut geworden.«

»Ich muss sie unbedingt lesen. Schickst du sie mir?«

»Sehr gern! Aber du musst mir ehrlich sagen, wie du sie findest.«

»Mach ich.«

»Und du *musst* sie gut finden!«

Sie lachte am anderen Ende der Welt. »Das ist mir klar.«

»Schickst du mir auch etwas?«

»Ich habe ein Reisetagebuch angefangen. Eigentlich wollte ich es niemandem zeigen. Aber zur Gruppe *niemand* hast du ja noch nie gehört.«

»Ich würde es liebend gern lesen. Wo bist du jetzt?«

»Seit gestern in Australien. Es ist wahnsinnig schön hier. So wie meine neue Reisebegleitung.«

»Wer?«

»Er heißt Sven und ist das Gegenteil von Michael.«

»Ich glaube, ich mag Sven!«

»Und ich glaube, ich mag Adam.«

Ich hielt inne und las die Nachricht noch einmal. Was wollte mir Merle damit sagen?

»Darf ich dich was fragen?«, schrieb ich. »Was hältst du wirklich von Claus? Ganz allgemein, als Mensch.«

Diesmal dauerte es einen Moment, bis sie antwortete.

»Du willst es wirklich wissen?«

»Ja.«

»Und du bist nicht sauer, wenn ich ehrlich bin?«

»Ich bin nicht sauer.«

Und dann sah ich, dass Merle am anderen Ende der Welt eine Sprachnachricht für mich aufnahm. Ich starrte die Anzeige an, minutenlang, ich spürte diesen Knoten in meinem Magen, der sich mit jeder weiteren Minute enger zusammenzog. Dann schickte sie sie ab – und ich tippte auf »Play«.

»Hallo, meine liebe Ranya. Ich dachte, ich antworte dir besser in einer Sprachnachricht, das ist einfacher«, hörte ich ihre Stimme. Sie war ganz nah und warm und vertraut. Sie klang so sanft. »Weißt du noch, wie wir im Krankenhaus miteinander gestritten haben? Ich habe mich unglücklich ausgedrückt, und du warst so sauer auf mich. Deswegen hab ich danach aufgepasst, nicht wieder etwas Blödes über Claus zu sagen. Glaub mir, ich sehe durchaus, dass er auch seine guten Seiten hat. Ihr wart lange Zeit total glücklich miteinander, das habe ich gespürt. Und das wollte ich dir nicht kaputt machen. In letzter Zeit spüre ich es aber nicht mehr. Und deswegen erzähle ich dir jetzt etwas, das ich dir wahrscheinlich längst hätte sagen sollen. Es tut mir leid, dass ich so lange geschwiegen habe. Weißt du noch, als ihr beide mal bei uns zu Besuch wart und wir Michaels Spinatquiche zusammen gegessen haben?«

Ich nickte mit dem Handy in der Hand, obwohl sie es natürlich nicht sehen konnte. Mein Bauch tat mir weh.

»Wenn Michael für irgendwas gut war, dann für diese Quiche. Die vermisse ich an unserer Beziehung am meisten. Egal. Irgendwann warst du länger im Bad. In der Zeit hab ich Claus erzählt, was ich dir gern zum Geburtstag schenken wollte. Ich hatte eine Schreibwerkstatt an der Nordsee entdeckt. Vier Tage lang für Erwachsene. Ich dachte, du und ich könnten zu zweit hinfahren, und fand die Idee super. Die Jungs wollte ich fragen, ob sie sich am Geschenk beteiligen. Aber Claus hat komisch reagiert. Er sagte so was wie: ›Ranya und schreiben? Ich glaube, das passt nicht. Es wäre doch eher ein Geschenk für dich, Merle. Ehrlich gesagt finde ich es nicht so eine tolle Idee, Ranya etwas zu schenken, was du dir selbst wünschst.‹ Ich war ziemlich erschrocken und hab lange darüber nachgedacht, ob er recht hatte. Ob meine Idee wirklich egoistisch war. Am Ende war ich so verunsichert, dass ich dir etwas anderes geschenkt habe. Später sind mir dann immer wieder solche Aktionen von Claus aufgefallen. Einmal habe ich zum Beispiel auf einem Flohmarkt überlegt, dir mal wieder eine Porzellantasse mitzubringen. Wäre doch witzig, nach all der Zeit. Claus hat die Augen verdreht. ›Dein Ernst?‹, hat er mich gefragt. Du würdest die Dinger mittlerweile nicht mehr sehen können, sagte er. Ob ich das denn nicht wüsste, ich als deine beste Freundin. Wieder war ich verunsichert und hab die Tasse stehen lassen. Dabei stimmte es gar nicht, was er gesagt hat, oder? Ein andermal war ich total begeistert von einem deiner Fotos und hab vorgeschlagen, du könntest es bei einem Wettbewerb einreichen. Weißt du noch? Es war dieses Foto, das du im Nebel von einem riesigen Baum aufgenommen hattest. Darunter saß eine einzelne schwarze Krähe im Gras. Ich liebe dieses Bild! Es ist toll! Aber Claus hat den Mund ganz komisch verzogen und gemeint, du hättest schon bessere Fotos gemacht. Sofort hast du ihm zugestimmt und es dann natürlich nicht eingereicht. Ich weiß, Claus kann auch fürsorglich und lieb sein, aber ich hatte in letzter Zeit immer mehr das Gefühl, dass er dich so zurechtbiegt, wie er dich gern hätte. Anfangs dachte ich, vielleicht findest du das ja gut, vielleicht macht dich diese neue Ranya glücklicher als die alte. Mittlerweile bin ich mir aber sicher, dass es nicht stimmt. Seitdem du auf Sturmjagd bist, wirkst du viel zufriedener mit dir selbst. Du hast sogar endlich deine Reportage geschrieben! Ich freu mich riesig für dich. Und ich hoffe, du bist mir jetzt nicht böse, dass ich dir das alles erzählt habe. Oder dass ich es dir vorher noch nicht erzählt habe. Keine Ahnung … Es ist jedenfalls nicht so, dass ich Claus unsympathisch finde. Bei unseren Treffen zu viert hatten wir immer viel Spaß zusammen. Ich verstehe auch, warum du mit ihm zusammen bist. Aber ich werde das Gefühl nicht los, dass er dir nicht gerecht wird. Dass er dir nicht guttut. Ja, das wollte ich dir sagen. Gott, ich hab gerade total Angst, dass du sauer bist. Aber ich schicke das jetzt trotzdem ab. Es tut mir leid. Ich hab dich lieb!«

Ich starrte mein Handy noch lange an. Später spielte ich die Nachricht noch einmal ab. Dann tippte ich, ganz langsam, Buchstabe für Buchstabe meine Antwort: »Danke, liebe Merle. Ich hab dich auch lieb. Es war gut, dass du es nicht früher gesagt hast. Und es war gut, dass du es jetzt gesagt hast. Ich glaube, es war genau der richtige Zeitpunkt.«

Auf dich muss es seltsam gewirkt haben. Gerade hatte ich dir noch von meinem Verlobten berichtet, ich hatte dir freudestrahlend erzählt, dass ich Claus meinen Text schicken würde, und dann, nur einen Tag und zweihundert Kilometer später, beschloss ich, mein Leben zu ändern. Auf dich muss es wie eine Entscheidung aus heiterem Himmel gewirkt haben, doch glaub mir, das war es nicht. Der Himmel war schon vor langer Zeit zugezogen. Die Luft war drückend, ich hörte seit Wochen dieses entfernte Donnergrollen.

Den ersten Blitz sah ich noch am gleichen Abend, er leuchtete als E-Mail auf meinem Handy auf.

»Wow, Kleines, gar nicht schlecht. Wo kommt das denn plötzlich her? Das hast du gut gemacht. Ich bin stolz auf dich. Ich gebe ihn gleich an unsere Online-Redaktion weiter. Genieß deine Reise, und ruf mich bitte an, sobald du kannst!«

Ich versuchte, mich zu freuen. Das war ein Lob. Claus zeigte mir Anerkennung. Oder? *Gar nicht schlecht*, las ich noch einmal. *Ich bin stolz auf dich*. Je häufiger ich das las, desto unsicherer wurde die Praktikantin in mir. *Wo kommt das denn plötzlich her?* So etwas hatte er mir nicht zugetraut.

Mit einem Mal war ich wieder das Mädchen, das gar nicht wirklich hierhergehörte. Das nur mal reinschnupperte und als Dankeschön für die kleinen Einblicke Kaffee kochte. Das Journalistin spielte, Liebhaberin aber viel besser konnte. Das versuchte, seriös und gleichzeitig attraktiv zu wirken, obwohl es nichts davon war.

Der Artikel erschien früh am nächsten Morgen und sprengte Claus' Analysetools. Er leitete Tausende Besucher auf unseren Blog, wurde auf Facebook zigfach geteilt und schaffte es in den Google-Trends nach ganz vorn. Wir sagten mehrere Fernsehinterviews zu und beantworteten schon am Frühstückstisch die ersten Fragen am Telefon. Sämtliche Zeitungen und Fernsehsender wollten über unsere Geschichte berichten. Sie überschlugen sich mit ihren Angeboten. Gleichzeitig stelltest du fest, dass sich nördlich unserer Pension etwas zusammenbraute.

»Das könnte ziemlich groß werden und ein paar Tage brodeln. Wir sollten hinfahren«, sagtest du.

Also packten wir unser Zeug. Es war ja gar nicht so, dass ich vergaß, Claus anzurufen. Ich wollte es tun, nur nicht gleich. Erst mal wollte ich einsteigen, losfahren, nachdenken.

Und dann saß ich da und dachte an Claus, an das Schreiben, an Porzellantassen, an mich und an die Praktikantin, die er mal geliebt hatte, die ich mal gewesen war, und ich spürte, dass sie gegangen war. Zum Abschied hat sie nicht einmal einen Kuchen gebacken. Undankbares Miststück. Sie hatte nicht mal in die Runde gewinkt. Wann hatte sie sich in meiner Haut zuletzt unwohl gefühlt? Wann hatte sie zum letzten Mal mit Claus geschlafen? Hatte sie ihn zum Abschied geküsst? Wusste er, dass sie weg war?

Vermisste er sie? Ich vermisste sie nicht. Klar, sie war ein nettes Mädchen, nervös, unsicher, aber freundlich. Sie hatte versucht, es allen recht zu machen. Doch sie hatte es nicht geschafft, denn meistens hatte sie dabei vergessen, es sich selbst recht zu machen. Sie dachte, das wäre nicht so wichtig, das könnte sie ja später noch tun, sie wäre noch nicht dran. Erst mal sollte sie ihre Aufgaben erfüllen, die Dinge richtig machen, lernen, üben und nicht zur Last fallen. Erst dann, wenn sie sich bewiesen hätte, würde sie irgendwann einmal an die Reihe kommen. Sie hatte sich hinten angestellt. Doch wer war ich, jetzt, da die Praktikantin endgültig gegangen war?

Ich saß neben dir im Auto, unterwegs zum nächsten Unwetter, und obwohl ich den Regen längst noch nicht riechen konnte, musste ich wieder daran denken, wie ich kurz nach dem Blitzschlag im Bett gelegen hatte. Schwarz unterlaufene Augen, meine Haut brannte. Ich hatte mich allein gefühlt, verlassen, versehrt, in meinen Ohren sauste es. Ich musste daran denken, wie Claus mit seiner unzufriedenen Nase neben mir gesessen hatte. Damals hatte ich nur die Hälfte verstanden – oder verstehen wollen. Doch jetzt wusste ich voll und ganz, was er gesagt hatte.

Wieso bist du bloß ins Gewitter rausgegangen? So kurz vor unserer Hochzeit?, hatte er mich gefragt. Und ich lag da und war weder wütend noch enttäuscht gewesen. Ich hatte mich schuldig gefühlt. Und nur gehört, was ich mich zu hören traute.

Erst jetzt fragte ich mich: Wie hatte er mir an einem solchen Tag Vorwürfe machen können? Wahrscheinlich war er selbst beim Gewitter draußen gewesen, ohne sich Gedanken zu machen. Schließlich gehen die wenigsten Menschen davon aus, im Regen vom Blitz getroffen zu werden. Und die allerwenigsten *werden* tatsächlich vom Blitz getroffen.

Ich saß in deinem Auto, und die Straße war frei, und heimlich sah ich dich von der Seite an. Nur wir, am 1. September um 20.20 Uhr. Hast du meinen Blick gespürt? Hat er dich nervös gemacht? Du und ich und die anderen Gewittertierchen. Jetzt musste ich an sie alle denken. An Otto, Faina, Ludwig, die Zwillinge und an Ruth. »Diese komischen Leute«, hatte Claus sie genannt. »Schräge Typen«. Doch der Gedanke an meine neuen Freunde, an ihre Schrägheit, tat mir jetzt gut. Egal, was Claus sagte: Ich liebte es, dass sie so verrückt waren. Ganz leicht lächelte ich vor mich hin.

Ich hätte Claus anrufen sollen. Er hatte es sich gewünscht. Ich hätte ihm erzählen sollen, wie die Medien auf meinen Artikel reagiert hatten, wir hätten uns gemeinsam über den Erfolg freuen sollen. Doch ich hatte keine Lust.

In diesem Auto, während auf meinem Display immer wieder E-Mails von Journalisten aufleuchteten (*spannende Geschichte ... berührender Text ... faszinierende Persönlichkeit ... hätten Sie Lust ... könnten Sie vielleicht ... würden Sie möglicherweise?*) und WhatsApp-Nachrichten von alten Bekannten (*wow ... wie schön du schreibst ... wie es dir gegangen sein muss ... tief beeindruckt ... mir tut es so leid ... schade, dass wir uns schon so lange nicht ... erinnerst du dich ... würdest du vielleicht ... wollen wir mal wieder?*), fühlte ich mich immer größer, stärker, sicherer. So als könnte ich meine Porzellantassensammlung aus dem Keller holen und zu jedem einzelnen Exemplar stehen.

Klar, ich muss diese Gedanken schon mal gehabt haben, heimlich. Aber zum ersten Mal konnte ich sie nun deutlich in meinem Kopf hören: Wer wäre ich ohne Claus? Würde ich mich verändern? Neue Seiten an mir entdecken? Würde ich wachsen?

Du bist die perfekte Frau für mich, hatte er bei unserer Verlobung gesagt. Er hatte es so gemeint. Die Praktikantin in mir war perfekt für ihn. Aber war er auch perfekt für die Frau, die ich geworden war?

Da war diese Vertrautheit, da waren unsere Pläne. Wir hatten Wein auf dem Balkon getrunken und überlegt, wo wir ein Haus bauen könnten, wie viele Fenster es hätte, wie viele Stockwerke unsere Hochzeitstorte bräuchte und wie unsere Kinder einmal heißen würden. Ich hatte mir Wein auf meine Bluse gekleckert, und er hatte gelacht, gesagt: »Unsere Pauline wird sicher mal genauso schusselig wie du.« Und ich hatte diese Vorstellung gemocht. Er und ich und sie – und zwei von uns wären ständig voller Flecken.

Jetzt saß ich im Auto neben dir und wusste, mit jedem Kilometer etwas mehr, dass ich nicht mehr auf den Balkon zurückkehren würde. Dass es keine Pauline geben würde. *Hast du deine Kündigung nicht schon längst in der Tasche?,* hörte ich die Stimme meines Vaters in meinem Ohr. Ich musste wieder an das Meer denken, an überzuckerte Strandkörbe im Winter, und nickte. Er hatte schon im Urlaub recht gehabt. Ich musste den Brief nur noch abschicken.

Ich drehte den Kopf und sah dich an. Kurz schautest du zu mir rüber und lächeltest.

»Alles gut?«, fragtest du, doch ich antwortete nicht. Irgendwie war alles gut und gleichzeitig gar nichts. Wie sollte ich dir das erklären? Ich sah dich nur an, und du erwidertest meinen Blick, immer wieder kurz. Du versuchtest, dich trotzdem auf die Straße zu konzentrieren. Dein Blick wurde ernster, wir schlingerten. Wenn wir uns noch länger so ansähen, würden wir sicher von der Straße abkommen.

»Kannst du kurz anhalten?«, fragte ich dich.

»Jetzt?«

Ich nickte, und du fuhrst den nächsten Parkplatz an. Es war einer dieser Rastplätze, an denen es nur ein kleines, übel riechendes Klo gibt, einen Blick auf Wiesen und Felder, also nichts, was von dem Telefonat ablenken könnte, das ich nun führen musste.

»Hallo«, begann ich, mit dem Telefon am Ohr.

»Kleines! Endlich meldest du dich. Dein Artikel geht

ganz schön ab heute Morgen. Wir werden ihn morgen auf Seite eins drucken.«

»Schön. Du, Claus?«

»Damit hat hier keiner gerechnet, du wirfst die ganze Zeitungsplanung bei uns über den Haufen. Ich hätte nicht gedacht, dass du so schreiben kannst!« Er lachte.

»Claus!«

»Das war als Kompliment gemeint!«

»Ich muss dir was sagen. Was ganz anderes. Und es ist scheiße, dass ich das am Telefon tue, ich weiß. Das hast du nicht verdient, das hat unsere Beziehung nicht verdient. Es tut mir leid, aber es muss jetzt raus, ich kann nicht bis zum Ende meiner Reise warten.«

Ich hielt inne, Claus atmete. Hatte er es schon begriffen? Ich wünschte, ich müsste nicht weiterreden, aber ich tat es trotzdem. Sollte ich dabei nicht weinen müssen?

»Mir ist klar geworden, dass es nicht mehr geht. Ich will das nicht mehr. Wir können nicht heiraten.«

Dann schwiegen wir beide. Wir atmeten, wir warteten.

Schließlich sagte er: »Du wirfst also alles hin? Einfach so?«

Ich wusste nicht, was ich darauf antworten sollte. Also sagte ich gar nichts – und ließ ihn weiterreden.

»Du meinst das nicht so. Ich kenne dich, Ranya. Du kannst das gar nicht. Du kannst dich nicht von mir trennen. Du brauchst mich. Allein kommst du überhaupt nicht klar, und das weißt du auch. Das wissen wir beide. Ich glaube, dieser Blitz hat dich nachhaltig durcheinandergebracht. Aber es ist okay, ich nehme das nicht ernst. Nach deiner Reise kommst du einfach zurück, und dann heiraten wir.«

Ich schüttelte den Kopf. Leise sagte ich nur: »Ich möchte nicht mehr mit dir zusammen sein.«

Claus lachte auf, kratzig. »Komm nach Hause.«

»Nein.«

»Wie kannst du …?«

»Es geht einfach nicht, es tut mir leid.«

Natürlich war das nicht in Ordnung. Ich hätte bei diesen Sätzen vor ihm stehen sollen. Oder, noch besser: Wir hätten gemeinsam auf dem Sofa sitzen und weinen, wir hätten nebeneinander trauern sollen – vor der Wand mit unseren Fotos, mit offener Balkontür und einem Küchenkalender voller gemeinsamer Termine. Und dann erst hätte ich gehen sollen. Nicht einfach nur auflegen.

Doch ich legte einfach auf.

»Lass uns weiterfahren«, sagte ich zu dir.

Und dann fuhren wir weiter. Ich verzog keine Miene, aber ich weinte. Stumm, ohne jeden Schluchzer. Die Tränen liefen mir über das Gesicht, sie tropften mir vom Kinn. Auch du sagtest nichts, aber du legtest mir deine Hand auf die Schulter. Nur kurz nahmst du sie herunter, wenn du schalten musstest. Doch danach legtest du sie gleich wieder zurück.

Und du sagtest nichts, und ich weintest, und deine Hand lag auf meiner Schulter. Und wir fuhren weiter.

5. Teil

Es donnert und blitzt und schüttet und tobt

Adam

Was hätte ich tun sollen? Du saßest neben mir und starrtest auf die Straße, obwohl du aus deinen nassen Augen wahrscheinlich nichts sehen konntest. Hin und wieder habe ich heimlich zu dir hinübergeschaut. Hast du das gemerkt? Hat es dir geholfen?

Die Straße war frei, und wir kamen dem Sturm immer näher. Bald würden wir ihn finden, und dann könnte er uns die Haare aus der Stirn wehen und uns die Köpfe freipusten. Er würde dich ablenken, und obwohl ich wusste, dass er dir Angst machte, hoffte ich trotzdem, dass er dir ein wenig helfen könnte. Schlechtes Wetter war für mich immer wie eine Verschnaufpause, eine Abkühlung, ein Glas Wasser und ein Snickers. Ich hätte dir gern eins angeboten.

Du saßest da und weintest lautlos, und mir kam das so bekannt vor. Ich schaute noch einmal hin, und meine Füße kribbelten, und dann verstand ich, warum: Ich sah mich selbst dort sitzen. In einem anderen Auto, zu einer anderen Zeit. Ich war jünger damals, kleiner. Ich saß im Auto, und ich weinte. Mir war kalt und schlecht. In meiner Brust hing die Traurigkeit wie eine dunkle, schwere Fledermaus, nur ich konnte ihre Schreie hören. Was war das für eine Erinnerung? Warum war ich damals so traurig gewesen? Ich wusste es nicht mehr, ich wusste nur noch, wie gern ich umarmt werden wollte. Wie sehr ich mir zumindest eine Hand auf meiner Schulter gewünscht hätte. Also hob ich meine und hoffte, es war okay, dass ich dich vorsichtig berührte. Du sagtest nichts, du reagiertest nicht, aber meine Hand ließ ich auf deiner Schulter liegen. Und so fuhren wir dem Sturm entgegen.

Als dein Gesicht wieder getrocknet war, schlugen die ersten Tropfen auf die Windschutzscheibe.

»Keine Angst«, sagte ich schnell. »Das ist noch nicht unser Gewitter. Das dürften nur ein paar Ausläufer des Tiefs sein. Wenn ich es heute Morgen richtig eingeschätzt habe, geht es erst in ein, zwei Tagen richtig los – und zwar noch weiter nördlich.«

Beim ersten Blitz verlorst du wahrscheinlich das Vertrauen in meine Fähigkeiten als Meteorologe.

»Komisch«, sagte ich. »Eigentlich dürfte heute noch nicht so viel runterkommen.«

Du sahst mich an, und es donnerte. Erst zucktest du zusammen, dann musstest du grinsen.

»Sorry, ich hab echt nicht gedacht, dass …« Doch du ließest mich nicht ausreden, du fingst an zu lachen. Du lachtest laut, mit offenem Mund und zurückgeworfenem Kopf, und der Regen trommelte aufs Autodach, und der Donner rollte, und ich fiel in dein Lachen ein. Im Augenwinkel sah ich deine Zähne und deine Haarsträhne aufblitzen, und wir lachten, und immer wieder sahen wir uns dabei an.

So kam also auch unser zweiter Einsatz viel schneller, als uns lieb war. Diesmal sahen Hunderte Leute unser Livevideo, Tausende Besucher teilten unsere Posts, und du blicktest dem Sturm viel mutiger entgegen. Im steinernen Eingang eines ehemaligen Bahnhäuschens hieltest du deine Kamera vor dich wie einen Schild. Deine Haarsträhne sträubte sich, elektrisiert, und wie du da standest, hattest du etwas von einer Kriegerin, einer Sturmkriegerin.

Ich filmte dich, und du lächeltest in die Kamera. Man konnte dir noch ansehen, dass du dich fürchtetest. Aber jetzt wirktest du tapfer und mutig dabei. Du botest dem Gewitter die Stirn.

»Du bist schön«, rutschte es mir heraus. Einfach so.

»Was hast du gesagt?«, riefst du gegen den Wind, aber ich glaube, du hattest mich verstanden.

»Schon gut«, sagte ich und biss mir auf die Lippen. Was war nur in mich gefahren? Ich maß den Wind, ich dokumentierte das Wolkenbild, ich sprach zu unseren neuen Zuschauern und war in meinem Element. Und du warst in meiner Nähe. Du hattest gerade deine Verlobung aufgelöst. Und heute ging von dir kaum noch eine Gefahr aus.

Ich atmete den Duft des Gewitters ein, den Duft der Naturmacht, der Schicksalsgewalt, all der neuen Möglichkeiten, der unzähligen Wege, die ein Mensch jederzeit einschlagen konnte, wenn er sich nur traute, und versuchte dennoch, nicht nur nach vorn zu schauen, sondern auch zurück. Ich wollte mich endlich an alles erinnern können.

Wie du da standest, mir hin und wieder zulächeltest, das Wetter fotografiertest und dir Notizen machtest, so hatte ich dich doch schon einmal gesehen. In einem anderen

Hauseingang, zu einer anderen Zeit. Du warst jünger damals. Natürlich warst du jünger. Und du hattest noch keine Angst. Ich kannte dich, das wusste ich. Das hatte ich die ganze Zeit gewusst. Aber erst an diesem Tag beschloss ich, mich vor dir und meiner versteckten Erinnerung nicht mehr in Acht zu nehmen. Ich fühlte mich mutig und bereit – und ging aufs Ganze.

Später saßen wir nebeneinander im Eingang, dort, wo früher einmal eine Tür gewesen sein muss, und sahen auf die Schienen, über die früher Züge hinweggerauscht sein müssen. Jetzt waren sie mit Moos bewachsen und hier und da von Grasbüscheln verdeckt. Das nächste Dorf lag fast einen Kilometer entfernt. Ein Weg, den wohl schon lange niemand mehr zurückgelegt hatte, abgesehen vielleicht von einsamen Joggern und Hundebesitzern.

Es war still hier draußen, der Sturm war weit entfernt. Alles schien mit einem Mal so lange her. Längst vergangen. Meine Erinnerungen, deine Beziehung. Weggewischt.

Plötzlich spürte ich deine Schulter an meiner Schulter und fragte mich, welchen Gedanken du wohl nachhingst.

»Wenn ich nach Hause komme, muss ich umziehen«, stelltest du fest, ohne mich anzusehen.

Ich nickte.

»Was rede ich da. Wenn ich nach Hause komme, gibt es dieses Zuhause nicht mehr.«

»Sag Bescheid, wenn ich Kisten tragen soll«, sagte ich und ärgerte mich im nächsten Moment darüber. Der große starke Mann, der lieber Kisten schleppt, als über Gefühle zu reden. »Oder wenn du reden willst«, schob ich nach. Das machte es auch nicht besser.

Mit einem Mal war ich nervös. Ich fühlte mich wie diese nervige Gewitterfliege, die um uns herumflog, über uns schwebte und mich am Arm, am Hals, am Bein kitzelte. Ich sah mich selbst aus der Gewitterfliegenperspektive: die Beine angewinkelt, die Haare völlig zerzaust, das Shirt zu lang getragen. Nervöser Blick, unsichere Lippen.

Schnitt. Möglichst lässig und souverän schaute ich jetzt in eine imaginäre Kamera, hinter mir glitzerte ein Pool, ich war oben ohne, trug eine Holzkette und erklärte: »Ich weiß auch nicht, was da plötzlich los ist.« Ich lachte nervös. »Sie war bis dahin sogar verlobt gewesen. Und eigentlich dachte ich, dass ich sie gar nicht mag. Sie war ja auch ziemlich blöd. Voll nervig irgendwie. Aber nach ihrer Trennung hat sich irgendwas verändert. Ich weiß auch nicht …«

Schnitt. Gleiche Kameraeinstellung, aber ich saß jetzt anders, ich lachte und winkte einem Mitkandidaten dieser Show zu.

Schnitt. Wieder dieser ernste Blick. »Sie ist wirklich nett. Vielleicht habe ich mich einfach in ihr getäuscht. Aber verliebt? Nein. Ich und verliebt? Auf keinen Fall!« Nachdenklich sprach ich weiter. »Ich glaube ja, die Liebe ist ein Rucksack, den du schulterst, ohne zu ahnen, dass du ihn nicht mehr abstellen darfst. Täglich packt jemand immer größere Dinge hinein. Er wird schwerer und schwerer, und dennoch musst du ihn überallhin mitnehmen. Vielleicht ist die Liebe aber auch so was wie ein chronischer Schnupfen. Am Anfang glaubst du noch, das geht vorbei: dieses dumpfe Gefühl im Kopf, die Atemnot. Doch dann merkst du, dass es bleibt. Du fängst dir jetzt immer öfter etwas ein, mal einen Husten, ein andermal Halsschmerzen. Ich glaube, die Liebe macht schwach und verletzlich und verbraucht viel zu viele Taschentücher. Ich lass das lieber sein, ich bin nicht verliebt.«

Dann sah ich mich selbst, wie ich über eine Fernseh-Liebesinsel schlenderte und Ranya auf eine beeindruckend lässige Weise zuwinkte, während ein leicht berauscht klingender Moderator erklärte: »Da läuft er, unser kleiner Hypochonder. Ob er für ein Date mit seiner Ranya wohl noch das richtige Impfmittel findet?«

»Danke für das Angebot«, sagtest du plötzlich und rissest mich aus meinen Love-Island-Gedanken. »Aber ich weiß gar nicht, ob ich irgendwas in Umzugskisten packen will. Vielleicht kann das alles weg. Es ist viel schöner, hier draußen zu sein – ohne jede Kiste.«

Ich brauchte eine Weile, um in die Realität zurückzufinden. »Ja, stimmt«, sagte ich dann.

Du nicktest. »Manchmal weiß man erst, wie schwer man getragen hat, wenn man plötzlich erleichtert ist.«

Und dann weintest du wieder, und ich fand mich mit meinen blödsinnigen Fernsehgedanken ziemlich unsensibel. Du tatest mir leid. Ich musste etwas tun. Meine Hand auf deiner Schulter wäre jetzt viel zu wenig. Also legte ich meinen ganzen Arm um dich, und du lehntest dich bei mir an. Deine Haare rochen nach Regen. Und so saßen wir lange da, weit weg von allem.

Plötzlich hörten wir Stimmengewirr.

»Seht ihr? Wir haben sie gefunden!«, rief Faina mit klimpernden Armreifen. Sie lachte mit viel Zahnfleisch und wilden Zähnen.

»Da seid ihr ja!« Otto hob schon von Weitem die Hand zum Gruß. »Wahnsinn, was mit dieser neuen Technik so alles geht. Ihr wisst schon, dass euch sämtliche Blog-Leser orten können?«

Neben ihm winkten Sonja und Doris. Zum ersten Mal konnte ich sie nun voneinander unterscheiden. Die eine hatte kurze knallrote Haare, die andere lange schwarze Locken. Die eine trug Hose, die andere Rock. Beide waren völlig verändert, nur ihre Gesichter waren die gleichen geblieben.

Ruth kämpfte sich keuchend vom Parkplatz aus zu uns herüber. An ihrem Arm hing diesmal keine Katzenbox, sondern ein Picknickkorb.

»Da sitzen sie ganz entspannt – und wir dachten, ihr arbeitet hart! Ich hab sogar Donauwelle gebacken!«

Wir sprangen auf und lachten. »Was macht ihr denn hier?«

»Überraschung!«, rief Faina. »Ihr könnt doch bestimmt eine kleine Stärkung gebrauchen.«

Weißt du noch, wie wir alle auf der großen karierten Picknickdecke saßen, die Finger klebrig von der Donauwelle, das Blut schwarz vom Kaffee? Wir hatten die Füße im Gras, nur Otto hatte für sich und Ruth zwei Campingstühle dabei, in die sie sich seufzend sinken ließen.

Hin und wieder berührte dein Knie meinen Oberschenkel. Hast du das bemerkt? Ich stellte mir vor, wie der Love-Island-Moderator Sachen sagte wie: »Na, na, na, schlägt das zarte Pflänzchen der Liebe hier vielleicht seine Wurzeln?« Oder: »Unser heißblütiger Casanova geht aber ran!« Und musste über mich selbst schmunzeln. Meiner imaginären Kamera erklärte ich: »Sie guckt mich immer wieder so an, aber ich weiß nicht, was das bedeutet. Ich meine, sie ist gerade erst raus aus ihrem

Couple. Vielleicht sucht sie nur nach Ablenkung – und ich bin völlig austauschbar.«

Faina riss mich aus meinen Gedanken. »Wir sollen euch schön von Ludwig grüßen.« Sie griff nach ihrem zweiten Stück Kuchen.

»Er hatte keine Zeit?«

»Er ist beschäftigt«, erklärte Ruth schmunzelnd.

»Womit denn beschäftigt?«

»Er macht Urlaub in Gudenshain.«

Dein Mund klappte auf, dann lächeltest du.

»Genauer gesagt, sitzt er seit Stunden in Jacopos Eisdiele. Ich glaube, er hat schon drei oder vier Portionen Mandelgewitter verdrückt.« Faina wischte sich einen Klecks Sahne von der Oberlippe. »Es muss spannend sein, die Kälte im Mund zu spüren, aber nicht in den Händen. Er hat doch seit dem Blitzschlag diese Empfindungsstörungen, wisst ihr noch? Mir geht das nicht aus dem Kopf, vielleicht baue ich das in unsere nächste Performance ein. Es könnte ein schönes Sinnbild sein für den menschlichen Umgang mit dem Klimawandel. Wir sehen die schmelzenden Pole, wir schmecken sie sozusagen, doch unsere Hände spüren und unternehmen nichts.«

Wir alle hielten etwas verwirrt inne und nickten dann langsam.

»Ja, ja«, sagte Otto. »Ja. Einleuchtendes Bild.«

»Ich nehme an, Ludwig sitzt nicht allein bei Jacopo?«, kamst du auf das ursprüngliche Thema zurück.

»Richtig«, entgegnete Sonja. »Dein Bruder Janosch ist bei ihm. Vielleicht kommen die beiden noch nach, haben sie gesagt.«

»Ach, papperlapapp«, widersprach Ruth. »Das haben

sie nur gesagt, um uns loszuwerden. Lasst den beiden mal ihre Zweisamkeit.«

»Machen wir doch!«, protestierten die Zwillinge im Chor. Sie sahen einander an – und lächelten.

»Habt ihr euch wieder vertragen?«

»Wir haben uns nie gestritten«, sagte Sonja.

»Klar haben wir das, und wie! Und wir haben uns noch nicht versöhnt«, widersprach Doris.

»Ich habe jedenfalls kein Problem mit dir.«

»Doch, natürlich hast du das. Und ich hab eins mit dir. Wir sind voll in der Abgrenzungsphase, wisst ihr? Jede macht aktuell ihr Ding, ohne Rücksicht auf die andere.«

»Und das macht es uns viel leichter. Mir geht es jetzt besser.«

»Ich finde es überhaupt nicht leicht.«

Verstohlen sahst du mich an und versuchtest dabei, ein Schmunzeln zu unterdrücken. Zwar warst du noch blass, aber gleichzeitig schienst du nun stärker geworden zu sein. Deine weiße Strähne wellte sich. Und irgendwie ahnte ich, dass du, so ähnlich wie ich selbst, längst noch nicht alles über dich wusstest. Wenn ich dich jetzt ansah, schien die Luft zu vibrieren. Was würde passieren, wenn sich unsere Hände trafen? Würde es mir einen Schlag verpassen?

Als wir nach dem nächsten Stück Kuchen griffen, hätten sich fast unsere Ellenbogen berührt. Wie es sich wohl angefühlt hätte? Wie sich deine Haare, dein Rücken oder dein Arm wohl angefühlt hätten, auf dem die Lichtenbergfigur bereits verblasst war? Plötzlich, auf dieser Picknickdecke, war meine Angst vor dir völlig verschwunden. Mit einem Mal wollte ich deinen Rissen und Sprüngen nachspüren und dir meine zeigen. Ich wollte deine Hand nehmen, dir aufhelfen und mich mit dir verstecken, unter einem Baum oder hinter einem Strauch. Ich brauchte all meine Konzentration, um sitzen zu bleiben und Otto zuzuhören.

»Ich weiß, wo euer Gewitter hinzieht«, behauptete er.

»Laut Prognose in Richtung Norden.« Ich bemühte mich, nicht zerstreut zu klingen.

Otto wiegte den Kopf. »Ich rate euch, fahrt gleich nach Lichterdorf.«

»Wieso das?«

»Liegt das nicht im Nordwesten?« Auch du runzeltest die Stirn.

»Vertraut mir. Am Ende ziehen Gewitter in dieser Region immer nach Lichterdorf.« Er lächelte. »Habe ich euch nie von der Legende erzählt?«

»Wir glauben nicht an Legenden«, warf Sonja ein.

»Du vielleicht nicht, ich schon«, widersprach Doris.

Trotzdem erzählte Otto uns allen davon – obwohl die Zwillinge sich uneins waren, obwohl deine Stirn gerunzelt blieb und Ruths Gesicht die ganze Zeit aussah, als würde sie gleich »Ach, papperlapapp« sagen.

»Es gibt Orte, die sind gefährlicher als andere«, begann Otto. »Es gibt diese Flecken auf der Welt, die immer wieder von Gewittern heimgesucht werden – über die Jahrhunderte hinweg. Am bekanntesten ist ein See in Venezuela: der Maracaibo-See. Die sogenannten Catatumbo-Gewitter toben hundertsechzig Nächte im Jahr über der Mündung eines Flusses in den See. Während eines solchen Gewitters, das bis zu zehn Stunden andauern kann, zucken fünfzig Blitze pro Minute gelb bis orange am Himmel.«

»Wie unheimlich. Vielleicht ist der Ort verflucht«, überlegte Faina.

Ich schüttelte den Kopf. Von dem Phänomen hatte ich schon oft gehört. »Dafür gibt es eine einfache Erklärung: In der Region ist es sehr heiß, außerdem liegen die Anden in der Nähe. Tagsüber verdampft eine große Menge Wasser, und abends kommt kühle Luft vom Gebirge herunter. Logisch, dass es dann kracht.«

»War ja klar. Die Herren der Schöpfung wollen uns mal wieder die Welt erklären.« Ruth verschränkte die Arme. »Der berühmte Wettermoderator weiß sofort Bescheid. Und woher hast du bitte diese neunmalklugen Zahlen, Otto?«

Otto rieb sich das Kinn. »Ich habe erst letztens wieder einen spannenden Artikel dazu gelesen. Du liegst sicher nicht falsch, Adam, das ist ein weitverbreiteter Erklärungsansatz für dieses Phänomen. Es wird aber auch darüber spekuliert, ob die Unwetter vom Sumpfgebiet mit seinen Methanprozessen begünstigt werden. Nicht immer weiß der Mensch genau, warum es an einigen Orten häufiger blitzt als an anderen. So ist es auch mit Lichterdorf.«

»Du vergleichst dieses Kaff mit einem verwunschenen See in Venezuela?« Doris lachte auf.

»Ja, das tue ich. Allein in den letzten Jahren hat dort sieben Mal der Blitz eingeschlagen. Und zwar nicht irgendwo im Dorf, sondern immer an nahezu derselben Stelle: auf dem Grundstück des Lichtblick.«

»Du meinst doch nicht unser Hotel? Die alte Bruchbude?«

Otto nickte. »Doch. Die Achtermanns haben das Haus in den Siebzigerjahren gekauft und einen hübschen Garten angelegt. Es gab Bäume, einen Pavillon, kleine Teiche und Sitzecken. Sie wussten nichts von der Legende. Der erste Blitz schlug in den Pavillon ein, der zweite zerstörte einen Baum, der dritte verletzte einen Gast, der gerade ins Gebäude eilen wollte. Nachdem eines Nachts ein Feuer gerade noch rechtzeitig gelöscht werden konnte, ließen die Achtermanns alle Bäume fällen, bauten den Pavillon ab und installierten einen Blitzableiter. Doch in der damaligen Zeit schützte ein Blitzableiter nur vor Bränden. Im Lichtblick fielen daher immer wieder die Telefone aus. Gewitterte es, waren die Gäste abgeschottet von der Außenwelt, sie konnten nur aus dem Fenster schauen und darauf warten, dass das Unwetter vorüberzog.«

»Und was ist jetzt mit dieser Legende?«, fragte Faina ungeduldig.

»Dazu komme ich später. Eine Renovierung wäre jedenfalls zu teuer gewesen, ab Anfang der Neunzigerjahre blieben die Gäste dann mehr und mehr aus. Wen zieht es schon in eine Kleinstadt, die schon bessere Tage gesehen hat? Die Achtermanns konnten den Hotelbetrieb kaum noch aufrechterhalten. Sie verdienten ihr Geld mit den Einheimischen, die an sonnigen Tagen ihre Gaststube aufsuchten, um ein ordentliches Schnitzel zu essen. Über Nacht blieb kaum jemand. Doch um die Jahrtausendwende erschien dann in einer großen Zeitung eine Reportage über das Lichtblick mit seinem Gewittergarten. Von heute auf morgen konnten sich die Wirte kaum retten vor Buchungen – abenteuerlustige Gäste wollten unbedingt in dem Haus übernachten, an dem das Unglück klebte, am liebsten bei Gewitter. Um die Faszination aufrechtzuerhalten, ließen die Achtermanns das Haus nach wie vor nicht renovieren, aber sie installierten eine moderne Blitzschutzanlage. Seitdem ist der Aufenthalt dort viel sicherer geworden. Doch der Blitz schlägt immer wieder dort ein – bis heute.«

»Und an so einen Ort schleppst du uns – für unser Blitzseminar?«, fragte Doris entsetzt. »Wir hätten alle draufgehen können! Gerade mit dir in unserer Gruppe – du bist wahrscheinlich ein genauso großer Blitzmagnet wie dieses Grundstück.«

Otto räusperte sich, wich ihren Blicken aus und versuchte, die Armlehne seines Campingstuhls von Donauwellenkrümeln zu säubern.

»Wahrscheinlich hätte ich euch davon erzählen sollen. Entschuldigt bitte. Aber irgendwie fand ich das so schön passend. Die Legende, die ich euch gleich erzähle, fasziniert mich seit Jahren. Vor dem Seminar habe ich eine Woche in Lichterdorf gewohnt und in der örtlichen Bücherei recherchiert. Es war hoch spannend. Uns verbindet etwas mit diesem Ort. Es gibt ihn noch, trotz allem. Und es gibt *uns* noch.«

»Das hätte sich an diesem Wochenende aber auch schlagartig ändern können.« Sonja schüttelte den Kopf.

»Ach, hab dich nicht so«, widersprach Doris. »Es ist ja nichts passiert.«

»Das hätte Otto doch nicht wissen können.«

»Hätte, hätte, Fahrradkette.«

»Ich glaube nicht, dass wir in Gefahr waren«, sagtest du, und wir drehten die Köpfe in deine Richtung. »Jedenfalls nicht mehr als anderswo. Hab ich euch erzählt, dass ich ursprünglich aus Lichterdorf komme? Ich hab dort die ersten Jahre meines Lebens gewohnt, bin da zur Schule gegangen – und mich hat der Blitz dann Jahre später in einem ganz anderen Ort getroffen. Macht euch also keinen Kopf, es kann eh immer und überall passieren.«

»Du kommst aus *Lichterdorf?*«, fragte ich dich – eine Spur zu laut.

Du nicktest. »Ich erinnere mich aber kaum noch daran. Von dieser Legende hab ich jedenfalls noch nie etwas gehört.«

»Frag mal deine Eltern, die kennen sie bestimmt«, sagte Otto.

»Schon möglich. Was hast du denn in der Bücherei herausgefunden?«

Als er deine Frage hörte, lächelte Otto, und sein Blick schien ein wenig entrückt.

»Auf dem Hügel in Lichterdorf hat schon einmal ein Gasthaus namens Lichtblick gestanden, doch es ist bei einem Gewitter abgebrannt. Die älteren Einwohner behaupten, sie würden den Grund kennen. Du brauchst dich nur mit ihnen in eine dunkle Ecke der Wirtsstube zu setzen und ihnen ein, zwei Bier auszugeben, schon erzählen sie dir davon. Vor vielen Jahren, im ersten Lichtblick, lebten die Wirtsleute mit ihren Zwillingen Henri und Hedda. Es sollen wilde Kinder gewesen sein, mit Haaren, die keiner kämmen, mit Kleidern, die niemand flicken, mit Schürfwunden, die kein Mensch versorgen konnte. Sie rannten so schnell wie der Wind, sie brüllten so laut wie der Donner, sie lachten so hell wie Blitze, und wenn sie weinten, erinnerten ihre Tränen an Hagelkörner. Die Menschen im Ort waren fasziniert von diesen Kindern und machten ihnen Geschenke. Doch den Wirtsleuten selbst, ihren eigenen Eltern, wurden sie immer unheimlicher. Sie versuchten, Henri und Hedda zu zähmen, zu erziehen, doch es gelang ihnen nicht. Es half nichts, auf sie einzureden oder auf sie einzuschlagen. Sie blieben unberechenbar. Eines Abends sperrten sie sie in ein Zimmer im Dachgeschoss, wo sie bleiben sollten, bis sie brave Kinder geworden waren. Die Bewohner von Lichterdorf respektierten diese Maßnahme, und so saßen die Wirtsleute und ihre Gäste lachend im Garten, während die Kinder im Haus gegen die Türen hämmerten, schrien und weinten – und langsam älter wurden, aber keinen Deut braver. Irgendwann kamen sie auf die Idee, das Fenster zu öffnen. Nacheinander kletterten sie hinaus. Es war eine finstere Nacht, und es zog gerade ein Gewitter auf. Als sie dort auf der Fensterbank standen, verlor Henri den Halt. Hedda versuchte noch, ihn festzuhalten, doch sie fielen gemeinsam hinunter und schlugen im Gewittergarten auf. Sie waren sofort tot. Noch in der gleichen Nacht trafen zwei Blitze das Gasthaus, das bis auf die Grundmauern abbrannte. Seitdem stürmen die Gewitter über dem Hügel, und in Lichterdorf erzählt man sich, das wären die Zwillinge Henri und Hedda, die bis heute wüten.«

Ich gebe zu: Am Ende der Geschichte fröstelte es mich ein wenig. Du sahst mich an, und ich glaube, dass es dir ähnlich ging.

»Ach, papperlapapp!«, rief Ruth. »Ich glaube nicht an so einen Unsinn. Ausnahmsweise will ich mal das glauben, was der Herr Wettermoderator vorhin gesagt hat, über diesen See. Das klang gut. In Lichterdorf findet sich bestimmt auch etwas in der Art.«

Ich lächelte. »Sicher gibt es auch für diese Gewitter eine wissenschaftliche Erklärung.«

»Vielleicht.« Otto nickte und trank einen Schluck von seinem längst kalt gewordenen Kaffee. »Das ändert aber nichts an meinem Rat: Fahrt gleich nach Lichterdorf.«

Und das taten wir – noch am selben Abend. Die Fahrt war lang, das Auto warm, die Donauwelle schwappte bei jeder Unebenheit der Straße in meinem Magen. Wenn ich an diese Stunden zurückdenke, kommt mir alles verdammt weich vor. Das Lenkrad fühlte sich warm an, die Rücklichter vor uns waren sanftrot. Wir lachten viel – worüber eigentlich? Hin und wieder boxtest du mir gegen die Schulter – wofür eigentlich? In meiner Bauchbinde stand: »Adam Münchberg (32) ist aufgeregt und hat keine Ahnung, wieso.« Und dann wollte ich nur kurz auf die Toilette. Ich fuhr beim Rastplatz raus, wir hatten ungefähr die Hälfte der Strecke hinter uns. Ich bremste, lächelte dir zu, dann wollte ich die Tür aufmachen und rausspringen. Doch sie ließ sich nicht öffnen. Ich rüttelte daran, immer fester. Noch einmal und noch einmal.

»Adam«, hörte ich dich sagen, doch deine Stimme war jetzt sehr leise.

Egal, was ich versuchte – ich kriegte die Tür einfach nicht auf. Immer wieder stieß ich mit der Schulter dagegen, doch nichts bewegte sich. Ich war eingesperrt. Dieser Gedanke schnürte mir die Kehle zu, ich bekam kaum noch Luft.

»Was machst du da?«, fragtest du.

Ich konnte dir nicht antworten. Erst musste ich hier raus. Panisch riss ich am Griff. Mein Herz raste, mein Kopf war heiß.

»Adam?« Ich konnte dich kaum noch hören. Ich konnte

dich nicht mehr sehen. Ich sah nur den Griff und die Tür. Beides kam mir plötzlich sehr alt vor. Die Autotür erinnerte mich an die unseres alten Familienwagens. Ich schwitzte und rüttelte und keuchte, du konntest es natürlich nicht wissen, aber in diesem Moment war ich höchstens fünf Jahre alt. Ich trug meinen rot karierten Anorak, die grünen Bommeln an der Kapuze baumelten hin und her.

»Wer nicht hört, bleibt hier!«

Meine Mutter stand draußen vor dem Auto und verschränkte die Arme. Dunkelblaues Kleid, hochgeschlossen. Es betonte ihre Augenringe. Dumpf hörte ich ihre Stimme durch das Fensterglas.

»Wir haben dir tausendmal gesagt, du sollst einfach mal still sein. Nur für eine Minute! Tausendmal haben wir das gesagt. Aber du musst unentwegt quengeln. Jetzt musst du die Konsequenzen tragen.«

Mittlerweile konnte ich auch meinen Vater sehen. Schwarzes Jackett, dunkle Jeans, volles Haar. Er legte den Arm um Mamas Schultern und nickte.

»Du hast den Bogen deutlich überspannt.«

»Ich hasse, hasse, hasse euch!«, brüllte ich den beiden entgegen. »Ihr seid die schrecklichsten Eltern der Welt!«

Da drehten sie sich um und gingen davon. Meine Mutter schob den Kinderwagen mit meinem kleinen Bruder vor sich her. Er war damals ein so beeindruckendes Kind. Viel niedlicher und charmanter als ich. Sommersprossen, Stupsnase, immer fröhlich.

Und ich schrie, so laut ich konnte. Ich trommelte gegen das Fenster. Ich war ganz allein, und niemand hörte mich. Und ich überlegte, ob meine Eltern recht hatten. Sollte ich besser schweigen, um gehört zu werden? Sollte ich still sein, wenn ich Beachtung suchte?

Es gibt Tage im Leben, die verändern alles. Tage, nach denen du deine eigenen Eltern für immer mit anderen Augen sehen wirst. Als sie zurückkamen, war unendlich viel Zeit vergangen, zahllose Wolken waren vorbeigezogen, sechs Vögel über den Himmel geschwebt, zwei Marienkäfer über die Scheibe gekrabbelt, ich war alt geworden und wieder jung, ich hatte zum ersten Mal über das Schweigen nachgedacht, und keiner hatte es gehört, und meine Eltern hatten sich für mich in andere Menschen verwandelt. Sie rochen noch genauso wie früher, sie lachten in der gleichen Tonhöhe, sie sagten die bekannten Sätze, trotzdem waren sie mir jetzt ein wenig fremd, fast unheimlich.

Ich hatte schon so lange nicht mehr an meinen Bruder gedacht. Wir waren so verschieden gewesen, wir hatten uns so oft gestritten, aber trotzdem vermisste ich ihn. Als ich jetzt mit dir im Auto saß und mich fühlte wie fünf Jahre alt, da spürte ich es als stechenden Schmerz in der Magengegend. Mir fehlte da was. Als wäre aus mir etwas herausgebrochen, ein großes Stück Vergangenheit.

»Adam?«, hörte ich dich sagen.

Doch ich schwieg vor Schmerz.

»Hey.«

Ich konnte nichts sagen.

»Du hast den Knopf runtergedrückt.«

Du griffst hinter mir zum Autofenster, zogst das Knöpfchen hoch, und mit einem leisen Klacken öffnetest du die Tür.

RANYA

Was war nur los mit dir? Ich hatte dich noch nie so aufgelöst gesehen. Deine Finger zitterten, deine Augen waren riesengroß, eine Ader an deinem Hals pulsierte. Ich öffnete dir die Tür, und sofort stolpertest du hinaus. Du fuhrst dir durch die dunklen Locken, legtest den Kopf in den Nacken und drehtest ein paar Runden – als hättest du einen Sprint hinter dir.

»Ist alles okay?«

»Ja … ich … ich geh kurz aufs Klo.«

Du warst lange weg auf diesem Rastplatz. Während ich auf dich wartete, verirrte sich eine Fliege ins Auto, zwei ältere Herrschaften parkten bedächtig ein und stiegen langsam aus, ich schlug sechs Mal nach der Fliege, beim siebten Mal traf ich sie auf der Fensterscheibe, die beiden älteren Herrschaften kamen auf ihre Stöcke gestützt zurück, stiegen ein und fuhren gemächlich davon. Ich wischte den Fliegenfleck mit einem Taschentuch ab.

Erst dann saßest du wieder neben mir.

»Es tut mir leid.« Deine Stimme klang erschöpft.

»Alles gut.«

»Das eben … es hat mich an ein Gefühl erinnert, das ich als Kind einmal gehabt haben muss.«

»Du warst kein glückliches Kind, oder?«

Du zucktest mit den Schultern. »Ich war ein einsames Kind.«

»Weißt du noch, warum?«

Du überlegtest lange, bevor du antwortetest: »Es gab eine Zeit, in der ich keine Freunde hatte. Da muss ich acht oder neun Jahre alt gewesen sein. Ich glaube, ich wurde gemobbt. Und meine Eltern hatten andere Probleme.«

»Sie haben dir nicht geholfen?«

»Vielleicht haben sie es versucht. Aber wir hatten kein besonders gutes Verhältnis. Dann kam die Scheidung, und für meine kleinen Kinderprobleme blieb keine Zeit.«

An diesem Tag im Auto hast du mir noch nicht von deinem Bruder erzählt. Du sahst immer wieder aus dem Fenster, atmetest tief durch und sprachst von deinen Eltern. Du erzähltest, wie dein Vater nach der Scheidung auszog und mehr und mehr aus deinem Leben verschwand. Wie deine Mutter immer dünner wurde. Bald war sie so dünn, dass du sie auf dem Sofa zwischen all den Kissen und Decken kaum noch sehen konntest. Wie ihr euch erst über Hausaufgaben und die Unordnung in deinem Zimmer, später über Alkohol, Partys und Politik strittet. Wie du einen Tag nach deinem achtzehnten Geburtstag auszogst und Angst hattest, deine Mutter könnte jetzt ganz aufhören zu essen.

Manchmal glaubtest du, deinen Vater in der Menschenmenge zu entdecken, aber jedes Mal war es ein anderer Mann. Deine Mutter lud dich manchmal zu Kaffee und Kuchen ein, doch es schmeckte dir nie, weil sie, statt zu essen, nur mit der Kuchengabel in der Luft herumfuchtelte, um ihre Argumente zu unterstreichen. Gegen deine neue Wohnung, deine neue Freundin, deinen neuen Job.

Bald gingst du gar nicht mehr hin. Du hattest sowieso keine Zeit, dein Terminkalender war immer voll, du hattest ständig neue Projekte und Aufträge.

»Vielleicht sollte ich meine Mutter mal wieder anrufen. Als ich im Krankenhaus aufgewacht bin, war ich so genervt von ihr. Aber es war nur ein diffuses Gefühl – und so was kann auch manchmal täuschen.«

Bildete ich es mir ein, oder sahst du mich jetzt bedeutungsschwer an, so als wolltest du, dass ich zwischen den Zeilen las? Ich konnte dort nichts erkennen, aber ich nickte trotzdem.

Wir schwiegen. Dann sagtest du: »Ich übersehe etwas. Immer wieder kehren kleine Erinnerungen zu mir zurück, aber etwas fehlt. Immer noch.«

»Wer weiß«, antwortete ich. »Vielleicht hilft ja das nächste Gewitter.«

Als wir in Lichterdorf ankamen, der Regenstadt, war die Luft klar. Erinnerst du dich an den Sternenhimmel? Er erinnerte mich an eine riesige Party, bei der die Musik allerdings so weit weg war, dass ich sie nicht hören konnte. In Lichterdorf war niemand unterwegs, als wir uns mit dem Jeep im Licht der Straßenlaternen durch die schmalen Straßen schlängelten, zwischen den Einfamilienhäusern hindurch mit ihren überdachten Terrassen und den windgeschützten Balkonen. Hier und dort glaubte ich, eine Straßenecke käme mir bekannt vor, aber sicher war ich mir nie. Es war schon sehr spät, nur hin und wieder sahen wir ein fernsehbeflackertes Wohnzimmerfenster.

Wir bogen ab und fuhren den Hügel hinauf bis zum Parkplatz des Lichtblick. Lag es an der Nachtzeit oder an

Ottos Legende, dass das Hotel nun bedrohlich aussah? Die Dunkelheit hatte das blasse Gelb der Fassade verschluckt, sie wirkte jetzt grau und rissig, die kleinen Fenster schwarz, das Dach ragte spitz und düster in den Nachthimmel hinein. Ein paar Ziegel fehlten, eine Treppenstufe, die zum Haupteingang führte, war zerbrochen.

Hätte im Erdgeschoss nicht Licht gebrannt, ich wäre sicher gewesen, dass es mittlerweile leer stand. Zögernd traten wir ein und zogen sofort sämtliche Blicke der älteren Lichterdorfer auf uns. Sie saßen an ihren Holztischen – genauso wie während unseres Seminars. Als wäre die Zeit stehen geblieben. Die Biergläser waren noch immer halb leer, die Augen halb geöffnet, die Bäuche halb rund. Hier blieb alles beim Alten, da konnte es Nacht werden und wieder Tag, da konnten die Wochen und Monate und Jahre vergehen, da konnten die Blitze einschlagen, wie sie wollten. Lichterdorf blieb sitzen. Es war längst gewitterfest geworden. Sollten die anderen Orte doch ihre Gasthäuser schließen und ihre Autos in die nächstgrößere Stadt lenken. Lichterdorf würde bleiben, egal wie heftig der Sturm tobte.

In dieser Nacht war es allerdings windstill und im Hotel noch ein Zimmer frei.

»Haben Sie reserviert?«, schrie uns die Wirtin an, außer uns zuckte niemand zusammen.

»Nein. Wir dachten, also … Wir sind ganz spontan hergekommen.«

»Na, da haben Sie aber Glück gehabt.«

Claus hatte mir eine Sprachnachricht geschickt, das wusste ich schon seit der Autofahrt. Sie war sechs Minuten lang.

Dir hatte ich nichts davon erzählt, ich wartete, bis du unter die Dusche gingst.

»Meinst du, dieser Vorhang ist seit den Siebzigern mal ausgewechselt worden?«, hörte ich dich aus dem Bad rufen. Dann hörte ich das Wasser rauschen.

Ich drückte auf »Play«. Am Anfang war nichts zu hören. Ich überlegte kurz, ob es ein Versehen war und Claus gar nichts hatte aufnehmen wollen, doch dann hörte ich ihn atmen. Tief ein und aus.

»Du irrst dich, Ranya.« Er klang leise, aber bestimmt. »Wir gehören zusammen. Was ich am Telefon gesagt habe, tut mir leid. Natürlich kommst du allein klar. Aber wir funktionieren nun mal am besten im Team. Du bist besser mit mir, und ich bin besser mit dir. Ich glaube, in letzter Zeit war ich nicht genug für dich da, das weiß ich jetzt. Du hast eine Menge durchgemacht, und ich war dir keine Stütze. Das tut mir leid. Wirklich. Ich werde daran arbeiten. Du bist die wichtigste Person in meinem Leben, und das möchte ich dir wieder zeigen. Seit Wochen merke ich, dass du neben der Spur bist. Du hast dich von mir entfernt, Ranya, wahrscheinlich lag es daran. Vielleicht bin ich schuld, dass du dich so verändert hast. Deine Wutanfälle, deine Unausgeglichenheit, diese Haarsträhne. Nimm es mir nicht übel, aber – das bist du doch alles nicht. Das passt nicht zu dir, es steht dir nicht. Ich habe die alte Ranya geliebt, und ich liebe sie noch. Lass uns wieder zusammenfinden, dann finden wir uns auch selbst wieder. Ich vermisse dich, wie du früher warst. Komm nach Hause.«

Ich nahm das Handy vom Ohr – mehr wollte ich nicht hören.

»Hallo, du Liebe«, schrieb mir in diesem Moment Faina. »Es war so schön, euch heute wiederzusehen. Seid ihr gut in Lichterdorf angekommen?«

»Ich hab euch vorhin etwas verschwiegen«, antwortete ich prompt. Mit einem Mal wollte ich es ihr unbedingt erzählen. »Ich habe mit Claus Schluss gemacht.«

Und dann berichtete ich ihr tippend von der Trennung, von der Autofahrt mit dir, von deiner Hand auf meiner Schulter, von Claus' Sprachnachricht und davon, was er über meine Veränderungen und meine Haarsträhne gesagt hatte.

»Er hat recht, ich habe mich verändert«, schrieb ich. »Aber ist das schlimm? Bin ich das alles gar nicht?«

»Doch. Du bist das alles. Ich habe selten einen so authentischen Menschen wie dich kennengelernt, Ranya. Menschen verändern und entwickeln sich nun mal, und das ist auch gut so. Du bestimmst, wie und wer du bist, jeden Tag. Das ist allein deine Sache, Claus geht das nichts an. Da kann er noch so sehr mit dir verlobt sein. Wenn er deine Entwicklung nicht mag, so what? Sein Problem. Dann muss er eben gehen.«

Ich lächelte. »Danke«, schrieb ich. »Was du schreibst, fühlt sich irgendwie so richtig an.«

»Warum lächelst du?« Plötzlich standest du mit feuchten Haaren und Schultern mitten im Zimmer. Ich musste schnell wegsehen, du trugst nur Boxershorts. War das Absicht?

»Ich … ähm … Faina hat mir geschrieben«, stammelte ich und tippte umständlich auf dem Handy herum.

»Sehr gut. Sie findet bestimmt schöne Worte.«

Ich hörte, dass du bei diesem Satz lächeltest. Und dann

hörte ich, wie du zum Koffer liefst und ein T-Shirt herausgriffst.

»Das Bad ist frei«, sagtest du hinter dem T-Shirt-Stoff. Und mit nervösen Beinen stand ich auf.

Die nächsten Stunden fühlten sich aufgewühlt an. Als hätte ein chaotischer Bauer die Erde gepflügt. Mein Kopf war tieftraurig, mein Mund hellwach, meine Augen melancholisch, mein Bauch überglücklich, mein Rücken bärenstark, meine Beine hibbelig, meine Füße schwermütig. Nichts passte zusammen. Nur du und ich, wir passten irgendwie in ein Doppelbett.

»Sollen wir es auseinanderschieben?«, fragtest du noch.

»Geht schon«, sagte ich.

Es ging nicht, zumindest nicht so gut, ich konnte nicht einschlafen. Schliefst du? Dein Atem war leise. Ich versuchte, dich in der Dunkelheit zu sehen, aber du bewegtest dich nicht. Nur hin und wieder roch ich dein Duschgel zwischen den Bettlaken.

Ich dachte an unsere Gespräche an diesem Tag. An deine Blicke. Manchmal, wenn du glaubtest, ich würde es nicht bemerken, hast du mich so angesehen. Verstohlen. Fragend. Ich habe es bemerkt. Deine Augen waren tiefdunkel dabei, schnell hast du die Lider wieder gesenkt. Ich dachte an dein verschmitztes Lächeln, an den blitzenden Eckzahn. Und daran, wie sich im Auto deine Hand auf meiner Schulter angefühlt hat.

Irgendwann muss ich dann doch eingeschlafen sein. Ich träumte von Claus. Er und ich übernachteten in einem großen, dunklen Haus. Alles schlief tief und fest, nur wir waren noch wach. Ich lag unter dem Dach, er ein paar

Stockwerke tiefer. Er schien mir so weit weg, als würde er am Grunde eines Brunnens sitzen. Ganz weit unten sah ich ihn, und er sah zu mir hoch, finsterer Blick, unzufriedene Nase.

»Das alles bist du nicht«, sagte er leise. »Es steht dir nicht.«

Ich schreckte auf. Mein Shirt war verschwitzt, mein Atem ging schnell.

»Alles gut?«, flüstertest du verschlafen.

»Ich habe schlecht geträumt.«

»Das tut mir leid.«

Ich versuchte, mich zu beruhigen.

»Adam?«

»Ja?«

Ich biss mir auf die Lippen. Dann sagte ich leise: »Könntest du mir deine Hand auf die Schulter legen? Nur ganz kurz?«

Du antwortetest nicht, ich hörte nur, wie du deinen Arm unter der Bettdecke hervorzogst.

»Wo bist du?«

»Hier«, flüsterte ich.

Und dann fühlte ich deine Finger an meinem Ellenbogen. Sie strichen über meinen Oberarm und legten sich sanft auf meine Schulter.

»Danke«, sagte ich. Und so lagen wir in der Dunkelheit. Dein Daumen strich über mein Schlüsselbein, hin und her, deine Hand war warm.

»Es ist alles gut«, flüstertest du. »Alles gut.«

Ich fühlte, wie mir die Tränen in die Augen stiegen, und als hättest auch du es gespürt, tastetest du nach meinem Gesicht und streicheltest meine Wange. Und ich glaube, so lange hat das noch nie jemand gemacht. Bei niemandem, auf der ganzen weiten Welt.

Aufgewühlt blieb ich auch am darauffolgenden Tag. Ging es dir ähnlich? Ich hatte kaum geschlafen, und meine Müdigkeit in Verbindung mit einigen Tassen schwarzem, bitterem Filterkaffee vom Frühstücksbüfett machte mich aufgekratzt. Gleichzeitig erschien mir alles so weit weg zu sein. Merle, mit der ich stundenlang telefonierte und die mir beteuerte, wie richtig meine Trennung gewesen sei, dass ich eine Entscheidung gegen Claus und für mich getroffen habe, dass sie unheimlich stolz auf mich sei und liebend gern vom Job der Trauzeugin zu dem der Trennungszeugin umschule. »Kein Problem, Flexibilität und die Offenheit für neue Aufgaben gehören zu meinen größten Stärken!« Du, wie du auf der Hotelterrasse mit Zeitungen und Fernsehsendern telefoniertest und dabei unseren Blog und unsere Social-Media-Kanäle pflegtest. Mein Laptop, der vor mir auf einem kleinen Gartentischchen stand und auf dem ich abwechselnd versuchte, Texte zu schreiben und Bilder zu bearbeiten. Die Wirtin, die ich zwischen dem fünften und dem sechsten Kaffee fragte, ob der Garten um uns herum einen Namen habe.

»Was meinen Sie?«, schrie sie mich an. Ich zuckte nicht mehr zusammen, mittlerweile hatte ich mich an ihre Lautstärke gewöhnt.

»Ich habe gehört, der Garten hätte einen bestimmten Namen.«

»Ach, sind Sie etwa wegen der Legende hier?«

»Ein kleines bisschen.«

»Hätte ich mir ja gleich denken können, zwei so junge Leute.«

»Er hat also einen Namen?«

»Bei mir nicht. Das ist ein Garten wie jeder andere. Aber manche hören nicht auf, ihn Gewittergarten zu nennen. Wenn Sie mich fragen, ist das alles Unsinn. Hier hat ein paar Mal der Blitz eingeschlagen, na und? Wir sind hier auf einem Hügel, das passiert nun mal.«

»Henri und Hedda gab es also gar nicht?«

»Doch, natürlich.« Diesmal brüllte sie mir ihre Antwort so laut entgegen, dass ich doch etwas zurückwich auf meinem Gartenstuhl. »Sie haben im alten Lichtblick gewohnt, das weiß jeder.«

»Also ist es wahr? Sie sind aus dem Fenster gestürzt?«

»Ach was. Sie sind an einer Krankheit gestorben. Früher sind Kinder ständig an Krankheiten gestorben. Es gibt Menschen, die behaupten, ihre Eltern hätten absichtlich keinen Arzt gerufen, weil sie froh waren, dass ihre wilden Kinder endlich mal still und friedlich waren. Aber daran glaube ich nicht. Das sind alles Ammenmärchen.«

Ich runzelte die Stirn und wollte gerade nachhaken, da vibrierte mein Handy. Ruth rief an.

»Entschuldigung«, sagte ich, und die Wirtin ging brummend davon.

»Ruth, hallo! Wie schön, dass du anrufst!«

»Faina hat es mir gerade erzählt«, begann sie ohne Umschweife.

»Was?«

»Na, das mit Claus. Nachdem ich heute seinen Artikel gelesen hatte, musste ich sie erst mal anrufen. Ich hab mir doch gleich gedacht, da stimmt was nicht.«

»Was für einen Artikel?«

»Du hast ihn also endlich abserviert? Das wurde aber auch höchste Zeit!«

»Ja, ich hab Schluss gemacht. Und natürlich bin ich traurig, aber …«

»Ach, papperlapapp. Er ist ein Idiot.«

»Gerade versucht er mit aller Macht, mich zurückzukriegen.«

»Tatsächlich? In seinem komischen Kommentar klingt das aber anders.«

»Was meinst du?«

»Die *Neue Presse* hat über das wachsende Medieninteresse an euch und eurem Projekt berichtet. Und Claus hat einen ziemlich bösen Kommentar dazu geschrieben. Er soll wohl lustig und sarkastisch sein, ist aber einfach nur daneben. Lies ihn dir besser nicht durch.«

»Also, jetzt werde ich ihn mir erst recht ansehen!«

»Nein, ich erzähl dir lieber, was drinsteht. Er zweifelt eure Geschichte an und meint, es könnte sein, dass ihr gar nicht vom selben Blitz getroffen worden seid und das alles nur erfunden hättet, um Geld zu verdienen. Ihr würdet euch ›bewusst selbst inszenieren‹. Adam mit seiner ›professorenhaften Unwetterfrisur, mit der er aussieht, als stünde er im intellektuellen Sturm der Besserwisserei‹. Und du mit deiner Indira-Gandhi-Strähne, die – ich lese mal kurz vor – ›in Wahrheit vor allem darauf hindeutet, wie diese Journalistin mit Wahrheiten umgeht: Wie ihr großes Vorbild hält auch sie wenig von Belegen‹. Und er schreibt, eure Frisuren wären vielleicht doch ein Hinweis darauf, dass ihr tatsächlich vom Blitz getroffen worden seid. Unversehrte Menschen würden schließlich nicht freiwillig so herumlaufen.«

Ich schluckte. »Das hat er nicht wirklich geschrieben.«

»Ich fürchte doch.«

Mit einem Mal sprang ich auf, der Stuhl polterte zu Boden, und mein Tisch wackelte. »Das ist so ein riesiges Arschloch«, presste ich hervor. Zum ersten Mal auf der Reise spürte ich wieder diese Wut in mir. Ich wollte den Tisch umstoßen, das Handy wegwerfen, mich ins Auto setzen und zu Claus rasen, um ihm eine schallende Ohrfeige zu verpassen. Wie konnte er nur? Was behauptete er da – ganz öffentlich? Und das, nachdem er mir gestern noch diese bettelnde Sprachnachricht geschrieben hatte!

»Ich werde diesen Wichser zusammenfalten!« Mit jedem Wort wurde ich lauter.

»Das habe ich mir schon gedacht. Deswegen rufe ich an – versuch bitte, nicht auszurasten.«

»Zu spät!«, brüllte ich.

»Ist es nicht.« Ruth klang streng. »Hör mir jetzt genau zu und tu, was ich dir sage. Du machst einen Spaziergang. Nimm das Handy mit. Geh so schnell du möchtest, aber nicht in Richtung Auto. Lauf einfach ein bisschen herum. Bist du schon dabei?«

»Ja!«, schrie ich im Gehen.

»Aber nicht zum Auto.«

»Ist ja gut!«, brüllte ich.

»Gut. Atme tief in den Bauch ein und wieder aus. Atmest du?«

»Natürlich atme ich!«

»Sehr gut. Tief ein und aus. Fühl, wie deine Füße bei jedem Schritt den Boden berühren. Versuch, jedes Mal tief in die Erde hineinzutreten. Einzusinken. Sinkst du?«

»Keine Ahnung!«

»Versuch es. Atme. Nimm dir Zeit. Spür deine Füße. Deine Lunge. Tief ein und aus.«

Ich atmete und stampfte und atmete und dann, irgendwann, stampfte ich weniger. Ich sank Schritt für Schritt etwas in den Kies unter meinen Füßen ein. Ich wurde langsamer.

»Besser?«, fragte Ruth.

»Ein bisschen«, antwortete ich.

»Weißt du, ich habe mich mein ganzes Leben lang von meiner Wut leiten lassen. Versteh mich nicht falsch, Wut kann toll sein. Ich finde sie nach wie vor sehr viel angenehmer als Traurigkeit. Aber ich weiß jetzt, dass mir zu viel davon nicht guttut. Ich habe sie so sehr genossen, dass sie mein liebstes Gefühl wurde. Ich war ständig und immer wütend, auf jeden, und habe mich mit dieser Wut zurückgezogen. Irgendwann stand sie zwischen mir und allen anderen Menschen, und niemand kam mehr über diese Grenze. Du hast mir erzählt, dass das Gefühl für dich neu ist, deswegen solltest du lernen, damit richtig umzugehen. Nicht so wie ich damals. Lass die Wut kommen, toben und lass sie dann auch wieder gehen. Beruhige dich und handele danach erst. Sie allein darf dich nicht bestimmen.«

»Mmh«, machte ich. Und atmete tief ein und aus. Ich ging jetzt ganz langsam durch den Gewittergarten.

»Verschwende deine Energie nicht an Claus. Wenn du ihm deine Meinung sagen möchtest, mach das ruhig, aber nicht jetzt. Nimm dir ein paar Tage Zeit. Genieß deine Reise, euren Erfolg und deinen Abstand. Er will, dass du auf ihn zugehst. Er lockt dich. Du weißt doch selbst, dass Claus ziemlich manipulativ ist, oder? Ich hab das schon bei Imbiss-Ingo geahnt. Weißt du noch? Da hast du gerade

Besuch, und er bringt dich mit wenigen Worten dazu, uns stehen zu lassen und seinen Job zu übernehmen, damit er Döner essen kann. Ich fand sein Verhalten unmöglich. Du solltest ihn einfach ignorieren. Und ganz ehrlich: Der hat sich mit diesem Artikel echt keinen Gefallen getan. Er klang so bösartig. Faina hat erzählt, dass er dafür im Internet schon sein Fett wegkriegt.«

»Das hat er auch verdient.«

»Allerdings. Und du hast eine schöne Sturmjagd verdient. Also lenk dich ab.«

»Du hast recht. Das werde ich versuchen. Danke schön, Ruth. Danke für deinen Anruf.«

»Gerne doch. Und herzlichen Glückwunsch zu deiner wunderbaren Entscheidung, diesen Idioten abzuservieren!«

Ich musste lachen.

Irgendwo in meinem Bauch fühlte ich die Wut noch immer, doch mein Lachen war stärker. Ich lächelte den ganzen Tag, während wir arbeiteten, Kaffee tranken, im frischen Aprilwind froren und trotzdem draußen sitzen blieben. Du an deinem und ich an meinem Tisch. Und hin und wieder trafen sich unsere Blicke.

Am Abend gab es Jägerschnitzel mit Pommes – so langsam konnte ich das Fleisch alter Gasthäuser nicht mehr sehen und dachte über ein Leben als Vegetarierin nach – und zum Nachtisch neue Geschichten über Henri und Hedda. Weißt du noch, wie wir mit Jürgen und Uwe ins Gespräch gekommen sind? Die beiden Männer saßen im dunklen Wirtsraum neben uns, weiße Haarkränze, runde Bäuche, auf den Tellern ein halbes Hähnchen und Currywurst. Sie sprachen über Sportergebnisse und schnaubten viel. Hast du dich eingeschaltet? Ich weiß nur noch, dass du dich irgendwann mit ihnen über Fußball unterhalten hast.

»Kennen Sie die Legende von Henri und Hedda?«, unterbrach ich euch, als sich Uwe gerade zum Verdauen zurücklehnte und seinen Bauch kraulte.

»Klar. Die kennt in Lichterdorf jedes Kind.« Jürgen fuhr sich mit Daumen und Zeigefinger über den grauen Schnäuzer.

»Wissen Sie, warum es über ihren Tod so unterschiedliche Geschichten gibt?«

»Wer sagt denn, dass sie tot sind?« Uwe sah mich aus den Augenwinkeln an, ohne den Kopf zu drehen. Er schmunzelte.

»Na ja, diese Legende …«

»Da sind Sie aber nicht gut informiert, junge Dame. Die Zwillinge sind nicht tot. Ich bin mir sicher: Sie leben noch heute. Ich glaube, ich habe sie erst vor ein paar Wochen gesehen. Sie sind alt geworden, aber sie sehen sich noch verdammt ähnlich. Und beide haben diese wilden weißen Haare.«

»Sie haben sie gesehen?«

Jürgen lachte. »Der nimmt Sie nur auf den Arm. Die zwei sind vor vielen Jahren nach Amerika ausgewandert. Seitdem ist ihnen niemand mehr begegnet.«

»Ausgewandert? Quatsch! Sie waren elf oder zwölf Jahre alt, als sie von heute auf morgen einfach verschwunden sind. Sie sollen fürchterliche Eltern gehabt haben, da ist das ja kein Wunder. Zur damaligen Zeit hat man sie schon nach wenigen Wochen für tot erklärt. Aber sie leben noch! Zumindest habe ich sie letztens vor dem Lichtblick gesehen. Zwei uralte Leute mit wilden weißen Haaren standen im Gewittergarten und haben an der Fassade hochgeschaut. Aber sie sind nicht reingegangen. Irgendwann haben sie sich einfach wieder umgedreht und sind verschwunden.«

»Ach, was du wieder redest.« Jürgen versuchte, die Geschichte mit einer raschen Handbewegung wegzuwischen, doch es gelang ihm nicht. Sie blieb im Raum stehen, auch dann noch, als die Wirtin die dreckigen Teller längst mitgenommen und die Tische abgewischt, als Uwe und Jürgen sich verabschiedet hatten und zur Tür hinausgeschlurft waren. Sie blieb – viel länger noch als wir selbst.

Adam

Hat dich diese Geschichte also auch so gepackt wie mich? Zurück auf unserem Zimmer sah ich immer wieder aus dem Fenster in den Gewittergarten und fragte mich, ob sich Henri und Hedda irgendwo im Gebüsch versteckten.

»Glaubst du, sie sind wirklich da draußen?«

Du zucktest mit den Schultern. »Wollen wir nachsehen?«

»Jetzt? Es wird bald dunkel.«

»Wir könnten einen Spaziergang durch den Ort machen und uns einen Nachtisch besorgen. Ich brauche was Süßes.«

Ich lächelte, und du lächeltest. Fandest du auch, dass wir uns einen kleinen Moment zu lang angesehen haben? Du saßest mit deinem grün-blau gemusterten Kleid auf dem Bett, und deine Haare leuchteten, und du warst schön. Ich stand am Fenster und schluckte. Alles war möglich, unsere Geschichte könnte sich jetzt in sämtliche Richtungen entwickeln. Wir nickten und zogen uns die Jacken an, und die Spannung stieg, als hätten wir Ja gesagt zu einem Kinofilm, ohne den Trailer zu kennen.

»Ich hab Lust auf Popcorn«, sagte ich leise.

»Bling«, machte der Fahrstuhl, obwohl wir noch gar nicht gedrückt hatten. Vielleicht hattest du bei unserem ersten Besuch im Lichtblick recht gehabt: Alte Häuser machen mit den Menschen, was sie wollen. Wir stiegen ein, drückten auf »EG«, und die Wände und der Spiegel schoben uns nah aneinander. Der Fahrstuhl fuhr holpernd an, und dein Geruch umfing mich. Sonne, Regenpfützen, frischer Wind. Wie ein Herbstgewitter, dachte ich – als sich die Tür wieder öffnete.

»Wo sind wir denn jetzt gelandet?« Du schautest in den Flur und schütteltest den Kopf. »Wir haben doch EG gedrückt!«

Auch ich sah hinter dir hinaus. Wir waren im obersten Stockwerk angekommen. Dort, wo uns der Fahrstuhl schon einmal hingefahren hatte. Der Flur lag im Dämmerlicht, am Ende eröffnete ein kleines Fenster den Blick auf den Gewittergarten. Und ich fragte mich, was uns dieses Haus wohl sagen wollte.

»Adam?«

Erst da bemerkte ich, dass ich schon einige Sekunden in der geöffneten Fahrstuhltür gestanden haben musste.

»Ja, sorry.«

Ich ging rückwärts, drückte noch mal »EG« und lehnte den Kopf an die Wand.

Es war ein warmer Abend. Die Jacken ließen wir offen, während wir den Hügel zur Stadt hinunterliefen. Ich kann dir nicht erklären, warum ich diesem drückenden Wetter keine Beachtung schenkte, warum ich nicht nachsah, wann das nächste Gewitter anstand. Vielleicht liegt es daran, dass ich an diesem Abend kein Meteorologe war, sondern einfach nur ein nervöser Mann, der mit einer tollen Frau spazieren ging. Sobald wir in Bewegung waren, hörten wir nicht mehr auf zu reden. Wir unterhielten uns über die Legende, über Jürgen und Uwe, über die laute Wirtin des Lichtblick und diese leise Stadt. Wir lachten viel, auch wenn unsere Sätze gar nicht lustig waren. Manchmal stupstest du mich in die Seite, manchmal stieß ich dir sanft gegen die Schulter.

»Ich glaube schon, dass das ein Flirt war«, erklärte ich dem Moderator meiner ganz eigenen Love-Island-Show. Immer wieder nickte ich. »Ja, zwischen uns hat es eindeutig geknistert.« Schnitt. Meine imaginäre Kamera zeigte uns aus der Vogelperspektive, zwei Köpfe, die sich immer wieder einander zuwandten. Man hörte uns laut lachen, im Hintergrund sang Lady Gaga: *I'm falling, In all the good times I find myself, Longin' for change, And in the bad times I fear myself.* Schnitt.

Ich versuchte, mich zusammenzureißen, die Kopfkamera wieder auszuschalten und auf dem Boden der Tatsachen anzukommen. »Meinst du, in Lichterdorf gibt es ein Kino?«, fragte ich dich, bemüht, mit meinen Gedanken hinter meinen eigenen, echten Augen zu bleiben. Adam zu sein und niemand sonst.

»Willst du dir einen Film ansehen?«

»Nein, aber ich hab Lust auf Popcorn.«

Du lächeltest. »Früher gab es hier mal eins.«

»Daran erinnerst du dich noch?«

»Ich bin mir ziemlich sicher, dass ich mal in *König der Löwen* war. Der Vater ist plötzlich gestorben, und mir ist die ganze Popcorntüte vom Schoß gerutscht.«

»Wie lange hast du in Lichterdorf gewohnt?«

»Wir sind weggezogen, als ich neun Jahre alt war.« Jetzt nahmst du ganz plötzlich meine Hand und rissest mich mit dir. »Komm, wir schauen, ob wir das Kino wiederfinden.«

Hand in Hand durchstreiften wir also diesen Ort, der mehr und mehr zu einem Teil von dir wurde, während wir nach wilden weißen Haaren und Leuchtschriften Ausschau hielten und nichts davon fanden. Die Straßen waren leer, die Geschäfte und Cafés verfallen oder zumindest geschlossen, und alles, was wir entdeckten, war ein flaches Gebäude mit bunten Bildern in den Fenstern. Meine Schritte wurden langsamer. Kurz beschlich mich dieses Gefühl, das ich auch im Dachgeschoss des Lichtblick gehabt hatte: Hier war ich doch schon mal … Konnte das sein? Du bliebst stehen.

»Ich kenne dieses Haus!«, riefst du und zeigtest darauf. »Das war meine Grundschule!« Du strahltest übers ganze Gesicht. »Meine allererste Schule! Siehst du das Klettergerüst mit der Rutsche, da hinten in der Ecke? Ich weiß noch, dass mir einmal ein Junge in den Rücken gerutscht ist. Gott, hab ich geheult. Und da vorn haben wir immer Himmel und Hölle gespielt. Ich hatte eine Freundin, die hieß Lisa oder Lydia oder so ähnlich. Es ist schon verrückt mit diesen Erinnerungen … Ich dachte, sie wären weg, ich hätte Lichterdorf einfach vergessen. Aber scheinbar ist alles noch da, irgendwo.«

Du lächeltest mich an, und ich wich deinem Blick aus. Wie gern könnte ich das Gleiche behaupten. Jetzt sahst auch du auf den Boden. »Tut mir leid, das war blöd von mir.«

Ich zuckte mit den Schultern. »Alles gut. Mach dir keinen Kopf.«

Einen kurzen Moment gingen wir schweigend weiter. Alles war dunkel, bis auf eine kleine Tankstelle am Ende der Straße.

»Vielleicht gibt es da hinten etwas Süßes?«

Wir gingen hinein und sahen in der Auslage noch genau zwei Gebäckstückchen.

»Sind das etwa Mohnschnecken?« Du lachtest und kauftest sie uns.

»Die gibt's zum Preis von einer«, quietschte die extrem kleine Bedienung mit den schwarz umschminkten Augen. »Sie sind von gestern.«

Wir kauften sie trotzdem. Dann gingen wir in den angrenzenden Park, um sie dort zu genießen und die Krümel in den kurzen, feuchten Rasen fallen zu lassen, so wie wir es am Anfang unserer Reise getan hatten, als du noch verlobt gewesen warst und ich noch nicht wusste, dass du in Lichterdorf zur Schule gegangen bist. Wir saßen auf der Bank und raschelten mit der Tüte, plötzlich hieltest du inne. »Schau dir bitte mal diese Statue an.«

Du sprangst auf und gingst darauf zu. Der Park war nicht mal so groß wie ein halbes Fußballfeld. Die Bäume und Büsche waren im Kreis gepflanzt, dazwischen Blumenbeete, auf denen es gerade anfing zu blühen. Aus der steinernen Statue in der Mitte waren kleine Stücke herausgebrochen, hier und da war sie verfärbt, trotzdem wirkte sie irgendwie erhaben. Fandest du sie auch so bedrohlich wie ich? Dabei waren es nur zwei Kinder, die da auf einem Felsen thronten. Ihre Haare standen wild vom Kopf ab, ihre Augen lachten böse, und ihre zerrissenen Kleider wehten in einem Wind, der bei uns nicht ankam.

»Sind sie das?«, fragtest du mit gedämpfter Stimme.

Ich folgte dir. Eines der Kinder hatte den Zeigefinger erhoben. Das andere spitzte die Lippen mit dicken Wangen, als wollte es uns einen ganzen Sturm entgegenpusten. Barfuß standen sie auf einem rohen Stein, an dem eine Messingtafel angebracht worden war. »Henri und Hedda«, stand darauf. Und darunter ein Datum. Wir standen lange da und lasen die Zahlen immer wieder. Schließlich drehten wir dann doch die Köpfe und starrten einander an.

»Das ist nicht wahr, oder?« Du flüstertest.

Ich schüttelte den Kopf. »Nein.«

Noch einmal sahen wir auf das Schild. Doch solange wir es auch anstarrten, das Datum blieb. Waren diese Kinder tatsächlich an unserem Blitztag gestorben? Vor siebzig Jahren?

»Ich glaube, da verarscht uns wer«, sagtest du.

»Ja. Bestimmt gibt es irgendwo eine versteckte Kamera.« Ich bemühte mich mit allen Kräften, innerlich nicht sofort eine Runde »Verstehen Sie Spaß?« zu spielen. Ich sollte heute keine Fernsehshow einschalten und mich nirgendwo mehr hinflüchten. Jetzt wollte ich bei dir bleiben, im Hier und Jetzt, in meinem eigenen Körper.

Einige Minuten lang sahen wir den Kindern in die Gesichter. Sie waren wütend, verletzt, entschlossen, traurig. Ich kannte diesen Blick. Doch es war lange her, dass ich ihn gesehen hatte. Ob mein Bruder früher so geschaut hatte? Oder war ich es selbst gewesen, der als kleiner Junge mit diesem Blitzen in den Augen in den Spiegel gesehen hatte?

»Vielleicht sollten wir ihnen etwas opfern«, überlegtest du.

»Wie bitte?«

»Das macht man doch so.«

»Vor vielen Hundert Jahren hat man das vielleicht so gemacht. Aber auch nur bei Göttern.«

»Na und? Ich habe das Gefühl, wir sollten diesen Kindern etwas schenken. Immerhin sind sie an unserem Blitztag gestorben. Und vielleicht spuken sie hier tatsächlich herum. Da wäre es doch gut, wenn wir sie milde stimmen würden. Dann bräuchten wir beim nächsten Gewitter vielleicht auch keine Angst mehr zu haben.«

Ich nickte. »Guter Gedanke. Und was willst du ihnen opfern?«

Du sahst dich um, dann fiel dein Blick auf unsere Papiertüte.

»Etwas, das uns wichtig ist. Worauf wir uns sehr gefreut haben«, schlugst du vor. »Wir opfern unsere Mohnschnecken.«

»O nein!«, heulte ich auf.

»Komm schon, es muss ein bisschen wehtun.«

»Aber so weh?«

»Wir schaffen das.«

Du tratst näher an die Statue heran und holtest ein Gebäckstück nach dem anderen hervor.

»Komm her!«

Eins drücktest du mir in die Hand. »Deins ist für Hedda, meins für Henri.«

Ich nickte. Wir sahen die Statuen an, und ich unterdrückte ein Schmunzeln, während du feierlich sagtest: »Wir, Adam und Ranya, treten vor euch und bitten euch darum, uns milde zu behandeln. Hiermit opfern wir euch unsere Mohnschnecken.«

Gleichzeitig legten wir die zuckrig klebrigen Hefeteilchen auf den Kinderfüßen ab.

»Guten Appetit«, sagte ich, und du kichertest.

Ich schaute dich an und war überrascht, wie nah dein Gesicht meinem plötzlich war. Dein Lächeln wurde kleiner. Abwechselnd sahst du mir auf den Mund und in meine Augen, und ich schluckte. Plötzlich war ich so aufgeregt wie beim ersten Mal vor der Kamera, wie bei der schwierigsten Uniprüfung, der nächtlichen Fahrstunde, dem allerersten Schultag. Als hätte ich alles vergessen, was ich jemals über das Küssen gewusst habe. Ich wollte gerade die Hand heben, um sie an deine Wange zu legen. War ich zu langsam? Oder zu schnell?

»Adam!«, sagtest du plötzlich und lachtest.

»Was denn?«

»Da hinten ist es!«

Du zeigtest an mir und der Statue vorbei, und zwischen den Bäumen erkannte auch ich eine weiße, hohe Leuchttafel. »Filmpalast« stand darauf.

»Wir kriegen doch noch unser Popcorn.«

Wer Popcorn nicht im Kino isst, sondern damit durch die Straßen spaziert, erlebt eine ganz neue Stadt. Jedes Haus erzählt eine Geschichte, jedes Eichhörnchen könnte sich als wichtiger Charakter entpuppen und jedes vorbeifahrende Auto eine neue Szene eröffnen.

Vor einer mit bunten Blumen verzierten Eingangstreppe entdecktest du eine Schachtel, auf der »Zu verschenken« stand, und darin zwei Porzellantassen. Du strahltest mich an. »Gott, sind die schön.«

Ich musste lachen. Sie waren klein und rund, die Griffe

winzig, und auf ihren Bäuchen trugen sie ein feines Rautenmuster.

»Ich *muss* sie mitnehmen. Sie werden toll aussehen in meiner Sammlung. Und vielleicht lade ich dich dann mal zum Kaffeetrinken ein«, sagtest du, während du sie in deine Handtasche schobst. Du lächeltest mich an, und ich lächelte zurück. Mit dem Popcorngeschmack auf der Zunge fühlte ich mich sicher. Wer Popcorn isst, bleibt Zuschauer, dem passiert schon nichts, er ist auf der richtigen Seite der Leinwand, der ungefährlichen. Hier konnte ich mutig sein. Ich griff nach deiner Hand, einfach so, und du lächeltest. Hand in Hand spazierten wir, setzten uns auf eine Bank und beobachteten, wie es dunkel wurde, wie der Himmel zuzog und ein ferner Donner heranrollte. Wir aßen Popcorn, und ich erinnerte mich daran, wie ich früher über das Verliebtsein gedacht hatte. Wie dumm und unwissend ich gewesen war. Und ich erinnerte mich gar nicht mehr daran, warum du mir anfangs so unsympathisch warst. Warum du mir gefährlich vorkamst. Ich spürte, wie wild sich mein Bauch und meine Brust jetzt anfühlten. Und wie wild es noch werden könnte. Wir hatten nichts zu tun mit diesem Gewitter. Ich atmete tief ein und liebte den Geruch des Regens, der immer näher kam. Erst als der Wind in unsere Tüte blies und uns das Popcorn ins Gesicht wehte, als wir die ersten Regentropfen abbekamen, schlugst du vor: »Gehen wir ins Lichtblick? Da haben wir unser Equipment. Wir könnten das Unwetter von dort aus filmen und von Henri und Hedda erzählen.«

Ich hatte überhaupt keine Lust, vom Zuschauermodus in den Arbeitsmodus zu wechseln, viel lieber wollte ich sitzen bleiben, umständlich gähnen und dir dabei ganz zufällig den Arm um die Schultern legen, ich wollte dich endlich küssen, hier im Dunkeln, im Wind, mit der Popcorntüte in der Hand, aber ich wusste, du hattest recht.

Auf unserem Weg zurück zückten wir bereits die Handys. Wir filmten, wie die steinerne Statue im dämmrig beleuchteten Park dem Wind trotzte, während die Bäume hinter ihr wild tanzten, wie deine Haare herumwirbelten und die Regentropfen schwer auf dem dunklen Asphalt aufschlugen. Es war das erste Gewitter, in dem du lachtest und den Wolken die Zähne zeigtest. Du hattest keine Angst mehr, habe ich recht? Plötzlich wirktest du frei und drehtest dich und freutest dich darüber, wie dein Kleid wehte. Es tut mir leid, dass ich so viel ruhiger war als du. Hast du es sofort bemerkt?

Ich filmte dich, damit es nicht zu sehr auffiel. Denn hinter der Kamera darf man ganz leise sein. Meine Füße kribbelten. Diesmal kam es früh, dieses warmkalte Gefühl in meinem Kopf. Dieses Ach-du-Scheiße. Das Fast-hätte-ich-es-vergessen. Dieser Moment, kurz bevor einem etwas Wichtiges wieder einfällt, war lang und stürmisch. Als würde ich im Traum fallen und fallen und einfach nicht aufwachen. Während ich fiel und wusste, gleich würde ich aufschlagen, gleich würde ich endlich wissen, was ich vergessen hatte, gleich wäre alles wieder da, währenddessen liefen wir zwischen den Häusern mit den runtergelassenen Rollläden hindurch bis auf den Hügel, zum Lichtblick. Finster stand es da, spitzes Dach, zerbrochene Ziegel. Ein Blitz würde diesem Haus hervorragend stehen. Es donnerte, ich konnte den Wind heulen hören. Er klang genauso, wie Henri und Hedda vor vielen Jahrzehnten auf ihrem Zimmer geklungen haben müssen. Er heulte wie meine Mutter in der einen Nacht geheult haben muss, wie mein Vater und ich geheult haben müssen. Und dann begann es zu regnen.

Du und ich, wir standen im Gewittergarten, und auf einmal war alles wieder da. Ich wusste wieder, weshalb ich im Krankenhaus so wütend auf meine Mutter gewesen war, warum ich so lange nicht an meinen Bruder hatte denken wollen, wieso ich Blitze suchte – und wo ich dich zum ersten Mal gesehen hatte.

Es war hier gewesen. In Lichterdorf. In dem halben Jahr, in dem auch ich hier zur Schule gegangen war. Vielleicht hatte der Blitz meinen Kopf durcheinandergebracht und diese Erinnerung an einen Ort katapultiert, an dem ich sie nicht gleich wiederfinden konnte. Vielleicht hatte ich sie in den letzten Wochen einfach verdrängt – ich weiß es nicht, aber nun war sie wieder da. Lichterdorf war auch ein Teil von mir. Obwohl du zwei Jahre jünger bist, warst du damals fast so groß wie ich. Dein Gesicht war rund, und im Haar trugst du ein breites pinkes Band. Du sahst mich an und runzeltest die Stirn.

»Warum sagst du nichts?«, fragtest du. Dann drehtest du dich zu deiner Freundin um. »Wie lange ist er jetzt schon in deiner Klasse?«

Ich habe vergessen, wie sie hieß, Lisa, Lydia? Ich weiß nur noch, dass sie größer und stärker war als alle anderen. »Fünf Wochen, glaub ich«, antwortete sie.

»Mindestens!« Du drehtest den Kopf wieder in meine

Richtung. »Seitdem hast du kein Wort gesagt. Kannst du eigentlich reden?«

Ich sah auf den Boden.

»Hey, du!« Deine Freundin stieß mir gegen die Schulter. »Ranya hat dich was gefragt.«

Mutig hob ich den Blick. Und schwieg.

»Was macht ihr denn da?«, rief hinter mir ein Junge. Hoffnungsvoll drehte ich mich zu ihm um – würde er mich verteidigen? »Redet ihr echt mit dem stummen Adam?« Er lachte. »Der wird nie was sagen. Da könnt ihr machen, was ihr wollt. Guckt mal!«

Er holte aus und warf mir eine nasse Gurkenscheibe mitten ins Gesicht. Alle lachten.

»Der hat vor allem Angst. Sogar vor Gurken!«

Und es stimmte, ich hatte Angst vor allem. Vor Gurken, die mir ins Gesicht geschleudert wurden, vor dem Lachen der anderen, davor, dass mich jemand ansprach. Dass mich jemand anrempelte, meine Tasche klaute, meine Hausaufgaben zerknüllte oder mir Reißzwecken auf den Stuhl legte.

Wenn du nicht sprichst, versuchen die Leute, dich zum Reden zu bringen. Wer schweigt, verbirgt etwas, ganz klar. Erst sind sie nur neugierig. Dann wittern sie die Herausforderung. Ob sie dich doch noch knacken? Sie werden mutig, offensiv. Und dann, im letzten Schritt, werden sie wütend. Es ist wie in diesen Polizeiserien. Erst wirst du verhört. Und dann greifen sie doch zur Folter.

Du hast mich nicht gefoltert, Ranya, das nicht. Aber du hast mich auch nicht in Ruhe gelassen. Erinnerst du dich daran? Hast du es die ganze Zeit gewusst? Schon als wir einander das erste Mal auf diesem Parkplatz begegnet sind?

Hast du mich gleich wiedererkannt und im Stillen seitdem nur »stummer Adam« genannt?

Glaub mir, ich hatte es völlig vergessen. Ich hatte diesen ganzen Ort vergessen, alles, was hier passiert war. Erst jetzt, nach unserem Spaziergang, war es plötzlich wieder da. Ich hatte damals schon mehrfach die Schule gewechselt. Es gab viele wie dich und euch. Viele Ranyas, Lisas oder Lydias, viele Jungs, die euch beeindrucken wollten. Zu keinem von euch habe ich jemals ein Wort gesagt. Nicht im Klassenzimmer, obwohl auch der Lehrer mich ansprach, nicht auf den Gängen, wenn jemand mir ein Bein stellte, nicht auf dem Pausenhof, wenn sie meine Schultasche in den kleinen Fischteich warfen. Ihr habt nie meine Stimme gehört.

Ich war oft krank. Mein Hals kratzte, als steckten darin lauter Aber, Nein und Lasst-das fest. Mein Kopf schmerzte, als würden sich darin die Haut-doch-abs und Ich-will-allein-seins stapeln, ihn ausfüllen, überfüllen. Doch egal, wie stark meine Erkältung war, ich schwieg. Ich schluckte. Ich hustete all die ungesagten Wörter in mein Taschentuch und warf es weg.

»Vielleicht hat er ja eine Stimme wie ein Mädchen«, überlegte ein Junge.

»Vielleicht lispelt er ganz schlimm«, schlug deine Freundin vor.

»Vielleicht ist er auch einfach ein bisschen dumm«, sagtest du. Dabei sahst du mir direkt ins Gesicht. »Bist du dumm, stummer Adam? Weißt du nicht, wie reden geht?« Du lachtest spitz und laut. »Er weiß es einfach nicht!«

Erinnerst du dich an dein Lachen? An das der anderen? Oder daran, wie du gemeinsam in einer Pause mit deiner

Freundin dieses Bild an die Tafel maltest? Ich sehe es noch genau vor mir. Ihr habt meine ganze Klasse gezeichnet, alle hielten sich an den Händen und lachten. Nur ein Junge saß allein in der Ecke. Und er hatte als einziger keinen Mund.

Ich ging nur wenige Monate auf diese Schule in Lichterdorf, danach zogen meine Eltern weiter. Natürlich gab es Schlimmere als dich. Du hast einfach nur mitgemacht. Und doch … Als ich nun vor dem Hotel Lichtblick im Regen stand und mich an den stummen Adam erinnerte, der ich einmal gewesen bin, und an die, die du einmal gewesen bist, da verschlug es mir die Sprache. Ich starrte dich an. Tropfend. Das war also der Grund dafür, dass ich dich längst kannte – und dass ich dich am Wochenende des Seminars so unsympathisch gefunden hatte. Ich hatte es die ganze Zeit gewusst: Du warst für mich einmal gefährlich gewesen.

»Alles okay?«

Ich konnte nicht antworten.

»Was hast du denn?«

Ich schluckte.

»Adam? Geht es dir gut?«

Ich schluckte alle Wörter runter, die ich hätte sagen können.

»Sag doch was.«

Ich sagte nichts.

»Adam, bitte. Adam?«

Der Regen floss dein Kinn hinunter, und deine weiße Strähne strahlte.

»Sprich mit mir. Nun sag schon was.«

Über uns donnerte es. Der Wind heulte auf, es blitzte.

»Wir sollten reingehen und filmen. Oder Fotos machen.«

Wie das Lichtblick im Licht der Blitze hervorstach. Es baute sich schwer und mächtig hinter deinem Rücken auf, und du bemerktest es nicht, oder? Du schautest nur mich an.

»Adam, du machst mir Angst.«

Es ist leicht zu schweigen, wenn die Welt laut ist. Früher glaubtest du, ich hätte einfach keine interessanten Gedanken im Kopf, richtig? Du stelltest ihn dir hohl und leer und langweilig vor. Doch das war er nie. Auch heute ist er nicht leer, ganz im Gegenteil. Mein Kopf ist voller Geräusche. Da drinnen gewittert es, auch wenn draußen die Sonne scheint. Deshalb muss ich bei schönem Wetter ganz leise sein und mich anstrengen, damit mich niemand hört und am Ende noch in meinen Sturm hineingerät. Ihr würdet ihn vielleicht nicht überstehen. Wenn das Wetter hässlich ist, geht es mir viel besser. Dann brauche ich mich nicht anzustrengen. Dann werde ich sowieso übertönt – und das ist besser so. In aller Ruhe kann ich dann den Sturm draußen mit meinem inneren Gewitter abgleichen und das passende Gegenstück suchen. Ich kann Memory spielen.

»Mann, Adam!« Jetzt wurde deine Stimme schriller. Spitzer. Der Wind ließ deine Haare wild aufsteigen.

»Sag halt einfach, was du hast!«

Mein Hals kratzte. Ich hustete, doch das Kratzen blieb. Und dann sagtest du dieses Wort.

»Bist du jetzt *stumm* geworden?«

Ich holte tief Luft, und endlich, nach so vielen Jahren, nach so vielen Schulwechseln und ungesagten Sätzen und unbeantworteten Fragen und nach so vielen Tagen, in denen ich mich dann doch überwunden, zum zweiten Mal sprechen gelernt und begonnen hatte, den stummen Adam zu vergessen, nach all dieser Zeit ließ ich endlich den Sturm raus.

Ranya

Du standest im Regen, Gänsehaut am Hals, deine Augenbrauen schwarz vor Nässe, und beugtest dich leicht zu mir vor. Dein Gesicht war ganz rot, deine Hände Fäuste in der Luft. Ich hatte nicht gewusst, dass du so aussehen kannst.

»Halt verdammt noch mal den Mund«, presstest du hervor.

Ich konnte nicht glauben, was ich da gehört hatte.

»Ich hab genug von dir.«

Es donnerte, es blitzte, und ich glaubte, du seist verrückt geworden. Vielleicht eine Nachwirkung des Blitzschlags? Gerade hatten wir noch so viel Spaß miteinander gehabt. Wir hatten gelacht, im Regen getanzt, und fast hätten wir uns geküsst. So war es doch?

»Sprich nicht mit mir, guck mich nicht an, und lass mich gefälligst in Ruhe.« Du warst noch lauter als das Unwetter. Und dann drehtest du dich um und ranntest im Regen davon.

»Hast du sie noch alle?«, brüllte ich dir hinterher. Konntest du es noch hören? Erst stand ich fassungslos da, dann spürte ich die Wut in mir aufsteigen. Wie konntest du es wagen, so mit mir zu sprechen? Was erlaubtest du dir da? Ich schrie auf vor Zorn. Am liebsten wäre ich dir hinterhergerannt und hätte dich geschüttelt. Stattdessen drehte ich mich um und rannte ins Lichtblick.

»Regnet es etwa?«, brüllte mir die Wirtin mit zynischem Grinsen entgegen. Ich schwappte und tropfte ohne ein Wort an ihr vorbei und drückte sechs Mal auf den Fahrstuhlknopf, bis die Tür endlich »Bling« machte. Während der Aufzug hochfuhr, tigerte ich darin auf und ab, dann hastete ich in unser Zimmer, warf meinen Koffer aufs Bett und packte. Ich wollte keine einzige Minute mehr mit dir an diesem Ort sein. Was hatte ich mir nur eingebildet? Wie hatte ich so gut von dir und mir und uns denken können? In Wahrheit warst du doch kein Stück besser als Claus, dachte ich. Auch du behandeltest mich wie Dreck, einfach so, aus dem Nichts. Ich warf alles in meinen Koffer, trat dabei erst aus Versehen, dann noch mal vor Wut gegen den Bettpfosten, es blitzte und donnerte, und das Wetter war mir scheißegal. Solltest du doch draußen sein, an diesem verfluchten Ort. Solltest du doch noch einmal vom Blitz getroffen werden, du hattest es verdient. Scheiß auf unseren Blog und unsere Dokus. Scheiß auf diese Sturmjagd und auf dich. Zur Hölle damit!

Mit Schwung schloss ich meinen Koffer – und musste plötzlich an Ruths Worte denken. *Atme tief in den Bauch ein und wieder aus.*

Scheiß aufs Atmen, dachte ich. Scheiß auf meinen Bauch. Aber schon ein bisschen leiser. Scheiß auf diese blöden Tipps. Und doch. Heimlich atmete ich ein wenig tiefer.

Nimm dir Zeit. Spür deine Füße.

Ich stampfte auf, und ja, ich spürte sie. Meine Füße, dann spürte ich sogar den Boden, das Einsinken. Was hatte Ruth gesagt? Sie habe sich stets von ihrer Wut leiten lassen. Doch seitdem sie sie kommen, toben und dann wieder gehen lasse, gehe es ihr viel besser. Vielleicht sollte ich jetzt auf sie hören. Nicht sofort abhauen, sondern kurz stehen bleiben und nachdenken. Also schloss ich die Augen und atmete. Und versuchte es. Es blitzte und donnerte, und ich konnte den Regen und den Wind so laut hören. Du warst irgendwo da draußen, allein, ganz offensichtlich warst du ziemlich seltsam drauf und ganz schön verwirrt. Ich sollte jetzt nicht gehen. Was, wenn dir etwas geschah? Also seufzte ich und kehrte dem Koffer doch den Rücken zu.

Der Fahrstuhl wartete schon auf mich. Ich fuhr wieder runter, rannte raus, und dann suchte ich dich.

Im Gewittergarten zerrte der Wind an meinen Haaren, immer wieder pustete er sie mir nass ins Gesicht. Er war wütend genug für uns zwei, bald konnte ich spüren, dass mein eigener Zorn im Sturm davonwehte. Der Regen hing schwer in meinen Wimpern, ich rieb mir die Augen. Es war dunkel und laut und kalt. Was hattest du dir nur dabei gedacht, hier draußen herumzulaufen?

Vorsichtig ging ich um die Baumstümpfe herum, die dunkel aus dem grauen Gras hervorstachen. Hier gab es nichts, was bei diesem Wetter ein wenig Schutz bot. Ich lief in Richtung des schmalen Fußwegs.

»Adam?«, schrie ich. Immer lauter. Hast du mich gehört?

»Adam!« Keine Antwort.

Ich rannte zum Parkplatz hinunter, auf dem nur drei Autos im Regen standen. Eines davon war unseres, doch auch dort fand ich dich nicht. Schnell lief ich zurück, mittlerweile war meine Hose völlig durchnässt, und meine Jacke hing schwer an mir herunter. War dir auch so kalt wie mir?

Hinterm Lichtblick konnte ich kaum etwas sehen, hier brannte keine Laterne, und auch die Lichter in den kleinen Fenstern reichten nicht weit. Ich blieb stehen und drehte mich im Kreis.

»Adam!«

Die Bäume am Rand des Grundstücks tanzten im Wind. Vielleicht warst du in das Waldstück hineingelaufen? Sollte ich dort nach dir suchen? Ohne Licht zwischen den Büschen, im Unterholz?

»Adam?«, schrie ich noch einmal. Der Wind heulte, ich drehte mich, und dann sah ich am Rande des Gewittergartens, auf einem der Baumstümpfe, eine zusammengekauerte Gestalt. Langsam ging ich auf dich zu. Du hattest die Arme um die Beine gelegt, und deine Locken klebten am Kopf. Hattest du dort schon die ganze Zeit gesessen?

»Adam!«, rief ich dir zu. Du rührtest dich nicht. Erst als ich nah vor dir stand, hobst du den Kopf und sahst mich an. Dein Gesicht war ganz nass, sogar von deinen Lippen tropfte es.

»Wusstest du es die ganze Zeit?«, fragtest du mich leise. Ich war mir nicht sicher, ob ich dich richtig verstanden hatte.

»Was wusste ich?«, rief ich gegen den Wind.

»Du hast von Anfang an mehr gewusst als ich.«

Ich runzelte die Stirn. »Wovon sprichst du?«

»Du wusstest ganz genau, wer der stumme Adam war.«

Ich verstand überhaupt nichts.

»Wer?«

»Du warst in der zweiten und ich in der vierten Klasse. Ich war der Junge ohne Mund.«

Ich sah dich an, und irgendetwas an dem, was du sagtest, kam mir bekannt vor, doch ich konnte es nicht greifen.

»Ich hatte es vergessen«, fuhrst du fort. »Aber jetzt weiß ich es wieder. Warum du mir so bekannt vorgekommen bist. Und warum ich dich anfangs nicht leiden konnte. Ich weiß jetzt, wieso ihr mich früher so behandelt habt. Ich erinnere mich an alles. Auch an das Schweigen. Und daran, warum ich geschwiegen habe.«

Ich schluckte. Es stimmte. Ich hatte mal einen stummen Adam gekannt. Aber das war so viele Jahre her. Und ich hatte ihn nie mit diesem schönen Fernsehmoderator in Zusammenhang gebracht, der jetzt durchnässt und verwirrt vor mir saß. Genau über unseren Köpfen blitzte es so hell, dass dein Gesicht weiß und deine Augen dunkel hervortraten. Du hattest geweint. Der Donner krachte laut, und wir zuckten zusammen. Hatte der Blitz in der Nähe eingeschlagen?

»Wir sollten reingehen.«

Du schwiegst.

»Lass uns in Ruhe reden.«

Keine Reaktion. Also hielt ich dir die Hand hin. Du sahst sie an. Lange. Sehr lange. In dieser Zeit blitzte es noch drei Mal, es donnerte zwei Mal, ich zitterte und fror, und aus einem Baum hinter dir flog ein schwarzer Vogel auf. Es raschelte. Ich folgte seinem Flügelschlag mit den Augen und musste an meinen und deinen Blitzschlag denken, der schon so viele Stürme her war – als ich deine Hand in meiner fühlte. Ich umfasste sie, zog dich hoch und hinter mir her ins Haus. Und in dem Moment, in dem wir das Foyer erreicht hatten und die Tür hinter uns zuschlug, krachte und donnerte mit einem Mal das ganze Lichtblick. Die Wände zitterten, das Licht flackerte, und die Gäste mit ihren großen Bäuchen an den runden Tischen schrien auf.

»Keine Angst!«, brüllte die Wirtin ihnen entgegen. »Wir haben doch diesen neumodischen Blitzableiter. Nichts passiert.«

Wir sahen uns an und konnten nicht anders. Wir grinsten. Und kicherten – erst leise, dann lauter.

»Unser Mohnschnecken-Opfer hat wohl gewirkt«, sagte ich.

Und dann lachten wir, umarmten einander und spürten unser eigenes Lachen im Rücken des anderen.

Der Fahrstuhl stand schon bereit. Wir stiegen ein und brachten den Regen mit. In kürzester Zeit hatte sich unter uns eine große Pfütze gebildet.

»Bling«, machte der Aufzug. Wir schauten hinaus und wussten, dass er uns nicht in unser Stockwerk gebracht hatte, sondern bis unters Dach. Dorthin, wo wir schon während des Seminars einmal gewesen waren. Nur hatten wir damals noch nicht alles verstanden. So ist es doch, oder? Wir hatten nichts gewusst.

Langsam stiegen wir aus. Du starrtest das Fenster am Ende des Ganges an und gingst darauf zu. Am liebsten hättest du wohl die Tür zu deiner Rechten aufgemacht, doch sie war verschlossen. Du bliebst davor stehen und legtest die Handflächen gegen das Holz.

»Hier ist es gewesen«, sagtest du.

»Was meinst du?«

Du drehtest dich um und lehntest dich an die Tür. Du schwiegst. Dann sahst du mich an. »Was interessiert dich das?« Mit einem Mal klang deine Stimme wieder scharf und fern.

»Was meinst du?«

»Ich bin doch zu dumm. Ich hab doch gar keine Ahnung, wie reden geht.«

»Was sagst du da?«

»Das weißt du.«

»Nein, kein bisschen.«

»Lüg mich nicht an. Nicht schon wieder.«

»Ich habe nicht gelogen.«

»Doch. Das hast du die ganze Zeit getan. Nichts war echt, du hast immer gewusst, dass ich der stumme Adam war, und du hast es mir nicht gesagt.«

Und während du schimpftest, begann ich, mich zu erinnern. Dieser Adam, damals in der Klasse meiner Freundin, war seltsam gewesen. Das stimmt. Wie seltsam war *ich* damals gewesen? Ich wusste es nicht mehr – ich erinnerte mich nur noch an meine weiße Strähne, meine Ängste und meine Selbstzweifel. Was hatte ich in dieser Zeit getan, um von mir selbst abzulenken? Wozu war ich als kleines Mädchen bereit gewesen?

»Du hast immer mehr gewusst als ich, und du hast mir nicht geholfen. Du hast es nicht mal versucht!«

Ich stemmte die Hände in die Hüften. »Was soll das?« Ich spürte, wie ich innerlich bebte. »Das ist völliger Blödsinn.«

»Nein. Ich glaube, dir ist das alles längst wieder eingefallen, und du bist trotzdem mit mir auf diese Reise gegangen. Du saßest im Auto neben mir und hast im Stillen wahrscheinlich darüber gegrübelt, wann der stumme Adam sprechen gelernt hat, und ich hab die ganze Zeit wie ein Blödmann im Dunkeln getappt!«

Ich riss die Augen auf. »Warum hätte ich das denn bitte tun sollen?«

»Keine Ahnung. Aus Angst, ich wäre dann sauer auf dich oder würde schlecht über dich denken, was weiß ich? Ich hab das Gefühl, ich weiß überhaupt nichts mehr.«

Ungläubig schüttelte ich den Kopf. »Das glaub ich allerdings auch. Du bist gerade völlig neben der Spur.«

»Ja, kann schon sein.« Du riebst dir übers Gesicht. Und als du weitersprachst, wurde deine Stimme langsam wieder etwas leiser. »Der Gedanke, du könntest die ganze Zeit Dinge über mich gewusst haben, an die ich mich selbst nicht mehr erinnert habe, ist … Ach, keine Ahnung. Ich dachte, ich könnte dir vertrauen.«

»Das kannst du auch.«

Jetzt schütteltest du den Kopf. Zucktest mit den Schultern. Atmetest aus.

»Ich fass es nicht«, sagte ich. Und ich wollte dich anfassen, dich schütteln und dir den Kopf zurechtrücken. Stattdessen starrte ich dich nur an. Wie dunkel deine Augen waren. Und noch immer tropften deine Haare.

»Erzähl mir unsere Geschichte«, sagtest du plötzlich, ganz entschieden.

»Was meinst du?«

»Erzähl sie mir von Anfang an.«

Ich runzelte die Stirn. »Ich hab keine Ahnung …«

»Erzähl mir, wie wir uns getroffen haben. Was dann passiert ist. Warum wir heute hier stehen und nicht weiterwissen.« Dann sahst du mich lange und nachdenklich an. »Fang am 1. September an. Erinnerst du dich?«

Ich schluckte.

»Wie sollte ich das vergessen?«

»Beginne an diesem einen stürmischen Nachmittag.«

Deine Stimme klang jetzt viel sanfter. Ich sah an dir vorbei, durch das Fenster nach draußen. Deine Worte hatten meine Erinnerungen geweckt. Ich musste wieder an damals denken. Mit jedem Detail, an das ich mich erinnerte, vergaß ich etwas von meiner Wut. »Der Donner ist so leise herangerollt.«

»Fang mit dem Moment an, der alles veränderte.«

»0,0004 Sekunden lang hat er gedauert.«

»Erinnerst du dich?«

»Natürlich. Sobald ich die Augen schließe, ist alles wieder da.«

»Dann schließ die Augen.«

»Ja.«

»Sind sie zu?«

»Sie sind zu.«

»Und jetzt erzähl mir, was du siehst.«

6. Teil

Der Himmel klart auf

Ranya und Adam

Ranya und Adam haben stundenlang geredet. Erst oben im Dachgeschoss, dann auf dem Weg nach unten. Während erst die eine sich im Bad umgezogen hat und dann der andere. Während sie sich aufs Bett gesetzt, sich in die Decken eingewickelt und einander nachdenklich angesehen haben. Ranya hat ihre Geschichte erzählt und Adam seine. Sie haben bei ihrem Blitzschlag angefangen, bei Ranyas Junggesellinnenabschied und bei Adams Aufwachen im Krankenhaus. Sie haben darüber gelacht, wie unterschiedlich sie gemeinsame Erlebnisse wahrgenommen haben, wie seltsam sie es fanden, dass ihnen doch so ähnliche Dinge widerfahren waren. Wie schön es ist, die Gewittertierchen zu kennen. Darüber, wie sie hier gelandet sind, schon zum dritten Mal. Wie sie sich vorhin im Regen gestritten haben. Und dabei haben sie kaum gemerkt, wie die Nacht vergangen ist.

Jetzt lächelt Adam. »Und hier sitzen wir nun.«

Ranya lacht. »Ja.«

Im Lichtblick ist es ganz still geworden. Mit müden Augen sehen sie einander an. Klamm steht das Popcorn zwischen ihnen. Es schmeckt nach Zuckerregen.

»Du hast es also wirklich nicht mehr gewusst?«, fragt Adam.

»Auf dem Parkplatz war ich mir sicher, dich zum ersten Mal zu sehen.«

Adam nickt. »Ich glaube dir.«

Und Ranya nickt auch. »Es tut mir leid, was ich damals getan habe. Ich war ein furchtbar unsicheres Kind.«

»Es ist okay.«

Ranya beißt sich auf die Lippen. Dann traut sie sich zu fragen: »Woran hast du dich noch erinnert? Warum hast du damals so lange geschwiegen?«

Adam sieht sie an und schluckt, und dann erzählt er es ihr. Er berichtet von seinen neuen alten Erinnerungen. Von all den Gedanken und Bildern, die der Blitz für ihn monatelang aus dem Weg geräumt hatte:

»Ich hatte mal einen Bruder, er hieß Benjamin. Als er noch klein war, wollte er unbedingt bei meiner Mutter bleiben – ganz egal was sie tat und wo sie hinfuhr. Sie ist Journalistin und hat damals zu einer alten Legende recherchiert. Es ging dabei um ein Gasthaus, in das angeblich immer wieder der Blitz einschlug.«

Ranya reißt die Augen auf.

»Hier?«, fragt sie so leise, dass Adam es kaum hören kann.

»Hier. Damals war sie vollkommen fasziniert von dieser Geschichte und von Unwettern. Manchmal hatte ich Angst, das Wetter wäre ihr wichtiger als wir. Wahrscheinlich hat Benjamin deswegen so geklammert. Er war damals fünf Jahre alt. Sie wollte, dass er bei unserem Vater bleibt, während sie zu Recherchezwecken nach Lichterdorf gefahren ist, das weiß ich noch genau. Doch Benjamin hat gebrüllt und geschrien. Also hat sie ihn am Ende doch mitgenommen. Sie hat mich gefragt, ob ich nicht auch mitkommen wolle. Das wäre doch lustig, sagte sie, wir könnten uns Gruselgeschichten erzählen, und ich könnte ein wenig auf Benjamin aufpassen. ›Du bist doch schon acht‹, sagte sie. ›So groß und vernünftig.‹ Doch ich hatte überhaupt keine Lust. Ich nörgelte so lange herum, bis sie mich daheimließ. Und dann hat es im Lichtblick tatsächlich gewittert. Es war ein schlimmer Sturm. Und niemand hat auf Benjamin aufgepasst.«

Adam schweigt eine Weile, und Ranya nimmt seine Hand.

»Er muss das Fenster während des Gewitters aufgemacht haben. Und dann schlug ein Blitz in den Walnussbaum im Gewittergarten ein, und ein großer Ast … Wir sind noch in derselben Nacht angereist, mein Vater und ich. Mit dem Aufzug sind wir bis unters Dach gefahren, und meine Mutter stand schon in der offenen Zimmertür, ihr Gesicht war ganz weiß. Jetzt erinnere ich mich genau, wie wir auf sie zugegangen sind. Papa hat sie umarmt. Ich nicht. Ich hab sie stehen lassen, bin an ihr vorbei in das Zimmer geschlüpft. Das Fenster war notdürftig geschlossen, das Bett gemacht. Es sah unberührt aus. Ungefährlich. Als wäre hier nie etwas geschehen. Ich war so wütend auf diesen Raum. Ich wollte Chaos, also hab ich gegen das Bett getreten, die Bettdecke heruntergerissen und den Tisch leer gefegt. Ich wollte schreien und weinen, aber es kam einfach nichts raus. Von dieser Nacht an war mein kleiner Bruder Teil jedes Gewitters. Für mich, für meine Eltern. Es verging kein Tag, ohne dass sie von ihm sprachen.«

Hier bricht seine Stimme ab, und Ranya beugt sich vor, zerquetscht das Popcorn unter sich und nimmt Adams Hände.

»Ich habe meiner Mutter jahrelang zum Vorwurf gemacht, dass sie nicht richtig aufgepasst hat. Die schlimmsten Vorwürfe habe ich aber mir selbst gemacht. Weil ich nicht mitgefahren war, um auf ihn aufzupassen. Ich habe mich so geschämt und gehasst, dass ich einfach nichts mehr sagen konnte. Kein Wort. Am liebsten wäre ich verschwunden. Vielleicht habe ich gehofft, durch mein Schweigen zumindest ein wenig ans Verschwinden heranzukommen. Und gleichzeitig wollte ich unbedingt gesehen werden. Meine Eltern haben das nicht verstanden. Natürlich nicht. Sie schickten mich von einem Kinderpsychologen zum nächsten, doch ich schwieg weiter, jahrelang. Währenddessen ist unsere Familie zerbrochen – jeder Einzelne, für sich allein.«

Adam verstummt. Er starrt auf Ranyas Hände, die seine halten. Ranya drückt sie vorsichtig, dann spricht er weiter.

»Meine Mutter hatte diese fixe Idee, sie müsste in Lichterdorf trauern, so als könnte sie Benjamin hier näher sein als überall sonst. Deswegen zogen wir für ein paar Monate hierher, deswegen ging ich für kurze Zeit mit dir auf eine Schule. Aber es hat alles nur viel schlimmer gemacht. Und ständig hat es in dieser Zeit gestürmt. Seitdem wollte ich das Gewitter verstehen. Und wenn ich ganz ehrlich bin, wollte ich meinen Fehler wiedergutmachen. Ich hätte dort sein sollen und auf Benjamin aufpassen müssen. Deswegen bin ich immer wieder ins Gewitter gegangen. Ich hoffte, mir würde endlich etwas Schlimmes passieren. Nur dann könnte ich meine Schuld begleichen. Letztlich bin ich Meteorologe geworden, weil ich das Gewitter verstehen wollte, weil ich mit ihm eins werden wollte. Deswegen wollte ich unbedingt nach Gudenshain fahren und das Unwetter dokumentieren – und das war wohl auch der wahre Grund, warum ich auf diese Sturmjagd gehen wollte. Aber obwohl ich damals nicht auf Benjamin und später nie auf mich selbst aufgepasst habe, hat all die Jahre anscheinend mein kleiner Bruder gut auf mich aufgepasst.«

Und so sitzen sie da, im Trockenen, die Köpfe voller Regen, und Adam weint, und Ranya umarmt ihn ganz lang, und draußen geht langsam und lila die Sonne auf.

Irgendwann müssen sie eingeschlafen sein. Ranya ist die Erste, die wieder aufwacht.

»Hast du das gehört?«, flüstert sie.

Adam, der in ihren Armen liegt, öffnet langsam die Augen.

»Was?«

»Es klang, als hätte jemand etwas gegen unser Fenster geworfen.«

Vorsichtig streicht sie noch über Adams Wange, bevor sie sich aufrichtet und zum Fenster geht. Adam folgt ihr. Gemeinsam sehen sie hinaus.

»Dort«, sagt Ranya und zeigt auf den Waldrand. »Siehst du das?«

»Was meinst du?«

»Diese alte Frau und den alten Mann? Da hinten? Die da Hand in Hand stehen? Mit ihren weißen Haaren?«

»Wirklich?« Adam drückt die Nase gegen die Scheibe. »Ich sehe nichts. Wo?«

Ranya versucht, ernst zu bleiben, doch viel zu schnell fängt sie an zu kichern. »Das war nur ein Scherz«, sagt sie und lacht.

»Hey!« Adam lacht auch und zwickt sie in die Seite und dann, so plötzlich wie es im Gewitter manchmal blitzt, küssen sie sich. Und später wird keiner von beiden noch wissen, wer damit an diesem Morgen eigentlich angefangen hat. Außer vielleicht Henri und Hedda, die möglicherweise ja doch am Waldrand stehen, ganz klein und weißhaarig, zum Fenster hinaufsehen und lächeln.

Epilog

»Einen wunderschönen guten Abend!«, wünscht der Moderator. »Und herzlich willkommen! Heute habe ich eine Selbsthilfegruppe bei mir zu Gast: die Gewittertierchen. Otto, könnten Sie kurz beschreiben, was Ihre Gruppe zusammengeführt hat?«

»Sehr gern«, sagt Otto, sieht freundlich in die Kamera und hält seine zappelnde Hemdentasche fest. »Wir alle sind vom Blitz getroffen worden.«

»Fast alle«, nuschelt Faina.

»Pscht«, macht Ruth.

»Jeden hat es auf unterschiedliche Art und Weise erwischt, aber wir halten zusammen«, fährt Otto unbeirrt fort.

Adam sieht ungläubig in die Runde. Kann das hier echt sein? Oder entspringt es nur seiner Fantasie? Er ist sich nicht sicher. Er versucht, sein Kopf-Fernsehen wie sonst auszuschalten, doch egal, wie häufig er auf seinen inneren Schalter drückt – diesmal funktioniert er einfach nicht.

»Ihre Geschichte wird derzeit in allen Medien rauf und runter erzählt«, fährt der Moderator fort. »Wie fühlt sich das für Sie an, Ruth?«

Ruth runzelt die Stirn. »Mir ist das doch piepegal. All

diese Zuschauer und Zeitungsleser sind mir völlig wurscht. Aber meine Freunde brauchen Geld, also bin ich dabei.«

Adam muss lachen.

»Ruth!«, ruft Ranya entsetzt.

»Was denn?« Ruth zuckt mit den Schultern. »Ich kann hier gern alles beantworten. Das wollt ihr doch so! Und wenn der Herr Moderator mich nach meiner Katze fragen will, wie all diese Zeitungsreporter: bitte. Ich habe sie immer noch nicht wiedergesehen. Dafür habe ich jetzt Postkartenkontakt mit meiner jüngsten Tochter. Hübsch, ne?«

»Wunderbar, es gibt nichts Wichtigeres als die Familie«, fasst der Moderator zusammen. »Wenn man Sie so beobachtet, spürt man allerdings: Sie alle haben hier eine neue Familie gefunden. Nur ein Mitglied soll sich eingeschlichen haben. Faina, möchten Sie sich zu diesem Vorwurf äußern?«

Faina lässt den Kopf hängen. »Eigentlich wollte ich nur ein Gewitter tanzen, und da hab ich mir gedacht, ich muss mit Menschen reden, die Blitz und Donner von Nahem kennengelernt haben. Aber Sie werden nicht glauben, was mir letztens passiert ist: Es hat gestürmt, und genau vor mir ist ein Ast abgebrochen und auf die Straße gefallen! Also, das war schon schicksalhaft. Vielleicht bin ich ja doch ein Gewittertierchen. Wenigstens ein ganz kleines.«

»Du warst immer ein Gewittertierchen«, beruhigt sie Otto.

»Na ja, mehr …«

»… oder weniger«, widersprechen Doris und Sonja.

»Und Sie sind die Zwillingsschwestern«, hakt der Moderator ein. »Neulich haben Sie in einem großen Magazin über Konflikte zwischen Zwillingen gesprochen. Es wurde ein unterhaltsames Streitgespräch. Haben Sie sich mittlerweile wieder vertragen?«

»Wir waren nie so richtig im Streit«, antwortet Doris.

»Natürlich waren wir das! Und wir sind es immer noch«, erklärt Sonja.

»Eigentlich würde man meinen, so ein Blitzschlag schweißt zusammen. Haben Sie sich denn gegenseitig keinen Halt gegeben?«, versucht es der Moderator weiter.

»Doch, absolut. Der Unfall hat unsere Verbindung auf eine neue Ebene befördert. Wir können jetzt viel offener über alles sprechen.«

»Bitte? Er hat uns auseinandergerissen. So deutlich muss man es einfach sagen. Er hat unser Verhältnis zerstört.«

Der Moderator sieht von einer zur anderen. »Schön. Oder auch unschön. Je nachdem. Sie sind jedenfalls ein lustiger Haufen. Ist es denn richtig, dass Sie eigentlich eine noch größere Gruppe waren?«

Otto nickt. »Nicht jeder wollte gern hier vorn sitzen. Aber sie sind alle hier: der kluge Ole – wink mal, Ole!«

Ole sackt auf seinem Stuhl zusammen, statt zu winken.

»Und Ludwig, eine Reihe weiter hinten.«

Er schaut entspannt in die Kamera und hält die Hand eines jungen Mannes fest, der stolz neben ihm sitzt und Ranya zulächelt. Sie lächelt zurück. Wie schön es ist, dass ihr Bruder heute mit dabei ist, denkt sie. Genauso wie ihr Vater, der neben ihm sitzt und wahrscheinlich nach Waffeln riecht. Auch Merle, Ranyas beste Freundin mit der braun gebrannten Reisehaut, ist seit ein paar Tagen zurück in der Heimat – und freut sich darüber, vorerst keine Trauzeugin mehr zu sein. Ihr Pferdeschwanz baumelt, und für einen kurzen Moment versperrt er die Sicht auf Susi. Sie sitzt klein und mit leicht gerötetem Gesicht schräg dahinter und schlägt den Blick nieder, sobald Adam oder Ranya sie ansehen. Seitdem sich Adam wieder an alles erinnert und weiß, dass Susi die Geschichte über die gemeinsame Affäre vor dem Blitzschlag erfunden hat, geht sie ihm, sooft sie kann, aus dem Weg. Heute ist sie nur deswegen gekommen, weil Adam sie trotz allem angelächelt und ausdrücklich eingeladen hat.

Verstohlen schaut Adam auch immer wieder in die andere Ecke des Zuschauerraums, in der seine Mutter Platz genommen hat. So feingliedrig wie eh und je, aber mit sanfteren Zügen um den Mund sitzt sie da. Nun fängt sie Adams Blick auf und hebt die Hand zu einem schüchternen Winken.

In der Reihe vor ihr flüstern gerade ein paar Gäste aus Gudenshain miteinander. Die Bäckerin Helga hat sich besonders herausgeputzt. Mit lila Lippenstift und grünem Halstuch sitzt sie zwischen ihren drei Verehrern Ingo, Jacopo und Onkel Erich. Wahrscheinlich wird sie sich niemals entscheiden können.

»Beeindruckend. Kommen wir nun aber zu den beiden berühmtesten Gewittertierchen«, sagt der Moderator, und augenblicklich drehen auch die Tuschelnden die Köpfe wieder in Richtung Podium. »Sie sitzen rechts und links neben mir: Adam und Ranya. Ist es wahr, dass Sie vom gleichen Blitz getroffen wurden und mittlerweile ein Paar sind?«

»Das mit dem Blitz muss jeder selbst entscheiden. Für uns ist es wahr«, antwortet Ranya und lächelt Adam an, und Adam lächelt Ranya an.

»Seit unserem Blitzschlag haben wir irgendwie das Gefühl, miteinander verbunden zu sein«, ergänzt Adam.

»Wie meinen Sie das?«

»Es ist schwer zu erklären. Manchmal findet jeder von uns am selben Tag eine Münze auf der Straße. Und letztens hat mir Ranya erzählt, dass auf der Landstraße ein schwarzer Vogel minutenlang vor ihr hergeflogen ist – mir ist am selben Tag das Gleiche passiert.«

»Wohin waren Sie unterwegs?«

»Zu einem Treffen der Gewittertierchen.« Adam lächelt. »An diesem Tag konnten wir Otto gerade so davon abhalten, noch einmal ins Lichtblick zu reisen.«

»Warum wollten Sie in dieses alte Hotel?«, fragt ihn der Moderator.

Otto zuckt die Schultern. »Ich glaube, es ist bald wieder so weit. Es gibt doch Menschen, die können in den Gelenken einen bevorstehenden Wetterumschwung spüren. Und ich spüre eben in den Fingerspitzen, dass ich bald wieder vom Blitz getroffen werde. In letzter Zeit bekomme ich ständig einen Schlag ab. Wenn ich andere Menschen umarme oder das Geländer einer Rolltreppe anfasse. Sogar die Autotür hat mir neulich einen Schlag versetzt. So ist es immer, bevor mich ein Blitz erwischt: Die Elektrizität um mich herum steigt. Und ich will nicht, dass es mich völlig überrascht. Also dachte ich … na ja.«

»Du spielst selbst Schicksal und fährst direkt ins Lichtblick?«, ergänzt Ranya.

»Es ist nicht nur das.«

»Sondern?«

»Ich habe einfach noch nicht alle meine Recherchen zu diesem Thema abgeschlossen.«

»Sie sprechen von dem Hotel, in dem Ihre Gruppe ein Seminar …?«, versucht der Moderator einzuhaken, doch Ruth fährt ihm über den Mund.

»Was gibt es denn da noch groß zu recherchieren? Es ist eine dumme kleine Legende. Nichts weiter.«

»Mag sein. Aber in letzter Zeit wurde immer wieder von einem alten Mann und einer alten Frau mit weißen Haaren berichtet, die in der Nähe des Lichtblick gesehen wurden.«

»Tatsächlich?« Faina lächelt mit viel Zahnfleisch und wilden Zähnen.

»Die Lichterdorfer haben angefangen, der Zwillingsstatue Essen zu opfern. Immer wieder liegen dort jetzt Brötchen, Brote und Gebäckstücke. Und wie von Zauberhand verschwinden sie über Nacht.«

»Ach, papperlapapp«, ruft Ruth. »Seien wir doch mal ganz ehrlich. Du willst nur diese laute Wirtin wiedersehen, gib es doch zu. Die hat es dir angetan.«

»Unsinn.«

»Du bist voll in sie verschossen.«

»Unsere Sendezeit ist gleich um. Erlauben Sie mir daher noch eine letzte Frage?«, sagt der Moderator und sieht aufmerksam in die Runde.

»Warum haben Sie sich alle eine weiße Haarsträhne gefärbt?«

Da lächeln die Gewittertierchen. Endlich. Auf diese Frage haben sie gewartet. Stolz heben sie die Köpfe.

»Das ist unser neues Markenzeichen«, erklärt Otto.

»Wir wollen damit ein Zeichen gegen Mobbing setzen. Jeder Mensch hat Makel und Besonderheiten – zum Glück! Gemeinsam verrücken wir die Perspektive auf die gesellschaftliche Norm, den Erwartungsdruck von außen und die Gleichschaltung von Individualitätsvorstellungen.« Faina ballt die Hände zu Fäusten, und ihre Armreifen klimpern.

»Wir finden das einfach schön«, erklärt Doris.

»Na ja, das nun nicht unbedingt«, widerspricht Sonja.

»Ehrlich gesagt ist das unsere Antwort auf einen ziemlich ungehobelten und schlecht geschriebenen Zeitungsartikel.« Ruth nickt entschieden, als wolle sie sich selbst bestätigen.

»Man könnte auch sagen: Unsere Frisuren sind der einzige Hinweis darauf, dass wir wirklich vom Blitz getroffen worden sind«, fügt Adam hinzu und lächelt Ranya an.

Und Ranya lächelt Adam an, bevor sie in die Kamera sieht und sagt: »Ein Journalist hat mal geschrieben, dass unversehrte Menschen niemals so rumlaufen würden. Aber wir sind nun mal nicht unversehrt. Wer ist das schon? Wir Gewittertierchen sind stolz auf die Stürme, die hinter uns liegen. Auf jeden einzelnen Regentropfen, auf jedes Donnern und jeden Blitz.«